《說文》讀記

龍宇純　著

大安出版社印行

本著作初由大安出版社出版，
今承同意納入全集，謹此致謝。

前　言

龍宇純

四十年冬，余從說文入手，習古文字音韻之學，自一字至於亥字，先書其篆籀古文，繼迻寫其說解，更而登錄段注中切語及古韻部，並合以先師董同龢先生二十二部古韻名。回顧其事，去今凡歷四十寒暑矣。其間因治學之需，檢讀是書，不能估其次數。故雖駑下之資，終亦略有所悟。執教臺大期間，嘗一爲諸生導讀；去秋以來，復與諸生研習此書於東海中研所。因思歲月催人，老衰且至，一得之愚，書以就教於並世方家，蓋其時矣。於是爲說文讀記，期以一年蕆事，此其首篇。昔年撰中國文字學，間述說文中字爲例，以其散見於書中，雖附索引，不易察及，今隨說文所在，作概略說明，詳則仍見原書。凡文中稱中國文字學者，即小作也。徵引各家言，見於說文詁林、金文詁林及甲骨文字集釋者，即依三書轉錄。說文詁林據原書剪貼影印，直與原書等；其餘二種，亦因用書之不便，非有疑慮，不一一取原書校覈也。[1]

---

1 此文本爲說文讀記之一的前言，文中所言「去秋以來」乃指民國八十年秋天，「此其首篇」乃指說文一至三篇之讀記。

《說文》讀記目錄

說文解字第一篇讀記　計十四字 ………………… 015

▲弌 015　▲天 017　▲丕 018　▲吏 018　▲示 019
▲三 019　▲皇 020　▲璊 020　▲靈 021　▲毒 021
▲芸 022　▲茇 022　▲藥 022　▲𣂚 022

說文解字第二篇讀記　計廿七字 ………………… 025

▲八 025　▲尔 025　▲公 025　▲叛 026　▲⿰牛京 026
▲牢 027　▲犧 027　▲告 027　▲吞 028　▲含 028
▲呬 028　▲君 029　▲咊 029　▲周 029　▲⿱罒万 029

▲哭 032 ▲喪 033 ▲起 033 ▲趡 033 ▲登 035
▲歲 036 ▲𨑨 036 ▲進 036 ▲造 036 ▲選 037
▲御 037 ▲衛 038

說文解字第三篇讀記 計廿八字 ………………… 039

▲舌 039 ▲𢆉039 ▲句 039 ▲世 040 ▲言 040
▲詧 040 ▲譣 040 ▲設 041 ▲諴 041 ▲訇 041
▲譀 041 ▲誩042 ▲音 042 ▲對 042 ▲孚 043
▲爪 044 ▲丮044 ▲鬥 044 ▲鬩 044 ▲及 045
▲事 045 ▲豎 045 ▲殳 046 ▲殺 046 ▲杀046
▲取 047 ▲㸚047 ▲爾 048

說文解字第四篇讀記 計七十九字 ………………… 049

▲瞏 049 ▲盼 050 ▲睒 050 ▲瞴 051 ▲睘 051
▲眔 052 ▲睦 052 ▲眓 052 ▲睎 053 ▲眏 053
▲眣 053 ▲眷054 ▲瞚 055 ▲省 055 ▲魯 056
▲者 056 ▲百 057 ▲皕 058 ▲奭 058 ▲翟 059
▲翊 059 ▲隹 060 ▲雞 061 ▲雁 061 ▲魋 062
▲蒦 062 ▲舊 063 ▲𦫳 063 ▲芇 063 ▲苜 064
▲蔑 064 ▲羖 065 ▲羌 065 ▲鳳 065 ▲雔 066
▲鶂 067 ▲鷻 067 ▲鴪 068 ▲鷳 069 ▲鷹 070
▲舄 070 ▲焉 071 ▲棄 071 ▲叀 071 ▲惠 072
▲予 072 ▲爰 073 ▲寽 073 ▲叡 074 ▲殉 074
▲殆 075 ▲冎 075 ▲別 076 ▲肊 076 ▲背 076

▲肘 077 ▲腹 077 ▲股 078 ▲肥 078 ▲肴 078

▲朞 080 ▲[illegible] 080 ▲[illegible] 081 ▲[illegible] 081 ▲肎 082

▲筋 082 ▲剡 082 ▲初 082 ▲則 083 ▲劈 084

▲副 084 ▲剝 084 ▲制 084 ▲[illegible] 085 ▲丯 085

▲耕 086 ▲角 086 ▲觷 086 ▲衡 087

說文解字第五篇讀記 計一百零七字 …………… 089

▲竹 089 ▲箭 089 ▲笄 089 ▲籆 090 ▲筑 090

▲笑 091 ▲差 092 ▲式 092 ▲覡 093 ▲甘 093

▲曆 093 ▲甚 094 ▲旨 095 ▲暓 095 ▲曹 096

▲乃 096 ▲迺 096 ▲鹵 097 ▲丂 098 ▲甹 099

▲[illegible] 099 ▲可 100 ▲哥 100 ▲粵 100 ▲喜 101

▲嚭 101	▲壴 102	▲尌 102	▲鼜 103	▲嘉 103
▲鼛 104	▲豈 104	▲弅 105	▲豊 105	▲豐 105
▲豔 106	▲虘 106	▲盧 107	▲虍 107	▲虔 107
▲虞 108	▲虙 108	▲號 109	▲盬 109	▲盨 110
▲盉 111	▲盈 111	▲盡 112	▲揭 112	▲卹 112
▲盡 113	▲盇 113	▲丶 114	▲主 114	▲咅 115
▲彤 116	▲丼 116	▲阱 117	▲刑 117	▲刱 118
▲皀 119	▲即 119	▲既 120	▲冟 120	▲餴 121
▲饎 121	▲飤 121	▲餐 122	▲饕 122	▲饑 123
▲亼 123	▲合 123	▲僉 124	▲侖 124	▲今 125
▲舍 125	▲會 126	▲倉 126	▲牄 126	▲从 127
▲缶 127	▲㲄 129	▲匋 129	▲缺 130	▲䍄 131
▲缿 131	▲䠶 131	▲短 132	▲知 133	▲矣 133

▲亳 133 ▲亯 134 ▲䈞134 ▲𩫖134 ▲㫗 135
▲厚 135 ▲糇 135 ▲夋 136 ▲复 136 ▲㚇 137
▲䑞 137 ▲韋 137 ▲弟 138 ▲夆139 ▲夅 139
▲夃 140 ▲乘 140

說文解字第六篇讀記 計七十八字 …………… 143

▲梬 143 ▲柰 143 ▲格 143 ▲栩 144 ▲柔 144
▲櫟 144 ▲榮 144 ▲松 145 ▲某 146 ▲枚 146
▲楑 146 ▲槙 147 ▲櫐 147 ▲梟 148 ▲枅 148
▲柵 148 ▲櫌 149 ▲杵 149 ▲椑 149 ▲槤 150
▲柯 151 ▲杘 151 ▲栙 151 ▲臬 151 ▲樂 152
▲札 152 ▲欚 152 ▲⿰木獻 153 ▲休 154 ▲東 154

▲𣗥 155 ▲⿱林亏 156 ▲叒 156 ▲帀 157 ▲𡴆 157

▲孛 157 ▲索 158 ▲𣎵 158 ▲產 158 ▲甤 159

▲甡 159 ▲乇 160 ▲𠌶 160 ▲皣 160 ▲⿱髟桼 160

▲𦾔 161 ▲𣝣 161 ▲㯻 161 ▲橐162 ▲囗 162

▲圓 162 ▲員 162 ▲賁 163 ▲贊 163 ▲贏 164

▲負 164 ▲貳 165 ▲賓 165 ▲貰 165 ▲質 165

▲貪 166 ▲貧 167 ▲賣 167 ▲賏 167 ▲郊 168

▲邠 169 ▲郝 171 ▲郗 171 ▲鄐 172 ▲祁 172

▲邦 172 ▲郎 172 ▲郯 173 ▲邪 173 ▲郳 173

▲邑 173 ▲𨛜 174 ▲鄉 174

說文解字第七篇讀記 計廿七字 175

▲早 175 ▲旳 176 ▲旭 176 ▲㬜 177 ▲晇 179

▲昏 179 ▲𣅀 180 ▲昌 181 ▲昱 181 ▲暱 182

▲替 182 ▲否 183 ▲昆 184 ▲倝 184 ▲朝 184

▲旗 185 ▲冥 186 ▲晶 187 ▲月 187 ▲朔 188

▲霸 188 ▲囧 188 ▲盟 188 ▲夤 190 ▲外 190

▲毌 190 ▲牖 191

說文解字第一篇讀記

▲弌，古文一。

弌出於一，而云弌古文一者，說文稱古文，乃孔子壁中書，爲晚周東方文字，非謂弌早於一也。王國維說文古文說出前，學者於此多致其疑。若其字從弋之故，說文繫傳祛妄引李陽冰云：「弋，質也。天地既分，人生其間，皆形質已成，故一二三質從弋。」說之不足取，徐鍇已云：「臣鍇以爲弋之訓質，蒼雅未聞。既云天地既分，人生其間，皆形質已成，乃從弋；則一二之時，形質未成，何得從弋？其謬甚矣。」後之論者，約之凡有三說：

徐鍇繫傳云：「弋者，物之株橛，義主於數，非專一之一；若言一弋二弋三弋，如今人言一箇二箇、一枚二枚。」以從弋表意，此一說也。朱駿聲說文通訓定聲云：「按一二三從弋，弋者，表識之意也。」丁山數名古誼云：「說文一二三，古文均從弋，疑爲戈省，戈猶今言個，弌弍弎疑即一個二個三個合文。」可以歸爲一類。

鄭樵通志六書略〝建類主聲轉注音義〞云：「弌從一，數也；從弋，聲也。弍弎從弋無聲，以弌爲類之聲，故可以轉二三而爲注。」以從弋表聲，此二說也。王煦說文五翼亦云：「古文弌以弋爲聲，弍弎則因弌而遞加也。」蓋即出於鄭說，而多見學者引用。

李陸琦（孝定）先生甲骨文字集釋云：「竊疑一之作弌或戓者，僅係秦漢間紀數字之別體（宇純案：代大夫人家壺有從戈之，緻悳君鉼有從戈之），本無義理可求，所以從弋或戈者，乃故增其點畫，免變易增損，以爲姦利耳。……自四以上，已有假借字之四五六七八九，然後積畫爲數，不慮淆亂，無煩更增點畫。後世由一至十之紀數字，多用別體作壹貳參肆伍陸柒捌玖拾者，亦此意也。」於音義之外，別闢蹊徑，此又一說也。

宇純案：一二三加弋若戈，無救於橫畫之增損變易，與書壹貳參者不可同語，其意不當若是，可想而知。鄭氏謂弌從弋聲，弍弎以類增加，以鳳凰（鄭氏所舉）、匋匋之例方之，似能言之成理。無如一字屬脂部影紐，弋字屬之部喻四，喻四古歸定，代從弋聲讀定紐，忒從弋聲讀透紐，籀文戴從弋聲（此從段注，今譌從戈）讀端紐，無從弋聲讀喉音之例，是一弋二字聲韻不相及，明一不得以弋爲聲也。馬敘倫說文解字六書疏證云：「弌弍皆地之異文，一非數名之一，而爲地之初文；二非數名之二，而爲地之初文弍作二者。地從土也，也弋同喻四，是地與弌弍爲轉注字，古金器中借爲數名之一二，一二聲同脂類也。」展轉以雙聲或疊韻爲之聯繫，而不知歌既不與脂通，之尤與歌脂遠隔；數名之一二同借地字爲用，則一二之數不可分，更無異自暴其短。馬說本不足論，以其適言弋與一二音通，姑一引之。

不爲音，斯爲義。丁氏以弋爲戈省，一戈即一個，雖有從戈之𢦒、𢦓似爲其證，從戈當爲從弋之譌，以弋戈形近，而戈字習見，弋遂同化於戈，與或字本從弋，後變爲從戈，及籀文戴作戴，戈亦弋譌相同（或字本從弋，說詳中國文字學三章一節）。不然，謂書字者既不憚煩於一字增戈，又吝其一畫省戈爲弋，寧有是理？且省體之所由作，爲其不省則害於字形之方正美觀（詳中國文字學三章七節）。若弌弍弎之字，從戈從弋於字形之方正美觀略無異致；再者，古韻戈屬歌部，個屬魚部，一戈實不與一個相同，俱見省戈爲弋之說無所可取。諸說之中無破綻者，唯徐朱二說，後者尤爲簡要。余則別有一解。說文云：「弟，韋束之次弟也。」弟即次弟字。金文弟字作  ，其形構雖不易究言，主體從弋則無可疑。我國語言，數名與序數不別，一二三既爲數名，又爲序數，以故或加弋而爲弌弍弎，其意在此而已。

▲天，顛也。至高無上，從一大。

宇純按：天顛爲聲訓，故其下云「至高無上，從一大」。治古文字學者，因見甲骨文金文天字作  若  ，遂謂本義言人頂，並引說文天顛之訓以爲證，不悟此與下文相齟齬，雖大家如王國維不能免。觀堂集林釋天云：「古文天字，本象人形。殷虛卜辭或作  ，盂鼎大豐敦作  ，其首獨巨。說文天，顛也。易睽六三其人天且劓，馬融亦釋天爲鑿顛之刑。是天本謂人顛頂，故象人形。」說文日月山水皆用聲訓，地下亦云「萬物所陳列也」，陳與地雙聲，列與地疊韻，取二字爲聲訓（案此與狄下云「狄之爲言淫僻也」一例）。而頭下云首也，首下云頭也。許君若以天之本義爲顛頂，亦當如頭首之訓，不用雙聲疊韻之顛。且說文中與頭首相關手足目口耳自眉心（鼻下云「所以引氣自畀也」，主在釋鼻字從畀之意，當作別論）諸字，皆不用雙聲疊韻字爲訓，亦可見許君言天顛之本意。說文一書用不用聲訓，同類字其例大抵相同。凡讀許書，於其疑莫能明處，宜取同類字參伍比較，自能渙若冰釋。至於易睽之以天爲顛，本不相侔，亦

猶吉羊之羊爲祥，固與說文之言羊祥，初不同科也。段氏注此云：「此同部疊韻爲訓也。凡門聞也、戶護也、尾微也、髮拔也，皆此例。」是爲得之。而其下又云：「凡言元始也，天顛也，丕大也，吏治人者也，皆於六書爲轉注，而微有差別。元始可互言之，天顛不可倒言之，蓋求義則轉移皆是，舉物則定名難假，然其爲訓詁則一也。」既以天顛、門聞爲類，又混天顛、元始爲一，則亦一間未達。

▲丕，大也。從一，不聲。

宇純案：從一取義非其朔。此本假不字爲之，爲別其形，或於中畫加點，由點而橫；或直加一橫，許君遂說爲從一取義。金文又或以二不爲丕，皆爲別嫌而已。詳見中國文字學三章二節。

▲吏，治人者也。從一從史，史亦聲。

段注云：「凡言亦聲者，會意兼形聲也。凡字有用六書之一者，有兼六書之二者。」桂馥義證云：「從史史亦聲者，當言史聲。凡言亦聲，皆從部首之字得聲。吏不從部首得聲，何言亦聲？」宇純案：亦聲字之形成，由語言之有孳生，於六書爲轉注，段桂二說皆不得要領。說詳中國文字學三章六節，並參二章轉注說。吏之語當出於事，不必出於史，許君亦聲之說，蓋終不可取。又案：金文吏事二字同形，作 、 或 ，疑本讀 sl-複母，後從 s-或 l-分其音，小篆又強改上端爲橫者爲吏字以別

形，本不以從一爲義也。亦參中國文字學三章六節。

▲示，天垂象，見吉凶，所以示人也。

宇純案：此字有二讀，一神至切，即說文說爲告示字，古韻在脂部。禮記儒行云：「儒有聞善以相告也，見善以相示也；爵位相先也，患難相死也；久相待也，遠相致也。其任舉有如此者。」示與死致協韻，是其證。甲骨文周禮又爲神祇字，音巨支切，古韻在佳部。說文祇下云「提出萬物者也」，以提字爲聲訓，是其證。兩者宜爲同形異字（同形異字說，見先師戴君仁先生同形異字拙著廣同形異字，分載臺灣大學文史哲學報十二卷及三十六卷）。其始作  ，告示字當由神示（音祇）字分化，與夕字由月字分化同例。詩采蘩：「被之祁祁，薄言旋歸。」大田：「有渰萋萋，興雨祁祁。雨我公田，遂及我私。」祁與歸或萋、私韻，祁從示聲，韻與告示字合，而音巨脂切，聲與神示字同，疑告示字本爲複母 sg-。

▲三，……凡三之屬皆從三。

宇純案：此部無隸屬字，而云「凡三之屬皆從三」者，凡許云「凡某之屬皆從某」，不爲本部有字者言之，亦不爲他部有從此爲義者而言之，故若其末部之亥，全書無從亥爲義之字，而亦云「凡亥之屬皆從亥」也。蓋部首之創立，發端於許書。許君視此，自以爲深得天地之心（觀後序之說部首可知）；五百四十之數，不唯說文中字不出於此，即後有制字者，亦莫能外是。若陰陽家之言五行，天地雖大，萬物雖眾，無有能離乎木金水火土者，是以有字無字皆曰凡某之屬皆從某也。學者莫達，多見引王字玉字為說；甚者有若何秋濤，謂「凡從彡之字皆從三」，或有若張文虎舒藝室隨筆之疑七字出後人所增（俱見詁林所引），因為說之如此。

▲皇，大也。從自王。自，始也；始王者，三皇，大君也。

宇純案：金文皇字早期作 ，象日出有光芒，本義謂盛美，下從 ，即早期王字，見甲骨文，以王為聲。後因  與士字同形而改從王。說文從自王之說，非其原意。然許君知其始義為狀詞，故不直以大君為說。今之治古文字學者，說皇字象王正坐戴冠形，以覛許君，弗逮甚遠。詳見中國文字學三章八節。

▲璊，玉䅜色也。從玉，㒼聲。禾之赤苗謂之虋，言璊玉色如之。玧，璊或從允。

段注云：「古音在十四部。」宇純案：段說與古韻家從㒼聲入元部同，依其莫奔切之音，當在文部。虋下段注十三部，詩大車：「大車哼哼，毳衣如璊。豈不爾思，畏子不奔。」璊與哼、奔協，是其原屬文部之證。或體玧字以允為聲，允亦文部字。唯允與璊聲母不相及，疑是兔字之譌，本以兔為聲，兔允篆文形近。廣韻問韻免聲之絻、莬、脕（或作娩）與問字同亡運切，又賄韻免聲之浼與潣同字音武罪切，前者古韻屬文部，後者屬微部，微與文對轉，浼字異體之潣，正以文部之閔爲聲。然則免聲古韻與㒼聲同部，聲亦同屬明母。

▲𩆜，巫也。以玉事神，從玉，霝聲。靈，𩆜或從巫。

宇純案：金文巫字作  ，見齊姜簋，說文古文玉作 ，兩者形近，疑從玉之𩆜本亦從巫。

▲毒，厚也。害人之艸，往往而生，從艸，從毐。

小徐云：「從屮，毐聲。」今人張舜徽約注云：「慧琳音義兩引說文，作從屮毐聲，是唐以前之本，原自有聲字也。」段注云：「毐在一部，毒在三部，合韻至近也。」王念孫因毐有代音，以爲「與毒聲相近」，亦主有聲字者爲原作，爲學者引用。宇純案：毒字雖有代音，與毐字烏代切聲母猶自相遠，許君謂毒從毐聲，終不能釋然於心。說文云：「每，艸盛上出也。」疑此字本從每字取義，上從重艸以別於每字，後變爲兩橫。吏字由「◡」形變從一，是其比。（參前吏字讀記）

▲芸，艸也，似目宿。從艸，云聲。淮南王說：芸艸可以死復生。

宇純案：如劉安言，疑芸之爲言魂也。

▲茇，艸根也。從艸，犮聲。

宇純案：此後出形聲字，其初文作 ，象形。說詳拙著甲骨文金文  字及其相關問題，文載歷史語言研究所集刊故院長胡適先生紀念論文集。

▲藥，治病艸，從艸，樂聲。

宇純案：此字本假樂字爲之。見詩衡門「泌之洋洋，可以樂飢。」既加疒轉注爲𤻲字，又加艸轉注爲藥字。藥與𤻲實爲一語。

▲𣂺，斷也。從斤斷艸，譚長說。，籀文折。從艸在仌中，仌寒故折。折，篆文折從手。

宇純案：許君博采通人作說文，而罕見徵引通人姓名者，凡許君標舉通人之說，皆示心存懷疑之意，說詳拙著中國文字學第四章。此蓋亦意有所疑，而不得他解，故著譚長之名焉。此字甲

骨文或作 ，當取斤斷木以見意。嫌於析字，或易  爲 ，或從二木作 ，或於 、、 之間加畫，說文遂說爲從仌；其從二木者，或譌爲朿若朿字，見  若  字偏旁。說詳中國文字學三章四節。

說文解字第二篇讀記

▲八，別也。象分別相背之形。

宇純案：許君於諸數名字，獨八字不說爲數名，此因分析部中諸字皆從八爲分別義，遂云八別也。八字實無分別義，部中諸字從「八」取分之意者（若尔曾尙㒸諸字從「八」實無取於分意），亦不必即爲八字。段注云：「今江浙俗語，以物與人謂之八，與人則分別矣。」此傅會爲說。張舜徽約注云：「今湖湘間稱以物與人謂之把，當即八字。」把與八音固不同也。余謂八即數名之八，約定爲字，義無可言，凡四以上至十諸字俱如此，余稱之指事。詳中國文字學三章說指事名義，並詳三章二節說諸數名。

▲尔，詞之必然也。從入丨八，八象气之分散。

宇純案：從入丨八之說不可解，尔疑爲爾字之省，說詳下文爾字讀記。

▲公，平分也。從八從厶，八猶背也。韓非曰背厶爲公。

宇純案：公字義爲平分，從背厶之說，學者每疑之，余亦未敢苟同。公谷一聲之轉，容字古文作㝐，訟字古文作䛦，松字或體作㝘，頌字籀文作䫏，疑公本是谷字，假借爲公私字。說文口部：「，山間陷泥地。從口，從水敗皃。」義與谷類，形與公同，其古文作，正從谷字，亦可爲公谷同字之助。

▲叛，半也。從半，反聲。

叛下云半，學者疑不能明。段注改「半反也」，王筠句讀云：「玉篇離也，去也，不與也，背也，別也，背邑曰叛；廣韻奔他國，皆無半也之說，不知爲何字之譌。」林義光文源亦云：「叛不訓半，蓋從反，半聲。」。宇純案：此聲訓也，與征下云「正也」（小徐如此，大徐正下衍行字，詳延字讀記）同一例。說文動詞罕用聲訓，亦偶一見之。許君以叛受義於半，故列字於半部，而云「半也」。不然當創立反部，而以叛字隸屬之。唯論語孟子叛皆作畔，叛實是畔之轉注字，易田爲反耳；當云從反，畔省聲。

▲犉，犣牛也。從牛，京聲。春秋傳曰犣犉。

宇純案：犣犉左氏閔公二年傳作尨涼，犣犉即尨涼之轉注。許君於風部䬆下云：「北風謂之䬆。從風，涼省聲。」䬆爲詩北風涼字之轉注，則此亦當云涼省聲。段改彼文涼省聲爲京聲，謂各本涼省聲乃俗人所改，此下則云：「京者，涼之省。」是猶知二五而不知十。

▲牢，閑，養牛馬圈也。從牛，冬省，取其四周帀。

宇純案：此字甲骨文金文作 ，象依山谷爲牛馬圈形，本不從冬，其外爲山谷形，故與泉字作  相同。甲骨文又有  中從羊從馬者，亦並是牢字。詳見中國文字學三章一節。

▲犧，賈侍中說此非古字。

宇純案：犧牲字見於詩書，而賈侍中云此非古字者，其先犧字本假  字爲之， 爲犧尊字象形，見於甲骨文。說文𧯷下云古陶器，豆爲  之變形，即  尊字之加虍聲者，見於金文戲字偏旁。後世  若𧯷字廢而不用，更假羲爲犧，見秦詛楚文。終而於假借之羲字轉注牛旁而爲犧字，大抵起於漢世。凡經傳中犧字乃漢儒所改作，故賈侍中說之如此。詳見拙著釋甲骨文  字兼解犧尊，文載沈剛伯先生八秩論文集，又略見中國文字學三章四節。

▲告，牛觸人，角箸橫木，所以告人也。從口，從牛。

宇純案：甲骨文金文習見，原本不從口，亦不從牛，上象樹枝形，下象陷阱。陷阱本爲捕捉野獸，恐人誤入，以樹枝標識之，語人勿踐履，故其字義爲告曉。此友人張以仁教授告字探源說，蓋不可易。唯余由諧聲觀之，告聲字或讀見系，或讀精系，見精不相及。疑見系所从爲告曉字，其形正如前說；精系所從，若造字及見於句兵銘之諸造字：窖、鋯、郜、散、焅、郜、窖，則別爲行灶字，下象灶坎，上象生火之樹枝，與告曉字適同一形而已，是故句兵之造，亦或但書作告（句兵諸字，詳林君清源碩士論文兩周青銅句兵銘文彙考）。又案：句兵之部與說文之部，亦爲同形異字；竈即行灶之告加火更加穴之累增字，其中之焅亦與說文之焅不同。

▲吞，咽也。從口，天聲。

宇純案：天字古韻屬真部，吞字依其土根切之音，古韻當屬文部，二字開合亦殊。諧聲字開合不同，有顯著界限。篆書吞字作 ，上端所從實與天字有別，疑本不從天聲。說文嗌下亦云咽，籀文作 ，云「上象口，下象頸脈理也」，即金文 字。疑此字從口與籀文金文嗌字從  若  同意，從  與  同意。

▲含，嗛也。從口，今聲。

宇純案：今即含字初文，因借爲今時字，而下加口。詳今字讀記。

▲呬，東夷謂息爲呬。從口，四聲。

宇純案：呬四聲母不近，爲例外諧聲，可以方之者，有穢從歲聲，喧萱暄從宣聲，恤從血聲。

▲君，尊也。從尹口，口以發號。，古文象君坐形。

宇純案：金文君字有、、、諸形，以見其字本如許君所言從尹口，尹字豎畫外移，而左右對稱，而如兩手相接，分之則為兩手，即說文古文形，許君遂說以為君坐。

▲咊，相應也。從口，禾聲。

宇純案：今字作和，禾在左，金文編收二和字，並作，木即禾字，偏旁混同，亦禾在左。篆文作口左禾右者，疑和本由禾字孳乳。禾字作，象禾穗形，匡廓之而為，猶本字作，見本鼎，下象木根，而說文古文作，此所以口在左也。金文或借禾為龢，龢與和通用不別，宜可為和字孳乳成字之證。

▲周，密也。從用口。

宇純案：甲骨文周作若，金文同。無叀鼎作，中不加點；成周戈作田，竟與田字不別。疑其本義為四周，以田有四界，即取田字見意，故其字與田字共形，後因四隙而加四點，以與田字區分。加點以別嫌，與諸字同例，說詳中國文字學三章二節。

▲咢，譁訟也。從吅屰，屰亦聲。

此字金文作，或作、、諸形不一。吳大澂窸齋集古錄馭方鼎云：「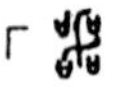 即噩，與咢鄂爲一字， 侯作王姞敦，沈韵初舍人（樹鏞）釋作鄂。周禮占夢二曰噩夢，注噩當爲驚愕之愕，謂驚愕而夢。說文無噩字，㝱字下引周禮二曰咢夢，則噩與咢同。爾雅在酉曰作噩，釋文噩本作咢，史記歷書作鄂，則噩與咢鄂並同。蓋噩爲咢鄂之古字，故僅見于周禮爾雅也。」

甲骨文則作 、、、 諸形，甲骨文字集釋收於喪字之下。羅振玉增訂殷虛書契考釋云：「許書無噩字，而有咢注譁訟也，從吅，屰聲。集韻鍔韻萼或從噩，以是例之，知噩即許書之咢矣。噩字見於周官，以卜辭諸文考之，知從王者，乃由  傳寫而譌。傳世古器有噩侯鼎噩侯敦，鼎文噩字作 ，敦文作 （沈氏樹鏞釋作噩，前人釋器，非也）。又古金文中喪字從噩從亡……均與卜辭同。……喪爲可驚咢之事，故從噩亡。據此知卜辭諸字，與噩侯兩器之文確爲噩字……許書之咢，蓋後起之字，此其初字矣。」

宇純案：吳羅說噩字，及羅說喪字從噩，至確。唯二氏於噩字形構都無說明，其從口部分自不待言，口以外陳邦福殷契瑣言以爲從禾或來，如何取義無說。葉玉森殷虛書契前編集釋以爲從木，至誤認其字爲桑字（朱芳圃竟取羅葉二說，謂桑噩同字，而不悟音無可說）。余由顙額同語，以推噩字從桑聲，噩喪實爲一語，其韻則魚陽對轉，其聲則爲 sŋ-複母。始蓋假桑爲喪，益之以口而爲喪專字。後世喪噩雖歧爲二，「喪爲可驚愕之事」，喪訊謂之噩耗，其間關係猶未全剝離。及讀聞一多釋噩之文，與余說大同，所舉顙頞一例，且出余慮之外，爲之嘆服。錄其說如下：

……此（噩）與卜辭桑為同字，而異義異讀。小篆咢罨省，屰即木形之譌變。桓子孟姜壺喪字偏旁作 ，其間

> 之  極易變成屰。至噩侯鼎  字，與旂鼎喪字偏旁  形之近似，尤顯而易見。要之，桑噩初係一形，從木會意者讀息郎切，則為桑字，從㗊會意者讀五各切，則為噩字。聲義既異，形亦隨之漸歧而為二。逮至小篆以下，形聲義三者皆異，而桑噩同源之跡乃杳不可尋矣。
>
> 前說桑噩二音各異，雖然，異則異矣，非謂二者之間絕無聯繫也。以聲言之，說文咢從屰聲，讀五各切，疑母，然朔從屰聲，又讀所角切，心母。心母則與桑為雙聲。以韻言之，噩在魚部，桑在陽部，魚陽對轉。說文顙頟互訓。方言十：中夏謂之頟，東齊謂之顙。廣韻頟五陌切，與噩同音。玉篇顙，面醜也。集韻顙同顎，玉篇顎一作顬。廣雅釋詁二：顙，醜也。桑變為噩，蓋猶顙變為頟，顙變為顙歟？或問：桑噩音讀之連繫，既聞命矣，其轉變之過程可得聞乎？曰：審音之學，非所究心，不敢妄測。雖然，請嘗試言之。桑心母，噩疑母，其去固甚遠，然若以泥母為介，未嘗不可以溝通之。說文桑從叒聲，日出東方暘谷所登榑桑叒木也。書傳皆作若，而灼切，泥母。桑變為噩，蓋由桑轉為叒，又由叒變為噩也。

惜乎聞氏徒知心疑二母相遠，而不知古有 sŋ-複母，至欲藉泥母作介爲之溝通，而無裨所論。今爲舉 sŋ-之複母：聞氏舉屰字五各切（案當云宜戟切），疑母，朔從屰聲所角切，古心母，即其一。岜魚列切，疑母，辥以爲聲私列切，心母，是其二。金文薛作 ，以月爲聲，月魚厥切，薛字心母，是其三。埶字魚祭切，褻縶等字以為聲私列切，是其四。彥字魚變切，產字以為聲所簡切，是其五。魚字疑母，穌字以為聲素姑切，心母，是其六。吾字五乎切，疑母，魯字以為聲悉姐切，心母，是其七。午字疑古切，卸字以為聲司夜切，心母，是其八。御以卸為聲牛倨切，疑母，是其九（午字為台語借用，或以 s -為聲，或以ŋ-為聲，或竟讀 saŋa）。疋字既音所菹切，說文云又為詩大雅字，雅字五下切，是其十。太玄之不晏不雅，晏雅同詩韓奕之燕胥，胥字相居切，心母，是其十一。詩女曰雞鳴琴瑟在御，阜陽漢簡御字作蘇，蘇穌同音，是其十二。荀子議兵蘇刃者死，蘇讀禦若逆（詳拙著荀子論集讀荀三記一文），禦御同音，逆音宜戟反，疑母，是其十三。此所以喪噩本為一字，而顙即額，顡即頞也。

▲哭，哀聲也。從吅，獄省聲。

宇純案：余曩撰中國文字學一書（初版），以笑哭二字合觀，釋笑字從  象綻眉形，哭字上從  象淚眼，為淚所盈，故不見其睛，後同化於 ；下並從大，為人形，旁有點為淚水。今謂哭字從犬，實為狗字，以狗字為聲。狗犬同物而異名，其始  自亦可為狗之象形字（說文犬下引孔子言，視犬之字如畫狗也），與犬為同形異字（需字從而，而實為須字，與此同例），後於讀狗者加句聲以別。哭從狗聲者，狗哭韻同侯部，一陰一入，聲則一見一溪。古候切之彀瞉，以苦角切之㱿為聲，正其比矣。

▲喪，亡也。從哭亡會意，亡亦聲。

宇純案：喪本與噩同字，自喪噩歧爲二語，於喪字加亡以表意，亡喪聲母遠隔，不爲聲。餘詳咢字讀記。

▲起，能立也。從走，巳聲。，古文起從辵。

段注云：「五經文字云，從辰巳之巳，是。字鑑從戊己之己，非也。」朱駿聲說文通訓定聲則改起爲起，云從己聲。宇純案：起巳古韻同部，今說文從巳，故段以爲是。然巳起聲母相遠，疑本以己爲聲，惜不得古文字之印證耳。桂馥義證云：「巳聲者，玉篇巳起也，晉樂志巳起也。白虎通五行篇：太陽見於巳，巳者物必起。鄭康成別傳，夢孔子告之曰：起起，今年歲在辰，明年歲在巳。」蓋即改己爲巳之背景，不然當是從巳會意，則物起於巳之思想早具。

▲趡，動也。從走，隹聲。

段注云：「楊雄河東賦曰，神騰鬼趭，師古曰子笑才笑二反。按說文有趡無趭。廣雅釋室：騰、趭，奔也。曹音子肖。今疑趭恐誤字，子肖恐誤音耳。然大人賦曰騰而狂趭。師古音醮。吳都賦狂趭獷猤，李子召反，則古非無趭字矣。」於趭字之有無，疑莫能定。

王念孫廣雅疏證云：「趭，曹憲音子肖反。說文趡，動也。玉篇且水切，動也，走也。集韻又愈水切，走貌；又子肖切，引廣雅趡，奔也。玉篇踓，千水切，亦趡字也。廣韻又以水切，走也。玉篇趭，子妙切，走貌。廣韻又才笑弋照二切，走也。史記司馬相如傳：蔑蒙踊躍，騰而狂趡。漢書作趭，張注云：趭，奔走也。顏師古音醮。楊雄傳神騰鬼趡，顏師古亦音醮。宋祁校本引蕭該音義云：今漢書鬼趡，或作踓字，韋昭慈昭反，云趡，超也。字林音才召反。左思吳都賦：狂趭獷猤，劉逵注云趭，走也，李善音子召反，曲禮庶人僬僬，亦走貌也。士相見禮云：庶人見於君，不爲容，進退走。是其義也。合觀諸書音訓，趡音子水、以水、子肖、才召、慈昭五反，踓音千水、以水、才召三反，趭音子肖、才召、弋召三反，而同訓爲走，是踓趭即趡之異文，而子肖、才召、慈昭則千水之轉聲，弋召即以水之轉聲也。凡脂部之字，多有與蕭部相轉者，若有鷕雉鳴之鷕，音以水、以小二反；周官追師之追，音丁回丁聊二反；郊特牲壹與之齊，齊或爲醮；史記萬石君傳譙呵，音誰何，皆其例也。」直以音轉爲說，斷趭確然有其字矣。

宇純案：王說殊誤。王氏古韻：脂含微，蕭同幽，所謂脂與蕭相轉，實是微幽偶有牽聯，脂則不與幽通。微幽之相牽，例若鬼侯之即九侯；袖之篆文褎從采聲，采爲篆書穗字；爾雅「疇，誰也」，堯典「疇咨若時登庸」，史記五帝本紀作誰。王氏所舉追音丁回丁聊二反，亦此例。前者是追字音，後者是雕字音，追琢義同雕琢，或即讀追爲雕，又敦弓義同雕弓，敦是追之陽聲。敦、追、雕三者，並一語之轉。其餘王氏舉例，若齊之作醮，鄭注「齊謂共牢而食，同尊卑也」，與「妻之爲言齊也」一類，齊是脂部字，與醮只是義可通，壹與之醮猶言壹與之婚配，非齊醮爲音轉也。至於趡踓與趭，鷕與鷮，及誰與譙，則並涉隹焦二字，隹字古韻雖屬微部，焦字則屬宵部，微與宵一無瓜葛，當以形近而歧分。隹字金文作 ，亦或如小篆，變足形之上畫與翅形為平行之四畫，而省其足下畫作 ，亦或如放弔簋，足上畫併為翅形，下畫不省作  者，遂致其下演為四點，而誤從焦聲為讀。下端之「」得以演為四點，此則鳥、烏、舄、焉諸字可為證明。雔字金文已見；如王氏所言，雔雖有脂蕭二部之音，雥則但有蕭部之讀，可見雥由雔變，非雔由雥變。詩匏有苦葉云：有瀰濟盈，有鷕雉鳴。瀰鷕韻，脂部；濟雉韻，亦脂部；盈鳴韻，耕部。鷕讀以小之音，顯非本讀；反切下字小與水形近，或亦誤讀之所由。然按之漢賦，雥字已與幽宵部字協韻，其誤由來已久矣。

▲登，上車也。從癶豆，象登車形。，籀文登從廾。

登字義為上車，從豆無義。許君於從癶豆下云象登車形，故徐鍇云：「豆非俎豆字，象形耳。籀文登從収，兩手捧登車之物也。登車之物，王謂之乘石。」段注云：「籀文省𧯸之肉，小篆併肉収省之。」說文𧯸為禮器，段蓋別主以𧯸為聲說。宇純案：甲骨文已見登字，是篆非籀省，段說不可從。甲骨文金文又並有從豆從収之𢍜，說以為手捧乘石，則不解為何字，是許說徐說亦無可取。詩生民「于豆于登」，登即說文之𧯸，自是假借為用。毛傳爾雅並云木為豆，瓦為登，猶謂其質則異，其形則同。因疑豆之一字，既讀徒候切為豆，亦讀都滕切為𧯸，為同形異字；後以加収作𢍜者為𧯸，篆文更加肉其上。故從癶從𢍜如籀文者為登車字，從癶從豆如篆文者亦登車字。

▲歲，木星也。……從步，戌聲。

字純案：此字本假戉字爲用作  ，見甲骨文；或於隙中加兩點作 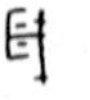 ，見甲骨文金文；更以二止易點，遂爲歲字。其不從戌聲，學者咸知之，若其初從二點，則頗有曲說，余則謂但爲別嫌。詳中國文字學三章二節。

▲延，正行也。從辵，正聲。征，延或從彳。

小徐正下無行字。字純案：孟子盡心下云：「征之爲言正也。」故許君延下云正，是爲聲訓，與叛下云半也同例。後人以毛傳爾雅並云「征，行也」，而於正下加行字，當依小徐删。

▲進，登也。從辵，閵省聲。

字純案：閵非習見字，聲母與進復不相同，而云以爲聲，蓋不足信。疑與奮字從隹同意（說文云奮字從奞，主體是爲隹字。金文從衣，高鴻縉中國字例云：「鳥由田起飛，如人振衣曰奮。」）林義光文源云：「當從隹聲，隹進雙聲對轉。」隹字古屬舌音，非雙聲；進古韻真部，隹微部，亦非對轉。

▲造，就也，從辵，告聲。

字純案：此字非以告曉字爲聲，而從行灶字爲聲，說見前告字讀記。

▲選，遣也。一曰擇也。

宇純案：選遣之訓，段注引左氏昭公元年傳「弗去懼選」爲說，論者多之。余謂遣與擇義實相因。徐灝箋引戴侗六書故：「簡中者留之，不中者罷之，所謂選也。」是也。班固自謂取七略爲藝文志云：「今刪其要，以備篇籍。」顏師古注刪字云「刪去浮冗，取其指要也」，是其比矣。疑「一曰擇也」四字後人所補。

▲御，使馬也。從彳卸。

卸字說文云「從卩止，午聲」。甲骨文此字作  若 ，其中  或又作 ，羅振玉曰：「此字從彳從 。 與午字同形，殆象馬策。人持策於道中，是御也。」郭沫若曰：「予疑  當是索形，殆馭馬之轡也。」聞宥曰：「 實不象馬策， 與  體離析，亦無持意。此午實爲聲。 象人跪而迎迓形，迎迓於道，是爲御。詩百兩御之，箋曰御，迎也……，其作  者，省文也。」宇純案：聞說是。金文御鬲御字作 ，似可爲郭氏說  象索形之助。然  字恆見，自甲骨文至金文，不一見作  字，可見御字所從非索形，古人或亦誤  爲繩索，因書御字作  耳，此字所從既與午字諸形相合，仍當以許君午聲之說爲是。又案：卸字今讀司夜切，此因午御古讀 sŋ-複母，參前咢字讀記。

▲衛，宿衛也。以韋帀行。

字純案：此字從⿱韋帀行，⿱韋帀即金文⿰韋帀字，因求字形方正，置帀於韋下。⿰韋帀疑與圍同字。詳見中國文字學三章三節。

說文解字第三篇讀記

▲舌，在口所以言別味者也。從干口，干亦聲。

宇純案：此字本象形，於甲骨文金文歃字分析知之。所以舌作多片，取其動態，以別於古字。說詳中國文字學三章二節。

▲羊，撖也。從干。入一爲干，入二爲羊。讀若能，言稍甚也。

小徐作讀若餁。宇純案：諸家以南下云羊聲，依小徐爲正，是也。唯此字實從偏旁分析得之，非真有羊字也。籀文燮字從羊，漢儒又分析南字，以羊爲其聲，因望文生訓，從南字設音，以其字從入二，較干之從入一爲甚，遂云其義爲撖，其音如餁。今知燮南二字並不從羊，見金文，由知羊不爲字。

▲句，曲也。從口，ㄐ聲。

宇純案：口曲義不相協；古韻ㄐ聲幽部，句聲侯部，音亦不諧。說文「ㄐ，相糾繚也」，故以爲句字義符，口亦侯部字，聲又與句近，故以爲聲符。當依朱駿聲改云「從ㄐ，口聲」。

▲世，三十年爲一世。從卅而曳長之，亦取其聲。

宇純案：許謂亦取其聲者，蒙上句「從卅而曳長之」而言，其意世字既取卅之形，曳長其末筆以爲別，其語亦取卅之音而曳長之。蓋卅爲入聲，世爲舒聲，入聲促而舒聲長，故其云之如此。段注以爲取曳字之音，非是。別參中國文字學三章二節。

▲言，從口，䇂聲。

宇純案：言不從䇂，其字本取舌形見意，若夕之與月。因求其字形之別，強於舌上施橫。說詳中國文字學三章二節。

▲詧，言微親詧也。從言，察省聲。

小徐作祭省聲，段注及桂氏義證以爲然。宇純案：詧是察之轉注字，即據察字易其形符從言，貿處於示字之所，大徐是。

▲譣，問也。

段注云：「按言部讖，驗也；竹部籤，驗也。驗在馬部爲馬名，然則云徵驗者，於六書爲假借，莫詳其本字。今按譣其正字也。譣訓問，謂按問，與試驗應驗義近。自驗切魚窆，譣切息廉，二音迥異，尟識其關竅矣。」宇純案：段說是，魚窆、息廉之今音雖殊，上古則聲爲 sŋ-複母，非迥異也。參前䍐字讀記。

▲設，施陳也。從言殳，殳使人也。

徐灝說文注箋云：「從殳義不可通，疑當爲役省。」宇純案：設，審母；殳，禪母，一清一濁。說文云短字從豆聲，豆字古韻侯部，殳字古韻亦侯部：短字古韻元部，設字古韻祭部，元祭對轉。未知設是殳聲否？

▲𢧢，籀文誖，從二或。

宇純案：此字見於甲骨文及金文，本從二戎相向。戎字從戈從盾。說詳中國文字學三章五節。

▲訇，騃言聲。從言，匀省聲。

宇純案：匀聲古韻真部，此字音虎橫切，古韻當在耕部。段注引匉訇連語。說文無匉字，廣韻音普耕切，匉訇二字疊韻，當由平字類從訇字加勹以成（案與凰字同例），平正耕部字。然則此是真耕旁轉爲聲。至其聲母，匀雖屬喻四，均字從匀聲讀見母，筠字從均聲屬喻三，以見其聲與訇字亦近。

▲譀，誕也。[illegible]，俗譀從忘。

宇純案：俗譀從忘，音義兩無可說。疑本從妄會意。

▲誩，競言也。從二言，讀若競。

林義光文源競字下云：「誩即競之偏旁，不爲字。」宇純案：余曩爲中國文字學，主說文中字，有分析自文字偏旁者，今讀文源，知林氏先得吾心，喜而錄之。本部三字，競字而外，譱字所以從誩，以別有詳字，更作左右式，則與詳字同形；取上下式，又害於字形之方正，因增一言列之羊下，以加大寬度。二言猶一言，非有所取義乎「競言」也。小篆雖強改爲一言，其字終不可傳，今書作善而不見言字矣。讟字所以從誩者，亦以有讀字而不得從一言。讟與謗同義，謗字從言，尤不啻讟字從二言義同一言之證。饒炯部首訂云：「言之通義爲直言，誩猶二人直持其說也，各不相讓，蓋爭言也。但爭者以手，其意有惡無美。誩者以言，其意有惡有美，故爭誩之音義相同（宇純案：此語不解），部中譱從誩，意取其美，讟從誩，意取其惡，皆可證。」是真不知而曲說。

▲音，從言含一。

宇純案：從一無義，音本與言共一形，皆取舌字見意，爲其形有所別，強於口中施橫耳。詳中國文字學三章二節。段注以爲「有節之意」，牽傅爲辭也。

▲對，應無方也。從丵口，從寸。對，對或從士。漢文帝以爲責對而面言，多非誠對，故去其口以從士也。

對字見於金文皆從土，從口者，是後起之轉注字。說文所謂漢文帝去其口從士，段注云「篇韻皆以土，未知孰是」，已可無論。唯對字本義及形構如何，因其從丵義無可會，諸家多方揣測，差強人意者，厥有二說：

> 其一，章炳麟小學答問云：「對當為艸木棽儷之誼。後漢書馬融傳豐彤對蔚，章懷太子曰：皆林木貌也。……廣雅薱薱，茂也，古字當衹作對。……」

> 其二，林義光文源云：「對，古作  作 ，丵者，業省。從又持業，業，版也。業本覆簴之版，引申為書冊之版。曲禮請業則起，注謂篇卷也。版亦即笏，對者執之，所以書思對命。或作 ，從土，土者，壬省，挺立以對也。」

宇純案：章林二說，前者無以解其字從又若 ，後者無解其字從土，壬省挺立以對之說，聊堪發人一噱。余謂此字本義蓋謂給事之無方，故從又從丵：又以示給事，丵則說文云「叢生艸也，象丵嶽相並出也」，以象事起之無方。艸生土中，故下從土，或亦不從土。說文：「 ，瀆業也。從丵從収。」又：「僕，給事者。從人菐。」二字之造意，並可說明對字從丵從又之本旨。䣄侯鼎對字作 ，竟與瀆菐字同形，尤無異爲其徵驗。自其字專言語言之應對，故說文云應無方，而未盡失本義；若說文所收改土爲口之䨺，此則義爲應對之轉注專字矣。

▲孚，卵孚也，從爪子。

宇純案：此字從爪子，非其始意。師寰簋字作 ，舀鼎作

，卯簋作 ，孚尊作 ，俱不從子。原當是從兩翅孵卵形，後其下方同化爲子字，其上亦誤認爲爪形。

▲𠂈，亦丮也。從反爪，闕。

宇純案：此由分析偏旁而爲字，故無其音，而許云闕。說見中國文字學三章五節。

▲𠃨，亦持也。從反丮，闕。

宇純案：此從分析鬥字而來，本不爲字，故亦無音。說見中國文字學三章五節。

▲鬥，兩士相對，兵杖在後，象鬥之形。

宇純案：字無兵杖，而言在後者，許君分析鬥字，以丮𠃨皆字，丮義爲持，𠃨義亦當爲持，持必有物，而於字無有，故以隱藏身後爲說，學者多不解此意。說詳中國文字學三章五節。

▲䦧，試力士錘也。從鬥從戈，或從戰省，讀若縣。

宇純案：疑當是從戈爲聲，字讀若縣，戈縣雙聲（划字從戈聲，聲母與縣同）對轉。

▲及，逮也，從又人。，古文及。

古文及字徐灝朱駿聲並云疑是逮字，宇純案：其說可從。說文及，逮也；逮，及也。又追，逐也；逐，追也。並二字互訓。然據楊樹達積微居甲文說釋追逐云：「余考之卜辭，則（追逐）二字用法劃然不紊，蓋追必用於人，逐必用於獸也。」又云：「余爲此文後，曾寄示茶陵周生，周生來書云，曾以余說遍檢卜辭，無不相合云。」然則及與逮始義亦當有人獸之別，故及字作，象亡人在前，有又（手）自後及之；而逮字從隶從辵，說文「，及也。從又，尾省，又持尾從後及之也」，隶即逮之初文。古文及字於逮字加羊角，仍當爲逮字。

▲事，職也。從史，之省聲。

宇純案：之事古聲有隔，金文事字作 、 或 ，史上諸形，但以別於史字，無所取義。參前吏字讀記。

▲豎，豎立也。從臤，豆聲。豎，籒文豎，從殳。

豎立小徐作堅立。說文詁林所收各家，除段注及朱氏說文通訓定聲，皆主作豎立爲是。朱氏但云「各本作豎立也，誤」，未明所以。段注云：「堅立謂堅固立之也。豎與尌音義同，而豎從臤，故知爲堅立。」宇純案：許君以豎字繫臤部，臤下云堅，故豎下云堅立。如是豎立，則云立足矣，豎字不當有，以知段說是。然豎義祇爲立，不必堅，許說終是一疑。余謂此本臣豎字（參王國維林義光說），假借言立，其字原以從臣爲義，以殳爲聲，即甲骨文  字；或從臣，豆聲，見古鉩文。籀文合二聲爲一，若福字或從示畐聲，或從示北聲，或合畐北聲作 ；小篆省豐爲豎。說詳中國文字學三章八節。

▲殳，以杸殊人也。周禮：殳以積竹，八觚，長丈二尺，建於兵車，旅賁以先驅。從又，几聲。

宇純案：几聲非古，此字本作 ，象形，見甲骨文 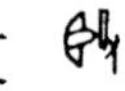 字偏旁。說詳中國文字學三章八節。

▲祋，殳也。從殳，示聲。或說城郭市里高縣羊皮，有不當入而入者，暫下以驚牛馬曰祋。詩曰何戈與祋。

宇純案：許引詩見曹風候人，祋與芾字協韻，明其古韻屬祭部，與示聲屬脂部有隔，開合亦復不同，示不得爲聲也。據後一義，殳長丈二，蓋即以殳懸羊皮示警。祋與殳同物而異名，其字不可別，遂以加示者爲祋字。

▲ ，古文殺。

宇純案：古文殺作 ，即金文  字以爲蔡字者，此治古文字者咸知之。顧其形構如何，諸家所言，或於形有隔，或於聲不諧，或於韻不合，無一可取。余謂  乃竄字異構，從犬而曳其尾，象其俯身竄逃形，後足爲尾所掩，故莫得見。說文以爲古文殺字者：篆書殺作 ，許君云殺字從殳杀聲，而說文無杀字（張

參說以爲杀即古殺字），竄殺二字古聲同精系，韻則元祭對轉，殺蓋即以杀爲聲，後譌杀爲𣏂，古文或有假杀爲殺者，許君遂收殺字古文耳。金文以爲蔡字者：蔡亦祭部字，而聲母與竄相同，疑自蔡叔爲周公所竄，後即書蔡字爲杀。釋名云：「衛，衛也。既滅殷，立武庚爲殷後，三監以守衛之也。」「魯，魯鈍也。國多山水，民性樸魯也。」「宋，送也。地接淮泗而東南傾，以爲殷後，若云滓穢所在，送使隨流東入海也。」說文宋下亦云讀若送。若然，國有因故而立名，杀亦近之矣。

▲取，使也。從攴，耴省聲。

宇純案：耴聲不省，不害字之方正，此說不可信也。余曩謂從耳者，詩抑云「匪面命之，言提其耳」，故以爲意。見中國文字學三章七節。近觀張舜徽約注，亦有此說。

▲㸚，二爻也。

段注云：「二爻者，交之廣也。以形爲義，故下不云從二爻，玨𥜿疑皆此例，無庸補從二玉、從二余也。玉篇力爾切，廣韻力紙切，云㸚尒，布明白，象形也。此附合爾之同韻爲音。大徐力几切。」宇純案：㸚下云二爻，猶屾下林下云二山二水，皆分析文字偏旁而來，不爲字。段舉𥜿字亦此類（案：𥜿字不見說文偏旁，見於毛公鼎番生簋𤩽字所從，則許書收𥜿字，有所受之矣）；玨則異乎是。㸚部收爾爽二字，實即㸚字之所從出。力爾、力紙之音，即傅會爲說文爾下麗爾字之音，其韻其調依爾字而略易。廣韻云㸚尒，是其確證矣。小徐略迆反，音同篇韻；大徐力几切，則因紙旨音近而混淆。

▲爾，麗爾，猶靡麗也。從冂從㸚，其孔㸚，尒聲。

字純案：金文作或，與說文從冂從㸚之說不盡相合；尒下云：「詞之必然也。從入丨八」，殆全不可理解。說文𪓿下云「𪓿鼀，詹諸也。從黽，爾聲」，疑爾即𪓿鼀之象形。其始應與黽字同近，後爲其別，兩形遂遠，則仍象突出兩眼之蛙首，說文以尒別爲一字，其實尒爲爾省。爾之省作尒，亦猶虎之省作虍（見虇䖒鬳偏旁，說文以爲虎紋字，非是），鹿之省作𢉖（見籀文麈字偏旁），而馬之省作（見金文驫字偏旁）也。

說文解字第四篇讀記

▲䁵，兒初生瞥者。从目，睘聲。

瞥，段注依篇韻改爲蔽目二字，云：「蔽目，謂外有物壅蔽之，非牟子之翳也。」桂氏《義證》則取《說文》瞥下目翳之訓，謂篇韻誤析爲二字。王筠《釋例》云：「吾聞故老云，兒生三日始開目，常也；有至五日七日者。今則墮地開目以爲常，亦氣漸薄也，故䁵下云瞥。則瞥下所云目翳，爲瞼蔽其精，而非如方書所謂雲翳。許君欲其互相筦攝，故如此立文。」宇純案：如王說，段桂義亦無別。（徐鍇云：謂轉目視人也。〈西都賦〉曰「目䁵轉而意迷」。案今文選是眴字，《說文》訓目搖，正與文意合，是小徐說誤之證。）唯此字大徐邦免切，小徐邦免反，睘聲之字古韻雖屬元部，但不出牙喉音，與脣音之䁵聲母相遠，䁵不得从睘爲聲甚明。元部中字，若般、緐、樊、半、反、辡、弁、番，可爲聲符者甚多，此字果爲形聲，不應獨用無以諧聲之睘字。（睘字本形本音如何，詳見下讀記。）

疑䁵由累增而成，其始蓋作 ，从衣目會意，後移目於衣上爲 ，遂混同於 （案說文 ，金文作 ，見〈睘卣〉及〈番生簋〉），於是加目作䁵以爲之別。始从衣目者，《說文》：「衣，所以蔽體者」，《爾雅．釋艸》云「薄，石衣」，《說文》云：「菭，水衣」，「被，寢衣」，「韈，足衣」，「韣，弓衣」，「韔，弓衣」，《周禮．醢人》鄭眾亦云：「菭，水中魚衣」，古以蔽覆之物謂之衣，故字取衣目以見意。

▲盼，《詩》曰美目盼兮，从目，分聲。

大小徐同，段注據《玄應音義》於《詩》曰上補「白黑分也」四字。清儒所見大致相同，沈濤《古本考》至謂：「今本但稱詩而無訓解，許書無此例也。」宇純案：牛部犕下直云：「《易》曰犕牛乘馬，从牛𤰇聲」，糸部絇下云「《詩》云素以爲絇兮，从糸旬聲」，《說文》明有以經文代訓解之例，段氏非不知。漢儒說詩，毛傳云「白黑分」之外，馬融云「動目貌」，（案韓詩云「黑色也」，當據牟子言之，義與毛傳不異。）許君說詩不必與毛同，下文云：「从目分聲」，不云「从目分」會意，不啻爲不用毛義之證，唐人引書，云出《說文》而非許書者，往往有之，此未可據玄應書補。唯詩以盼與倩韻，孔子引詩下有「素以爲絇兮」句，絇从旬聲，古韻屬真部；倩从耕部青爲聲，亦當旁轉入真，則盼爲真部字可由確定。許君云分聲，段注據云十三部，不可信，字當从分會意，其義以毛說爲得。馬融云動目皃，蓋謂流轉善睞，此望文生訓也。然後世以顧盼連稱，則由馬義歧出。

▲睒，暫視皃。从目，炎聲。

宇純案：炎聲屬喻三，此同三火之焱。因求字形之方正省而爲炎。焱義爲火華，以贍切，古讀舌頭音，轉而爲齒音。凡《說文》炎聲之字皆讀舌、齒音，並焱之省作。唯一熊字，《說文》說以爲炎省聲，亦爲求方正之故而省作火。其始則炎焱二字並作火，本由火字分化，與月夕、帚婦、星晶原同一形相同，後以一

火二火三火爲別，情形與屮、艸、芔、茻相似。（參拙著《論重紐等韻及其相關問題》說繆字）

▲瞴，瞴婁，微視也。

段注云：「瞴婁，疊韻，篇韻婁作瞜。」宇純案：無聲婁聲分屬魚及侯部，瞴音莫浮切，蓋方音無聲早歸矦部之虞，故與婁爲疊韻。（案：莫浮切，憑上字定韻無一等音，與婁同屬侯韻）此本複輔音 ml-之音變爲雙音節，與命令相同，故《說文》但有从目之瞴，其第二音節形成之始假婁字以行，後轉注加目爲瞜字。桂馥、王筠並云字書或作牟婁，不詳所據。牟、婁古韻亦不同部，當是牟、婁同入侯韻之後起寫法，由以見瞴婁確爲疊韻結構。

▲睘，目驚視也。从目，袁聲。《詩》曰獨行睘睘。

段注云：「按：袁聲，當在十四部，毛詩與菁（原誤青）姓韻，是合音也。」宇純案：段云古韻在十四部，是也。說文睘聲字並在元部，杕杜詩用同煢，當由方言音異。今讀睘字渠營切，是其借爲煢字之讀，本音當讀元部匣若群母。《集韻》仙韻旬宣切以睘同還字，實从旋字取音，非其本讀。本義不見用，故其本音不傳。至其本形，見於金文〈睘卣〉及〈番生簋〉作  ，从目，  聲，  即《說文》袁字。別詳袁字讀記。

▲眔，目相及也。从目，隶省，讀若與隶同也。

此字即甲文金文用爲連詞之  ，郭沫若以爲當係涕之古字，象目垂涕之形，假爲及與字，又謂《說文》訓「眔詞與也」之臮，即此字之譌。其說大體得之，唯涕字古韻屬脂部；脂部與緝部元音不同，且涕及聲母相遠，不得假涕爲及。余謂此當是泣字，泣與及古韻同在緝部，且同爲送氣牙音，故得通假，其音轉爲陰聲，即微部之「臮」，通用爲暨字，或書臮爲洎，見《尙書．無逸》「爰洎小人」。然即以泣涕漣如表相及之意，涕爲泣之轉語，眔不必爲涕，亦不必爲泣，其始有及、暨二音（《廣韻》洎暨同其冀切，其下並云及也。有－p 者讀及，無－p 者讀暨。）

▲睦，目順也。从目，坴聲。

宇純案：坴音力竹切，睦从坴聲者，其始疑本讀 ml-複母，與命令、瞴婁同，特來母之音節未傳耳。

▲䀢，秘書瞚，从戌。

段注云：「戌聲真聲同在十二部。」宇純案：古韻真聲真部，戌聲脂部，脂真雖爲對轉，戌音辛律切，與瞚字昌真切聲母相隔，韻亦有開合之殊，王玉樹《說文拈字》改䀢爲睋，以成爲聲，成古韻屬耕部，真耕音近，宜爲可信。

▲睎，海岱之間謂眄曰睎。

宇純案：睇下云：「南楚謂眄睇」，與睎義同。睎音香衣切，睇字《廣韻》有土鷄、特計二音，前者與睎音相當，猶畜之音丑救、許救，蓄之音丑六、許竹，又與葩花、芳香、烹亨關係相同，當爲一語之轉。

▲眏，涓目也，从目，央聲。

涓目也，小徐云：「睊也」，段注：「假令訓睊，則當與睊字類厠。自眚而下，皆系目病。……刀部曰：剈，一曰窐也。此睊也當作剈目，謂窐目也。窐，下也。」宇純案：窐目非病，且剈無由誤爲涓，眏果爲下目，當與下文訓目陷之䁾類次，以知段注不可從。大徐作涓目，並云「央聲當从決省」。《說文》涓下云小流，據兹意，涓目謂淚時流不止，決省猶謂眏之言決也。孔廣居《說文疑疑》云：「央轉入即言決，姎抰泱等之注決省聲，是許君之誤，乃眏字許注央聲，而徐反謂當从決省，何哉！」亦不達徐氏之意而已，唯涓目疑原作目涓，目在涓下，故小徐本誤作睊字。

▲眣，目不正也。从目，失聲。

不下小徐有從字，爲各家所不取，獨段注從之，解云：「所謂匈中不正者也」，而其意無所依憑（說詳下）。眢篆下云「眣也」，其字亦不見於古籍，自楊慎引唐人小說術士相裴夫人「目眥而緩，主淫」，諸家相率鈔錄，於眥眣字義不見有所發明。然小徐云：「其視散若有所失也。」是其所據《說文》原有從字，非無意間造成，則以有從爲是。又公羊文公七年傳「眣晉大夫使與公盟也」，何休云「以目通指曰眣」，又成公二年傳「郤克眣魯衛之使」，釋文云：「眣音舜，本又作眣，丑乙反，又大結反。字書云：眣，瞚也，以忍反。」釋文「眣，音舜，又丑乙反，又達結反」段注因云：「疑此字从矢會意，从失者，其譌體。以譌體改《說文》，淺人無識之故也。陸云又作眣而已，未嘗云《說文》作眣也。許云目不從正者，公羊兩言眣，皆不以正也。」宇純案：矢聲之字不讀入聲，失聲則正與丑乙、大結之音相合，大徐音丑栗切，丑栗同丑乙；小徐音賜七反，賜疑是暢字之誤，亦與丑乙同。公羊之眣本又作眣，自是形近相涉。眣音舜者，以眣當《說文》之瞚。甲骨文寅與矢同一形，寅，進也，即由矢字分化，後加  作 、作  以別於矢，漸而譌爲篆文之 ，故瞚或作眣，从矢實从寅也。其字本與《說文》眣字無關，段謂「公羊言眣皆不以正」，不知其會盟之事或爲不正，眣字之意則不得以目不從正解之，其說實誤。

▲瞥，从目，榮省聲。

段改榮作熒云：「凡營塋瑩鎣袋榮榮字皆曰熒省聲，而此字尤當从熒省會意。熒者，火光不定之貌，火星稱熒惑。」嚴可均、王筠、朱駿聲並改榮爲熒。宇純案：榮熒形近，據段舉自營至榮諸字《說文》並云熒省聲例之，此榮原或當是熒字。然依金文言之，自營至榮諸字並當以榮爲聲，即熒字亦然。金文榮字作 （此方濬益說），象艸榮之形，譌變爲 ，更而爲 ，於是有加木之榮，上列諸字原並當以𤇾爲聲，𤇾即榮字。

▲瞚，開闔目數搖也。从目，寅聲。

大徐舒問（問當作閏）切，小徐失閏反。宇純案：寅聲之字應讀開口音，公羊文公七年傳「眣晉大夫使與公盟」，釋文云：「字書云眣，瞚也，以忍反。」眣與瞚實同字，甲文寅本與矢同形，即由矢字分化。以忍反即爲開口讀音；又閃音失冉反，聲與瞚同而言事相類，蓋一語之轉，亦見其始爲開口音。瞚閃語轉，猶扇之與翣也。《說文》無瞬字，後人以瞚當之，故改其音爲舒閏切。

▲省，視也，从眉省，从中。

宇純案：省之義爲視，不得从眉，當以从目表義，甲文作  若 ，金文作 、、 若 ， 即由丨變 之通例，由 而十，篆文  乃橫畫之變，與眚作  別，解者或云省眚同字， 乃  省，或云眚乃生之初字， 象種子迸牙之形，前者不知省形省聲產生之背景，省果同於眚，必不致省畫也。（省形省聲以求方正美觀爲主旨，詳見拙著《中國文字學》第三章第七節），後者尤爲隨意妄言。聞一多以  若丨象目光之注視，此最有創意，以金文是字作 ，以丨象日光之

直射衡之，亦最爲可取，余則別謂丨若  並象諦視時額間皺起之狀。宜可以備爲一說。

▲魯，鈍詞也。从白，羨省聲。

段改羨省聲爲魚聲，注云：「羨从差省聲，在古音十七部，今之歌麻韻。魯字古今音皆在五部，䲝櫓字用爲諧聲，古文以旅爲魯。則羨爲淺人妄改也，今正。」學者多韙之。宇純獨以爲魯魚既自古同音，而羨魯古今皆音遠，焉得淺人改魚就羨之理，則羨省爲許君之舊無可疑，推源許君之所以爲此說，蓋魯古韻本屬魚部，魚部元音爲 a ，漢以後 a 或爲 o，即今音之模魚韻，其未變者則今音之麻。疑許君之音，魯與魚分音，魚已變 o，而魯仍爲 a ，歌部之羨本爲 a 之音，故以羨省聲說之。又案魯字金文从口魚聲，魚尾之「Λ」與口相接，許君因云从白，亦與造字原意不合。

▲者，別事詞也。從白，聲。，古文旅字。

宇純案：金文者字作 、、、、、 諸形，其下从口，不从白，其上亦不爲旅字，已不待明。唯其上所从何字，則無定論。高田忠周以爲黍之異文，朱芳圃云象樹枝舒展，子實蕃衍之形，當爲櫧字。甲骨文黍字恆見，其不从水者，大致有 、、、，羅振玉所謂「黍爲散穗，故作   之狀」，即簡作  者，亦與此字絕不相同。櫧則《說

文》所無，余謂當是楮之初文，略象葉及實也，〈散盤〉之，象植土上，旁更加木示意，象木形可從定。《說文》云楮从者聲，其始則者本从楮聲。文字之發展，有反覆顛倒以爲聲者，如凵本笑字，去以爲聲，後有从去聲之笑；亩本廩字，稟以爲聲，後又有稟聲之廩。

▲百，十十也。从一白。數，十、百爲一貫，相章也。

一白何以爲百，無可解。段注改數以下爲：「數，十十爲一百；百，白也。十百爲一貫；貫，章也。」謂白爲告白，百白疊韻，貫章雙聲（案段不明聲系，此大誤），既亦不知所云，而百白之說，是直主百不從白字，則許不得入此部矣。檢視甲骨文百字，有、、、、、諸形。前三者，外圍與黑白字同形，而中畫微別；後者於上端施横，而下端有與白字不異者。亦偶一見作若者，直引兩側線與横相接，由此經金文之、、，而爲小篆之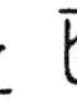。戴家祥云：「百从一白，蓋假白以定其聲，復以一爲係數，加一于白，合而爲百。」于省吾云：「甲骨文還有借白以爲百者，如三白羌（《燕》一二四五）即三百羌。百字的造字本義，係于白字中部附加一個折角形的曲劃，作爲指事字的標志，以別于白，而仍因白字以爲聲。」宇純案：戴于說大體得之。百本假用白字，其上加横者，本是一百合書，猶千本假人字爲之，加横作者，爲一千合書，後即以此別於白與人字。百之作與者，亦以中畫折書別嫌之法，又或合横與折畫而爲，皆由假借通過指事手法以別形而成轉注之字，與後世刁別於刀，余別於佘相同。

（戰國時銅版兆域圖之  ，則以橫下移，而豎以連之，胤好壺更變為  ，論者以百字倒書，非是。）

▲皕，二百也。讀若逼（本作秘，此據段注校改）。

宇純案：甲、金文二百字作  合文，逼之音，聲同於百，韻同於奭字𧯷字（逼，彼側切；奭、𧯷，同許極切。今《廣韻》誤奭為奭。）疑此字即據奭、𧯷二字分析偏旁而來，音亦出於傅會。

▲奭，盛也，從大從皕，皕亦聲，讀若郝。

大徐詩亦切，小徐希式反。宇純案：兩切讀音大異，《廣韻》昔韻施隻切收奭字，注云盛也，與大徐合。職韻許極切，無此字，而奭下云斜視。奭本音舉朱切，別見虞韻。此奭即奭字之誤，許君奭讀若郝，《爾雅．釋訓》「赫赫躍躍」，舍人本赫作奭，是奭讀曉母之證。《詩經．瞻彼洛矣》「韎韐有奭」（不入韻），《白虎通》奭作赩，《廣韻》赩為許極切紐首，尤證奭當為奭（同紐㥛下云瞋怒皃，㥛即《孟子》王赫斯怒之赫，《廣雅》云「赫，怒也」。亦㥛字之誤。）切三兄字音詩榮反，囂字音詩嬌反，分別為許榮、許嬌之誤，疑大徐詩亦切詩為許字之誤，《廣韻》即據誤音而收；亦疑弋之聲誤。

▲𦑜，鳥之彊羽猛者。从羽，是聲。（前云廣韻施隻切與大徐合，據誤音收施隻切下耳，廣韻不可據。）

宇純案：鳥之彊羽猛者，桂馥云「鳥羽之彊猛者」。是聲而讀俱豉切者，《周禮》「𦑜氏」，鄭眾云「𦑜讀爲翅翼之翅」，鄭玄云「𦑜，鳥翮也」，並以𦑜同翅。翅从支聲，支聲之字有讀見系者，如鼓之音居企。翅字《廣韻》見施智切，其始當爲 sk-之複母。《廣韻》𦑜字見於施智、居企二切之下。

▲翊，飛皃。从羽，立聲。

宇純案：此字清儒以爲假用爲昱字之翌，今之學者謂即甲骨文之  ，皆似是而實非之言也。《說文》翊下訓飛皃，段注引〈吳都賦〉「**趁𨆃猹㧡**」、《漢書》郊祀歌「神之來，泛翊翊，甘露降，慶雲集。」及《廣雅》「猹㧡，飛也」爲證，顏師古翊音力入切，翊與《集韻》猹㧡二字疊韻連語，曹憲猹音力答反，與許云从羽立聲相合。甲骨文之  ，則初借  爲昱，後轉注加  聲作  以爲之別。王國維釋  爲**巤**，其誤已不待更言，唐蘭云：「  當釋羽，象羽翼之形，翼之本字也。」唐氏不知音學，又倡言研究古文字不可受周秦古音學之束縛，故隨意興爲說，不知羽翼二字聲韻俱遠，  果爲羽，則不得爲翼；既爲翼，斯無由爲羽，唐氏後又鑒於「翼字用既不繁，形復難象，古初殆借異字爲之，則翼不當有象形之字」（案此論亦不知何據）。「卜辭之  即後世之翊，則其所從之  ，即應爲羽字，皦然無可疑」，於是定  爲羽字，借用爲昱。而其說爲《甲骨文字集釋》許爲

「不可易」。殊不知羽與昱亦聲韻兩不相及，羽字不可以借為昱。從知不知音學不足以言字學也。前賢所說，唯葉玉森以為「象蟲翼上有網膜，當即古象形翼字」，獨能洞燭千古之上。翼古韻屬之部喻四，昱屬幽部喻四，而並為入聲，之幽音近，故借字讀作昱，為別其形，加立聲作以成轉注專字。立古韻屬緝部來母，幽與緝音亦近，集古或讀同就，是其明證。喻四屬舌音，與來音近，䜪音力稔切，䜪聲之鄰讀餘針切，䙚或从賣聲作襩，及蜼字音力軌、以醉二切，即其例。故借昱之或加立聲，亦有加日表義作以別者；或又合聲及日形為（見〈小盂鼎〉），省去形即篆文之昱，之作翊者，則因後世漸為形聲之翼所取代，字罕見，而其形近於羽，遂同化於羽而為翊，是甲骨文本不从羽，亦不以翼之象形為義，自與《說文》訓飛皃之翊不相涉，譌變乃與訓飛皃之翊適同一形耳。訓飛皃之翊本為收-p 之入聲，說已見上，大徐音與職切，小徐音以即反，並據翌日字作音，不可從。

▲隹，鳥之短尾總名也，象形。

宇純案：隹本作，篆隸以足形之上畫與翅形之三畫平列而四之，省其足形之下畫作作隹；古亦有變足形之二畫為二點進而為四點作焦者，因與即消切从火之焦字無別，而不為人知，說詳雔字讀記。

▲雞，知時畜也。从隹，奚聲。

宇純案：許以知字為聲訓，知雞古韻同佳部。

▲雁，鳥也。从隹，瘖省聲，或从人，人亦聲。

宇純案：金文字作 ，从隹，从人而反其形，旁有小點，隸書作鷹，大體與籀文合，而不作鷹；膺或作膺，亦不作膺若膺，亦並與金文 字从厂不从疒相合。篆書从疒作雁，與其前後兩階段文字均不同，於形為突變，必李斯等據如金文之字形，不得其解而改之，許君說為瘖省聲，亦必是相傳李斯等改造文字之字說也，蓋既據 字从厂，傅會為疒而說為瘖省聲，从人部分，疑即小點之變形。隸書相同，宜非斯等所改作。徐鍇以為「鷹隨人所指蹤，故从人」，或是變點為人之取義，然均非造字之本意也。人鷹音聲韻皆遠，亦聲之說，尤為舛誤，恐又出後人所增。《說文》云籀文作 ，疑原為籀文或體（案籀文有或體，其例如其及牆字）。籀文鷹之別一體，即斯等據以改為篆文如金文之 字者其所不同如金文之 者，特又益之以鳥耳。从 部分，則疑涉小篆而誤。至 之原始結構，解者多方，唯王國維說稍有理致，而亦疑未可取。王云：「字从厂下隹，厂从人从丨，亦之側視形也。……古人養鷹，常在臂亦間，故从此會意。且亦鷹雙聲字，謂之亦亦聲亦可。」亦聲之字有夜，从正面亦字作 ，而不作 ；此字金文多見，而不一見從正面之 ，此猶謂隹字繁大不同於 ，故夜字可取正面之亦，而此字不可。唯豢鷹者，恆見置之肩若肱上，不聞於臂亦之間；若謂其取投食時狀，則飼養鷄鴿亦然，何獨於鷹字取以見意乎？至於亦鷹雙聲之說，則鷹爲影母，亦讀喻四古屬舌頭音，兩不相干，明爲舛誤（案二者韻不同，亦不合亦聲條件）。余則疑爲膺初文，點以示其部位所在。膺鷹同音，故以爲聲。膺與臆一聲之轉，臆或作肊，疑原作，象形，與乃爲奶象形，可相互發明（詳乃字讀記）。後世字不傳，別爲从肉雁聲之膺，情形與楮同，參楮字讀記。

▲魋，如小熊，赤毛而黃。从隹，鬼聲。

此字段氏所補。云：「各本無此篆，據言部譢篆下曰从言魋聲，必當有此篆。但大徐補入鬼部，未當。今依《爾雅》補入隹部，獸可言隹也。杜回切，十五部。」宇純案：《說文》所失收聲符之字，不一而足，由字希字並其例，補之則當從大徐入鬼部。一則沈兼士鬼字原始意義之試探謂鬼與禺同爲類人異獸之稱，是鬼與魋義類相近（鈕樹玉《段注訂》云：二足而羽謂之禽，四足而毛謂之獸，自有分別。今云獸可言隹，未知何出。）二則鬼讀見母，與此字音杜回切聲不相合，隹聲則聲韻無不諧矣。

▲蒦，規蒦，商也。从又持萑。一曰視遽皃，一曰蒦，度也。

宇純案：《說文》「萑，鴟屬，所鳴其民有禍。」蒦義爲商度，而字从又持萑，其義難顯，疑从又萑聲，與度字造意相同。萑古韻屬元部，而《說文》云讀若和，和歌部，元歌對轉，虘虘从魚部之虍爲聲入歌，虞从虍聲入元，閼从於聲入元入祭，皆其比也。

▲舊，雖舊，舊留也。从萑，臼聲。

段注：古音在一部。宇純案：舊从臼聲，古韻段當云三部，故其或體从休聲作鵂。假借爲新舊字，則在一部。

▲𦫳，羊角也，象形。讀若乖。

宇純案：此字疑由羊字乖字分析偏旁而來，故其音與乖字不異。段注云：「知爲羊角者，於羊字知之也。」無他證。

▲𠔏，相當也。闕。讀若宀。

宇純案：糸部䜌下云从 𠔏，疑此字即由分析䜌字而來。（參䜌字讀記）。闕，段謂闕其形。𠔏 象左右相對形，其義正所謂望文而生，何闕之有；蓋本謂闕其音耳，讀若宀三字，疑淺人視㒼从𠔏聲而妄增，隸書滿或作滿，所从與此同形。大徐滿𠔏二字並母官切。

▲苜，目不正也。从目。

宇純案：此字與蔑同音，疑即蔑之省作，但見於瞢、莧等字之偏旁，本爲諸字構形之易趣方正便捷。然蔑本作若，从目會意，又取眉形以爲聲，省之爲若，則與眉字無別，而無以見意，因改易之形爲，遂致蔑字亦由作，至篆文而爲字，許君無以窺其始末，既於瞢莧蔑諸字析出苜字，解其从目會意，釋其義爲目不正，然瞢之義目不明，莧之義火不明，固是蔑字勞目無精之意，與目不正之義無關，足見其說之誤也。

▲蔑，勞目無精也。从苜，人勞則蔑然，从戍。

宇純案：此字甲骨文作、、、、、諸形，象人有眉目之形，外則一戈，本取人任役而目勞無精以見意；又因眉蔑互爲平入或於目上繪出眉形以爲聲耳（非形聲兼會意之說）；而不必有聲，故亦有不作眉形者，金文則目上悉作形，與《說文》从苜之說相合，無作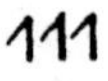、、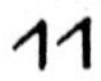、者，顯爲後起現象，疑偏旁省爲爲，與眉字無別，遂強改易作，轉而影響其本體之作，許君以苜說之，未能得其始末也。

▲羖，夏羊牡曰羖。从羊，殳聲。

宇純案：殳字市朱切，古音屬侯部禪母，與羖音公戶切屬魚部見母不同，殳不得爲羖字之聲也。金文鼓字作 （觶文），偏旁與甲骨文殳作  形近，遂類化而爲篆文之殳。 所以鼓之，故以  爲動詞之鼓，而羖實从  聲，鼓與羖同音。

▲羌，西戎牧羊人也。从人从羊，羊亦聲。

宇純案：羌溪母，羊喻四，兩音相遠，羊不得爲羌之聲，羌爲牧羊人，但从羊人會意耳。其字必取上下式者，一則以別於左右式之佯，一則凡从羊會意者，若美若善皆羊在上，以別於形聲之羊在左、在下；而牧羊人以羊爲生計，民以食爲天，故从羊而在上矣。

▲鳳，神鳥也。从鳥，凡聲。，古文鳳，象形。鳳飛，羣鳥從以萬數，故以爲朋黨字。，亦古文鳳。

宇純案：自許君以  爲朋，與鳳同字，而  即爲鵬，亦與鳳同，但朋鵬二字不與鳳同音，鳳字馮貢切，荀子引詩「有皇有鳳（原誤有鳳有皇，依清人說改），樂帝之心」，以鳳韻心字，與凡聲正合，以見其古韻屬侵部。朋鵬則音步崩切，《詩經》凡與朋協韻者，皆蒸部字，以見朋鵬古韻屬蒸部，是二者不同音，清儒如徐灝、孔廣居早疑其非一字，至王國維、林義光據甲骨文

金文友朋字作、，从，以朋貝字爲聲（案友朋貝朋原爲一語，故其字从而書見於右，與从人之形聲字人居左者不同，詳見拙著《中國文字學》第三章第三節），從知許君鳳朋一字之說確係誤解。今所欲言者，小篆即秦篆，但秦三倉僅三千三百字，《說文》乃有九千餘字之小篆，余嘗謂其佚出三倉之外，皆許君據隸書改寫爲小篆形式，謂之篆定（詳見《中國文字學》第四章）。今見於《說文》朋聲之倗、棚、崩、淜、掤、弸、堋、輣、鄘、綳諸字，朋字俱作，自是許君據誤解而書之如此。其中倗即金文之、，此其明證矣。篆文無朋字，其篆定當作或。

▲䳡，祝鳩也。从鳥，隹聲。隼，䳡或从隹一。

宇純案：左氏昭公十七年傳：「祝鳩氏，司徒也。」杜注：「祝鳩，鵻鳩也。」鵻即䳡字，與《說文》合。釋文云：「本或作鶽鳩」者，鶽即鵻之異作，詳參雂字讀記。後人不達，誤讀爲即消切。䳡又从隹一作隼者，釋文云鵻音隹，本又作隹。《詩經．四牡》「翩翩者䳡」，釋文亦云本作隹，《爾雅．釋鳥》亦云「隹其，鳺鴀」，䳡鳩字與隹同音，本即書作隹字，爲其形有以別，或於隹旁加鳥，或於隹下施畫。後者與不下施橫爲丕相同，於六書而言，乃通過指事手法以成轉注之字。李陽冰說爲卂省聲，徐鍇云：「執之也」，戴侗云：「象鷹隼在臂韝上」，段注云「謂壹宿之鳥也」，並不知而臆度。

▲鶃，鶃鳥也。从鳥，兒聲。𪄘，司馬相如鶃从赤。

段云：「鶃，十六部。赤聲古音在五部，而用爲鶃字者，合韻也。蓋凡將篇如此作。」宇純案：魚與佳音不近，且赤爲穿母，與疑母不相涉，鶃不得以赤爲聲也。（蹟又作迹者，亦聲與邪近，故亦聲之夜與夕爲一語，聲不近不得諧聲也。）疑凡將原作𪄘，赤是赦省，與鷘之異體𪄘不同字，許或見之未明，「篆定」而誤書爲赤（篆定一詞參見鳳字讀記）。赦本从支聲，省之而作𪄘者，此猶酥从穌聲而省魚，蝶从磔聲而省石。疑母字古多讀 sŋ-複母，例見喪字讀記。蓋鶃亦本讀 sŋ-，故或以赦爲聲以表其聲母之 s-。赦即豉字，音是義切。

▲鷻，雕也。从鳥，敦聲。《詩》曰匪鷻匪鳶。

大徐度官切，小徐杜酸反，音同，即釋文之徒丸反。然此字本音當讀都昆或都回。知者，許云「鷻，雕也」，鷻雕一語之轉，雕都聊切，故知鷻讀端母也。雕古韻屬幽，幽或與微文相轉，雕琢或曰敦琢，雕弓或曰敦弓，《詩・周頌》有客「敦琢其旅」，釋文云「敦，都回反，徐音彫」；《大雅・竹葦》「敦弓既堅」，釋文云「敦音彫，徐又都雷反」，是鷻當讀都回反之證矣，微與文對轉，故其字从敦聲作鷻，敦本音則都昆反，他若脽讀示隹、之由二切音，脽之義爲脾（徒魂切），疇昔之爲誰昔，九㑦之爲鬼㑦，孰之轉音爲臺（純），熝之轉音爲煨爲煴（煴溫同語），㚇之轉音爲萃，奧之轉音爲蘊，又奧之轉音爲隈，燠之轉音爲鬱，凋之轉音爲磓，以及昷聲之媪讀與襖同（媼、䑗與媪同音，但不見於《說文》)，袖之或體從采（同穗）聲，皆一方爲幽，一方屬微若文，益信鷻之當音都回、都昆反也，今讀度官切者，因其聲符之敦本有度官切一音，後人誤以四月詩鷻與天、淵叶韻，遂誤讀爲度官切耳，(說詳拙文說匪鷻匪鳶，《王靜芝先生八秩壽集》，民國八十四年六月，輔仁大學）又《說文》引《詩》今作匪鶉匪鳶，鶉从𦎫聲，敦亦从𦎫聲，故與鷻字不異，非《說文》訓鵪鶉之鶉。鳶則鳶字之譌。說見鳶字讀記。

▲鳶，鷙鳥也。从鳥，屰聲。

徐鉉云，「屰非聲，一本作 丫 ，疑從萑省，今俗別作鳶。」宇純案：徐云屰非聲，是也。一本作 丫 ，說以爲萑省，韻則合矣，匣母之萑，仍不得讀與專切。至以鳶爲俗體，除《說文》引《詩》作鳶字，經傳無不書作鳶，而《夏小正》作弋，鳶即弋之轉注，是必得以俗體視之也。然而屰聲弋聲皆與與專切之音不合，故段氏之注直據鳶字从屰，謂此字本讀五各切，而怪陸德明誤讀，不知此本作鳶，音五各切，則四月詩不得與鮪爲韻，而《夏小正》亦不得作弋矣。王念孫則因鳶字臆想爲鳶，謂本从戈聲，省之爲鳶，戈聲之字，可入元部，舉閔、戌二字《說文》云讀若縣、讀若環爲證；又謂鳶字上半與武字同體，故隸書減之則譌爲鳶。《說文》引《詩》原作匪鷻匪鳶，因下與鳶字相連，寫者遂誤爲鳶耳。此則不知戈聲之字可以讀若縣環，而不可讀爲與專切。(金文觚及卣文之  ，解者以爲鳶字，即經典之鳶，即由王說出。余謂此是廣韻䲨字，與戈同音，義爲鳥名。）武字作武，是由「武」形以變，原無簡省。因篆文相連，誤書匪鳶爲匪

⿱屰鳥，此容或有之；而適又奪去鳶篆及說解，並⿱屰鳥字之五各反而誤爲與專切（或後人據屰聲之⿱屰鳥而音與專切），是則絕不得然；況《夏小正》作弋，得謂之省鳶爲戈，又巧譌作弋也？余則謂鳶爲弋字之轉注，其形固未嘗誤。其音與職，詩本以鳶字韻鮪，以天字韻淵，後人因鷻之諧聲偏旁有度官切一讀，與天淵音近，誤以爲韻，鳶字不得獨不入韻，因叶音與職爲與專。《說文》引詩作⿱屰鳥者，弋本作 十，屰取大字倒書見意，所見金文多作 丫，則有作 丫 者，遂與弋字不可別，疑《說文》原以⿱屰鳥鳶爲或體，徐鉉云屰一本作 丫，丫 即 十 之譌也。今考《篆隸萬象名義》鶉下次蔦字，鶉下云徒官反雕，明是《說文》之鷻，蔦下云「似專反鵄鳶鶩」，爲「以專反鴟（鵄不成字，古人書氐爲 亘 ，故鴟誤爲鵄），鳥同蔦」之誤，是蔦即大徐所云⿱屰鳥一本作 丫 之証。而其書書護爲䕶，書鑊爲鑊，書饉爲饉，書臒爲臒，又證 仌 即與 丫 同。此書據楊守敬周祖謨所考，全本顧野王原本《玉篇》，以與今傳《大廣益會玉篇》相較，兩者收字次第大同，顯然皆據顧氏原本。該者以鳶與⿱屰鳥同，然則鳶⿱屰鳥⿱屰鳥三者希馮以爲一字，猶可考鑑，段、王二說皆誤，昭昭若揭矣。參鷻字讀記，並詳拙文〈說匪鷻匪⿱屰鳥〉。

▲鷳，鴟也。从鳥，閒聲。

段注云：「《廣雅》曰鷳鴟，《夏小正》謂之弋。弋字之變爲鳶，讀與專切，鳶行而弋廢矣。鳶讀與專切者，與鷳疊韻而又雙聲。毛詩正義引倉頡解詁鳶即鴟也。然則倉頡有鳶字，从鳥弋聲，許無者，謂鷳爲正字，鳶爲俗字也。」宇純案：《說文》原有鳶字，為𪀰之或體，大徐說𪀰字，屰不為聲，一本屰作  。作  者，即弋之譌，屰亦弋之譌。詳見𪀰字讀記。鷳與鳶非雙聲，鳶即讀與專切，與鷳韻亦有開合之殊，鷳不得為鳶字也。

▲鸛，雌雉鳴也。从鳥，唯聲。

大徐以沼切，小徐以沼反。段注云：「古音在十五部。釋文引《說文》以水反，字林于水反，皆古音也。其云以小反者，字之譌，亦聲之譌也。」宇純案：《詩經・匏有苦葉》：「有鸛雉鳴，有瀰濟盈」，鸛、雉、鳴分別與瀰、濟、盈叶韻，段以以水之音為古音，是也，大小徐並音以沼者，以沼即以小，小與水形近，而隹字古有作隹若焦者，據即消切之焦字為讀，故或取以小之音。參趡字讀記。

▲舄，鵲也。象形。

宇純案：金文作  ，象鵲躁形；二其舌者，取其轉動之速疾也。余曩說舌字取動態以別於古字，故或作Y，或作  象形，今於舄字得其印證矣。解者不達，其說舌字，固皆牽強難通，此字或至說為「舄善為巢，上从巢省」，何不近情理之甚也？

▲焉，焉鳥，黃色，出於江淮。象形。

段注云：「今未審何鳥也，自借爲助詞，而本義廢矣。」宇純案：金文烏字作  、 、 ，與此絕相似。《說文》於爲烏古文，閼字从於聲，《廣韻》與焉同於乾切，蒦从萑聲，籆之或作䦱从閒聲，疑焉與烏爲語轉，其禽特毛色爲異耳。

▲棄，捐也，从廾推𠦒棄之；从㐬，（㐬，大徐作𠫓，此從小徐本）逆子也。

宇純案：兩手推箕以棄逆子之說，迂腐可哂。此字以棄嬰爲背景，周始祖以無端懷孕而棄之，宋芮司徒生女赤而毛而棄之，後俱以棄名，是其證矣。 是子字倒置之形，（籀文爲不加髮形者，故與子同形）非逆子也，故甲文作  ，子不倒作。篆文所以子字倒置者，自金文籀文以來如此；初生嬰兒首重項輭，向內而置之，故作倒子之形。甲文不倒置者，殷質周文之一例耳。詳見拙文〈說文古文子字考〉，刊《大陸雜誌》廿一卷第一二期合刊。

▲ ，小謹也，从幺省；屮，財見也，屮亦聲。

宇純案：許說字形，殊不可憭，亦未完全。如以 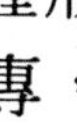 爲玄省，則中間橫畫無說，故段以 爲玄省，加「 象謹形」四字，而一無佐證。徐灝箋以爲即古專字，云「說文寸部專，一曰

紡專。紡專所以收絲，其制以瓦爲之，今或以竹爲之。象紡專之形，上下有物貫之。」金文有壺文作，鉦文作者，並象以手繞絲於紡專之形，小篆作，即其譌變，所謂今以竹爲之，則即筵篿（度官切）之篿，皆與職緣切之音合。說蓋得其實矣。唯金文叀多用同惠，如〈𢦚簋〉「用康」，〈毛公鼎〉「虔夙夕我一人」，〈克鼎〉「于萬民」；甲骨文用作語辭，如「貞叀今月告于南室」，亦與左氏襄公廿六年傳「寺人惠牆伊戾」服注「惠伊皆發聲」相當，惠脂部匣母字，與職緣切之專聲韻皆遠，當是同形異字，《尚書・顧命》「二人雀弁執惠」，僞孔傳云「惠，三隅矛」。與《說文》古文、〈毛公鼎〉、〈無叀鼎〉、〈彔伯毀〉、〈禹鼎〉等叀字作、之形相合，則蓋又爲此三隅矛之象形，始以象矛之三隅，後因與紡專之字混同，而改以別。

▲惠，仁也，从心叀。

案：不从叀，而從三隅矛之叀，古文作，是也。小篆簡化而誤。

▲予，推予也。象相予之形。

宇純案：說爲象相予之形，殊難意會。疑是《說文》訓橡之𥝖字，亦即莊子狙公賦芧之芧，本象𥝖之梂實形，由變而爲，〈齊物論〉釋文芧字李音予，《集韻》魚諸切收之。參櫟字讀記。

▲爰，引也。从𠬪，从于。

《說文》于下云「於也，象气之舒亐」。段注此云：「于亦引詞」並以爰字从于會意。宇純案：于字本形本義不詳。爰字从于，疑以于爲聲，與粵字从于亦取于爲聲相同，于爰粵三字古並讀匣母，爰粵爲元祭對轉，于則古韻屬魚部，魚與元祭元音相近，前文焉下舉閼字从於聲，疑焉烏爲語轉，又拙文〈說簠𠤳𡨦𠥿及其相關問題〉以𨊠侯鼎「幽夫赤舄」即「幽市（即韍字）赤舄」，及𠤳害爲語轉，並爰粵从于聲之說。

▲𢀩，有所依也。从𠬪工。

从工者，徐鍇云：「工，正也。」段注云：「𠬪工者，所落之處巧得宜也。」徐灝箋云：「从工，所據之物也。」宇純案：徐箋之說蓋是而未得其證。古書軾或作式，疑式即軾初文，用爲法式字更加車而爲軾，其字从工弋聲，工即憑式之物。又〈縣妃簋〉云：「白𡱁父休于縣妃曰：𠭯，乃孔縣白寶，易女婦爵。」孔从人象憑式形，與此字造意正同。

▲𠭥，進取也。从𠬪，古聲。敢，籀文𠭥。

金文𠭥字恆見，作 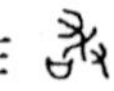 若  ，从  。或  中有小畫同甘字，無从古聲者，古敢雖爲雙聲，魚談亦有轉語、諧聲之例，此終不得爲古聲，林義光始以甘聲說之，從之者眾，然無以解甘上係於  字之  畫。今案：敢聲諧牙喉音及舌音兩系字，其始若讀見母，則如噉與啖同字音徒敢切，㰹一音吐敢切，一音口敢。(《說文》啖，噍啖也。从口炎聲。一曰噉。段注云：韻會無此三字。云或作噉，按口部無噉字，《玉篇》、《廣韻》皆正作噉，云啖同，以譬字例之，蓋說文本作噉。大小徐作雟，《玉篇》、《廣韻》皆作譬，(以譬改雟)《經典釋文》唐石經同）而並無可解，疑敢是噉之初文，本象兩手進食口中大快朵頤之皃，以敢與甘音近，口中加點而爲甘字，字母本送氣音，送氣成分即是曉母，故借以爲勇敢進取字。本義爲借義所奪，而有加口之噉。《說文》三體皆有譌變。

▲㱙，禽獸所食餘也，从歺，从肉。

段注改㱙作朒云：「月，各本作肉，篆體作  ，今正。禽獸所食不皆肉。歺者殘也，月者缺也。《廣韻》十五鎋有此字，與刖明同音，是其字之从月可知矣。」宇純案：月無缺義，殘餘之朒不得从月會意。許云「月，闕也」，乃漢人臆測語源之聲訓，本不足聽信。《廣韻》寒鎋兩韻俱收此字，後者顯然因隸書月肉二字偏旁不別，淺人誤據月聲讀之，故與刖明同音。清人皆不從段改，鈕樹玉、徐承慶、徐灝等且議其失，顧於「月缺」之訓本質不明，不能言从月之無稽，因更明之。

▲殆，枯也。从歺，古聲。

段注云：「周禮，殺王之親者辜之。注：辜之言枯也，謂磔之。按殆同辜，磔也。《玉篇》曰𣦸，古文辜字。」宇純案：殆下云枯也，殆即枯字之轉注，故讀與枯同，猶㱙或作朽。桂馥云：「枯殆聲相近。黃庭經調血理命身不枯；《玉篇》殆，乾；《廣韻》殆，瘁；《呂氏春秋》異用篇澤及髊骨，注云有肉爲髊，無肉曰枯。字或作胋，《廣雅》胋，乾也。」其說是也。掌戮言「辜之」者，辜常義爲罪，鄭以其意不明，故曰「辜之言枯也」，欲易辜爲枯字。易辜爲枯字者，荀子正論云「斬斷枯磔」，故破辜爲枯磔字，而下更言「謂磔之」以足其意。然枯磔字當讀與疈（副）辜（見大宗伯）字同，與枯乾字有見溪之別，許意與鄭不同，故以𣦸爲辜字古文，而別出殆字云枯也。《玉篇》之𣦸，即《說文》古文辜字之譌，非此之證。

▲冎，剮人肉置其骨也，象形，頭隆骨也。

宇純案：過伯簋、過伯爵過字作若，魚匕有「入出」，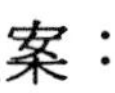讀同骨聲之滑，一从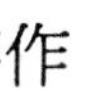，即《說文》此字，一从「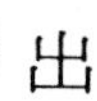」，即《說文》之骨，其始當以爲骨字，象殘骨形；分化爲剮人肉置其骨之冎，後以加肉者爲骨字爲之別，許君以骨从冎，本末倒置矣。

▲**別，分解也。从冎，从刀。**

宇純案：今之另字，由此字分化以出，非部首之冎也。另之義即別，另一个即別一个，故由別字分化爲另。

▲**肊，胷骨也。从肉，乙聲。臆，肊或从意。**

胷骨，小徐作胷肉。宇純案：肊膺雙聲對轉。《廣雅·釋親》：肊、膺，匈也。疑此本一胷字誤爲匈肉二字，又於匈下增肉而爲胷肉。大徐本又易肉爲骨。又案：乙聲，段以爲聲字淺人所增，古韻乙肊不同部也。然以即本脂之入，轉入職韻例之（案宋保諧聲補逸舉必从弋聲，鯽重文作鯽等以爲兩部相關之證，其說必从弋聲不可用），乙聲之說不必誤。余以鷹字金文作，其中爲膺字象形，疑即字省臂之形。人側立張臂見胷，此所以爲膺字；省臂見胷，則此肊字所从。爲奶字初文，可與此字互參。

▲**背，脊也。从肉，北聲。**

宇純案：背面爲北，北面爲背，背北疑一語之轉，孰爲先後，則莫能定。其字則背从北聲，而北，象二人相背形。

▲肘，臂節也。从肉寸。寸，手寸口。

宇純案：以寸口之寸表肘，其意難會，疛、紂、酎三字从寸，《說文》說以爲肘省聲；討字許君說爲會意，疑亦與疛、紂、酎三字同爲形聲，是寸有肘音矣。甲骨文有字，《甲骨文字集釋》釋爲肘字，加以示肘之所在，其說是也。(唯《集釋》從丁山說數名之九乃借象形之肘，假借之義專行，於是於本字加畫以別，此則所見非是，數名之九其始作。與肘作本不相同，以與之象形主體形近，其後漸書作耳。《集釋》又云：「許君不曉乃肘之指事字，遂以寸字解之。从肉从寸以說肘字，於六書不知居於何等。」是又不悟从肉从寸之說，於六書明爲會意，非許君錯誤之所在，至肘之作，於六書當屬象形，加以示意，與字加目以示意相同，非六書之指事也。)其後蓋譌變而作，於是混同於寸字，而加肉以別。如許君所說，紂、酎二字从肘不省，則其字嫌寬，故省之作寸。若疛之从肘省，以瘢、癬、癰、癡、瘢、瘶例之，其中形聲之雝、殹亦不省作邕、医，則知疛之必非从肘而省也。而林義光謂此字从討省聲，亦妄加揣測而已。

▲腹，厚也。

段注云：「腹厚疊韻，此與髮拔也，尾微也一例。謂腹之取名，以其厚大。《釋名》曰腹，複也，富也，文法同。釋詁毛傳皆云腹，厚也，則是引申之義。」宇純案：許君於腹下云厚，即本《爾雅》與毛傳。然毛傳訓腹爲厚，是義之引申，蓋以腹寬厚，故謂腹我爲厚我；許據以爲腹之聲訓，則腹厚韻既有隔，聲尤絕遠，此必不得而然者。漢人於語言之推因，本無一精密之概念，隨意爲說，此其例之彰顯者耳，髮拔、尾微之類，莫不然也。

▲股，髀也。从肉，殳聲。

宇純案：此字本以爲聲，與類化爲，詳殺字讀記。

▲肥，多肉也。从肉从卪。

徐鉉云：「肉不可過多，故从卪。」宇純案：《說文》以卪音義同節字，此爲諸从卪字中唯一可解者。然其字自甲骨文以來皆是人之跪形，故令字從之象跪以受命，字从之象於神前有所祝禱，即字从之象就食之形。古人跪處，余謂肥之从卪者，謂肉多至於不能立，此其爲大肥矣。

▲肴，啖也。

段注云：「折俎謂之肴，見《左傳》《國語》；豆實謂之肴，見毛傳；凡非穀而食曰肴，見鄭箋；皆可啖者也。許當云啖肉也，謂熟饋可啖之肉。今本有奪字。」以啖下奪肉字。《義證》

云：「啖也者，初學記、御覽並引作雜肉也。《廣雅》肴、腅，肉也；《玉篇》腅，肴也。《廣韻》腅作啖。」則以啖即腅，以啖訓肴，猶云肴之義爲肉，爲雜肉。《句讀》則直改「啖也」爲「雜肉也」，云：「今本作啖也者，蓋本作腅。《廣雅》肴、腅，肉也。《玉篇》腅，肴也。《廣韻》腅或作啖。蓋讀者以腅字新奇，取以改許書，校者又以說文無腅，而改爲啖也。是以《玉篇》《廣韻》肴下皆有啖也一義，而皆不以爲正義（宇純案：《廣韻》肴下云：骨體也，又葅也。凡非穀而食曰肴，亦啖也。）知御覽初學記所引不誣也。」宇純案：桂云「《廣韻》腅作啖者」，意謂其肴下「亦啖也」之訓，啖即腅字。但《廣韻》啖字一見敢韻徒敢切，云「與噉同」，噉下云「噉食」，是即《說文》啖字之或體噉，一見闞韻徒濫切，注云「誑也」，均與桂氏意不合。唯闞韻徒濫切腅下云「相飯也或作啖」，相飯應爲食人之意，即《漢書・王吉傳》「吉婦取棗以啖吉」之啖，故《集韻》腅下云：「《博雅》肉也，一曰相飯（今誤飲字）」，明相飯之義不與肉同，（如取相字去聲，相飯猶言佐食，亦當云相飯者，或云所以相飯也，而各殘卷韻書並云相飯。）然則《廣韻》肴下云「亦啖也」，即據今本《說文》爲說，是桂說誤。當以王筠據《廣雅》疑啖本作腅爲得，《說文》無腅字，蓋偶一失收，《廣雅・釋器》以肌膚肴腅膎脼膂腱脤䐶等兩兩相儷而訓之以肉，王念孫《疏證》引《北戶錄》引《字林》云「腅，肴也」，可證《說文》啖必是腅字之誤，蓋腅字罕見，而相飯之啖或書作腅，淺人因改肴肉之腅爲啖字。唯腅之字曹憲音達濫反，疑是相飯字讀音，肴肉之腅本音應讀匣母，與肴爲轉語。知者，王氏《疏證》又云《北戶錄》「又引證俗音云，今內國猶言餅腅」，《集韻》陷韻乎韽切鎌膁䭑𦢊四者下云「餅中肉」，即《北戶錄》之腅，今字作餡，餡在談部。肴語轉爲腅，猶《說文》焦从䨻聲，䨻音徂合切，蘸从醮聲，音莊陷切，宵與談葉相轉也。

▲朞，古文腆。

段注云：「從日蓋誤，《玉篇》作𦚾。」宇純案：古文肰字作  ，王筠《句讀》云：「⊙ 蓋  之譌，與朞同。」是古文日肉形近混淆之證。余因古文期字作  ，疑此別有一理，蓋寫者恍惚此冊下一  字，遂書肉作 ⊙ 而不覺，後遂沿其誤。

▲𦙍，食所遺也。从肉，仕聲。《易》曰噬乾𦙍。胏，揚雄說𦙍从𠂔。

食所遺之訓不詳，《易》噬嗑「六三噬腊肉，遇毒。九四噬乾胏，得金矢。」肉與毒，幽部入聲；胏與矢，脂部上聲，當爲韻文，則揚雄作胏是。仕聲古韻隸之部，不與矢爲韻也。段注因許君云𦙍从仕聲，定其字在一部，而謂或體之𠂔聲爲合韻。宇純案：此字若本在之部，之部字，若子、茲、才、𢦔、巛、甾、采、史、士、再、宰之類可以爲聲者甚眾，而獨以仕字爲聲；仕則本是形聲字，何不逕取士字爲聲也？此一疑也。以仕爲聲，而不作肚，以肉置於人士之間，至於不能得其仕聲之意，此二疑也。許君說  字从  畀，侖字从品侖，凡合首尾兩端說以爲合體字者，其說皆誤，故余謂此字原从壬肉會意，壬即挺立字，象人挺立地上形，小篆譌土爲士，又分離人土爲二，故人在肉上。其始本作 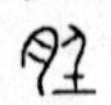 ，《廣雅．釋器》云：「胏，脯也。」《易》釋

文亦云：「胏，一曰脯也。」子夏本胏即作脯。《儀禮．鄉飲酒》記云：「薦脯五挺」，注云：「挺猶膱也」。鄉射記云：「薦脯五膱」，膱本作樴，樴之言直也，公羊昭公廿五年傳：「高子執簞食與四脡脯」，脡即挺之轉注，《說文》朐下云「脯挺」，皆胏字或从壬肉會意之說也。

▲，亦古文肰。

王筠《句讀》云：「⊙ 蓋肉之譌，與朞同。」宇純案，月肉形近，古文朞作  ，誤月為日，與此互觀。

▲𦝠，或曰嘼名，象形，闕。

段注云：「象形二字淺人所增，闕謂闕其形也，其義則畜名，其音則以𦝠聲之字定之，其形則從肉以外不能強為之說也。一說，或曰嘼名四字亦後人所增，義形皆闕。」宇純案：此字自漢以來失其形義，「或曰嘼名」即非淺人所增，測度之辭，導人歧路，有不若無也。其音雖可由𦝠聲之字定之，羸下云𦝠聲，嬴下云羸省聲，嬴贏二字以成切，由是以入，亦莫能得其正讀而已。清儒以來，解之者多人，均無可取，余據金文嬴字作  ，說  為蜾蠃之形，本讀 kl-複母，蜾蠃腰細，俗即以細腰名之，嬴字从之為嬴好輕嬴義，嬴則从嬴省聲，詳見拙文〈說𦝠與嬴〉，載《大陸雜誌》十九卷二期。

▲肎，骨間肉肎肎箸也。从肉，从冎省。

宇純案：冖爲冎省，不省豈不爲骨字與？知其說不然也。林義光云：冂象骨肉之間，當從之。

▲笏，筋之本也。从筋省，从夗省聲。

宇純案：夗音於阮切，與筋音渠建切有開合之殊，卩不得爲夗省也。笏爲筋之本，當即省筋以爲之，殆省鳥爲烏，省荼爲荼之比。徐灝云：「筋腱一聲之轉，笏即筋之小省，非有二字二義。」謂之一聲之轉，又云非有二字，是自相抵觸，以爲笏即筋之小省，則先得我心，知其由筋字分化爲會意字，斯盡善矣。

▲剡，銳利也。从刀，炎聲。

宇純案：此實从三火之焱爲聲，詳目部睒字讀記。

▲初，始也。从刀从衣，裁衣之始也。

段注「裁衣之始」云：「製衣以鍼，用刀則爲製之始，引申爲凡始之稱。」宇純案：段謂此說从刀衣之意是也。然初之字从刀衣，但藉製衣用刀之時以見凡始之義，非謂其字始義言裁衣之始，引申乃爲凡始之稱也。故許不於初下云裁衣之始也，而於从刀从衣下言之。王筠《句讀》云：「嫌於刀衣無由得始義，故申說之曰：刀衣者，裁衣也，裁衣乃作衣之始也。」兩者相較，段不如王。今人張舜徽作約注，乃云：「裁衣謂之始，猶刈艸謂之芻，初芻雙聲，語原同也。初爲裁衣之始，引申爲凡始之稱。」居然不脫段氏之窠臼。至引芻字爲說，亦妄生附會，豈芻字義亦爲始乎？日人高田忠周云：「初與裁造字之意相似。裁者制衣也，从衣𢦏聲。𢦏者傷也，𢦏亦才也，才者艸木之始也。蓋制衣必先前斷布帛，初字从刀，猶从前也，前即剪本字，前斷之者，所以𢦏傷也，裁亦制衣之始也。裁初義相近矣。」竟由裁字而生裁初義近之說，是真自擾者矣。

▲則，等畫物也。从刀貝。貝，古之物貨也。𠟭，古文則。鼎刂，籀文則从鼎。

段注云：「等畫物者，定其差等而各爲介畫也。介畫之，故从刀。引申之爲法則。」又注：「古之物貨」云：「物貨有貴賤之差，故从刀介畫之。」宇純案：等畫物者，依定等畫物也，其意猶言準則，許不直云準則而云等畫物者，云準則則無以見从刀之意。射下云：「弓弩發於身而中於遠」，不直云發矢，𢓊下云「不行而進謂之𢓊」而不直云進，皆此意也。金文則並从鼎，與籀文合，或从二鼎，以見古文二貝亦二鼎之譌。其从鼎者，鼎爲彝器之最寶重者，彝者，常也。常即爲則，如天高地下，四季之運行。生民詩云：「天生蒸民，有物有則，民之秉彝，好是懿德。」是則字从鼎之說。

▲劈，斷也。从刀，辟聲。

大徐私列切，小徐思列反。紐樹玉校錄云：「《玉篇》先列魚乙二切，《廣韻》收質薛二韻。」宇純案：此本讀 sŋ- 複母之證。辟聲之字多讀 sŋ- 。

▲副，判也。从刀，畐聲。疈，籀文副，从畐畐。

宇純案：副从畐聲，籀文二其聲者，涉班辨之字而類化耳，適以別於副貳之義。

▲剝，裂也。从刀彔。彔，刻也。彔亦聲。，剝或从卜。

宇純案：此字音北角切，其始疑具 pl-複母。故以彔爲聲，其 l 之成分與裂劈等爲語轉。《說文》劈，剝也，而此下以裂爲訓。許君以从彔爲義，彔字甲金文作  ，象鑽刻木之形，與剝裂義不同。

▲制，裁也。从刀未。未，物成者有滋味可裁斷。一曰止也。，古文制如此。

宇純案：制之義爲裁爲止，以刀裁滋味之說不可取，未象老木形，老木有魅故裁之，參未字讀記。古文制加彡，示所由裁斷之處也。

▲刮，缺也。从刀，占聲。詩曰白圭之刮。

宇純案：刮之義爲缺，此蓋相傳故訓。「白圭之刮」今毛詩作玷字，傳亦云玷，缺也。箋云：玉之缺，尚可磨鑢而平，是以缺謂缺損缺陷，非缺裂，許意或同，後儒有言玉瑕者，俞樾以爲俗解，余以音類求之，玷與點同音，《廣韻》多忝切云玉瑕，《集韻》同；《集韻》又與點同見於去聲㮇，玷下云玉病，點下云郭璞曰以筆滅字爲點，通作沾玷，則是玷之爲言點也。故耆爲老人面有黑點，亦與點玷上去聲同音，且詩云白圭之玷，尚可磨也；又云斯言之玷，不可爲也，以玷言言，宜其義謂瑕疵。缺蓋本如今之缺陷，非謂缺裂也。凡義謂罅隙空罄之名，皆讀曉匣母或含送氣成分，此字讀端母，亦余之所以有此一疑也。缶部䍄下云缺，即此字之轉注。

▲丯，艸蔡也。象艸生之散亂也。讀若介。

段注「象艸生（案王筠生爲丯誤）之散亂」云：「外傳曰：道茀不可行。中直象道，彡 象茀。」徐灝云：「艸蔡之訓，書傳無徵，段說象形尤謬，不足辨也。戴侗曰：丯即契也，又作韧，加刀；刀所以契也。又作契，大聲。古未有書，先有契。契，刻竹木以爲識，丯象所刻之齒。」宇純案：戴說除以契从大聲，因契大聲遠不足取外，其餘皆是。唯刻鑿之形無以解於耒字，應別有一丰字，或只見於耒字爲偏旁，與契刻之丰不相同。《說文》以艸蔡之丰釋之，但耒爲耜柄，耜以發土，非以推艸（徐灝以耒耜爲二物，耜以發土，耒以犁田，說見耕篆下。），許說耒爲艸蔡，終爲可疑。

▲耕，犂也。从耒，井聲。一曰古者井田。

宇純案：耕見母，井精母，此不得爲聲也。段改爲「从耒井」，而注云「會意包形聲」，是直謂耕之語由井衍出，較之井聲爲尤誤。許又云「一曰古者井田」者，猶謂一曰从井會意，以見大、小徐有聲字爲原作。段改爲「古者井田，故从井」，以申前句「从耒井之意」，亦與許意不合。唯井田之制古不必有，余謂其字从井者，耕者衡從其畝，因以橫豎之畫象之，不爲字。

▲角，獸角也。

段注云：「舊音如穀，亦如鹿。」宇純案：角本讀 kl-複母，甪里字即角字之別音異體。

▲觢，一角仰也。从角，㓞聲。易曰：其牛觢。

段注云：「一當作二，釋畜曰：角一俯一仰觭，皆踊觢。謂二角皆豎也。許一俯一仰之云在下文，故云二角。俗謁爲一，則與觭無異。睽六三其牛掣，鄭作㸷，云牛角皆踊曰㸷，與《爾雅》《說文》同。子夏作契（《集韻》觢挈同字，云「《說文》一角仰也」，引《易》其牛觢，或从手，通作掣，疑子夏契原作挈。）荀作觭，虞作掣，皆以一俯一仰爲訓，與許鄭不同也。」不以段說爲然者，錢桂森云：「一當是衍文。作仰角也，正與下篆角傾也對文，且與諸說均無窒礙。」徐灝云：「一角仰者，蓋謂一角偏戾。如依《爾雅》立訓，則當云角踊，不得如段說作二角仰。易釋文引子夏傳亦云一角仰也。」宇純案：據釋文所云：此既有鄭與子夏、荀、虞之不同，荀本且作觭字，復與子夏、虞翻相異，蓋相對名稱義有謁互，如毛傳與《爾雅》之於屺岵，或不能免。其字既不在觭篆之下，又不同《爾雅》云角踊，非本《爾雅》收入，可爲定論。子夏傳已見一角仰之訓，雖與下文觭字同義，無以知許必不與子夏傳同，則徐、錢二家言，較之段注有足多者。唯余所疑者，釋文觢字有昌逝、市制二反，又云《說文》之世反，三者並與㓞聲聲母不合，虞本作制聲之掣，掣曳之掣正與此同音，蓋其先假借作掣，後轉注爲⿱制角字，隸書制字作制，（見隸辨韓勑碑），與㓞形近，因誤⿱制角爲觢（見《爾雅》）許君遂據以篆定爲觢字。子夏本之契（疑掣之誤），鄭本之㸷，皆由誤制爲㓞而起。參走部趩、疒部瘛及手部摰字讀記。

▲衡，牛觸，衡大木其角。从角，从大，行聲。《詩》曰設其楅衡。[illegible]，古文衡如此。

段刪大木下其角二字，云：「許於告字下曰：牛觸，角著衡木所以告也，是設於角者謂之告。此云橫大木，是闌閑之謂之衡，衡與告異義，大木斷不可施於角。此易明者。魯頌傳曰：楅衡，設牛角以楅之也。箋云：楅衡其牛角，爲其觸觝人也。許說與毛鄭不同，毛、鄭謂設於角，許不云設於角也。」宇純案：以大木闌閑之謂之衡，於古無徵。許說本與毛鄭不異，段氏徒以大木不可施於角而生異解。然大木既不可施於牛角，段於告字則信許君角著橫木之說矣。於此解大木爲欄閑之木，其字則但从大，無以知其爲大木。故許灝云「義取於大木，而其字但从大，不成造字之說」也。余謂番生毀字作  ，本从角矢會意，蓋牛觸人，先矢其角，角矢謂之衡者，衡謂蠻橫，古人防牛之蠻橫傷人，於兩角之末縛以橫木，使不能以角觸觝，以木畐束蠻橫，因謂之楅衡。（案《說文》楅下云「以木有所畐束也」，楅是畐加木旁）。鄭注《周禮》「設其楅衡」云「楅設於角，衡設於鼻」，以楅衡爲二物，失之。古文衡作  者，爲  之譌。參告字讀記。

說文解字第五篇讀記

▲竹，冬生艸也。

宇純案：冬竹古雙聲，韻則中幽對轉互爲平入，此以冬爲聲訓也。猶黍下云「以大暑而穜，故謂之黍」，禾下云「以二月始生，八月而孰，得之中和，故謂之禾」。清人多發《說文》之聲訓，而不及此；類云胎生於冬，或經冬不死，未得許意之全。

▲箭，矢也。

矢下段據《藝文類聚》補竹字，是也。以其列次知之，蓋淺人但知箭爲矢而妄刪。

▲笄，簪也。从竹，幵聲。

幵部云：「幵，平也。象二干對構上平也。」宇純案：幵字不見用於古書，「平也」之訓乃望文而生。幵實不从二干，此則清儒早已點破，其音古賢切，爲笄之陽聲轉音涉从二  之幵而誤讀，本音應讀古靈切，干即笄象形（曩見李濟之先生文有此說，不記其名），隸書與干犯字無別，加竹則同於竹梃之竿，於是二其干形作笄。參幵字讀記。

▲籆，收絲者也。从竹，蒦聲。䆗，籆或从角从閒。

从角从閒，小徐作从角閒，而閒字無所取義，故各家無說。王筠則作閒聲，云「依御覽引補」，沈濤古本考云：「御覽八百二十五資產部引作从角閒聲。籆與閒聲不相近，聲字恐誤。」而未有說明。宇純案：籆閒古雙聲，魚元二部諧聲通假並有接觸之例，籆从蒦聲，蒦即以元部萑爲聲也。餘參爰字焉字讀記，並參籆字讀記。唯《方言》五云：籆，榬也。《廣雅·釋器》亦云榬謂之籆，或䆗本是榬字，許君誤之，然榬籆固是一語之轉。又案張舜徽《約注》云：「籆與下文笪當爲一字。」籆笪義同，但有去入之別，張說是。

▲筑，以竹曲五弦之樂也。从竹从巩。巩持之也。竹亦聲。

段注云：「以竹曲不可通。《廣韻》作以竹爲，亦謬。惟吳都賦李注作似箏，五弦之樂也，近是。箏下云五弦筑身，然則筑似箏也。但高注淮南曰筑曲二十一弦，可見此器累呼之名筑曲。《釋名》筑，以竹鼓之也，今審定其文，當云筑曲，以竹鼓弦之樂也。高云二十一弦，樂書云十三弦，竹弦數未審。古者箏五弦，《說文》殆筑下鼓弦與箏下五弦互譌耳。箏下云筑身，則筑下不必云似箏，恐李善亦昧於筑曲而改之。」朱駿聲說「以竹曲」云「曲其竹以受弦」。近人丁福保云：「慧琳音義六十二卷十九頁筑引《說文》以竹擊之成曲，五弦之樂，蓋古本如是，今二徐本奪擊之成三字。」宇純案：段注大謬，朱說與語法不合，

（近人陳衍《說文解字辨證》云：「以竹曲，與耑下云以竹判句意正同。以，用也。竹本直，揉之使曲，故曰以竹曲。其不曰曲竹，而曰竹曲者，以之而後曲者也。」蓋即用朱說，然與下文「五弦之樂」相連，文不成辭。）慧琳音義則亦不得許說之讀而依意改之。段引淮南高注「筑曲二十一弦」，曲字用同《說文》，是慧琳臆改之證。余謂「以竹曲五弦之樂」者，曲爲動詞，謂以五弦被之如曲字之樂也，淮南高注則謂以二十一弦敷施如曲字。《淮南．泰族》云：「荊軻刺秦王，高漸離、宋意爲擊筑而歌於易水之上。」注云：「荊軻，燕人，太子丹客。高漸離、宋意，皆太子丹之客。筑，曲二十一弦，易水，燕之南水也。」以知高注筑曲二字不相屬，是段說誤。《方言五》云：「所以行棊之局，或謂之曲道。」局又謂之曲道者，曲爲狀詞，言其行道縱橫如曲字然，與《說文》及高注並以曲字實詞虛用，可相互參驗。筑之爲樂，於竹上鋪爲五若二十一弦之道，而枕之以竹若木片以分音，縱之橫之成如曲字之形，故曰「以竹曲五弦之樂」，或曰「筑，曲二十一弦」。隸書曲字有作  者，見《隸辨》綏民校尉熊君碑，適如五弦及枕之狀。筑竹音同，又以竹爲之，或即衍竹之語而謂之筑，竹亦聲之說蓋然。从巩，《說文》以爲持之，與巩下云褎有別。筑本兩手撥弄之樂，疑从  以象之，工者，巧也；不必爲居竦切之巩。

▲笑

此字本闕，徐鉉等據孫愐《唐韻》引《說文》「喜也，从竹从夭」，而補之。宇純案：此字無古文字之印證，其下端所从無由確定；其上諸家以爲从竹者，余則以爲象綻眉形，本作 ，與哭从  象盈淚不見其睛，可互相發明，而俱遭誤解。

▲差，貣也（貣原誤貳，从段注校改）。差不相值也，从左从 。

段注云：「《韻會》作  省聲，疑是  省聲之誤。」徐灝箋引戴侗云：「差本从  左聲， 𠂢次弟相差也。」林義光云：「左無差忒義，左  皆聲也。」宇純案： 音乖，與差聲母相遠，韻亦不同部；古初無以二聲爲字者（後世合二聲爲一則有之），且垂與差聲母亦異，俱不得爲聲。省聲之說，亦不合省體產生之背景。 象枝葉下垂參差形，金文國差𦉜及愕距末並有國差，吳大澂云即齊之國佐，戴說是。

▲式，法也。从工，弋聲。

宇純案：此字从工弋聲，與音義相合。余以𢀜字从兩手隱於工上，金文  余釋爲凭之初文，亦象人憑於工上之形，古書式多同軾，如考工輿人「爲車以揉其式」，《儀禮．士喪禮》「君式之」，《論語》「式負版者」，其例甚夥，因疑式是軾初文，因借爲法式義，而別加車作軾，參𢀜字、凭字讀記。必从工者，从一从二意不易見，或且嫌於古文之一之二也。

▲覡，能齋肅事神明也。在男曰覡，在女曰巫。从巫从見。

見下段注云「見鬼者也」，桂馥、王筠並引楚語韋昭注「巫覡，見鬼者」爲說。宇純案：巫覡同能見鬼，以見會意，則覡亦可爲巫矣；且一見字，何從知爲見鬼？則當是从見爲聲，䙵从袁聲而入耕部，錫是耕之入，可以爲證。

▲甘，美也。从口含一。一，道也。

宇純案：甲金文从甘之字，多从口，从口之字不从甘，以知甘由口字分化，中加點以爲區分耳，與月分化爲夕同例，一道之說非其初誼。

▲曆，和也。从甘厤。厤，調也（此篆原作  ，小徐云厤音歷，稀疏勻調也，據此當从厤。金文秝多誤  ，無从  者。此據改）。甘亦聲，讀若函。

宇純案：此字經傳不見，而習見於金文，與蔑字相連爲用云蔑曆，或間以人名云蔑某曆，說之者眾，而迄未得其究竟；多從歷字爲讀，至謂許君不知音誤曰讀若函者。余謂許君作《說文》，九千餘字，說其形象時有失誤；字之音讀，則類有傳授，偶遇不知，亦有闕例存疑。字下不必有讀若，其言讀若者，必有據也。此字既云从甘厤，並云厤調也，是厤不爲聲確然無疑，與下文甘亦聲及讀若函，兩者音義之界井然有別，非臆測之辭可比也。今以古人書字重音不重形之特質衡之，蔑厤之蔑或从禾作穖，或从木作機，兩者皆數數覯；以其音在蔑，故恆書不著禾若木旁，厤字或从甘作 ，或从口作 ，並多見。偏旁中从甘之字往往从口，如《說文》甚字古文作作 ，从甘之 金文三見並从口，又金文 或作 ，稽字嘗字亦或从 ，以知從口者仍是甘字，又一見作 ，似田非田，蓋亦偏旁中甘字譌變之形。中山王鼎 字日作田， 字 伯簋作 ，與此類似。果若其此字音讀同歷，則以歷字之習見，不應不一見從止者。且漢字筆順自上至下，自左至右，若其此字以厤爲聲，其音同厤，亦必不得不一見作厤而止，不書其下之甘若口者，金文經歷字二見，一見禹鼎作歷，一見毛公鼎作厤，以知此字之絕不作厤，即其不以厤爲聲之鐵證。然則許說無可疑，凡據厤聲爲說以釋蔑厤者之無當亦必可知也。

▲甚，尤安樂也。从甘匹（大小徐並作甘，从段依《韻會》改）。匹，偶也。

清儒多以甚爲湛或媅之初文，段注亦云本義爲尤甘，引申爲凡殊尤皆曰甚。宇純案：甚字古書但言殊甚，不作安樂或尤安樂解，許君不云安樂也，而云尤安樂也，義取於尤。若但云「尤甚也」，則於其字从甘匹不易曉了，故加安樂二字，便其說从甘匹之意易會也。𦨶下不直云進，而云不行而進謂之𦨶，爲其字从舟之理易知，例同此。字从甘匹者，甚鼎字作 ，諶鼎偏旁作 ，並从甘从匕，與旨但上下易其形耳，匕中或加兩點表食物，後遂同化於匹字，金文匹作  ，本與匹相遠。

▲旨，美也。从甘，匕聲。  ，古文旨。

宇純案：美也祇是釋義，與甘下云美也同，段云旨美疊韻，無義。又匕與旨聲母遠隔，不得爲聲。林義光云：「旨匕不同音，古作  ，象以匕入口形。」商承祚《殷虛文字類編》亦云：「从匕从口，所謂嘗其旨否矣。」說爲會意，是也。唯偏旁中从甘之字莫不又从口，从口之字則不从甘。甲骨文或从甘作  ，當是从匕从甘會意，以甘爲主體，加匕以別於甘耳。古文旨作  ，段注云「从千甘者，謂甘多也」，此說或是古文之作意，但千本由匕生變。

▲朁，曾也。从曰，兓聲。詩曰朁不畏明。

宇純案：朁曾一語之轉，以朕音直稔切而朕聲之字多入蒸登韻例之，雖謂之同字可也（侵蒸二部音近，故《說文》謂朋鳳一字，又謂凭从任聲）。旡字側琴切，兓字子林切，照二古同精，此不從旡聲而必以兓爲聲者，文字上下式之構形，古人似於上豐下削之狀有獨好，如品字本作  ，犇字本作犇（詳拙著《中國文字學》第三章第三節論位置的經營），金文粤字作  ，及朁字、贊字、栞字、質字、癹字、朁字、樊字，並可參觀，分見各字讀記。

▲𣋚，獄兩曹也。在廷東，从㯥；治事者，从曰。

段注云：「兩曹在廷東，故从二東之㯥，其制未聞也。」林義光云：「獄兩曹在廷東，不得从二東。」宇純案：二東猶東，从二東，則可以豐其首，且易方正也。中山王嚳壺曹字作，是不必作二東，二東徒以字形故之證。參前條朁字讀記。

▲乃，曳詞之難也。象气之出難。

郭沫若云：「許以虛詞爲乃之本義，說爲象气之出難，亦覺難乎其象（案似有誤字，此據金文詁林），諦審其字，自當爲象形之文。唯所象之形，余以爲當是人形，象人側立，胸部有乳房突出，是則乃蓋奶之初文矣。」宇純案：郭說疑是，知者，乳字作，象擁子哺乳形，即甲文字之簡化者，與金文乃字絕相似。字从乃从，爲小兒舌形，末筆象吮奶舌尖捲曲時之根部，其音同盬或姑，即左氏僖公二十八年傳「晉侯夢與楚子搏，楚子伏己，而盬其腦」，孟子滕文公「蠅蚋姑嘬之」之盬及姑字。盈字从此，示意皿中水溢出而以舌吸吮，是其證二。孕字从乃从子，《說文》云裹子也。是其證三。肊字从乙，象人胸，與此形近（詳肊字讀記），是其證四。

▲迺，驚聲也。从乃省，西聲（小徐作鹵省聲。鹵即西字）籀文，不省。或曰，往也。讀若仍。，古文。

宇純案：許說形義，莫可究詰。又有或曰，見其且不能自信也。余謂迺與仍同字，仍从乃聲，迺與乃音同通用不別，可見迺與仍關係之近，故《說文》亦云讀若仍。金文迺字作  若  ，甲骨文略同，从西，與二徐本《說文》合（但不得爲聲），而下多西字一畫。據《說文》西與棲同字，象鳥在巢上，實象鳥巢形。此字即由西字分化，本義爲因仍，故於西下加畫示意有所依託，巢必因仍於樹木也，故因西字而分化爲迺。《說文》云：「仍，因也。」因與依同義，故仍舊貫即依舊貫，因與依雙聲對轉，實爲同語，是迺即仍字之說。《說文》云驚聲，當是假借爲用，而未詳所本。

▲逌，气行皃。从乃，鹵聲。讀若攸。

小徐云：「鹵音條，《尚書》曰秬鬯一鹵，《爾雅》曰鹵中尊。」《尚書》《爾雅》字作卣，《說文》無卣字，小徐蓋以卣即鹵字，卣讀與攸同音，以說逌可从鹵爲聲，鹵篆段注云「鹵之隸變作卣如爲許說，則木實垂者其本義，假借爲中尊字」，蓋即本鍇說。羅振玉釋卣申之云：「《爾雅．釋器》：彝、卣、罍、器也。《說文》無卣字，玉案其字當作㐬，或稽用逌攸脩。考㐬即《說文》鹵字，象艸木實下垂鹵鹵然；中从土，象果實坼文，傳繕譌作仌，古人从土从仌之字多相亂，如角字本从仌，後人作角，此類甚多，古从大之字，或又譌作コ，如因字又作囙，於是㐬字遂有鹵卣二形。」李孝定先生亦主鹵卣同字，但云：「物名之字，多屬象形，且必早出；重言形況之字，例當後起也。卣字契文作  或  ，金文作  、  、  ，其形並同，  當象器

形，圓底，上象提梁，下其座也。或謂鹵象艸木之實，然艸木之實，千百其形，安得一鹵字盡象之乎？字本象酒器之形，至重言形況之義，則爲假借。」言本字假借，則與段羅適反。宇純案：諸家言卣即鹵，亦即甲金文之  、 、 、 ，並是；顧其間關係究如何？中加點或土者如何取義？其下有「  」畫者又作何解？俱待進一步說明。今案：甲骨文栗字作  ， 象栗實形，其形與此字相同，是鹵字明取果實形以見其垂鹵鹵然之意，不容異議，盛秬鬯之卣當爲借用。爲其別乃有於中加點或加土者，前者但有別嫌作用，後者則以土喻缶，爲其筆畫簡省而取之耳，羅以爲果實坼文，則果字坼文作「十」，無加土字之理也。其下又加  畫者，以鹵字中亦加畫易渾，故又以別。酒字自西字分化，其下有  畫，差可比擬。李以爲器之底座，未得其解。王國維作說由，謂  爲  省， 字無由省皿作  ，此或人易  爲  耳，除 或作  其背景仍有不同外，他字無省  爲  者，故自金文而下，不傳从皿之「  」，而盡則悉从皿。

▲丂，氣欲舒出， 上礙於一也。丂，古文以爲于字，又以爲巧字。

宇純案：此字自許君以下，解者紛如，而俱涉玄想；《說文》从丂之字，若兮若乎若号若于，亦並不可得詳說。唯苦浩切之丂，余則以爲出於考字。甲骨文考字作  ，象人拄杖形，與老本爲一字，古讀 kl-複母，其後演化爲兩單一聲母音節，而以

爲考，以爲老，後改其手形爲匕字（此與長字本作，後亦變作匕可互參），於是《說文》有老字从人毛化，及考字从老省丂聲之說，實則丂之聲出於考字，金文壽考、皇考、文考字或作丂，是丂音同考之所從出，許乃反以考从丂聲。古以柯爲杖，《說文》反丂之即柯之初文象形，甲骨文爲河字可字聲符，是爲柯初文之證，古文本不別正反，及後以丂讀若考，故以反丂之讀若呵，呵猶是柯音之遺。

▲甹，亟詞也。从丂从由。或曰甹，俠也，三輔謂輕財者爲甹。

大徐云：「由，用也。任俠用气也。」小徐云：「俠者便捷任气，自由之爲也。」宇純案：王國維釋由謂由即《說文》東楚石缶曰甾之甾，後變易其形爲由字，金文作，疑不得爲用气自由之意。《說文》別有粤字，即金文之，與甹音形近，未審是否同字耳。

▲，反丂也。讀若呵。

宇純案：反丂不成義，猶云从反丂，其義則無所曉；知其音者，據可字从以爲聲推測之耳。古文正反不別，余因考字求之，知正丂反丂原爲柯之象形初文。詳丂字讀記。

▲可，肯也。从口丂，丂亦聲。

宇純案：許君以可字本義爲肯，於形無可疑，唯丂爲柯字初文，與可無語言關係，當但云丂聲，不得云从丂，丂亦聲。雖然，此說無以解於从二可之哥，余因別謂可實與哥同字。許云：「哥，聲也。古文以爲歌字。」所謂聲，本狀嬰兒初發之聲，故字从口，丂聲；嬰兒初發之聲，即嬰兒之歌，故古文以爲歌字。後因借用爲肯可之義，重之作哥以爲之別。又因哥用爲阿哥，更加欠作歌，此可哥歌三者之關係也。

▲哥，聲也。从二可。古文以爲歌字。

宇純案：可即哥字，亦與歌同，因借用爲肯可義，而重之作哥，又因用言阿哥，復有从欠之歌，詳可字讀記。

▲粵，亏也。審慎之詞也（原作者，從段注改），从亏从寀。

宇純案：粵字金文从雨从雩，早爲劉心源道破。但劉云「雩即于即於，亦即粵曰越，皆一聲之轉」，於雩字所以爲于爲粵，固未有說明；而于粵音不相同，其中顯有問題在。林義光則謂「粵音本如于，金文皆以雩爲之，因音轉如越，故小篆別爲一字，其形由雩而變，非从寀也。」《說文》雩下云「夏祭樂於赤帝以祈甘雨」，故林此云本借雩祭之雩，其後因音轉別製粵字而音越，較劉說已爲明細，然其本音爲于，于既多用作語詞，則當書作于字，何須借用不經見之雩字爲之？余意金文雩本音粵，與雩祭字同形，雩祭字从雨于聲，此則从于雨聲。雩从雨聲而爲粵，猶閼从於聲而音遏，參蒦字焉字爰字讀記。篆文作粵者，蓋李斯等以其同於雩祭字據其形近而改雨爲宷，以別於雩祭字耳，非本从宷，謂之宷慎之詞，亦據其字从宷而言，本無義也。

▲喜，樂也。从壴，从口。

宇純案：壴本作  ，音公戶切，爲鼓之象形初文。王孫鐘「永保  之」，是壴爲鼓字之明證。分化爲喜樂之  ，音虛里切；爲還師振旅樂之  ，音墟豨切；爲陳樂立而上見之  ，音中句切；四者共一形體。後爲分別字形，於公戶切之  加  而爲  ，即今之鼓字；於虛里切之  加口爲  ，即今之喜字；於墟豨之  側轉其上端中爲  而爲  ，即今之豈字；中句切之  則因仍其舊，即今之壴字。詳見《中國文字學》第三章二及八節。

▲嚭，大也。从喜，否聲。春秋傳吳有大宰嚭。

段注云：「訓大則當从丕，《集韻》一作噽，是也。」朱駿聲云：「春秋傳吳有太宰嚭，按《史記．伍子胥傳》伯嚭，《論衡．逢遇篇》作帛喜，《文選．廣絕交論》注作帛否；又按〈檀弓〉

有陳（禮誤記，當云吳）太宰嚭，《漢書．古今人表》作太宰喜。从丕喜聲，與大義方合。」宇純案：嚭即丕字，加喜者，丕讀匹鄙切，本爲送氣聲母，人名之丕又讀曉母，曉母之讀即其送氣成分，故或加喜聲，此猶葩之與花，芳之與香，以及烹與亨同字。今《說文》嚭作嚭者，蓋後人據如春秋傳改之。許君以丕屬一部，故以此字隸喜部，然今本不云从丕喜聲者，亦恐是後人因其在喜部又不知嚭亦讀同喜而改之，許不得不悟義之不合也。如今本作从喜否聲，既不得云義爲大，許當本云从丕喜，會意，若爲否聲，則不得云義爲大。

▲壴，陳樂立而上見也。从屮，从豆。

徐鍇曰：「豆，樹鼓之象，屮其上羽葆也。」宇純案：徐說是。鼓本作 ，象鼓直建於虡上形，故分化而爲「陳樂立而上見」之象意壴字。故此部鼖彭二字云从壴，壴仍爲鼓字，參前喜字讀記。此字之義，下參尌字讀記。

▲尌，立也。从壴，从寸持之也。讀若駐。

宇純案：此與壴同爲一字。許君說解字義，往往執著字形，而不免迂曲。如𦍩不直云進，而云不行而進；甚不直云尤，而云尤安樂，即其例。壴字義但爲立，而云陳樂立而上見，亦爲其从屮从豆，以豆與樂相關，屮有上見之狀，（段注說从屮云：「上見之狀也，艸木初生則見其顛，故从屮。」）故云爾。是壴與尌義同，壴音中句切，尌音常句切，音本相近，而《說文》云尌讀若駐，駐亦中句切，是二字音又相同。此字从寸猶从又（金文一見作  ，从又），从壴即鼓字，从又扶鼓，是陳樂立之之意，故與壴爲同字。

▲鼜，夜戒守鼓也，从壴，蚤聲。

段注从壴云：「壴者，鼓之省。」宇純案壴本鼓字象形，非省，下彭字同。

▲嘉，美也。从壴，加聲。

宇純案：此字金文多見，大致有  、  諸形，無從  若  者，而此形絕不見於鼓及从壴之字，是其不从壴之證。《甲骨文字集釋》  （嘉）下云：「鐘鼓所以祀鬼神，所以樂賓客，故从壴鼓取義，以加爲聲也。」殆所謂視而不見者，高鴻縉字例注意及此，云：「从華在豆上，  省加聲，古力字亦作  。」其說是也。  若  即華字，唯其獨書時，因形同近於垂字而加于聲，此其象形初文，初非省體。加聲力上有  者，蓋古人有靜嘉之語，涉靜字从爭而亦从  耳。（後世如展轉字作輾，即此例），既醉詩云「籩豆靜嘉」，不啻爲嘉字从豆之見證矣。

▲𪔛，鼓鼙者。从鼓，缶聲。

段注土盍切之音云：「缶聲不得土盍切。《玉篇》曰：鼜，鼓聲也，七盍切；《廣韻》曰：鼜，鼓聲也，倉雜也；皆即其字。缶者，去之譌。去聲古或入侵部也。然皆鼜之誤字耳。今鼜之解說既更正，則𪔛篆可刪。」宇純案：去聲雖或入侵部，然俱讀牙喉音，仍與土盍切或七盍切之音不相合。缶本爲擣字，假借爲作瓦器之匋，分化爲瓦器之缶。詳缶及匋字讀記。缶本音爲擣，故𪔛从缶聲音土盍切，其聲但有送氣與不送氣之分，韻則如集之讀就，及收之轉語爲拾。此字當是鼜之異構，不如段說爲誤字也。

▲豈，還師振旅樂也，一曰欲登也。从豆，微省聲。

宇純案：豈字亦由（鼓）字分化，與喜壴同，其始即作，爲其形有以別，強改中作而爲字。《說文》云微省聲，微字从𢼸，𢼸下又云豈省聲，是豈𢼸二字互爲聲符，不得有此理也！一曰欲登也，原作一曰欲也登也。段改如此，宜可從。然段云：「欲登者，欲引而上也。凡言豈者，皆庶幾之詞，言幾至於此也，故曰欲登。」未申說此義與其字从从豆之關係。余謂許君說登字義爲上車，字从癶豆象登車形。今此字从在豆上，爲省，是幾微之義，未成其登也故曰欲登，此義蓋爲譏字說其所以从豈之理。

▲𢍈，禮器也。从廾持肉在豆上。

宇純案：豆本又讀爲登，故从  豆聲即爲登車字。𢍈與豆同形異語，其始並作豆，後以加廾作  者爲登，及篆文復加肉其上，而爲𢍈字。說詳登字讀記。

▲豊，行禮之器也。从豆，象形。讀與禮同。

宇純案：豊即禮字，無有器謂之豊者。《禮記・禮器》篇，言禮之爲物也，許云豊與禮爲二，其或爲𤔲字之無可隸屬與？甲金文豊字大致作  、  、  諸形，學者咸謂二玉在器，从豆。余謂此从二玉在器从壴（鼓）。《論語》云：「禮云禮云，玉帛云乎哉？樂云樂云，鐘鼓云乎哉？」故从玉从鼓會意，器形之凵與  形之凵重疊，小篆遂譌从  爲从豆，从豆非其始意也。甲骨文又有作  者，从  之意不詳，金文譌作 。

▲豐，豆之豐滿者也。从豆，象形。  古文豐。

宇純案：此字見於金文有二類形，其一从皿作  與  ，其二从  作  、 、  、  。後者末二形與豊字不異，學者據之而謂豊與豐同字，或云豊孳乳爲豐滿之豐（商承祚）；或云豆之豐滿者所以爲豊（容庚）。今據《甲骨文字集釋》分析卜辭文例，「無一辭可以確證其當釋爲豐者」，研判此說之正

誤，自以金文爲憑藉。金文从之字不見有變若之形，則豐字原不从可知，特以形近於豊而變同於豊耳。从玉之字亦不見變作若者，又知若與原非一體，更觀从之一、二兩形，其下雖已同於字，其上與豐之从固自有別，而同於一類皿上之（數字之作、者與此同）是其从爲之變形可以確證。且豐可以从皿示意，从則不知何義，以知豊自豊，豐自豐，既非由豊孳乳爲豐，亦非由豐孳乳爲豊。豐之字本从皿，上象豐滿之形，小篆與古文皆存原義。其从林者，賓之初筵詩云「百禮既至，有壬有林」，馬瑞辰云「有林，狀其禮之多」，是其變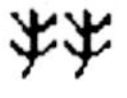爲林之意與？

▲豔，好而長也。从豐，豐大也，盍聲。

字純案：豔音以贍，而盍爲匣母，且盍聲之字皆入聲，別無陽聲例，盍聲之饁音筠輒切，聲韻皆合，疑此字其始从大豐會意。姑言之以俟他日之驗。

▲䖒，古陶器也。从豆，虍聲。

字純案：此字原作，見金文戲字偏旁，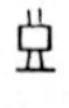即甲骨文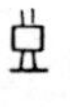牛、羊、婦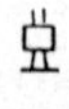之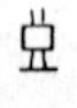，本犧尊字象形，甲骨文用爲犧字，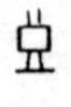牛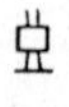羊即以牛羊爲犧；婦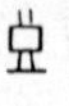即婦犧，爲氏稱，與金文之戲用爲姓氏同。犧字蓋秦漢間人所造，其先皆用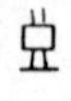字，古書中犧

字並漢儒所隸定，故《說文》引賈逵說「此非古字」。象形之，後加虍聲以與陶器字之形者區別，同化於豆字而爲䖒，古韻屬歌部，从虍聲，與䖒相同。許君不知䖒究爲何器，而犧尊之名物，漢儒亦不知其始義，故但云古陶器也，說詳拙文〈釋甲骨文字兼解犧尊〉（六十五年聯經《沈剛伯先生八秩榮慶論文集》），又略見《中國文字學》第三章第四節。

▲䖒皿，器也，从䖒宁皿，宁皿亦聲。

宇純案：皿部宁皿下云「器也，从皿，宁聲。」兩字並音直呂切，當同一物，爲同字，「亦聲」不足以盡之；若其不爲一物，適同一音耳，則不可以亦聲爲說。

▲虍，虎文也。象形。

宇純案：約注引孫詒讓，據金文偏旁从虍之字或从，乃謂虍爲虎頭而非虍文，其說是，此不僅部中虙、虔、虘、虖之字皆以虍爲虎，前賢已言，豕部豦下云「从豕虍，豕虍鬭不相捨」，許君既直云虍爲虎字矣。

▲虔，虎行皃。从虍，文聲。

宇純案：文非聲，自徐鉉既言之矣。余謂文猶儀也，其行而儀見，因以會意。段注云：「虎行而著其文，此會意。」其意蓋亦若是，而不爲人所曉，余曩亦不悟。

▲虡，鐘鼓之柎也。飾爲猛獸，从虍；異，象形（據小徐補），其下足。鐻，或从金豦，虡篆文虡。

宇純案：考工記梓人云：「臝者羽者鱗者以爲筍虡。」，虎爲臝屬，故許云「飾爲猛獸，从虍」，以虍表虎，爲意符。自「甶」以下，許不能詳，大致不離猛獸之形，而視「八」爲獸足，故爲影響之言云「 ，象形，其下足」，此自不得爲原意。日人加藤常賢據王國維說異爲戴字，謂虡字从異虍聲，反視許說爲不可取矣。但金文虡字兩見，一作 ，一作 ，與《說文》篆文作虡相合。張日昇君以爲 「象人兩足左右展開，兩手高舉托物之狀」，較加藤說以爲異省顯爲合理。蓋筍虡之爲物，容可以作爲力士形，不必皆爲臝屬。虡字所以从「甶」者，疑其始本作○，如鼓之作 ，同化於異而爲甶耳；然不必有，故所見金文篆文皆作虡， 非異省也。

▲虪，白虎也。从虎，昔省聲。讀若鼏。

宇純案：昔聲與虪讀若鼏聲韻皆不合。段云：「昔當作冥，字之誤也。水部曰汨，从水冥省聲；《玉篇》曰𧇗，俗虪字，可證也。又按漢書金日磾，說者謂密低二音，然則日聲可同密，䖵部 蜜同字，禮古文鼏皆密，則鼏密音同也。」此說殊爲反覆。《玉篇》䖘爲虪俗字，引俗說正，一也。既云日爲冥省，又云日聲可同密，二也。余謂日磾之日既音密，密與鼏但有收 t 收 k 之異，韓奕詩鞹鞃淺幭，釋文音莫歷反，又云一音篾，一者收 k，一者收 t，收 k 者於《說文》爲幎字，然幭幎固一語之轉也，日磾既音密低，汨字从日音莫狄切，𣅀字从日音同密，則日聲可讀明母應無可疑，䁥字从兒聲音緜婢切，其或體从耳聲，或書作彌、兒、耳、爾皆日母，則虪自以日爲聲。或人不信其讀，改作䖙字而音同酣。

▲虩，易履虎尾虩虩。从虎，㡀聲。

宇純案：當云隙省聲，隙之全形應作  ，說見隙字讀記。又案易虩虩今作愬愬，此其聲，與《說文》所所《詩》作許許同例。

▲𥂍，器也。从缶皿，古聲。

宇純案：朱駿聲云：「疑即瑚璉之本字。」其說是，金文作 ，其反體作 ，譌書爲胡，更加玉旁而爲瑚。本讀平聲，公戶切之音乃據古聲讀之。詳見拙文〈說簠⿷匚古 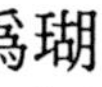  及其相關問題〉，刊見《中央研究院歷史語言研究所集刊第六十四本第四分，八十二年。

▲盨，橮盨，負戴器也。从皿須聲。

段注云：「《廣韻》一送韻云橮，格木也。（案見古送切）三十六養云：儣，載器也，出埤蒼。《玉篇》云：儣，渠往切（案《廣韻》音俱往切，非羣母故未引），載器也。載器皆當作戴器。格木亦爲庋閣之木。東方朔傳朔曰是寠數也，師古曰：寠數，戴器也。以盆盛物戴於頭者，則以寠數薦之。按寠數，其羽山羽二反，橮盨渠往相庾二反，橮與寠雙聲，盨與數雙聲疊韻，一語之轉也。」宇純案：金文盨字恆見，爲食器，从皿，須聲，與《說文》說皿爲飯食之用器相合，當爲其字本義。古書不見此名，漢儒不知是器，故許君以橮盨釋其義。橮盨之盨，宜其借用義也，橮盨別作寠數。寠數二字並从婁聲，屨字从婁聲亦音九遇切，疑原爲單一音節而具複聲母，書作婁字（詳婁字讀記），演變而爲單一聲母之複音節，書作寠數，則並借用也。橮盨音同寠數，《集韻》橮與寠同郡羽切，盨與數同爽主切，並云橮盨負戴器，是其證。《廣韻》儣字音古送切者，與《說文》贛字古書作貢相同，送與遇古互爲陰陽聲，與其矩切之寠仍爲對轉疊韻；《廣韻》儣音俱往切，《玉篇》音渠往切，則因字讀合口，中古江韻非合口音，二等韻又類無羣母字，故並見母之讀轉而入陽韻矣。數音所矩切，大徐盨音相庾切者，古聲心與審二不異，小徐音率武反，即是數字之音，《廣韻》既音疏舉切，所矩切籔下云四足几，即寠數字。蓋其下有四足，以固定於頭頂，而几所以薦物，故曰四足几。今人張舜徽《約注》乃疑橮盨爲二器，因更申說如此。

▲盉，調味也。从皿，禾聲。

宇純案：許君以盉字次於𥃩篆之下，而解云「調味也」，是不以盉爲器名至明，故鬻篆釋云五味盉鬻也，正用盉爲調和義，段注云：「調聲曰龢，調味曰盉，今則和行而龢盉皆廢矣。」誠有解於許君之意，而不當盉字之意。盉不作調和解，其本義當如王國維所云「和水於酒之器，所以節酒之厚薄也」。其字从皿禾聲，亦非始造時如此，知者，金文盉字有、、、、、、、諸形，末二形从皿从禾與《說文》同，其餘則不一見於其他从皿之字，就中尤以第三形之，與盉器有鋬有流有足之形絕相似，使其有作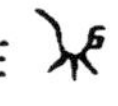者，則爲一無蓋之盉象形，知盉字本由象形加聲，變而爲从皿禾聲，與鳳鷄同。其从者，是文字自身對稱變化現象，說見《中國文字學》第三章第五節。

▲盈，滿器也。从皿夃。

宇純案：盈从皿夃者，自大小徐以來，類引《說文》夃字買物多得之義爲說，然秦以市買多得爲夃之義於字形無解。余謂夃本義爲吮，即《左傳》《孟子》之盬若姑字，象嬰兒吮奶之形。皿中水益則吮之，故从皿夃以會器滿之意。詳夃字讀記。

▲盡，器中空也。从皿，㶳聲。

甲骨文作  若  ，羅振玉云：从又持  从皿，象滌器形。食盡器斯滌矣，故有終盡之意。」此會意變形聲之例。然甲文亦多有作  ，蓋以抽象筆畫示意器之中空，不必爲實象。解者或以爲皿省，則不知文字省作之實者。

▲朅，去也。从去，曷聲。

宇純案：朅去一聲之轉。朅音丘竭切，聲母與去同；韻母則粵字金文从雨聲，闕从於聲讀同遏，可爲比照。粵聲曷聲古韻並屬祭部入聲。

▲卹，憂也。从血，卩聲。一曰鮮少也。

宇純案：字从血者，大徐云「言憂之切至也」，雨無正詩云「鼠思泣血」，其意蓋是，然卩聲之說堪疑。段注云：「釋詁曰：恤，憂也。卹與心部恤音義皆同。」心部之恤云从心血聲，不得此从血卩聲，且卩只是人之跪形，即讀作節，亦與卹字韻有開合之異，開合不同，諧聲之間，厥爲大限，此字當从 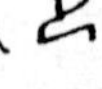 血會意，恤亦當从心血會意。朱駿聲獨取一曰鮮少爲本義，訓憂爲恤借義，云字從卩血聲。血卹韻母相同，但聲有曉母心母之隔。但曉母心母並爲清擦音，諧聲中若呬嵗萱喧之字有曉母以心母爲聲之例，其說亦似不無可能，然以卩爲少義終是一疑，卹義爲尟少，亦不得究極之證，心母字取曉母爲聲者畢竟無有，未若以爲會意也。

▲衋，傷痛也。从血聿，皕聲。讀若憘。

段注从血聿云：「聿者，所以書也。血聿者，取披瀝之意。」王筠云：「聿皕皆聲。」宇純案：此字从聿義無可說，王以爲聿聲，聿與衋聲全無干係；皕字有無不可知，詳見讀記；既如許說其音如逼，逼衋聲母亦相遠，不可爲聲。金文一見作  ，从二自，非二百之皕，其形似  下左右各有所繫，而以手持之；疑以竿繫物，旋轉之爲童玩，平面視之若二物然，因以爲嬉戲之嬉字，衋以爲聲，故有許力切之音。

▲盇，覆也。从血大。

从血各家異辭，从大者，大徐云大象蓋覆之形，張日昇君更以壺字从大爲證。小徐大下有聲字，段注然之，而云此形聲包會意也。王筠亦云兼意。宇純案：大字定母，與匣母之盇發音部位不同；全濁聲母若爲送氣音，因發音方式同於匣母，故盇取大字爲聲。唯畣忎鼎一見此字作  ，从去不从大；秦公簋一見葢字作  字，與畣忎鼎盇字相合，同器又有字，皿上亦是从去聲之敼字（胤嗣好蚉壺去字作  ，敼當是去之繁文），蓋盇之繁文。參以狜层等字从去聲而音與收 p 之盇字爲類，盇字本當以去字爲聲。其下从皿，亦不从血，从血本無義也；小篆从血者，

「−」即「∪」之譌變耳。

▲丶，有所絕止，丶而識之也。

宇純案：此疑亦漢人分析文字偏旁而來，蓋見主咅之字从丶，以爲文字，遂附會離經絕句之丶，而以如住逗之音讀之耳（案經查《文源》主篆下云：「《說文》云：丶，有所絕止丶而識之也。按此主之偏旁，不爲字。」已先我言之矣，因近出之《約注》仍云「丶即今日通行句讀中所稱逗點之逗字」，故存之以語有志於治字學者，正確觀念樹立之不可無也。）

▲主，鐙中火主也，从𦉥象形，从丶，丶亦聲。

宇純案：主爲鐙中火主，丶自是火主之形。漢人言字，好離析字形爲說，木从屮，禾从木之類，不一而足。此則先離析主字咅字之丶以爲字，又從而言主字咅字从丶爲義，而尤有過之，讀者或將謂漢人之妄不至此，然而豈下云敳省聲，敳下云豈省聲，是其相互而生之說，固不以爲異也。丶亦聲之說，自更爲無稽。參主咅二字讀記。

▲音，相語唾而不受也。从丶，从否，否亦聲。𣢾，音或从豆欠。

否亦聲，大小徐同，段改丶亦聲，注云：「咅韻書皆入侯部，或字从豆聲，豆與丶同部。《周易》蔀斗主爲韻，蔀正咅聲也。」徐灝云：「天口切，疑當作夫口切，古重脣音讀若剖，其輕脣音與否同，今俗語唾而不受其聲如丕，否亦讀如鄙，皆相轉耳，段改丶亦聲，非也。」林義光云：「从丶聲義俱非是。古不或作  作  ，則咅與否同字，咅即否。」宇純案：咅聲之字古韻屬侯部脣音，與否字屬之部脣音不同，當爲段不主否亦聲之理，改爲丶亦聲，韻部雖合，聲母反而遠隔。段不知諧聲亦當雙聲，此其所以改之而不疑也。徐疑天口爲夫口之誤，引今俗語唾而不受其聲丕爲證，以咅聲字皆脣音之觀點言，其說宜爲有得。按之《廣韻》厚韻鞋字紐音天口切，《切韻殘卷》及《全王》則音他后反，知《廣韻》必用唐韻音，大徐反切亦用唐韻，是天字不誤之證，故小徐作他豆反矣。至於咅聲否聲韻不同部，必主否亦聲爲是，恐亦不然。林謂从丶亦無義，此最爲有見。據不又作   即云咅否同字，顯亦忽略二者韻部之不同。今案王筠《釋例》云：「《玉篇》丶部收咅音二字，妨走他豆二切，注同《說文》；欠部收𣢾字，音義與咅大同，別收⿰咅欠字普口切，不語受，當是語不受之誤倒也。《廣韻》上聲不收咅；五十候音（案見他候切）下云《說文》作⿱亠否，亦寫者之誤也。其⿰咅欠字亦如《玉篇》別收之，云匹候切，語而不受，仍與《說文》同訓義。」據此可知，咅字有滂透兩讀，其韻則屬侯之上或去聲，與否字屬尤韻系統不同，一自古韻入侯，一自古韻入之，其音原不相同。然其字則固从否，否讀方久切，與咅字滂母之讀音近，其義亦確與否通，無疑可以視爲轉語（坏轉爲㲄與此可互參）。即以否字轉移爲杏字，爲其別而特於其上加點耳。然則否亦聲之說，亦不足取而已。其又有透母一讀音，此亦語音之轉化，落魄之魄又音他各切（《廣韻》鐸韻他各切魄下云，落魄貧無家業，出《史記》，本音拍），土苴之土又音片賈反（《莊子・讓王》土苴字釋文云：敕賈反，又片賈行（此字疑誤，《集韻》許下切收土字），賈二反，又音如字。），是其例。（更參㠯字讀記）《玉篇》妨走他豆二切並上聲，《廣韻》匹候他候二切並去聲，與魄土二字各異音之聲調及送氣方式無一不同，其爲音轉，不容疑。欯字即緣此音而造，从欠，豆聲。

▲彤，丹飾也。从丹彡，彡其畫也。

小徐多彡亦聲之句，段注云：「然則彤古音當在七部矣，今音徒冬切。」宇純案：此字古韻屬侵，賴此三字以傳。然彡字音息廉切，又音所銜切，以其聲論之，彤已不得爲彡之孳生語，況其義與丹色無涉乎？又案：徒冬切，小徐音杜紅反，讀入東韻則非也。

▲丼，八家一井。象構韓形，・罋之象也。古者伯益初作井。

宇純案：據許意，丼爲水井字，而云八家一井，則又以井田之制爲背景，猶云水井之名出於井田，而其構韓形，亦似有以取法乎井田之形也。井田之制有無，學者多疑之，於此可無論。然余以甲骨文有 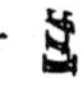 、  、  字，所从與此字或同或近；或書作  字，象覽若鹿在陷阱之上，縱橫線畫象陷阱上覆物。疑水井、陷阱本同語同字；後爲其別，既以聲母清濁分其音，又於丼加阜加穴爲陷阱以異其形。其中之點本象陷阱所在，而可有可無，其後則因別於荆字之初文井而不可少，參刑字讀記。

▲阱，陷也。从𨸏丼，丼亦聲。穽，阱或从穴。 古文阱从水。

宇純案：阱與井原同語同字，後別之爲二：一者蓄泉以給人，一則掘坎以待獸，用心不同，是以有聲母清濁之分，參井字讀記。古文作汬者，疑本水井字。

▲荆，罰辠也。从井从刀。《易》曰：井，法也。丼亦聲。

宇純案：此即今之刑法字，然丼與刑義無關，所引《易》說未可爲據（案《易》無此文，此儒者說易之辭，井卦釋文引鄭注有此語），丼字子郢切，荆字戶經切，聲母相遠，是刑字从丼，會意形聲兩無可說。金文荆字多作井，不从刀，中亦無點。如毛公鼎之作明井，沈子簋之井斅，叔向簋之帥井，義同於型字；或如井侯簋之井侯，乙亥鼎之井方，趞曹鼎之井伯，義同於郱字（《說文》：郱，周公子所封，从邑，幵聲。戶經切）。亦有加點與水井字無別。學者說以爲邢字者，如克鼎之丼家、丼人、師奎父鼎之丼伯，散盤之丼邑，曶鼎之丼叔，曶壺之丼公。其中容或有井字之誤加點者，不然則即《左傳》僖公五年丼伯之丼，或即與丼字同音之地名郱，不必即爲邢字。（案《廣韻》子郢切：「井，又姓，姜子牙之後也，《左傳》有井伯。」又「郱，郱邢，地名。」）疑金文無點之井，別是型字初文，以縱橫二畫之構形示意爲型笵，引申而義爲法。《說文》从刀从丼之㓝，實即此井字加刀之後起字，又誤於井中加點耳。金文散盤及子禾子釜並从井作  ，是其證矣。許君㓝字訓罰辠者，《說文》別有刑字，既與㓝字形近，又與㓝同音，在刀部次罰、刵、劓之下，注云剄也。耳部聅下引司馬法曰：「小辠聅之，中辠刵之，大辠剄之。」是刑爲罰辠之意。然則許君此誤以刑字之義說㓝字。

▲刱，造法刱業也。从丼，刅聲。讀若創。

宇純案：許君以此爲創造字，以其字从丼，亦據易說（案見刱下引易曰）而說其義曰造法刱業也。然此从水井陷井字皆無義，當从型笵之井，後人誤加點耳，參㓝字讀記。又案金文有  及  、  、 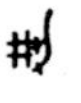 字，與此相近，其右从人而械其手足，加型笵之井爲聲，蓋刑之別構，故借以爲荆楚字。或許君誤認人形之  爲从刀之  ，遂說以爲創業字歟？容庚《金文編》既收爲荆，又收爲刱，《金文詁林補》已指其誤。朱芳圃更云：「楚刱爲周代南方古國，周人稱之曰刱，國人自稱曰楚，合言之曰楚刱。古讀清紐雙聲，魚陽對轉。」是直忘楚荆之荆音舉卿切矣。

▲皀，穀之馨香也。象嘉穀在裹中之形，匕所以扱之。或說皀，一粒也。又讀若香。

字純案：此字不見用於古書，而見於𣪘簋既即食鄉卿鵖諸字之小篆偏旁，於古文字則即甲骨文以來之  ，爲𣪘簋之初文，象中有食物形，許君釋其義云穀之馨香，又云讀若香，鄉下卿下云皀聲，是許以皀爲香字之證，其不列爲𩡧字或体者，以即既及馨字之隸屬各有所需，別立門戶耳。然此音義即由分析食字鄉字而來，非別有所據也。又云或說皀一粒也者，駧鵖字以爲聲，音與香字不合，蓋後世文字分化別爲字，一粒其義，音則不離鵖之彼及切，讀若香上有又字，段疑其上奪讀若某，是其別有音之證。段注引顏師古以爲豆「逼」字，逼鵖聲同韻近，其說或然；又疑許或即以皀爲粒字，粒與鵖韻同，唯聲則相遠耳。然古人言諧聲，不措意於聲之同近與否，固自漢至清莫不皆然（今人猶多如此）。

▲即，即食也。从皀，卩聲。

字純案：此字象人跪而就食形，學者早言之矣，顧自漢以來以卩之音義同節，則不見有論之者。余謂其音即由認即从卩聲而來。即之古音與節同，中古始轉入職韻。其義則因誤解令肥印等字而生附會。甲骨文本有  字，以如節之音義讀之則不可解，金文以下不見此字，自非漢人所得而知。

▲既，小食也。从皀，旡聲。《論語》曰：不使勝食既。

宇純案：小食之義不見於古籍，所引《論語》段注以爲說假借，蓋據皀字一粒之訓而言之。《甲骨文字集釋》云象人食已顧左右而將去之，引申之義爲盡、爲已。余謂以反轉其口不面向簋，示意食飽，盡與已即其字本義，所謂旡聲，旡本不爲字，正從分析既字偏旁而來，故其音同既字，例與即从卩聲說同，參即字讀記。

▲皀，飯剛柔不調相箸。从皀，冖聲。讀若適。

宇純案：此字金文作  若 ，林義光、楊樹達謂假借爲車覆笭之幦，其說甚諦。唯於其字之本音本義未多留意，謂借爲幦，亦未得其所以借爲幦字之理。蓋許君雖云冖聲，冖與幦同莫狄切，今則皀字音施隻切，與《說文》讀若適相合，而皀幦聲母遠隔，無可假借之理。今案《爾雅・釋器》云：「米者謂之糪。」謂飯中猶有生米也，故釋文引李巡云「米飯半生半熟名糪」。飯熟則柔，生爲剛，半生半熟即是剛柔不調相箸，許意蓋但以皀義與糪同，實則皀爲糪之別構。糪字《廣韻》有博戹、普麥二音，與莫狄切音近，故金文得以皀爲幦也。今音皀讀施隻切者，即本《說文》讀若爲音。《說文》讀若本多不可曉，疑此原有奪誤也。知金文之皀讀爲幦，其本音不得同適，是信而有徵也矣。

▲餴，滫飯也。从食，桒聲。

宇純案：桒即金文之  若  ，亦即  若  字，見於拜字偏旁，本是茇之初文，象艸根形，古韻當在祭部，此爲文部餴字異體之聲符者，其始  或又與本同字，本與餴同在文部；或其音自祭轉入文，此則有若帥本與祭部之帨同字，而又讀與微部率字同，微與文爲對轉。

▲饎，酒食也。从食，喜聲。餦，饎或从配。

宇純案：饎音昌志切，與喜配二字屬曉母發音部位遠隔。所以从喜熙爲聲者，饎爲送氣聲母，聲送即是曉母成分，故得以諧聲。處从虍（虎）聲，訓从川聲，即其往來之例；而喙音許穢、昌芮二音，二赤爲赫，其背景同此。他若絺从希聲、蓄从畜聲，瘓从奐聲，畋从丑聲，咍从台聲，㪉从甹聲，祆从天聲，詑从它聲，楅从畐聲，以及花葩、香芳、芬薰，亨烹之類，並由此曉母成分所促成。更參音字讀記。

▲飤，糧也。从人食。

宇純案：段注云：「以食食人物，其字本作食，俗作飤。經典無飤，許云餘，食馬穀也，不作飤馬，此篆淺人所增，故非其次，釋爲糧也，又非，宜刪。」鈕樹玉據《說文》茹下云飤馬，篆下云飤牛筐，言段主刪篆之非，並言《說文》本作食，糧字乃後人因《字林》改。此後學者更據金文飤字恆見，而段說之誤，遂獲證實。其字从人食不取左人右食之「飤」形者，飤由食語孳生，非單純會意，亦非單純形聲，實爲亦聲字，故其構形特殊，與倗本作  ，佃本作  相同。詳《中國文字學》第三章第三節。

▲餐，吞也。从食，𣦼聲。湌，餐或从水。

或体湌字，自桂馥以下多主爲飧之或體，義爲水澆飯。宇純案：餐義爲吞，湌从水者，蓋取「飲食若流」、「放飯流歠」之義。因餐省作飱，與飧相近，遂誤湌爲飧耳，其說不可從信。

▲饕，貪也。从食，號聲。叨，俗饕从口刀聲。饕，籀文饕，从號省。

宇純案：號匣母字，與饕音土刀切聲母相遠。籀文作饕，本从虎口食會意，此篆當出李斯等據號與饕疊韻而改；許君乃反說籀省篆。王筠《句讀》云：「唬聲自諧，何必沿正文從號而謂之省？」唬《廣韻》有呼訝、古伯二音，與饕聲韻俱不合，其說亦誤。

▲饑，穀不熟爲饑。从食，幾聲。

宇純案：穀不熟爲饑，此對饉篆蔬不熟爲饉而言，皆本《爾雅》。然饑饉二字雙聲對轉，本爲一語，亦猶幾之與僅，義本相同。此余所謂正名主義之訓詁也（說見拙文〈正名主義之語言與訓詁〉，載《中央研究院史語所集刊第四十五本第四分）。是故《穀梁》襄公二十四年傳云「二穀不升謂之饑，三穀不升謂之饉」，《墨子・七患》云「一穀不收謂之饉，五穀不熟謂之饑」，皆傅會爲辭，固難齊一也。

▲亼，三合也。从人一，象三合之形。

宇純案：亼不爲字，但見於偏旁：或爲倒口形，如食合僉侖今令；或爲倉舍之頂。漢人分析文字，附會其音義如集字，其形象三合，參上述各字讀記（前人已言而今無所發明如食字者不及）。

▲合，合口也。从亼口。

林義光云：「 象物形，倒之爲 ， 象二物相合形。」朱芳圃以爲器蓋相合之形。宇純案：二說蓋並是。唯金文如陳侯因𬀠錞云「合揚氒德」者，合揚即對揚，亦即答揚。《說文》雖云答从合聲，然合答二字聲母相遠，合又別爲對答字，从倒正二口會意，倒者示問者之口，與令字僉字同意，下从正口以

應之。

▲僉，皆也。从亼，从吅，从从。《虞書》曰僉曰伯夷。

宇純案：《說文》說爲从亼之字，唯此字可成一義。其餘既皆說不可通，此亦不足信而已。許君引《虞書》證僉爲皆義，然此字正取一問眾對以見意，亼爲虞舜問者之口， 則四岳之齊聲應對也。參亼合二字讀記。

▲侖，思也。从亼冊。

林義光云：「侖即論之古文，亼爲倒口，从口在冊上。」宇純案：林以字从倒口是也，以爲論之古文則不然。余謂此字當與龠字合看，龠从倒口吹㗊（即龠）之眾管以見意。「冊」即象龠之眾管，因與簡冊字形同，而上加三口（金文作二口）以示其有口可吹，更加倒口示意吹之者。侖則逕於眾管之上加倒口，示意其可發有條理之音，《書・堯典》云：「八音克諧，無相奪倫。」僞孔傳曰：「倫，理也。」靈臺詩曰：「於論鼓鐘。」毛傳云：「論，思也。」倫論二字並與侖同。其語即由侖孳生，故或書作倫或論字。《說文》云倫論从侖聲，實形聲兼會意之轉注也。

▲今，是時也。从亼，从乀。乀，古文及。

林義光云：「亼乀義不可曉。古作 ，作 ，即含之古文。亼爲口之倒文，亦口字。 象口含物形。含，不吐不茹，有稽留不進之象。今爲是時，亦從稽留不進之義引申。」宇純案：以今爲含古文，余亦正有此意，時之割切，固可有今昔將來之分，觀念中必無稽留不進之今時存在，藉令有之，亦不必來之於不吐不茹之含字，今時義當是假借爲用，不可以引伸視之。中山王嚳鼎今字作含（《說文》闕，今闕。《玉篇》今作含，亦今含），是今與含有關之證；而念字作念，以見念字从今心會意，謂含之於心也。則直是今爲含字初文之明徵矣。借義行而本義廢，於是有加口之含字。參念及貪字讀記。

▲舍，市居曰舍。从亼，屮象屋也，囗象築也。

从亼下段補屮囗作从亼屮囗，云：「屮囗二字今補。全書通例，成字則必曰從某而下釋之也。从亼者，謂賓客所集也。」宇純案：許君以亼爲獨立字，音義與集同，云从亼，即取其意，無待更作說明；若屮與囗，於此不爲字，故別書其从之之意，是从亼下原無屮囗至爲顯白，增之非也。然段云从亼謂賓客所集，固又不解許君之意，許君說其義云市居曰舍者，舍只是居，而必曰市居，市字爲其从亼字而言之，非賓客所集之謂也。然亼字音義如《說文》所言既不可信，市居之說自不足道。且金文有讀上聲言布令之舍，無讀去聲訓館居之舍，其字作  若 ，當是从口余聲。篆文之舍蓋李斯等改口爲囗，以爲居舍字，而許君因之，初非造字之本恉也。

▲⿱會辰，日月合宿爲辰。从會从辰，辰亦聲。

辰亦聲，大小徐同，段改會亦聲，錢坫《斠詮》亦疑如此。宇純案：左氏昭公七年傳云：「日月之會是爲辰。」學者多引此證辰亦聲爲是，段錢之主會亦聲，亦以此爲據。余謂伯瑕對晉侯之言，乃釋歲時日月星辰六物中辰字之意。辰本蜃字初文，即《說文》釋其義爲民農時，爲房星，亦與六物之辰義爲日月之會不相同，故有加會表義之轉注⿱會辰字產生；日月之會，會是即會合之常義，無加辰作⿱會辰之理，段氏本不知亦聲字之究竟，議段氏之失者亦不知厥失所在，爰就之本質論之如此。

▲倉，穀藏也。从食省，口象倉形。

宇純案：倉字金文作若，不从口；甲骨文作，亦同。小篆从口，當亦斯等所改，與改舍字从爲口同。參舍字讀記。

▲牄，鳥獸來食聲。从倉，爿聲。《虞書》曰鳥獸牄牄。

宇純案：牄字義爲鳥獸來食聲，不从食或鳥，而从倉取義已大出意外，又竟與倉字音但有洪細之別，一若牄之語出倉，此必不得有之事也。今《虞書・皋陶謨》作鳥獸蹌蹌，正義引鄭注云「飛鳥走獸蹌蹌然而舞」，不云鳥獸來食聲，與其前後文字：「下管鼗鼓，合止柷敔，笙鏞以間，鳥獸蹌蹌」及「蕭韶九成，鳳皇來儀」、「擊石拊石，百獸率舞」，文意貫穿。見於〈楚茨〉詩之濟濟蹌蹌，〈公劉〉詩之蹌蹌濟濟，爲士大夫趨進之容，與〈皋陶謨〉義亦相類。則許君此據其字从倉傅會爲說，昭然若揭，其始當是假借倉字爲用；甲骨文有  字，唐蘭釋爲倉，本从  爿聲（案古文字不別正反，  與  同），其後  變爲 ，知其始末者加  聲於旁而爲牄字，蹌其轉注也，〈虞書〉之牄今作蹌，是其明證。

▲从，二入也。㒳从此。闕。

宇純案：此分析㒳字而來，非果有从二入之字也，故曰「㒳从此。闕」。段注闕字云：「此闕亦謂音讀不傳。」實則此不僅闕音，抑且闕義，二入也，猶云从二入，固不成義也。與  下云「二  也，巽从此，闕」，豩下云「二豕也，豳从此，闕」，𣠬下云「二東也，𣀠从此，闕」同例。

▲缶，瓦器，所以盛酒漿。秦人鼓之以節謌，象形。

宇純案：朱芳圃〈釋叢〉云：「凵象形，午爲聲符。古讀複音 pang ngâ，夆牾，逢遇皆其孳乳之謰辞也，聲轉爲瓬甈。方言五：缶謂之瓿甈。瓿甈即缶之緩音。」魏建功〈釋午〉云：「下凵，即寫瓦器之實，而無別於飯凵盧也，午所以鼓之者（當以所以搗鬱者近似），故加午凵上，以定缶之業。」宇純案：缶及缶聲字無讀疑母之音，午聲則上古讀 sŋ-複母，與缶聲無涉，是午不得爲缶之聲。夆牾、逢遇何從見其與缶有關，朱無說明。瓿甈即如其說爲缶之緩音，以此而云缶有ɒ-音，則如椎長言爲終葵，鄒長言爲邾婁，得謂椎與鄒含 gˊ-與 l-之複母成分乎！且午與缶韻亦遠隔，則朱說直爲誑語耳，魏申許說，似言之成理，疑謂下原有杵省二字，舂下云杵省，蓋其比也。金文缶作 作 ，與《說文》合，甲骨文無从午之缶，字有作 者，學者說爲缶字，見於射字偏旁者，↑與 同，說必不能然矣。抑又有進者，缶之用，爲盛酒漿也。〈陳風・宛丘〉之詩云「坎其擊缶」，擊缶以歌雖不必秦人，終覺偶然因此成字，於心難釋。疑 本是擣字，與舂字造意相同，其異乃爲形別。借以爲作瓦器之匋，又分化爲瓦器之缶（同形異字），後爲別嫌，以加 者爲匋字（詳匋字讀記），又別造从手壽聲之擣。《莊子・天地》篇云：「三人行而一人惑，所適者猶可致也，惑者少也；二人惑，則勞而不至，惑者勝也。而今也以天下惑，予雖有祈嚮，不可得也，不亦悲乎！大聲不入於里耳，折揚皇荂，則嗑然而笑。是故高言不止於眾人之心；至言不出，俗言勝也。以二缶鍾惑，而所適不得矣；而今也以天下惑，予雖有祈嚮，其庸可得邪？」「以二缶鍾惑」語不可解，各家說之俱不可用，當是「三鍾而以二缶鍾惑」之誤，對上文「三人行……而二人惑」而言，鍾同鐘，缶即匋。鐘本青銅所鑄，此謂若以二匋鍾混於青銅爲三，遂將惑於鐘聲之正。是缶有匋音之徵，古鉢窯作窑，即後世窨字，亦證缶有缶音。缶匋本皆分化於擣之初文「 」也。

▲𦈢，未燒瓦器也。从缶，㱿聲。讀若筩莩同。

段注云：「土部曰瓦未燒曰坏，𦈢與坏不但義同，而音最相近，故《集韻》謂為一字，披尤切也。」宇純案：此字《集韻》有四音，屋韻空谷切云「《說文》未燒瓦器」，《說文》云㱿聲，故與㱿同音；又見候韻丘堠切，亦云「《說文》未燒瓦器」，與大小徐音苦候切及苦遘反同音；又見尤韻披尤切，其或體作坏，注云「瓦器未燒」，而不云所據何書；又見虞韻芳無切，云「博雅培也，瓦未燒者」，或體作䍖字。凡《集韻》引博雅，其音皆用曹憲，此亦當同。今《廣雅·釋言》曹憲但有培下片回反一音，𦈢字無音，當是誤奪。《說文》云𦈢讀若筩莩同，莩字亦音芳無切（《廣韻》同《集韻》），是曹音即本之《說文》。然則此字相傳有兩滂母音，及兩溪母音，《說文》但云讀若莩，則滂母之音為本讀，溪母音則從聲符之㱿讀之。段注云坏與此字義同音近，亦其證也。所以滂母之𦈢以溪母之㱿為聲者，滂溪二母並有送氣成分，故相諧音也。（參音字讀記）《廣韻》此字三音，溪母二讀與《集韻》同，脣音一讀音甫鳩切，不送氣，則無以解从㱿聲之故矣，複檢全王、王一、王二字並音匹尤反，與《集韻》同。然則《集韻》此一例可正《廣韻》之誤，其學術意義非同小可，治韻學者咸尊《廣韻》，視《集韻》若敝屣，觀此宜知所戒矣。

▲匋，作瓦器也。从缶，包省聲。古者昆吾作匋。案史篇讀與缶同。

林義光云：「匋包不同音，古作 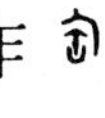 ，从人持缶。」楊樹達

云：「匋讀徒刀切者，非古音也。何者？匋字實从勹聲，而讀與缶同。勹缶皆脣音字，非舌音字也。言部⿰言匋或作⿰言包，余近日考得⿱匋皁錀鏄之⿱匋皁叔即經傳之鮑叔，此皆匋包同音之證也。」宇純案：林云匋包不同音，不从許君匋从包聲之說是也。从人持缶之說，而不說瓦器缶字从↑从凵之故，究猶有未彌之隙。楊云匋音徒刀非本音，其徒刀之音何自來不容無言；⿰言包⿰言匋爲或體，其字今亦音徒刀，非讀脣音，何以證徒刀非匋之本音邪！則其說尤有待商榷。余謂  爲擣初文，借以爲「匋」，後爲別形加人而爲  字，篆文形變，許君說以爲包省聲。至⿰言匋又作⿰言包，⿱匋皁叔即鮑叔，或音有轉易，如落魄之魄有滂透兩音（詳杏字讀記），包聲之⿰言包或本讀並母，陶聲之⿱匋皁或本讀定母。或定母之⿰言匋又从並母之包爲聲（案《集韻》包與匏苞同字音蒲交切，伏犧又作庖犧或包犧，苞桑又作包桑，皆包又讀並母之證），並母之鞄又或从定母之陶爲聲（案⿱匋皁當爲鞄字，金文用同鮑），此則有如⿰缶乏从乏聲而讀若弱，臬从皀聲讀若薄，及亳从乇聲亦與薄音同，並以送氣成分之相同而諧聲也（參𣪊字讀記）。云史篇讀與缶同者，缶匋本同一形，缶即由匋字分化，遂致兩音混淆，宜其有不能別者。

▲⿰缶乏，下平缶也。从缶，聲。讀若簿引弱。

宇純案：⿰缶乏舌音，从脣音之乏爲聲者，乏並母，具送氣成分，故與⿰缶乏相諧。大徐土盍切，小徐徒盍反，俱爲送氣音。《廣韻》但見徒盍切，《集韻》分見託盍及敵盍兩音下。弱則兩書並讀透母。

▲缺，缺也。从缶，占聲。

宇純案：此刮若玷之轉注字，本義謂物之瑕疵，誤解以為器之缺損，詳刮字讀記。

▲缿，受錢器也。从缶，后聲。古以瓦，今以竹。

此字大徐大口切又胡講切，段注云：「胡講，音之轉也，古音在四部，大當作火。」宇純案：段此據其轉音改大為火，大音定母與匣母遠，故改火字為近似之音。《廣韻》厚韻未收此字，講韻胡講切下記又切，古逸叢書本云「又夫口切」，《十韻彙編校記》云：「夫，澤存、楝亭兩本同作火，巾箱、符山堂兩本同作大。」《玉篇》作大口切，與大徐同，《集韻》見厚韻徒口切，則大字是。缿如今之撲滿，錢自小孔投入。《史記・酷吏傳》：「惡少年投缿」索隱：「缿，受投書之器。」蓋缿之言投也，本讀當為大口切。大口切之音从后聲者，定母為送氣音，全濁聲母之送氣音蓋近於匣，故以后字為其聲。音轉胡講切者，匣母之讀或誤從聲符之后讀之，或即由定母之送氣音轉移。

▲䠶，弓弩發於身中於遠也。从矢从身。射，篆文䠶。从寸。寸，法度也，亦手也。

宇純案：䠶之義為發矢，許不直云發矢者，以其字不从弓而从身，以解其从身之故也；不然當於从身下補足之，若其說初字是也。然字本不从身，甲骨文金文已昭告之矣，無待言。然从弓之字不謂，何者此獨變弓爲身？蓋象形之  字不能無變，不得不有以別於矤（《說文》云況詞也）字，於是從形之所近，取射者宜求諸身庶中乎遠之意而作䠶矣；篆文亦由  而變作射。

▲短，有所長短，以矢爲正。从矢，豆聲。

「有所長短以矢爲正」上，段謂「當補不長也三字乃合」。宇純案：此與䠶下云「弓弩發於身而中於遠也」一例，段彼不云「當補發矢也三字」，此宜同然。从矢之義，諸家所言匪一，不知所以裁之。从豆之義，或以爲形聲，或以爲會意，此則有可爲補充之者：《莊子・大宗師》篇云：「有駭形而無損心，有旦宅而無情死。」《淮南・精神》篇作「有戒形而無損心，有綴宅而無耗精」。戒形即駭形，音近通作。綴宅即旦宅。《淮南・人間》篇：「愚者之思叕。」注：「叕，短也。」《方言》十三：「黜，短也。」《說文》：「窶，短面也。」《莊子・秋水》篇：「掇而不跂。」注：「掇猶短也。」是叕聲並有短義。叕與綴同，《廣韻》祭韻陟衛切，云又丁劣切，古音屬祭部端母，旦字元部端母，是旦宅即綴宅短宅也。旦金文作  ，隸或作旦，豆古作  作  ，兩者形近，疑短本从旦聲，莊子旦是叕之借，爲短从旦聲，不勞即《莊子》不然，短直是旦之孳生語矣，是以《淮南》書爲旦字。然豆聲之字有短義，《方言》四：「襜褕，其短者謂之裋褕。」郭注裋音豎。《說文》：「裋，豎使布長襦。」豎之長襦，短襦也，與《方言》無異，豎本短小之稱也。又《說苑・辨物》篇云：「度量權衡以黍生之，十六黍爲一豆，六豆爲一銖，

二十四銖爲一兩。」豆亦微小之名，此則短可从豆爲會意。豆聲之說無可取也。

▲知，詞也。从口矢。

段注云：「識敏，故出於口者疾如矢也。」宇純案：疾字从矢，疑矢又分化爲疾速字，故知字取以表意，疾字从以表音。

▲矣，語已詞也。从矢，㠯聲。

宇純案：矣从㠯聲，本當讀喻四，與㠯、巳、以字同音，故从矣聲之俟讀禪二。禪二古爲邪，邪與喻四音近，故如以聲之似、異聲之禩、羊聲之祥、余聲之徐、與聲之嶼、延聲之涎並屬邪母，不能備列。又俟之同源語寺聲之待讀定母，亦不啻矣讀喻四之證。今音于紀切者，疑因文中「已矣」二字連用，不可以別，於是改讀矣字爲喻三。若其本讀喻三，其字既不得从㠯聲，亦不得有从矣聲之俟，而其字亦當讀合口。今不然，知本不讀喻三也。

▲亳，京兆杜陵亭也。从高省，乇聲。

宇純案：亳音旁各切，从乇爲聲者，承培元《廣說文答問疏證》云即易解卦彖傳「百果草木皆甲坼」之坼，坼音丑格切，一本作宅，音場伯切，並送氣音，亳亦送氣音，故亳諧乇聲，此猶臬从皃聲《說文》云讀若薄。今乇字音陟格切，恐是誤讀。

▲，獻也。从高省，象孰物。《孝經》曰祭則鬼亯之。，篆文亯。

金文亯作作，變而為若，吳大澂云：「本象宗廟形。」宇純案：吳說是。宗廟乃享獻之所，故即以具形分化為象意字，猶月而為夕，帚而為婦也。小篆作者，李斯等蓋以取之半，改取上下兩端為享字，其意不詳。

▲筥，厚也。从亯，竹聲。讀若篤。

宇純案：此篤之轉注字，本借篤字為之，易馬為亯，而為專字，故經傳無用之者。段注云：「今字篤行而筥廢矣。」，適得其反，其例多不勝數。

▲𩫖，用也。从亯，从自，自知臭香所食也。讀與庸同。

宇純案：此即金文字之譌。本是城墉字象形，前賢早言之矣。唯此又與城郭字同形，論者或云𩫏郭與墉為一字，而不思其音固自不同，如容庚；或牽引古音證其本為一字，如張日昇君

迹周子範（法高）先生意。然當以象形之郭墉為同形異字。

▲𣆪，厚也。从反亯。

段注云：「厚當作竺。上文曰竺，𣆪也；此曰𣆪，篤（按似當為竺）也，是為轉注。」宇純案：竺是篤之轉注，經傳無用之者，許亦必不用，段此閉門造車。又此字與反亯不同形，不从反亯，治甲文金文之學者已言之矣。余謂竺字訓厚，而其字不从反亯之𣆪，是𣆪不从反亯之證。

▲厚，山陵之厚也。从厂，从𣆪。垕，古文厚，从后土。

宇純案：厚即𣆪字，本不得有山陵厚之言，尤不得有專言山陵厚之字，許君為其字从厂而說之如此耳，與舝下云不行而進謂之舝同例。𣆪之所以从厂者，疑受古文垕字影響，加之而不覺，本無意義也。物之厚者莫若土，故有从土后聲之垕字，亦不得以其从土，援以為厚言山陵厚之證也。

▲𥝢，詩曰不𥝢不來。从來，矣聲。俟，𥝢或从彳。

宇純案：大徐牀史切，小徐鉏耳反。全本王仁昫刊謬補缺切韻音𥝢史反，與𥝢下音俟淄反互為上字，學者以為禪二字。案禪二古爲邪，矣本讀喻四，詳讀記，喻四與邪近，故⿰米矣从矣爲聲。

▲夋，行夋夋也。一曰倨也。从，允聲。

宇純案：以憂字本作，夏字本作，夒字本作，夌字本作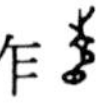，及夔字本作例之，夋允當是一字。本作或。亢部⿰夋亢下云「⿰夋亢，直項莽⿰夋亢皃，从亢从夋，夋，倨也」，與此一曰「倨也」相合，、蓋即象翹首反顧之倨傲狀。《說文》云允从㠯聲，之文雖有相轉之例，其開合不同，終可疑也。

▲复，行故道也。从，畐省聲。

宇純案：畐金文作，此字則金文作，見於復字偏旁亦同，是不从畐省至明，且畐复韻亦有之幽之隔。余疑此字所从爲城墉或城郭字。曶鼎復字二見，並从，僅有上畫與之微異。复之所以从者，墉郭爲回帀形，行於其上，周而復始，故从从以示還復之意。复即復字，許云行故道也，蓋相傳复字之說。唯甲骨文有字作，學者以爲即金文之，上與墉郭之作者不相同，又有、、之字，疑別爲一類。

▲㚇，斂足也。䧿鵙醜，其飛也㚇。从夂，兇聲。

字純案：㚇兇不同聲，無㚇从兇聲之理，本部憂、夏、夒之字皆  下足止形，詳夋字讀記，此亦宜同，不當謂䧿鵙之足。林義光引石鼓文䍐字偏旁作  ，尤爲明證。《爾雅》之㚇當是假借，故別有从羽之轉注翪字。疑㚇本是總角之總，總聚其髮以爲兩角，故《廣雅・釋詁》三云㚇，聚也。其字蓋本作  ，从 ⊗ 與籀文子  同，後其上同化於  字。

▲舜，舜艸也。蔓地生而連華，象形，从舛，舛亦聲。 ，古文舜。

字純案：篆文舜許君說爲象形，是也。从二火者，爲花變形，與榮本作  ，後變爲  相同，从舛者，本爲二止，示其蔓地而生，若足之迻徙，非舛字，亦不得又爲其聲。

▲韋，相背也。从舛，囗聲。獸皮之韋，可以束物枉戾相韋背，故借以爲皮韋。 ，古文韋。

字純案：許以韋爲違背字，而於違下訓離以別之；自甲骨文金文面世，學者多謂韋圍一字。《說文》圍下云守，而圍又有圍繞義，圍守與圍繞固是一義相成。本部末韓字義爲井垣，許君云「从韋取其帀也」，則韋又與囗同字，故圍又爲圍繞義，甲骨文金文韋或作 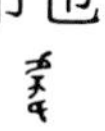 ，是囗與帀義同，與韋不別之證，《說文》云

「口，回也」，即是口帀之義。蓋口上世易與圓之象形字混，故於口帀字加二止或四止以別之。所以又有加囗之圍字者，則以韋字假借爲皮韋字，更於外加囗以別。金文又有韴字，爲遣小子之名，見於《說文》爲衛字偏旁，諸家莫識，實亦圍字，加帀與加口同，皆所以別皮韋之義。韋作皮韋解，不僅古書用以書寫語言，又用以制造文字。《說文》韋部中字，除韓字外皆是此義，以見其久假不歸，而不得不別有圍若韴字矣。

▲弟，韋束之次弟也。从古文之象。，古文弟，从古文韋省，丿聲。

宇純案：許此以弟爲次弟字，而云韋束之次弟者，以弟取韋字見意，故由韋字說之也。韋下云「獸皮之韋，可以束枉戾」，是其證矣。然弟與韋字無干。古文韋字作 ，明是  之變形，王國維謂壁中古文乃東周之東方文字，豈有弟字出於其後之理，此不得其解強爲牽攀之辭。丿聲之說，諸家以爲虒之聲符厂，段獨主右戾之丿，許說本亦無稽，爭之殊爲無謂。金文弟字作 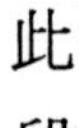，析其形从弋从 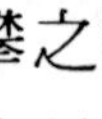， 不成字，不可強說；弋與杙同，亦不審其从之之意。（洛誥大傳云「椓杙者有數」或與此字从弋有關，惜乎數字之義不得確知）然古文一二三从弋作弌弍弎爲序數，猶云弟一弟二弟三，以知此字本義爲次弟無可疑。

▲𡕒，相遮要害也。从夊，丯聲。南陽新野有𡕒亭。

宇純案：此字除許所云夆亭外，不見用於古籍。《爾雅・釋訓》:「藹藹萋萋，臣盡力也。噰噰喈喈，民協服也。」蓋本卷阿詩故訓。其詩云:「鳳皇鳴矣，于彼高岡，梧桐生矣，于彼朝陽。菶菶萋萋，雝雝喈喈。」傳云:「梧桐盛也，鳳皇鳴也，臣竭力也，則地極化，天下和洽，則鳳皇樂德。」是其證。然毛詩之菶菶，《爾雅》作藹藹，陳奐嘗疑藹藹爲菶菶之誤，而二字形音俱遠。余謂毛詩原用此𡕒字，或本以音近作藹，爲《爾雅》所用。今詩蓋誤𡕒爲夆，又涉萋字从艸，易爲同音之菶。然則《說文》丯聲之說得其證實矣。(所以不同陳奐以菶爲正字以藹爲誤字者，因夆字習見，𡕒字罕覯，無誤夆爲𡕒之理也。)

▲夅，服也。从夊牛，相承不敢並也。

宇純案：此即降之省體，見於𥫗夅栙洚絳等字偏旁，不別爲字。猶虩之从𡭴，𡭴只是隙之省體（隙之全形應作𨻶），《說文》亦以𡭴爲字。陟義爲登，故从阜从二止向上；降義爲下，因从阜从二止向下。離卻阜字，步之義不復爲登，夅之義亦不復爲下。許君強訓夅爲服，服與下義實無別；下江與古巷之異，亦不過一語之破讀耳。

▲夃，秦人市買多得爲夃。从乃，从夊，益至也。《詩》曰「我夃酌彼金罍」。

宇純案：此字許君未得其解，當以吸吮爲其始義，象嬰兒吮奶之形，乃即奶字，夊象舌尖之翹起及其根部筋肉之狀。左僖二十八年傳晉侯「夢楚子伏己盬其腦」，杜注盬，唼也。盬字有古乎、公戶二音，夃字相同，即借盬爲夃。《孟子・滕文公》上篇「蠅蚋姑嘬之」，趙注不釋姑字，蓋以爲語辭，實同《左傳》之盬。許君引詩我夃酌彼金罍，今詩作姑，亦以姑借爲夃，許所見正是本字。而盈字从夃在皿上，取皿中水溢出則吮之以見意，是夃本義爲吮之證也。

▲乘，覆也。从入桀。桀，黠也。

此字金文作 ，象人跨其兩足於木上形，故爲登乘字，此本平易中理無可懷疑者，陳邦懷因見甲文作  ，以爲本从《說文》伐木餘之  字，遂謂「古者伐木人乘木上爲乘之初誼」。宇純案：乘自是凡登乘之義，造字者藉人登於木以見其義耳，非謂其始但言登木而已。至甲文之从  ，作  不出其頭，則凡乘於木者，必棲身於無枝椏桀出之所，是以省木之中畫上端以示意；亦猶休於木下者，必擇樹蔭之所在，是故金文休字多作 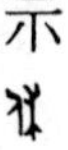 若 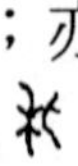 ，畫木而特繪其梢，而其人必與梢同側。陳謂乘字从 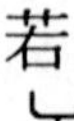 ，且謂伐木人登木曰乘爲其初誼，高田忠周亦據金文休字或作  ，謂  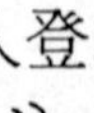 爲二字而通用，高鴻縉則謂休字本義爲美好，从人得禾會意，許乃依變形說爲人依木。是真不知文字，而

無獨有偶矣。甲文乘字从木而省頭，及金文而从木不省；休字本从木而傾其梢，至篆文而但書作木字，是後反不若前之細緻，蓋文字重實用，且从  从  易滋誤解，終至遺其藝術之特質矣。

說文解字第六篇讀記

▲梬，梬棗也。从木，甹聲。

宇純案：字从甹聲而今音以整切，小徐音以屏反，兩者聲不同類，此可疑者也。段注云：「梬即釋木之遵，羊棗也。」羊與由同聲，其韻之轉移則有若《爾雅・釋訓》之「悠悠、洋洋，思也」，以及詩陶陶之與揚揚，怞休之與彭亨。此字本音當爲由，由棗、羊棗爲語轉；其字則本作㮠，以甹爲聲。《說文》甹下引「商書曰若顛木之有甹枿」，今盤庚甹枿作由蘖，枿蘖同字，是甹由同音之證；所以不即以由爲聲者，因有柚在，不得不別。世人少見甹，而甹聲之字聘娉騁等習見，致誤㮠爲梬，从甹之韻母讀之，故爲以整切，爲以屏反。

▲柰，柰果也。从木，示聲。

宇純案：示聲在脂，與柰屬祭不合，聲母亦隔。殺字許云示聲，實取以會意，說詳杸字讀記。米字本作  ，尗字本作 （見叔字偏旁），而篆作米尗，疑此本作  象形，變爲  爲 （示字本無上橫）。

▲桰，桰木也。从木，咎聲。

宇純案：格物字疑本作此，桰究音近，桰物猶言究物，即荀子之稽物。《說文》𥣌下引賈侍中說，稽𥡴𥣌三字皆木名，𥣌與格同音，或即一字。

▲栩，柔也。从木，羽聲，其皁一曰樣。

宇純案：栩、柔、樣一語之轉，說詳下柔字讀記。

▲柔，栩也。从木，予聲。讀若杼。

段注云：「《玉篇》時渚切，《廣韻》神與切，是也。大徐直呂切，則與機杼字同音。」宇純案：樣柔一語之轉，神與與時渚實爲一音，方音或不別床禪也；樣字徐兩切，禪即上古邪之變音。大徐音直呂切者，余前以予爲柔初文，予讀喻四，喻四與定近，直呂之音不必誤，復以栩字證之，栩讀曉母，即定母之送氣音，栩柔亦一語之轉也。

▲櫟，櫟木也。从木，樂聲。

宇純案：此樂加木以別於五聲八音之樂字。其始本有、二字，後誤混爲一，因於前者加木以爲別。詳下樂字讀記。

▲桊，桐木也。从木，熒省聲。一曰屋梠之兩頭起者爲桊。

方濬益云：「積古齋款識釋卯敀𤇾季𤇾伯爲艾，後來諸家並從其說。今按此字當釋榮，𦬫即榮之古文。《說文》榮从木熒省聲，熒屋下鐙燭之光，从焱冂。諸部中如瑩營罃滎等十餘文多同。蓋以篆文無𦬫字，故不得不从熒省。今觀此文作𦬫，乃象木枝柯相交之形，其端从炏，木之華也，炏爲焱之渻。《說文》焱，火華也。木之華與火同，故从炏以象形，而華之義爲榮。《爾雅・釋木》榮，桐木。郭注即梧桐。郝蘭臯戶部曰，《說文》榮，桐木也；桐，榮也。是桐一名榮。月令：季春桐始華。桐華尤緐茂，故獨擅榮名矣。《說文》以榮爲熒省聲，豈知古文作𦬫，熒固从𦬫聲耶！」宇純案：方氏以金文𦬫爲榮字，熒本从榮之古文  字爲聲，並是也。以其象木枝柯相交之形，端从炏爲木之華，又謂爲焱之渻，則猶有可商。井侯簋作 ，盂鼎同， 即艸字，特取相交之形耳，其端之小點即艸榮之象形。由  變而爲 、爲 ，更而同化於火爲 、爲 ，終而其再變即爲小篆之 。凡熒瑩營縈之字皆以爲聲，即榮字亦於  下加木，則因  之形已不見艸榮之意而加之，其意猶从木𦬫聲。《爾雅・釋艸》云：「木謂之華，艸謂之榮。」所以艸榮而加木者，華榮本爲轉語，其義無別，故華字从艸矣，《爾雅》實強爲之分。《說文》訓榮爲桐木，與屋梠兩頭起者謂之榮，皆別爲義，別爲字；非因桐木之華繁茂，獨擅榮名也。

▲松，松木也。从木，公聲。㮤，松或从容。

宇純案：松从公聲者，此非古紅切之公私字，其音同容，與《說文》訓山間陷泥地之  字爲轉語，其形本同於 ，後混同於公私之公，其音義遂致不傳，或作 ，亦混於山谷之谷，而莫由得見。古籀補收空首幣松作 ，古籀補補收古鉩作

，《漢書・地理志》武威郡蒼枀縣，顏師古注：枀，古松字，是其始不从公私字之證。或體作寀，與頌字籀文作額，容字古文作宏，並公字又與容字同音之證。「公」又音同容，故松字从以爲聲而音祥容切，喻四音近邪也。訟从公聲亦與此同。參公字字谷字讀記。

▲某，酸果也。，古文某，从口。

古文某字作，段注云：「兩之者，皃其酢𩡧。」王筠《釋例》云：「何取乎二之？二之而無意，恐是籀文。樹果者大抵成林，不但某也。」宇純案：酸果之某，因借爲稱代詞奪其本義，二之以爲別，與不之而有㕽略同，非無意也。今之書作梅字，亦爲別其稱代詞之借義。其字从▽，與古文口合，明非籀文之證。段云皃其酢𩡧，亦不知而妄解矣。

▲枚，榦也。从木支，可爲杖也。

宇純案：金文作若，皆象人持斧伐木形，不从支，篆文同化如此。

▲栞，槎識也。从木㸚，闕。夏書曰隨山栞木。讀若刊。栞，篆文从幵。

宇純案：㸚不成字，許君不得其解，故云闕。然古文栞即栞字變形。《說文》云讀若刊，今《尚書・禹貢》作隨山刊木，栞古韻當屬元部，幵則與筓同字，本屬佳部，轉入耕部為形、刑等字聲符。刊字从干戈字為聲，此字本从干聲。因有杆字在，書作上干下木形；又病其直長而不能密接，於是二其干作栞（案篆當作  ，今作栞，李斯或許君之篆定有誤），不作枅者，枅別為字（案枅音古兮切，正筓字之音，以見此字不从幵聲。）古文作栞，或係譌變，或為示與形、刑之聲別。參筓及幵字讀記。

▲槙，木頂也。从木，真聲。一曰仆木也。

段注云：「人頂曰顛，木頂曰槙，今顛行而槙廢矣。」又云：「人仆曰顛，木仆曰槙，顛行而槙廢矣。」王筠《句讀》云：「本字兩義，經典皆借顛為之。」宇純案：槙本是顛之轉注字，加木又去其頁旁，遂為槙字，非有二語，亦非本有其字而不用。若此之類甚眾，讀者自會，不一一記。

▲𣡽，眾盛也。从木，驫聲。《逸周書》曰𣡽疑沮事（原作疑沮事闕，从段氏校改）。

段注云：「驫見馬部，唐韻甫虬切，曹憲《廣雅》音曰香幽必幽二反，《廣韻》甫烋切，又音標，然則𣡽音當在三部明矣。而鉉云所臻切（案小徐亦所臻反），篇韻皆同，與許云驫聲者不合。蓋桑屬會意，𣡽屬形聲，而皆訓盛。桑讀若莘莘征夫之莘，因強同之耳。」又云：「周書文酌解：七事，三曰聚疑沮事。聚古讀如驟，與𣡽音近。」宇純案：段疑大徐及篇韻字音所臻切，是也。《逸周書》今作聚，𣡽之音當與聚同近，古韻應屬侯部。余謂驫之音標，與猋音同；音甫虯、必幽切，與猋音近；音香幽切，與𪖈音同，或即據猋𪖈讀之，即不然，必當有一讀與聚近，故驫字从之爲聚之異文，疑驫又與驟同字。蓋驟字从馬聚聲，義爲馬疾步，或即从三馬爲驟字，猶羶之又作羴也。而三鹿之麤爲行超遠，三兔之㕙爲疾，三犬之猋爲犬走皃，固又制字之意相同也。

▲梟，木葉陊也。从木，𠧪聲。讀若薄。

宇純案：𠧪音丑略切，許云梟讀若薄者，薄字傍各切，兩者皆送氣音，故梟从𠧪聲。亳字从乇聲音與薄同，正與此同例。落魄字有滂透二讀，䪼从乏聲讀若𦐇，其理亦同，今音梟讀他各切，許讀不若是。

▲枅，屋櫨也。从木，幵聲。

段云：「古兮切，十五部。」宇純案：幵从二干，干即笄象形，枅从以爲聲，段當云十六部。參笄字栞字讀記。

▲栅，編樹木也。从木从冊，冊亦聲。

小徐但云从木冊聲，段注本同，未言其取舍之意。王筠《釋例》以爲「卌便是栅形」。宇純案：栅與簡冊字俱各象形，其間並無關係，王說是也。此不僅不得云从冊冊亦聲，即冊聲之說亦堪疑，大徐楚革切，篇、韻同，又與冊同音，恐不得如此巧合，蓋即據冊字讀之。今國語音ㄓㄚˋ，獨與韻書相異，應別有源頭，《廣韻》又音所晏切，則誤從刪聲讀之。

▲櫌，摩田器也。从木，憂聲。《論語》曰櫌而不輟。

宇純案：此字音於求切，於从憂聲相合。唯段注引《齊民要術》云：「春耕尋手勞，秋耕待白背勞。」自注：「古曰耰，今曰勞」劉寶楠《論語正義》云：「勞與耰一音之轉」，則二字聲母相遠。疑櫌耰本作櫌耰，从夒爲聲，音與夒字同奴刀切，而與勞字音近。《說文》訓貪獸、母猴之夒，《禮記・樂記》作獶（樂記云獶雜子女，鄭注獶，獼猴，釋文音乃刀反）；又訓墀地之㥞，《漢書・揚雄傳》作獿（雄傳云獿人亡則匠石輟斤而不敢斲），而《莊子・徐無鬼》釋文引作㥞；又訓煩之擾及訓牛柔謹之犪，今經傳所見並作擾。是其例矣。蓋隸書譌櫌爲櫌，許君遂篆定爲字，後人即據其偏旁讀作於求切。

▲杵，舂杵也。从木，午聲。

宇純案：午即杵字象形，故舂字从之象兩手持杵擣臼；缶字从之本爲擣字（詳缶字讀記）。因借作天干字，而加木爲杵。杵本音昌與切，上古與清母 tsh-不異（余別有說），而天干之午讀 sŋ-複母，tsh 與 s 音近，故借以爲天干之午。

▲椑，圓榼也。从木，卑聲。

宇純案：卑本作若，即圓榼象形，與尊本樽字象形相對，後引申爲尊卑之義，而分別加木旁，此朱駿聲說，以爲得而述之。

▲槤，瑚槤也。从木，連聲。

段改瑚作胡，云：「瑚雖見《論語》《禮記》，然依《左傳》作胡爲長。」宇純案：《說文》珊下瑚下並云珊瑚，段依《左傳》改此，應合許意。〈明堂位〉云：「有虞氏之兩敦，夏后氏之四璉，殷之六瑚，周之八簋。」自殷周彝器發土，所知敦即金文之鐓，與𣪘同物而異稱，簋即金文習見之𣪘字，瑚璉二字則迄無所見。余謂諸家以爲簠字之作者，即爲胡璉之胡，其反書之（召弔山父𠤳），與胡絕相似也。其字从古聲。古聲甫聲古韻雖同魚部，聲母則無可通，古聲之必不得與甫聲之簠同字。至於槤字，疑是字之誤認，即害字，本作，爲食器名，與一語之轉。或加五字作，又或加作，又或从聲作。字从夫害聲。因與車形近，又旁著夫字，遂誤以爲輦字。輦連二字古通用，如段注「《周禮》《管子》以連爲輦，韓勑禮器碑胡輦器用即胡連也」。胡連之連因由誤認爲輦而來，故其音爲里典切，不與連字同讀。後世或加玉旁作璉與瑚同，或加木旁作槤，詳拙文〈說簠𠤳及其相關問題〉，刊見《中央研究院歷史語言研究所集刊》六十四本第四分。段注云：「司馬法夏后氏謂輦曰余車，殷曰胡奴車，周曰輜輦，疑胡輦皆取車名。」其說非是。

▲柯，斧柄也。从木，可聲。

段注云：「柯之假借爲枝柯。」宇純案：古以枝柯爲斧柄，故斧柄謂之柯，許以引申義爲本義，段氏執之以言假借。

▲柅，籰柄也。从木，尸聲。柅，柅或从木尼聲。

宇純案：尸柅聲母遠隔，尸當是尼之省作，與从老之字並省作耂同，爲其形之易於方正也。或体柅不用上下式，故从尼不省，亦與耋字从老不以老居上不省老之匕而省蒿之口同。

▲梓，梓雙也。从木，夆聲。讀若鴻。

宇純案：夆不成字，當云降省聲，詳夆字讀記。

▲臬，射準的也。从木从自。

小徐云自聲。大徐引李陽冰曰：「自非聲，从劓省。」劓字魚器切，《說文》劓或體作劓，而劓从臬聲，是欲據李說解爲形聲之意，然則許君原說从自會意甚明，小徐妄改爲自聲。王筠云：「射者之鼻，與臬相值，則可以命中，故从自。自，鼻也。」林義光云：「立木如鼻形也。」宇純案：臬爲射準的，居矦中，與鼻居面中相同，古或謂鼻爲準，《史記》始皇及高祖之隆準（秦始皇紀隆一作蜂。文穎曰：準，鼻也。）是也，故臬字从自會意。

▲樂，五聲八音總名。象鼓鞞；木，虡也。

甲骨文樂字作  。金文作  、  、  、  諸形，前者形同甲骨文，僅一見，其次與小篆不異，又其次从大，更其次从  ，與夜作  者相同，爲大之變形。說其形者多家，不見言其从大之意者。余謂作  者，本是櫟之象形初文，假借爲用，  與柔之作  造意相同，二其  以爲別。金文加  於中，蓋以轉注爲舞樂專字，其形與樂器宜有關，而無可強解；其本体之  說者以爲披弦於木，疑非其朔。及後變木爲大，則以  爲皃形，全字象人執絲執轡以舞狀，儼然專爲舞樂所制專字矣。

▲札，牒也。从木，乙聲。

段注云：「古音在十二部。」宇純案：甲乙字段亦云十二部，訓燕燕之乙，則云十五部，是此以从甲乙字爲聲。然札字古韻當屬祭部，與甲乙字聲韻俱不合。朱駿聲獨以爲从燕燕之乙爲聲，其韻雖同而聲仍遠，余謂乙當即象牒札形，同化於甲乙字而爲屈曲之狀。

▲艬，江中大船名。从木，毚聲。

王煦《說文五翼》云：「《方言》小舸謂之艖，東南丹陽會稽之間謂之艬，洪氏稚存釋舟云：《方言》艖爲小舸，艬與艖同，亦不盡是大舟矣。又小舟謂之艑，《莊子・秋水》篇梁麗可以衝城，司馬彪注麗，小船也。裴松之《三國志・王朗傳》注稱獻帝春秋朗對孫策使者云，獨與老母共乘一欐，亦欐爲小舟之證。欐麗欚古字通，據洪氏之說，是欚爲小舟，與《說文》異。今按《廣雅》欚作艤，云舟也。是欚當爲船之通稱，《說文》以爲大船，《方言》以爲小舸，當兩存之。」宇純案：《通俗文》瓠瓢曰蠡，方言五蠡，或謂之瓢，《說文》亦瓢下云蠡。《莊子・逍遙遊》莊子語惠子，「今子有五石之瓠，何不慮以爲大樽，而浮於江湖？」蓋欚之爲言蠡也，實蠡之轉注字，大船疑當云小船。

▲𣡌，伐木餘也。从木，獻聲。櫱，𣡌或从木辥聲。𣎵，古文𣡌，从木無頭。𣓌，亦古文𣡌。

古文𣓌下段注云：「从木𦍒聲也。𦍒者羍之或字，見羊部。《古文四聲韻》作𣓌。」宇純案：羍从大聲，音他末切，其聲與𣡌音五葛切相遠，𣡌不得从羍聲，𣓌當是杇之譌，以亏爲聲。《說文》無亏字，見於奇字偏旁，篆文作奇，許君說以爲从去虔切之辛，王國維云亏辛同字，又云亏奇同字，此說或有待商榷，然甲骨文有獨體亏字作亏若亏，由奇字許云讀若櫱，知其音當與櫱字同近，故𣡌字或从木亏聲。更考《廣雅・釋詁》四：……嘈咞，聲也。王念孫云：「《荀子・勸學篇》云：問一而告二謂之囋。囋與咞同，合言之則曰嘈咞。長笛賦注引埤倉云：嘈啈，聲貌。張衡東京賦云：奏嚴鼓之嘈囐。周天大象賦云：河鼓進軍以嘈囋，長笛賦云：啾咋嘈啈。竝字異而義同。」《集韻》曷韻才達切收囋囐咞啈啐五者同字，云《博雅》嘈囋聲也，即本曹憲咞字昨末反之音。又牙葛切收𣡌櫱𣎵𣓌枿五者同字，云《說文》伐木餘也。後者見《說文》甹下引商書若顛木之有甹枿，今盤庚作櫱；而同紐又收咞字，異體作囐啈，云嘈嘈咞咞聲也。啈即奇字，

《廣韻》五割切作哰，引《說文》語相訶距立訓，然則嗱是哰之誤明矣，㮓亦梓之誤，《集韻》牙葛切有䃥字，云磍䃥石皃，以見𡴁是䇂之譌，屰則𡴁之省體。

▲休，息止也。从人依木。

金文休字或同小篆作 或作 及 ，所以與禾或同或近。高田忠周云：「休字元有二，一爲息義，从木人休字是也。又一元爲美善義，从人禾俰字是也。《說文》有休無俰，漢時失其傳也。今據金文，俰休分別明顯。」高鴻縉云：「休之本意應爲美好，从人得禾會意。後借爲休息意，許以上爲本意，又依變形說爲人依木。」宇純案：許說不誤，所以金文或从 者，仍是木字，止息恆擇樹蔭所在，因曲其末梢作 以示意，非禾字也；其从 者，則順勢偏曲向右，亦禾字不見之形。乘字从木而作 ，示其乘處無枝椏之特出，可以互觀。他若 字从女及子不作 、 ， 字、 字从子而作倒形，皆有以取乎現實景象，非有異字也。

▲東，動也。从木。官溥說：从日在木中。

篆文大小徐並作 ，官溥上小徐無从木二字，段本篆作 ，未有說明，蓋據官溥說从日而篆不合，因改 爲 耳。王筠《釋例》因小徐不重从日二字，謂大徐上从木二字複重當刪。宇純案：段改篆文及王說並非，許已云从木，又引官溥說从日在木中者，甲骨文金文東皆作 ，中非日字與大小徐合，知大小徐篆體爲說文本作；許君以東字僅从木部分可得而知，

 爲何形，如何會意皆無可說；而官溥之言似可備供參考，故其言如此（案《說文》凡明引通人說者，皆不得已而爲之，且列主說之次），以見許君之謹慎有度，从木二字未嘗複也。小徐無从木二字，蓋意同王氏而逕自刪削，皆視大徐莫若也。自金文甲骨相繼行世，東字有作  若  之形，官溥說之誤不待言，今之學者，或以爲橐，或以爲囊，皆於音不可通；或說爲束字，所據僅爲偏旁中之淆亂，其獨體絕不相涉，亦不可用。余謂其始  本有囊或橐之音，即爲囊或橐字，象形。見之於甲骨金文中之東則是囊橐分化之重字，藉囊橐之形以見意，假借爲方位之稱。自是其先象形之囊橐字，空其中畫加𣪊若石聲爲形聲之囊之橐（參橐字讀記），分化後之象意東字又因本義爲借義所奪，於是加人旁爲背負形作  、  、  、  ，或以東之中畫與人體重疊作  ，至篆文加表意之土遂爲  字。《說文》云量字从重省，金文克鼎量字作 ，是東爲重字之明證也。甲文有字作  ，東爲重字之意，亦躍然紙上。

▲棘，二東，𣚬从此。闕。

宇純案：金文、甲骨文並有此字，疑爲「大東小東」地域名之專字，本由東之借義而生，爲其別於方位之稱，二其形作棘。《說文》之棘，則自分析𣚬字偏旁而來，許君固不知本有此字也，故其云「二東，𣚬从此，闕」，與「豩，二豕也，豳从此，闕」、「  ，二  也，巽从此，闕」、「从，二入也，兩从此，闕」，並同一例；他若㳻下云「二水也，闕」，屾下云「二山也。闕」，所下云「二斤也，闕」，灥下云「三泉也，闕」，皆析文字偏旁，而望文生義。參𣚬字讀記。

▲棽，木枝條棽儷也。从林，今聲。

宇純案：今本是含字，其聲匣母爲濁喉擦音，棽音丑林切，爲送氣聲母，與匣音近，故棽以今爲聲，今原不讀見母。詳今字讀記。

▲叒，日初出東方湯谷所登榑桑叒木也。象形，，籒文。

宇純案：《說文》以叒爲榑桑叒木，〈離騷〉云：「總余轡乎扶桑，折若木以拂日。」其字作若，甲骨金文若字作 ，解者遂以叒爲  之變形。其前則王筠《釋例》謂「叒字不足象形」，並據石鼓  字，疑叒本作 ，「象木葉孛形」，亦以叒若相關。今案：叒與  不同字，許云叒爲叒木象形，其說不誤，後世誤叒之音同 ，書作若字，遂致叒字廢絕，其始義不明。《說文》叒下云榑桑叒木，又以桑字隸叒部，叒實與桑同一語，本音應讀五各切，原爲 sŋ-複母，後歧分爲心、疑兩音節，於是其一作叒，其一作桑，並甲骨文  之變形。所以知叒桑本爲 sŋ-複母者，古借桑爲喪，喪訊謂之噩耗，喪噩二字分別與喪叒同音，其字即桑字加口加亡之轉注，此其鐵證矣。此外顙額及顙頞二語，亦可藉以考鑑，詳見咢字讀記。然而籒文之 ，固是  字加口之 ，則叒之誤讀而灼切，以叒若同字，雖許君亦不能正矣。

▲帀，周也。从反而帀也。周盛說。

宇純案：从反而帀，明其爲周盛說者，不以其說爲必然也。今知之本作 ，則帀不爲之字之倒至明。林義光云：「帀者集也，象羣集之形。 三面各集於一也。」其說近之。《周禮・典瑞》「繅藉五采五就」注：「五就，五帀也，一帀爲一就。」五帀猶云五束。今猶言一束曰一帀，特其字書作札耳。就帀語之轉，小旻詩「是用不集」，集與猶咎道叶韻，集即就字。集帀則音但有清濁之分（《說文》燮，和也。金文作 ，本从帀，取䌓之義，䌓，合也。音姊入切，與帀同音），是其證矣。其字當作 ，象束絲形。見於父癸爵及父癸觶有  及  字，即此字而前者稍譌。由點變橫，即篆文之 。《說文》云帀，周也。爲圈束義之引申。

▲𣎵，艸木𣎵孛之皃。从木，畀聲。

宇純案：畀𣎵聲母相遠，不合聲符條件。段注云：「周易拔茅茹以其彙，釋文云彙古文作䓥，按䓥即𣎵字之異者，彙則假借字也。」此當是  字之轉注，易其彑首爲  以表意，其下又譌  爲丌耳。

▲孛，𣎵孛（此字從段注補）也。从𣎵，人色也，故从子。《論語》曰色孛如也。

宇純案： 下云艸木盛𣎵𣎵然，音普活切，與此字音義並相關，孛即𣎵之轉注，當云从𣎵，𣎵亦聲。

▲索，艸有莖葉可作繩索。从市糸。

宇純案：此字當从匹刃切之朩爲義，朩下云分枲莖皮也。厤枲之皮可爲繩，故从朩，市爲艸木盛朩朩然，非其義也。疑改隸朩部。

▲𠂔，止也。从市盛而一橫止之也。

宇純案：𠂔訓止無所據，《斠銓》引詩「不能旋濟」及《莊子》「厲風濟則萬竅爲虛」毛傳向秀訓濟爲止以說之，或是許君望文生義之張本。然林義光云：「古作 （曶鼎秭字偏旁），不从一，則非止義可知。」唯林謂「丰訓草盛，此與丰形近，當爲蒼之古文，草多皃也」。其形與草多皃不類。余謂《說文》秄下云「壅禾本也，从禾，子聲」。字音即里切，與後世𠂔字音同（詳下），字正根部壅土之象（案土本 ，或省之爲 ），疑是此字本義。又段注云：「古音當在十五部，詩萬億及秭，與醴妣禮皆韻，可證也。而㑄仕聲，揚雄作胏，又疑𠂔在一部。」今案：泉水詩泲姊與瀰弟韻；𩆜从𠂔次二聲，而或體从齊聲作齏；《說文》𥊠，利也，即易旅卦之資斧字，本或作齊，並此字古韻屬脂部即段氏十五部之證。揚雄㑄作胏者，則方音脂與之相混之先例。《說文》𠂔聲之柹《廣韻》入止韻，音與士仕同鉏里切，以及即聲之字《廣韻》入職韻，並與此同。

▲產，生也。从生，彥省聲。

宇純案：產音所簡切，而从彥爲聲者，本讀 sŋ-複母。參桑𠷎讀記。

▲甤，艸木實甤甤也。从生，豨省聲。讀若綏。

段注本作「从生，豕聲」，注云：「豕與甤皆在十六部，鍇本作豕聲最善。鉉作豨省聲，非也。唐玄應引亦云豕聲。」宇純案：繫傳「豕聲」下有「豨字」二字，豕部云豕「讀與豨同」，蓋許君本云豕聲，後人據之注「豨字」二字，大徐因改豕聲爲豨省聲。然《說文》豨下云豕走豨豨也，音虛豈切，與豕不同字；又云「古有封豨脩虵之害」，義與豕同，《廣韻》音香衣切，亦與豕音式視切聲不相同，當以豕聲爲是。甤音儒追切而从豕聲者，疑爲複母 sn-。猶儒孺濡襦之从需聲，璽从爾聲，燃从然聲（音式善切），恕从如聲，及絮有泥心二讀，並其比。特開合不同，爲其別耳。又案段此謂豕與甤皆十六部，豕下則云十五部，兩處不同。以貍或作䝟視之，豕聲當在十六部，與其字見紙韻相合。

▲甡，衆生竝立之皃。从二生。《詩曰》甡甡其鹿。

段注云：「大雅毛傳曰：甡甡，衆多也。其字或作詵詵，或作駪駪，或作侁侁，或作莘莘，皆假借也。周南傳曰詵詵衆多也，小雅傳曰駪駪，众多之皃。」宇純案：許引桑柔詩甡甡其鹿，不云衆多皃而云衆生竝立之皃者，泥於其字从二生，故由形解之，以爲說从二生之張本。甡實生之孳生語，故與生字雙聲旁轉，从二生，爲別其形耳。

▲乇，艸葉也。从𠂹穗上貫一，下有根，象形。

徐灝云：「易解彖傳：雷雨作，而百果艸木皆甲宅。宅即乇也。然王弼本作坼，於義爲長。」宇純案：徐說是，金文乇字作（見宅字偏旁），象甲坼形，即由字分化，不从「一」，當云艸葉甲坼皃，音義與坼同，本音丑格切，或如《集韻》之又音直格切，故毫（傍各切）字以同具送氣成分而以爲聲，今大徐音陟格切，小徐竹隔切，疑是誤讀。

▲𠌶，艸木華也。从𠂹，于聲。荂，𠌶或从艸从夸。

宇純案：𠂹即今之垂字，𠌶無从垂字取義之理，原當是荂象形，漸變而與𠂹字無別，因加于聲以爲分異。

▲皣，艸木白華皃。从𠌶，从白。

宇純案：皣華一語之轉，當云从白从華，華亦聲。盍、怯並从去聲屬葉部，祛、胠二字有去魚、去劫二音（六韜殘卷祛用與怯同），並爲其證。又日部曅下云光也，从日𠌶，亦與華爲語轉，許亦當云从日𠌶，𠌶亦聲。

▲髤，桼也。从桼，髟聲。

宇純案：大徐許由切，小徐火牛切，音同，與髟聲聲母不合者，髤本與下篆䰍爲或體，本音如匹皃切或步交切，故以幫母之髟爲聲，其後送氣成分分化別爲一音，而讀曉母，如葩之有花，芳之有香也。字或省作髤，或又以其形不得讀許由切，加人旁為休聲作髹。《廣韻》字又見至韻七四切，則誤以髤為桼字。桼字親吉切，七四切即其去聲，以不同調別不同動靜詞性，其或體作軟，从車，次聲。《周禮・巾車》「駹車雚蔽，然禖髤飾」，鄭注云：「故書髤為軟，杜子春云軟讀為桼垸之桼」，是其說也。

▲𣝅，小束也。从束，幵聲。讀若繭。

宇純案：此从笄字為聲，由耕入真之銑也，與蒨同。𣏟从干聲，異乎此。

▲㯻，橐也，从束，圂聲。

宇純案：从束者，實  之省形， 原有囊若橐之音，即象囊橐之形。囊義為橐，故从束。參下橐字讀記。

▲橐，囊也。从㯻省，石聲。

宇純案：从㯻省者，以下文𣝂字金文作  例之，疑此本作 ，从  省，省  之中畫以位置缶聲。 本象囊橐之形，因分化為重字而加石聲、 聲以別，參東字讀記。篆文從㯻字作 ，故許君說為㯻省，㯻字不作  者，○ ▯ 相重，不便於書耳。囊字櫜字同此，不別記。

▲櫜，囊張大皃。从橐省，缶聲。

宇純案：金文二見，並作若，是本从省不从橐省之證，石鼓文同篆，乃同化於橐字，金文又有，疑即甲骨文之，象袋中盛貝形，書爲，與書爲同。

▲囗，回也。象回帀之形。

段注云：「回，轉也，按圍繞週圍字當用此，圍行而囗廢矣。」宇純案：段以囗爲圍，應合許意，然部中諸字，若圜團回圓圓困囚所从當是圜形之圓（參員字讀記）字，國固圃圍困所从當是方形之囗字，羽非切之囗與王問切之圓雙聲對轉，同爲一語，是此字兼及圍圓二義。

▲圓，規也。从囗，肙聲。

段注云：「規，有法度也。」徐箋云：「此疑即圓之異文。」宇純案：篆次圜團回圓之間，規非法度之意不待明；其音似沿切，與圓音遠，二說俱非。錢坫《斠詮》以爲周旋中規之旋字，於清人諸說中最爲得之，許君不收爲或體者，或係以動靜別而爲二。

▲員，物數也。从貝，囗聲。，籀文从鼎。

宇純案：甲骨文、金文从鼎，與籀文合，篆文从貝，當是鼎誤，可與則字貞字等互參。林義光云甲骨文：「从口从鼎，實圓之本字。〇，鼎口也，鼎口圓象。」然鼎口不必爲圓形，出土方鼎多屬商器其說殆不然。从口聲者，口音羽非切，與圓雙聲對轉，學者多疑方圓字其始作口〇，員从〇聲，是圓本作〇之證矣。

▲賁，飾也。从貝，卉聲。

宇純案：卉與賁聲母相遠，不得爲聲。《文源》云是奔省聲，而奔本从三止，於形不合。余謂此當是  聲避其形構之鬆散而省之。饙之或體作  ，是其證也。  爲茇象形，古韻本在祭部，音轉而與微部同近，如帥字義爲佩巾本音屬祭，借以將帥字則在微部，又帥聲之⿱帥虫與蟀同字，並其例也。文爲微之陽聲，故賁餴並以  爲聲

▲贊，見也。从貝，从兟。

大徐云：「兟音詵，進也，執贄而進，有司贊相之。」小徐云：「進見也，貝爲禮也。」宇純案：二徐並用兟下云進之訓以爲釋。然許君兟下云「贊从此，闕」，是謂其音不傳，與棘豩卯从諸篆下云「某从此，闕」同一例，猶謂此字即由贊字分析得之（詳棘字讀記），故不知其讀也。後世兟音所臻切，與甡同音。然甡字義爲眾多，其音所臻切可解，兟音所臻切則不可解，其爲可疑特爲滋甚，今謂二先之兟與先不異，爲其形構之不過長而二之，則與朁、晉、栞、質之字相同。字从先貝者，進見者執贄爲禮，貝在見先，故从先貝會意。參朁、晉、栞、質諸字讀記。

▲贏，从貝，𣎆聲。

段注云：「當云从貝𣎆。𣎆者，多肉之獸也，故以會意。女部嬴當云𣎆省聲。」字純案：金文作 ，从貝从𣎆，與小篆合。然歌部之𣎆不可爲耕部贏字之聲，以故段改从𣎆會意；而𣎆非多肉之獸，許君𣎆下云「或曰嘼名，象形，闕」，其始則疑辭，其終而闕，不足爲據至明。不知𣎆實蜾蠃象形，嬴字从以會意，贏則从嬴省聲，余別有說𣎆與蠃一文，載《大陸雜誌》二十卷二期。略見𣎆字嬴字讀記。嬴字金文作 ，與能字作  極近，左氏《春秋·宣公八年》經文「嬴氏」及「敬嬴」之嬴字《公羊》、《穀梁》並作熊，熊即能也。嬴熊雙聲，段氏以爲嬴字不當云𣎆聲，其說可商。

▲負，恃也。从人守貝有所恃也。一曰受貸不償。

字純案：負恃爲常訓，字从人在貝上說以爲人守貝有所恃，亦似無可疑。唯此字恆義又爲負任，說者以爲負背音近借負爲背，一則古籍不見背作負任解，一則若《莊子·逍遙遊》之言「鵬之背不知其幾千里也」，背不作負；「水之積也不厚，則其負大舟也無力，風之積也不厚，則其負大翼也無力」，負不作背；又言「背負青天，而莫之夭閼」，恐背自背，負自負，不必如解者之言。金文有字作若 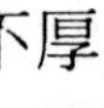、、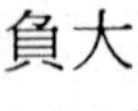、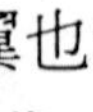 之形，李孝定先生釋爲嬰字，然嬰是串貝爲頸飾，此字第三四兩形从人而繪出其止，示其有行，顯非突顯項飾所當有，第二形从 ，與走字作 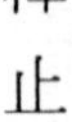 若 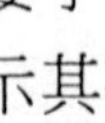 者相同，明是趨走之象，蓋負重者必小步而趨，尤以見其不爲項飾；即第一形，串貝之長之大，亦必不得爲嬰字。疑是負字初文，後世文字就簡，易爲从人从貝之負。

▲貳，副益也，从貝，弍聲。弍，古文二。

「弍聲」下段注云：「形聲包會意。」宇純案：弍字从弋，義取次第，即弍為第二之義，貳訓副，實為弍之轉注。又案弍為古文二，古文者，東周時六國文字，貳為弍轉注，非秦文受六國文字之影響，則許君據六國以來隸書貳字迻寫為篆書。

▲賓，所敬也。从貝，㝖聲。，古文。

宇純案：甲文作  作 ，金文加貝作  作 ，亦偶一作 ， 是  之變形，六國器或作 ，又變一橫為二橫，《說文》古文同，特譌  為儿，恐是後世誤書，篆文从㝖，此形不見於金文，當是李斯等所改。蓋誤以   為完字，聲無所取，故改从㝖聲。

▲貰，貸也。从貝，世聲。

段注云：「按古音在五部。《聲類》、《字林》、鄒誕生皆音勢。劉昌宗周禮音乃讀時夜反。（案：段注攷正；《聲類》、《字林》、劉昌宗，見《匡謬正俗》七。鄒誕生，見《史記索隱》，音世，非音勢）」宇純案：「五部」五上奪一十字，世聲古音在祭部也。今讀時夜反者，疑受賒之影響，賒貰義同，賒音式車切。

▲質，以物相贅，从貝，从所，闕。

段注云：「闕者，闕從所之說也。《韻會》从所聲，無闕字。」宇純案：斤部所下云「二斤也，闕」，是不知其音，而二斤之義與質訓以物相贅無可會，故下著闕字，段前說是也。又引《韻會》於下，《韻會》與小徐合，當即用小徐，而語巾切之音與質讀之日切藐不相涉，況其音又必出後人之附會歟！理可不取。《周禮・小宰》云：「聽賣買以質劑。」注云：「質劑謂兩書一札，同而別之，長曰質，短曰劑，皆今之券書也。」又質人云：「凡賣儥者質劑焉，大市以質，小市以劑。」余謂質劑爲字本義，从斤从貝會意。从斤猶劑之从刀。不从刀者，別有則字在焉；作二斤者，爲其形易趣方正也，所本不爲字，漢儒不悟質字从所之理，以其別爲字，遂無以說其音義，所謂二斤也，乃望文附會，與以屾、林、兟、从 爲字相同。質之義又爲以物相贅者，《左傳》釋文凡於「交質」、「爲質」字並云「音致」，質即致之假，《說文》致下云「送詣」，自致其誠於彼之謂也。《史記・蘇秦傳》：「（秦）已得講於魏，至公子延，因犀首屬行而攻趙。」索隱云：「至，當爲質，謂以公子延爲質也。」余謂至之言致也，故與質通。論者或以質爲贅之借，二字韻不同部，復有開合之異，其說非也。

▲貪，欲物也。从貝，今聲。

宇純案：今與貪聲母相遠，許君以今字本義爲今時，遂不得不說爲形聲。今即含字，含貝爲貪，含心爲念，皆從今取意。參見今字念字讀記。

▲貧，財分少也。从貝从分，分亦聲。穷，古文从宀分。

小徐本作从貝分聲，古文穷下亦云从宀分聲。宇純案：二本不知孰爲原是，然亦聲之字，源於語言孳生，其始不過義之引申，及後增添形旁，其母字故既表義，又兼音，貧不必由於分，是其非分之引申義可從知，故此字當如小徐本云分聲，或云从分貝會意，則純爲文字約定現象，必不得合之而言亦聲也。

▲賣，衙也，从貝𡕥聲。𡕥，古文睦。讀若育。

宇純案：賣睦聲相遠，賣不得以古文睦爲聲，〈舀鼎〉賣字作，二見，其上不从宍，所从非古文睦字也。林義光云爲古徇字，旬从聲，亦非。與金文省字作形近，疑从省，省貝者，蓋《孟子·公孫丑下》所云「有賤丈夫焉，必求龍斷而登之，以左右望而罔市利」之意，李斯等不解賣字作之意，因宍聲與賣韻近，而改作賣字。

▲賏，頸飾也。从二貝。

宇純案：二貝難會頸飾之意。女部嬰下云「頸飾也，从女賏」，此即分析嬰字爲字，故義既與嬰同，大徐烏莖切，小徐央成反又一盈切，其音亦與嬰字或同或近。

▲郊，周文王所封，在右扶風美陽中水鄉。从邑，支聲。岐，郊或从山支聲，因岐山以名之也。㞿，古文郊，从枝从山。

或體岐下段注云：「郊或者，岐之或字，謂岐即郊邑之或體也。又云因岐山以名之，則又郊邑岐山畫爲二字矣。考岐山見於夏書、雅頌、漢志，郊邑因岐山以名，郊邑可作岐，岐山不可作郊，薛綜注西京賦，引《說文》岐山在長安西美陽縣界，山有兩岐，因以名焉。此《說文》山部原文也。山有兩岐，當作山有兩枝。山有兩枝，故名曰岐山。疑後人移入於此而刪改之。學者讀此，可以刪邑部之岐專入山部矣。」宇純案：此一字有可得而言者凡三。其一，段以薛綜引《說文》疑係山部原文，清儒多以爲不然。今大小徐《說文》山部無岐字，蓋既已見之於此，故不更於彼出之。然誠如段注所云，郊邑可作岐，岐山不可作郊，是岐郊明是二字，依理此下可以無岐字，或以注文出之云「因岐山以名之，或作岐字」，而山部必不可無也。其二，郊邑不僅因岐山以爲名，其字亦由岐字演化而出，即由岐字去其山旁改从邑也，是爲六書之轉注，則自漢儒以來，固早當知文字有不由造作而由化作者，他例不勝枚舉。並假借以有形之漢字化爲無形之音字，是爲六書本取四造二化之意，學者莫達逵二千年之久矣，因藉此例而言之。其三，今之學者由諧聲以求古聲類，有舉爲支聲之岐，以言照三有與見系音近者，遂謂照三有二音，一源於舌，一近於牙。余謂此說殆嫌粗略，其中有誤會意以爲形聲者，若臤本同於掔，爲牽持之義，詳臤字讀記；有誤複母或同源爲形聲者，支字是也。薛綜引《說文》釋岐山之名，謂山有兩岐，因以名焉，段謂兩岐當作兩枝，枝即支，兩枝即兩支。凡一分爲二分爲三謂之支，亦謂之歧，故支字兼該章移及巨支二讀，二音實由一音分出也。故岐之字明爲从章移切之支爲聲，實从巨支之「支」爲聲，未可如通俗解之也。

▲邠，周大王國，在右扶風美陽。从邑，分聲。豳，美陽亭即豳也。民俗以夜市，有豳山，从山；从豩，闕。

段注豳字云：「从山豩聲，非有闕也。」張文虎《舒藝室隨筆》云：「从豩闕者，蓋不得其聲義所从也。豕部豩云豳从此闕，語正相應。豩字《玉篇》火類切，不知所本。鼎臣音伯貧切，轉因豳之音而坿會之；又音呼關切，則火類之轉耳。」宇純案：豕部豩下段注云：「許書豳燹二篆皆用豩爲聲也，然則其讀若尙略可識矣。古音當在十三部。」《說文》燹下云豩聲，《廣韻》銑韻蘇典切燹下云「字統云野火也」，中古蘇典切之音，其源可出自上古十二、十三及十四三部，段必云古云當在十三部者，蓋又據豳與邠同字，邠从分聲古音在十三部而云然。以豳从豩聲，固段氏之臆想，《說文》則豩下豳下並云闕，謂其音義不傳，則張氏之見是也。然以余觀之，豩字不唯音義不傳，即其是否爲字，亦不無可疑。張文曾舉所字爲例，見其與豩下注闕相同，余則因兩字爽字質字贊字𣡽字𥾪字等之从㸚从从𠈌从所从兟从林从屾，以知豩即由豳字分析爲字。《玉篇》豩音火類切，張氏云不知所本，當是從燹之音爲讀。《廣韻》燹字除據《字統》音蘇典切，又見至韻許位切，許位與火類讀音不異。唯豩字音義既無所知，燹字从豩，會意形聲不得而定，相傳蘇典、許位二音，聲與韻俱相遠，似由臆測而來。其字从火，《說文》云火也，許位之音與火、焜、燬相近，或即其音之所出。至其又讀蘇典切，《集韻》燹字除同《廣韻》與銑同音外，又見獮韻與獮同息淺切，當是一音之演化，其或體作[火爾]；同紐收禒字，注云「《說文》宗廟之田，或作[示璽]」，《說文》禒爲[犭璽]或體，璽本从爾聲，故[犭璽]或省作獮；以此言之，[火爾]當是[火璽]之俗省，本以璽爲聲，豕璽二字古雙聲（案審母無論二等三等，皆與心母同讀 s-）疊韻（案上古同佳部，中古同紙韻），則燹之讀蘇典切，乃從豕聲爲讀可知。例之以贊从先貝而書先爲兟，質从斤从貝而書斤爲所，簪从旡聲而書旡爲替，此音宜爲可信也。然《說文》鬥部𩰚下云：「𩰚𩰠，鬥連結繽紛相牽也。从鬥，賓聲。」又云：「𩰠，𩰚𩰠也。从鬥，燹聲。」𩰚𩰠與繽紛實同語，二字滂母雙聲，𩰠从燹聲，許位、蘇典二音俱不相合，燹之聲母當爲脣音。《集韻》文韻收燹字，與𩰠、紛同敷文切，或即從𩰠字讀之，未爲可據；其字又見勁韻，音妨正切，與敷文切下同云火皃，亦讀滂母，當是一音之轉，而同紐無他字，非出附會可從知，宜爲可信也。今案金文有 □ 字，从火，从 □，見善鼎，其銘云「令女左足𩁹侯監 □ 師戍」，爲國若地名；又有 □ 字，見 □ 王盉，爲王者之稱，又見趞鼎，銘云「命女作 □ 師家司馬」，當與 □ 爲一字。潘祖蔭、柯昌濟、陳直及日人高田忠周並疑爲豳字；丁山以爲烽燧之燧，又因 □ 王之稱，謂「此姬姓之王，非周之先祖莫屬，尤非豳字莫解」。然燧與豳聲不相及，既爲燧，則不得爲豳；他家亦莫能言 □ 若 □ 所以同豳字之理。今據𩰠从燹聲，及《集韻》燹字之讀脣音，韻與豳字或同或近，□ 得讀爲豳字，可以釋然無疑矣。至其字爲形聲爲會意？與加攴之 □ 是否一字？燹與豳之關係復如何？則仍待進一層之說明。案之《說文》有𢑚字，云「㣇屬，从二㣇。虞書曰𢑚類于上帝」，其音息利切，㣇下云「脩豪獸，一曰河內名豕也」，其音羊至切。兩者義既相同，韻亦相同；喻四與邪音近，其間諧聲之例不勝枚舉，學者至謂其同音，而邪即心之濁音，是其聲亦近，則𢑚㣇當為一字。所以从二  者，許君引虞書𦇅字今《尚書》作肆，蓋假  為語詞，因欲區別其形，二之為𦇅耳，其音息利切，正從肆字之讀。 从二𦇅，無論羊至切或息利切，並與脣音之燓聲母相遠，則當為會意字。疑是焚之異構，以火田為背景，故从火从二  ，或加攴示敺獸之意。《說文》云：「燓，燒田也。从火，棥聲。」棥聲古韻在元部，與焚隸文部不合，段氏據《篇、韻》及玄應音義改燓為焚，取意於焚林而田，甲骨文正有  字，則自古焚  即為異構，焚與邠韻同文部，其聲但有清濁不同，故其始假  為「邠」，其後既譌二  為二豕，又轉注改从火為从山，遂為「邠」山之專字，別制易書之形聲則為从邑分聲之邠。金文  或作 ，从攴之  亦或作 ， 蓋為  之譌， 亦早期之火字；或直忘  之始義為火，但取火田見意，因改  為 ，象敺獸出穴之形。

▲郝，右扶風鄠盩厔鄉。从邑，赤聲。

宇純案：赤郝發音部位不同，呼各切之郝从赤聲者，赤音昌石切，具送氣成分，送氣成分即同曉母，故以為聲，與訓从川聲同例，捇音呼麥切，亦从赤聲，而赫與赤實為一語，亦其故也。

▲郗，周邑也，在河內。从邑，希聲。

段注云：「左傳隱十一年，王與鄭人蘇忿生之田，溫、原、絺、樊……。按郗者本字，絺者古文假借字也。」宇純案：此本借絺為之，後轉注為郗字，邑部中字，其確實可考見如此者，若酆若鄭不勝殫記，因段氏誤說而正之，希聲當云絺省聲。參絺字讀記。

▲鄐，晉邢矦邑。从邑，畜聲。

宇純案：鄐音丑六切，从畜爲聲者，畜有丑六、許竹、許救三音，前者與鄐同音，後二切本是送氣成分之衍生，例同亨音撫庚，許庚二切。

▲祁，大原縣。从邑，示聲。

宇純案：示有告示及神示二音二義，此从神示之示爲聲，示與祇同。但其二音本由一音演化，說詳示字讀記。

▲郱，鄭地有郱亭。从邑，井聲。

大徐戶經切，小徐賢經反，宇純案：井聲之字不得讀匣母，段注疑許云鄭地，「即二志常山郡之井陘縣，趙地也」，引《玉篇》之子省切，《廣韻》之子郢切，是也。參井字讀記。

▲郋，汝南召（大小徐作邵，從段改）陵里，从邑，自聲，讀若奚。

宇純案：郋音胡雞切而以自爲聲者，自讀從母，全濁之送氣成分近於匣，故郋从自聲，其韻則佳脂旁轉。

▲郯，東海縣，帝少昊之後所封。从邑，炎聲。

宇純案：炎聲者，炎此實同燚，詳炎字讀記。

▲邪，琅邪郡也。从邑，牙聲。

宇純案：邪讀以遮切，而以牙爲聲者，疑此本讀似嗟切，而牙爲 sη-複母，故以爲聲，嫌其音與衺同，因改讀以遮切。

▲郳，齊地。从邑，兒聲。

宇純案：兒此讀五稽切，與郳同音。參兒字讀記。

▲𨙨，从反邑。𨛜从此，闕。

宇純案：此即由分析𨛜字而出，非果有其字也，即𨛜亦不成字，故下並云闕，參𨛜字讀記。𨺅 下云「二阜之間也。从二阜」，从反𨸏之𠂤不別爲字，觀彼可見此說之誤矣。吳錦章《讀篆臆存雜說》云：「此文止𨛜字從之，別無所用，自漢訖今，竟不知爲何音何義，儘可棄之。而許君必錄此於邑部之末者，特以𨛜字故耳，不錄 𨙨 字，則𨛜之左半無根，難於建首，而鄉𨞠無所統屬。」於其字雖能敝屣視之，顧猶不知其本非文字，不免於倒果爲因之病。

▲𨛜，鄰道也。从从，闕。

段注云：「闕者，謂其音未聞也。大徐云胡絳切，依𨝅字之音，非有所本。如字或依字之音，或依阜字之音，皆非是。」宇純案：此字不僅其胡絳之音依𨝅字，鄰道之義亦緣𨝅字為說。今觀其隸屬二字，𨝅為里中道，故从二邑字取相對之形，非邑之外別有字，亦非字之外別有字，其例可參與（說見二字讀記）。若鄉之从，則改造之形而成，則不唯不从，亦本不从邑，詳見鄉字讀記。漢人不達於此，見鄉𨝅从𨛜，不知為二邑之相對形，於是獨立之為𨛜字，又於中分析出从反之字，而無以言其音義，乃不得不言闕矣。

▲鄉，國離邑，民所封鄉也，嗇夫別治。从，皀聲。

羅振玉《殷虛書契考釋・釋鄉》云：「此字从从，或从从，皆象饗食時賓主相嚮之狀，即饗字也。古公卿之卿，鄉黨之鄉，饗食之饗，皆為一字，後世析而為三，許君遂以鄉入部，卿入部，饗入食部，而初形初誼不可見矣。」宇純案：羅說甲骨文及字之本形本義是也，至如何由一字析為三字，則其始本借為鄉黨字，為公卿字，後世為求字形之別，改人形之為口，遂成从二邑之，於下加食以為饗食字（今饗上从鄉不从卿者，以卿饗聲韻略異而又易改耳），皆於六書為轉注；而以初形之為公卿字。後者所謂久假不歸，若以乞氣、乞求，以言雲氣水氣，而別以加食之餼言饋客之芻米，其例不勝計也。

說文解字第七篇讀記

▲早，晨也。从日在甲上。

早字从甲之意：小徐云：「甲，上干之首，又象人頭。」桂馥、王筠並云：「易解卦有攸往夙吉。虞云夙，早也，離爲日爲甲，日出甲上，故早也。」林義光云：「古作 （趠鼎趠字偏旁），象日在艸上，中即艸也。」宇純案：甲爲上干之首與離爲日爲甲，何以日在甲上其義爲晨，皆無可解。甲象人頭之說，出說文所引大一經。甲字本作 ，經由人名如上甲、兮甲之作 ，至篆文爲別於田字據 字改其形作 ，然後有大一經附會之辭，亦自無可取。然篆文作 ，日在甲上之說，固當是李斯以來之理解。此字不見於甲骨文，林氏據趠字偏旁定其本作 ，說爲从日在艸上。案之金文綽字作 ，與趠字作 相合，復以莫字作 从日在茻中、朝旦字从日在 中作 （案據朝字本作 ，當爲潮字初文，从 ， 聲， 即朝旦字，詳朝字讀記），同以高原地帶所見朝暮景象爲制字背景，而分別以一 二 四 別其形若義（ 聲不同，故爲二字），知林說不可易。至其字形，篆文之前，應有 二體（傳卣之「 」爲日甲二字合文），自李斯等始改早字爲从 之 ，據隸辨所收二字一作 （尹宙碑）一作 （夏承碑）知之，此亦隸書源自古文反早於篆書者之一例也（隸書戎字作 不作 例同）。而金文 字先獸鼎作 、史䧅簋 ；卣文 字爵文作 （金文編附錄下頁二），又尊文有 （金文編附錄下頁 20），疑亦與 同；𩑿兒鼎 字，齊

矦匜作  ，又可證偏旁中  即  之變形。

▲旳，明也。从日，勺聲。易曰：爲旳顙。

段注云：「旳者，白之明也。故俗字作的。引申爲射的。」徐灝云：「射的亦假借，非引申也。」宇純案：段以射的爲明義之引申，徐氏不以爲然，其意是也；假借之說，殆亦未确。余謂射的之的與訓明之的初非同字，而同一形。射的之的从 ，  乃的之象形，與晉字从  同非日字，爲其別而以訓明之旳作的，以白易日，後並射的字亦書作的字。

▲旭，日旦出皃。从日，九聲。讀若好（原作勖，此從段校改）。

段注云：「按音義云：許玉反，徐又許九反。是徐讀如朽，朽即好之古音，朽之入聲爲許玉反，三讀皆聲得之。不知何時許九誤爲許元，《集韻》、《類篇》並云許元切徐邈讀。今之音義又改元爲袁，使學者求其說而斷不能得矣。」宇純案：段云徐又許九反者，釋文作徐又許袁反，既無作許九反之本，亦無作許元反之本，特疑旭字不得有許袁反之音，因據《集韻》旭字見元韻許元切，遂推《釋文》袁字本作九，既謁九爲元，又易元爲袁，於是成此必不得有之讀。然朽與好之音雖近，究有洪細之殊，諸韻書有韻朽字紐無收旭若好字者；《廣雅・釋詁四》「明也」條曹憲音勖又忽老反，亦不見同於朽字之音。《集韻》旭字見於許元切煖字紐，與於旭下音許元切不同，自是據《釋文》「徐又徐袁反」而收之，使其始本作許九反，當錄於有韻朽字紐下；《類篇》之音，則又明出《集韻》，引據無義。然則段說本末倒置，其誤較然甚明。徐邈旭音許袁反，實許玉反之轉音，其例如敦之轉音同彫，𩡧之轉語爲雕，溫之轉語爲燠，惇之轉語爲篤（參𩡧字讀記），爲文部與幽部間音之轉移。大徐旭音許玉切，小徐則音喧玉反，喧爲罕見反切上字，反切中上字之罕見者，往往與被切字同聲韻或具陰陽入之關係，喧字正音許元切，無異謂旭字音喧玉反，即是許袁反之轉爲入聲。《切韻》旭字雖不在文魂韻，而在元韻，元韻字且類出於上古元部，其韻則厠於真文與魂痕之間，不與寒桓刪山爲伍；从員爲聲之塤字正與旭字同音許元切，員古韻屬文部，其或體之壎，亦从文部之熏爲聲；从軍聲之韗音虛願切，虛願即許元之去聲，軍聲古韻亦屬文部，故其字又見問韻音王問切，然則旭音許袁反，其音由文部轉來，可以無疑。

▲晉，進也。日出而萬物進，从日，从臸。《易》曰：“明出地上，晉。”

宇純案：許君此全依《易》晉卦彖傳爲說，日出而物進，先哲造字，其理或同。臸下云「到也」，以言日之出，或言物之進，義皆有隔。疑不然矣。甲金文作  若 ，林義光云：「晉者，臻之古文，至也；與至雙聲對轉，實與至同字，象兩矢集於○形，與至同意。○，正鵠也。亦與臸同字。訓進者，同音假借。」楊樹達云：「晉者，箭之古文也。格伯𣪘作 ，象兩矢插入器中之形。《儀禮・大射儀》云：幎用錫若絺，綴諸箭。鄭注云：古文箭爲晉。《周禮・職方氏》云：其利金錫竹箭。鄭注云：故書箭爲晉。杜子春曰：晉當爲箭，書亦或爲箭。此徵諸經典異文者。古文晉象插矢之形，故晉有插義。《周禮・典瑞》

云王晉大圭，是也。後起字作搢。此徵諸字之引申義與字形相合者。〈師湯父鼎〉云：王乎宰雁錫盧弓象弭矢臸彤欮。孫詒讓釋臸爲箭。蓋晉字上象二矢，下爲插矢之器，器形省作無害也。此以金文省形字証之者。（以上文有節略）」箭本竹名，據方言關西謂矢爲箭，爲其義之引申。楊所云晉，是箭之引申篆。矢義之晉必並其所插之器而書之，殆已爲可疑。受矢之器古曰葥，甲文作  若  ，○非葥形可知，是其說逾爲可疑。楊又云晉象插矢之形，故其字有插義，而不悟矢、插二義了不相干。以字之形構而言，  之義爲矢，○爲附件，初不過猶  之字下著目，用以顯示  之形而已；若其義爲插，則○與  皆主件，是豈得同一字乎？而楊竟又云插矢之器省作無害，此其爲欺人甚矣。此當以林說  爲臻之古文爲是。臻與晉古雙聲疊韻。然林謂臻「與至雙聲對轉，實與至同字」，此則於音不合不可取。蓋臻與至中古雖同屬照母，而有照二照三之分，照二照三古不必皆異音，此則至之聲有蛭絰，而臻从秦聲，秦聲晉聲皆與舌音無涉，是其聲原不相同，臻與至不得同字也。今述愚見如下：臻字別有二形，其一以二至爲臻，猶艸與茻、丵之別形，師湯父之臸字是也，假借爲翦（此從郭沫若說，照二與精古雙聲，方言或真與元近，故用臸爲翦，《周禮》古文箭作晉理同此），其一作  若 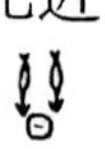 ，造意與至字从  从一同，林氏已說之在前，  爲正鵠形，可與旳字互參。必从二  者，  之形易於緊密方正也。《易・彖傳》云「晉，進也」者，用爲聲訓以釋晉卦之名。許君則以說晉字之義。

▲㖆，光也。从日从𠌶。

宇純案：从𠌶，小徐作𠌶聲，並云：「臣鍇曰：𠌶音訏，草木葉也。臣鍇以為㖆（按小徐本日在𠌶上）然象草木之盛，不得云聲。或者訏㝵為旁紐，㝵與㖆聲相近，亦非臣所能參詳之。然自許氏沒，傳寫者不曉本意多，要妄加聲字也。」清儒自段氏以下，無取𠌶聲者，今案之《說文》𤝼、㞃、鉣並从去聲，金文盍亦从去聲作𥁋，而華字義亦為光，此字與𠌶實具語轉關係，當云从日从𠌶，𠌶亦聲。大小徐所見許文並作𠌶聲，是許君之原意也。

▲昏，日冥也。从日，氐省。氐者，下也。一曰民聲。

宇純案：今本《說文》此字有會意形聲二說，據元戴侗《六書故》云「唐本《說文》从民省，徐本从氐省」，並引晁說之說「因唐諱民，故改為氏」。及清季，或因民聲與昏古韻不同部，而主从氐省會意，民聲之說出淺人所增，如段玉裁；或因戴侗所見唐本《說文》作民省，而漢隸昏並作昬，婚亦作婚，因主民聲為許君原作，如錢大昕；或謂兩說不可偏執，蓋《說文》本有昏昬二篆，如王筠、徐灝。今案从氏無義，氐省之說則不合求方正而產生省體之條件。反觀民聲之說，明母與曉母合口音近，諧聲中固多明曉二母往來之例。民聲昏聲古韻雖有真文之別，《說文》蟁與䖟蚊同字；珉字《周禮》弁師作瑉，《禮記・玉藻》作玟；「敃，彊也」，「忞，彊也」，《爾雅・釋詁》云「昏，敃，強也」；「怋，怓也」，即《詩・民勞》之「惽怓」；又毛公鼎「敃天疾畏」，敃同經傳之旻若閔；並民聲與昏聲、文聲通用之證，以此言之，是昏原當从民因唐諱而改之。唯此猶是後起之演變。甲

骨文有  字，其辭如云「 兮至  不雨」，郭沫若以爲  假爲彤，兮假爲曦，意謂自朝至暮不雨，其說可從。因許段氏氐省之說爲卓識，則殊難信服。余謂其字本从反人取傾斜義，頃字跂字是其證明。即匘字从匕，亦以人必傾身然後匘見；而昍字从日从匕其音義同杳，尤爲其徵驗。後世蓋从反人之意不爲人知，因形近而爲民聲耳。

▲昍，望遠合也。从日匕。匕，合也。讀若窈窕之窈。

宇純案：許云「匕，合也」者，小徐云：「匕，相比近也，故曰匕合也。」段注云：「匕何以訓合？比之省也。昍何以省比？有昆字在也。」昆本作 ，象蟲形，不从比，詳昆字讀記；使匕爲比省，可作「皆」與昆別。且比之義爲近，與合非無隔，是比省之說不足也。而昍字不見用於古書，望遠合之訓無從徵信，桂馥引聲類云「遠望也」，蓋即出《說文》，而大相逕庭；疑許君以其字从匕取合義會意，遂釋其義爲望遠合；求諸其音及《說文》讀若，昍窈杳本同字（段注云昍與杳字義略相近，錢坫《斠銓》引《素問》窈窈冥冥孰知其遠及《楚辭》眴兮杳杳，以爲皆同字），此實由窈冥之義遷就字形而出之。若昍之構形，林義光云「 即人字反文」，其意良是。唯林氏不知从反人之旨，而云「日與人相去之遠，遠望之若人在日旁，故昍爲望遠合也」，斯爲迂遠。余謂从反人取傾斜之義，與昏字甲骨文本作 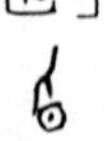，亦从匕日會意，而以上下易位別形，可相參觀，詳昏字讀記。

▲昌，善也。从日从曰。一曰日光也。詩曰東方昌矣。，籀文。

字純案：林義光云：「美言不當从日，日光又不當从曰。」許說破綻，一語發之。甲骨文作  若 ，與小徐籀文作  相近，于省吾以爲昌旦同名，並以丁爲聲，而無以解於古音；李孝定先生以爲从口，本義美言，而難辭林氏之指摘。金文旦字作 ，改其實筆爲匡廓，則猶甲文之 ，因謂昌應以日光爲其始義，即由旦字而改作，後世  之匡廓形譌而爲 ，又易改爲 ，以適應昌言之義。而《說文》解之如此。

▲昱，明日也。从日，立聲。

段注云：「昱之字，古多假借翌字爲之。」字純案：《說文》翊字義爲飛皃，古書明日字多作翌，論者以翌爲翊字，故有借翌爲昱之說，段注其一例也。然昱自甲骨文假  字爲之， 爲翼之象形初文，轉注加立聲作 ，或加日旁爲 ，或合立聲與日旁爲一作 ，昱則又省其始借形之  而爲字，初非有从日立聲之昱字也。 字有各種形體，後同化於羽字，故又有書  爲翌字者，翌與《說文》訓飛皃之翊本不相同，一取上下式，一取左右式，原有區分，不知原委者誤認爲一字，因有假借爲昱之說。甲骨文學者，葉玉森外，咸認  爲羽字，至有若唐蘭之謂  字从日羽聲， 字从立羽聲，而不知羽與昱聲韻俱遠，、 果以羽爲聲，則不得借爲昱字矣。說詳翊字讀記。

▲暱，日近也。从日，匿聲。春秋傳曰：私降暱燕。昵，或从尼作。

宇純案：「日近也」，段注云：「日謂日日也，皆日之引申之義也」。下文**暬**下云「日狎習相嫚」，及衣部衵下云「日日所常衣」，蓋段氏說日字之張本。然暱之義但爲近，日日猶言日常，與近義究猶有隔，許君以其字从日，故於近上加日以言之耳。當本假匿字爲之，匿《廣韻》音女力切，與尼質切暱字雙聲，韻母則有即聲血聲之字中古由之變入職韻的現象可爲溝通；日則原係後加之聲符。暱日古雙聲疊韻。黍部**䵒**下云：「黏也。从黍，日聲。春秋傳曰不義不**䵒**。」今《左傳》隱元年**䵒**作暱，是暱原以日爲聲之證。**䵒**字或作**㸙**，以刃爲聲，刃爲日陽聲之去。《周禮・考工記》弓人「凡昵之類不能方」，故書昵或作樴，杜子春曰：「樴讀爲不義不昵之昵。或爲**㸙**，**㸙**，黏也。」故書昵或作樴，樴讀爲脂，見鄭注，爲同義異文，**㸙**則同音異文，亦暱以日爲聲之證。其或借作昵，段注云：「按古文叚尼爲昵，古文尙書典祀無豐於尼。《釋詁》云：即，尼也。孫炎曰：即猶今也；尼，近也。郭璞引《尸子》悅尼而來遠。《釋文》引《尸子》不避遠尼。自衛包改《尙書》作昵（宇純案謂今尙書作昵爲包所改），宋開寶間又改《釋文》，而古文之讀不應《爾雅》矣。」昵亦尼之借用而加日聲，可藉觀暱字所由形成之始末矣。

▲暬，日狎習相慢也。从日，執聲。

段以此字「與褻音同義異，今則褻行而**暬**廢」，改篆文作**暬**，从埶爲聲，清儒若桂、朱、王三家皆同，唯徐承慶《匡謬》云：「段氏因執聲與私列切不協，以意改篆。經傳未有从埶者。」宇純案：段改是也，而不能明言所以从埶聲之理。埶與𣉻褻古音同祭部，聲為複母 sŋ-，故以疑母之埶為聲。古有 sŋ-複母之說，詳噩字讀記。今人張舜徽約注云：「𣉻从埶聲，埶即樹藝之藝，與昵音近，故昵𣉻義又相通。」以昵與𣉻相比附，而不悟其聲韻皆不相同，又為蛇足矣。

▲杳，不見也。从日，否省聲。

段注云：此字古籍中未見，其訓云不見也，則於从日無涉；其音云否省聲，則與自來相傳密音不合；且何不云不聲也？以理求之，當為不日也，从不日。王風曰不日不月，大雅不日成之，即形即義，許書有此例，如止戈為武，日見為晛是也；其音美畢切者，蓋謂遠不可期則讀如蔑，近不可期則讀如密也。自讀許書者不解，而妄改其字：或改作𦣝；《廣韻》改作𦣝，意欲與覔之俗字作覔者比附為一。」徐灝謂詩偶以不日二字相屬為文，豈有緣此專造一字之理，譏段說迂謬。徐承慶且解不見謂日暝時之不見，非與日無涉，但仍以否省聲不合於音為疑。宇純案：如二徐所言，段說誠然不能謂之合理。此字不見於古籍，不見之義究當如何理解？有無錯誤？皆無由徵驗。今據《說文》所說，及其美畢切之音求之，其字本从不日聲。日與杳唯聲母有日與明母之別，爾聲之字如彌讀武移切，是其比；尼聲之𦬁音武夷切，亦其比（泥日古同音）；而㲴汨从日聲音莫狄切，與杳同明母，《漢書》金日磾說者謂日音密（見《說文》㲴下段注），尤杳以日為聲之證。

▲昆，同也。从日，从比。

小徐作比聲，紐樹玉《說文校釋》引錢大昕云：「比頻聲相近，玭或作蠙，昆由比得聲，取相近之聲也。」宇純案：大徐引徐鍇云：「日日比之，是同也。」今《繫傳》有「臣鍇曰日比之是同也」之語，不云聲字之誤，是《繫傳》原作从比之證，後人誤鈔爲比聲耳。比與昆聲既相遠，韻亦不同部，與比聲賓聲雙聲對轉不同，錢說非是。高翔麟爲《說文字通》，竟全錄錢說而不名，並直斥大徐刪去聲字之非，故更作上述說明。然从日比爲同之說終亦曲折難解。金文昆字作 ，見昆疕王鐘，又南彊鉦郒字偏旁作 ，並爲一不可分割之整體。《說文》「**蚰**，蟲之總名也，讀若昆」，當是**蚰**之象形初文，凡經傳稱昆蟲者爲本義，而說者咸以爲**蚰**之假，誤從許出。

▲倝，日始出光倝倝也。从旦，㫃聲。

宇純案：厵羌鐘「賞于  宗」， 即此字；王孫鐘「中  虘鴋」，譀以此字爲聲，沇兒鐘譀作 ，偏旁 、 並與金文从㫃之字同，是㫃聲之說無可疑。唯  下之  爲 、 之變形，不屬於㫃，其字本不从日，當从早。早以  爲聲，變而爲 。參早字讀記。

▲朝，旦也。从倝，舟聲。

宇純案：舟聲古韻屬幽，朝字則古韻在宵，金文朝字作 、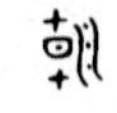、、、、、 諸形，無从舟者，

篆文乃李斯等所改，所謂舟聲者，實爲水形，故或从川，或从澮，或即从水，當是潮之初文，以  爲聲， 則朝旦字初文，从日在𡴀中，因假  爲「朝」，而有加水旁轉注之潮字，自漢隸至今之朝字，仍直沿金文  字之形。詳拙著〈對古韻分部的兩點意見〉一文。段注云：「陟遙切，二部。按舟聲在三部，而與二部合音最近。毛詩以周聲之調輖爲朝，則朝非不可讀如舟也。」此據「惄如輖飢」毛傳「輖，朝也」，以證成朝从舟聲之說。不知輖飢實謂重飢，毛氏之傳本不謂得也，亦簡略述之如此。

▲旟，錯革鳥其上，所以進士衆旟旟衆也。从㫃，與聲。

段注旟旟以下八字云：「按此八字當作从㫃从與與與衆也與亦聲十一字，轉寫譌舛耳。」桂馥云：「所以進士衆旟（按小徐不重旟字）衆也者，疑進上有聚字，旟聚聲相近。詩無羊旐維旟矣，室家溱溱，傳云溱溱衆也（按衆也二字今據傳補），旐旟所以聚衆也。」宇純案：「進士衆」下加「旟旟衆」三字，文不成辭，疑段改是，或本作「从㫃从與與衆也」七字。上下文各字並用聲訓字，而旌下云「所以精進士卒也」，桂氏云進上奪聚字之意，蓋本乎此。下文旂下「旗有衆鈴，以令衆也」，疑進字涉上文「所以精進士卒也」而誤，原即用無羊傳云「所以聚衆也」，衆下當補也字。

▲冥，幽也。从日从六，冖聲。日數十，十六日而月始虧幽也。

宇純案：此說清以來學者疑之，如徐灝箋云：「字形無十而云日數十，已無所取義；況以十日爲十六日，又不用（疑从之誤）十而但从六；且既以十六日爲月始虧，乃又不从月而从日，造字者有如此支離惝恍者乎？」孔廣居說文疑疑云：「以日爲十已幻，由十六而推到月之始虧，是幻中之幻，恐古人制字之意，未必如此。」所見極是。然若孔氏所云「愚意冥从冖，覆也，从日从六，日過六時而冥也」，安知日六爲日過六時？徐云：「篆當作  ，从昃，冖聲，日昃而冥也。昃之下體  與  形近，漢隸作  ，尤極相似，遂譌从六而書作  。」此說雖具巧思，誠爲張舜徽所指出者，「幽者，闇昧無光之謂也，日昃時尚不如此，遽謂冥字从昃，亦未必然。」張氏云「疑本作  ，从日入，冖聲」，視徐說顯勝，然日入爲冥，會意已足，無待加冖爲聲。今按冥鼏二字相爲平入，《周禮》有冥氏之官，《釋文》云「冥如字，又莫歷反」，莫歷反即與鼏字同音；而《說文》「鼏，鼎覆也」，「幎，覆也」，幎字讀莫經、莫歷二切，是幎鼏爲同字，故《儀禮》〈士喪禮〉、〈既夕禮〉「冪用疏布」《釋文》並云「冪本又作鼏」冪即幎字，則鼏本亦讀莫經切；而金文鼎字有作  者，上與日近；又有作  若  者，下與  近，疑本假鼏爲冥，後遂易改爲本字，《說文》「从日从六，日數十，十六日而月始虧幽」云云，即改鼏爲冥之字說，其字非有譌誤。（甲文有  字，論者或以爲即冥字，其說誤。余別有說詳之。）

▲晶，精光也。从三日。

徐灝云：「晶即星之象形文。故曑曟字从之，古文作   二形，因其形略，故又从生聲。小篆變體有似於三日，而非从日也。古書傳於晶字別無他義，精光之訓即星之引申，因聲轉爲子盈切，遂岐而二之耳。」宇純案：徐說是也，晶光即星之光，晶字本與星字同形，語音求別，改心母爲精母（即改桑經切之音爲子盈切，一如長、朝二字之各有二讀，現象爲我國語言所恆見），而文字亦於晶下加聲爲曐字以別之。三日之說，非其義也。張舜徽《約注》引孫詒讓說而加按云：「晶爲星之初文，確無可疑。古人讀星，與晶同音。《禮記・月令》正義引《春秋說題辭》云：星之爲言精也，是其證已。」乃欲用讖緯家之主觀聲訓，以證星本讀同晶，識見轉落前修之下，因表而出之，以語初學者。

▲月，闕也。太陰之精。象形。

李孝定先生云：「甲骨文月字，大抵早期作 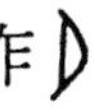，晚期作 ，夕字則反是；然亦往往而混，要當以辭意別之耳。夕之本義爲夜，月見於夜，其音亦極近，月夕本爲一字，及後始分爲二。」宇純案：月夕二字聲韻俱遠，月夕始同形者，以象形之月，寓意爲夕，猶帚之讀爲婦，不得言本爲一字也。李先生不知音，故有此誤解。

▲朔，月一日始蘇也。从月，屰聲。

宇純案：屰音宜戟切，所以爲所角切朔之聲符者，古讀 sŋ- 複母也。

▲戫，有文章也。从有，彧聲。

徐鍇曰：「《論語》郁郁乎文哉，本作此戫，假借郁字。彧者，川流也。宋王彧字景文，又假借彧字。」宇純案：戫許云有文章者，據其字从有而言之也。然其義但爲文章之狀詞，不得云有文章，其字亦不得以从有爲義，此合郁彧二字爲文，轉注而成專字，又爲求方正，省去郁旁之邑。以其五百四十部無所屬，歸之有部亦無不可，終不得釋其義爲有文章。林義光云：「有文章不可从有，有彧皆聲也。」是前賢唯一於致疑於「有」字者，而二聲之說，猶未洞其究竟。

▲囧，窗牖麗廔闓明也。象形。讀若獷，賈侍中說讀與朙同。

宇純案：獷朙二音古韻雖同陽部，聲則不相及，爲同形異字，後者即與明同，以窗牖形象徵闓義，猶帚之爲婦。

▲⿱囧皿，周禮曰國有疑則皿（大小徐並作盟，據段校改）。諸侯再相與會，十二歲一盟，北面詔天之司命。

盟殺牲歃血，朱盤玉敦，以立牛耳。从囧，从血。，篆文从朙。，古文从明。

从血，小徐本作血聲。血盟聲不相及，故鍇云：「從囧血，聲字傳寫妄加之也，會意。」段注云：「盟與孟皆皿聲，故孟津盟津通用。今音武兵切，古音在十部，讀如皿。亦舉形聲包會意，朱盤玉敦，器也，故从皿。」宇純案：甲骨文作  若 ，从皿，不从血；金文同，或於皿中加横，以示皿中有血，而非直取血字會意，亦猶休字金文或作 ，从人倚木，而於木字繪其梢，以示人在蔭下，其形適同於禾字，而非直取禾字以見意也。會意字改易字形以顯意者，往往有之（參乳字休字棄字讀記）。此字甲骨文與金文之異，同棄字甲骨文从 ，而金文从 ，亦所謂殷質周文之進步現象。昔賢言字，皆不能鑒此，許君說以爲从血，即其一例。段氏亦不能有所會，居然改篆、籀、古三體之  爲 ，而說以爲皿聲，師心自用，可謂已甚。而李陸琦先生讀說文記因甲骨文从皿而韙之，許其「冥與古合，殊具卓識」（甲骨文字集釋云：「冥與古合，卓識殊可驚也」），學術之難，於斯可見矣。若其字从囧，徐灝以爲「从血囧聲，繫傳作从囧血聲乃誤倒」，竟忘其字見於囧部，說之不可從不容辯。《釋名》云：「盟，明也，告其事于神明也。」以神明之明說盟字，其意可商，謂其語受於明，本以明心跡爲言，殆不可謂之塗附。許君以盟入囧部，而不入血部，亦猶酒之在酉部，胖之在半部之等，由以知段氏从皿聲包會意之說，益顯其謬誤矣。

▲夤，敬惕也。从夕，寅聲。易曰夕惕若厲（原誤夤，從段改）。

段注謂《尚書》寅字，皆假寅爲夤，徐灝箋以爲夕惕之義，不必專造一字，蓋寅訓爲敬，或通作夤，譌而爲夤，夤即䏭字。李孝定讀記謂从夕無義，徐說爲勝。宇純案：夤即寅之轉注，其始假寅言敬，加夕以爲專字。加夕者，許君既引易爲說，徐鍇謂夕者人意懈怠，並引《孫子》及《國語》相發明，其在文字，則夙訓早敬，而其字从丮夕，猶不啻爲其證矣。

▲外，遠也。卜尚平旦，今若夕卜，於事外矣。

宇純案：夕卜外於事之說，迂遠難憑，學者多已言之。外月二字音但有洪細去入之異，疑初借月爲之，後轉注加卜成字。其所以加「卜」者，日者視兆形之高下內外以決疑，殆其故與？詳則莫可得而說矣。又案日內、月外分別雙聲疊韻（內音合口，或古不若是，內又同納，是其證），其間似有語言關係（退从日，是取日爲內之義，故或體作衲），若然，則月爲外之母字，而非借用矣。

▲毌，穿物持之也。从一横貫（貫疑是毌之誤，分屬上下爲讀，參段注）象寶貨之形。讀如冠。

徐灝云：「毌貫古今字，毌象横貫寶貨，貫訓錢貝之貫，其義一也。古丸古玩二切，亦一聲輕重之殊。薛氏鐘鼎款識父乙甗有  字，阮氏款識子荷貝，父乙彝作  ，其形略同。阮太傅

曰，聚兩貝而以丨穿之，貫之義也。灝案  省作串，變爲毌，橫其體與貝相配也。串字《說文》失載，今讀穿去聲，而古音與貫同。故患从串聲，其古文作  ，即鐘鼎文之譌體。今患下云从心上毌吅，非也。大雅皇矣串夷載路，《釋文》串本作患。串患古字通，則患从串聲無疑矣。」宇純案：徐以毌象穿貝之形，其說是也，引鐘鼎子荷貝之文（案詳負字讀記）及患之古文爲證，尤爲卓識，毌即串之省變耳。孫詒讓、商承祚以甲骨文之  爲毌，古字本有異構，其說或然。郭沫若以  爲干，而云「毌實古干字」，則無以解何以分化爲開合二音，而干聲串聲之字亦劃然有開合之殊，其說非是；而近出之讀《說文》記獨鍾愛之。唯徐又云串又作弗，亦見之段注。《廣韻》弗音初限切，炙肉弗也。見母之毌不得讀爲穿母，當別爲字，即象串肉之形。今音之串讀穿去聲，則與弗同一語，與古玩切之串爲同形異字。

▲牖，穿壁以木爲交窗。从片戶，甫聲。譚長以爲甫上日也，非戶也。牖所以見日。

宇純案：从甫之意無可說；小徐甫下有聲字，段注以爲蓋用合韻爲聲，然甫牖聲韻兩母了不相干；譚長之說當謂甫之上爲日字，是於甫字無解，如以甫上日三字連讀，義謂始見日，則从甫直是無義可言。楊樹達云：「字从戶甫者，甫之爲言旁也。古音甫在模部，旁在唐部，二部對轉。《周禮・考工記》匠人記夏世室之制云：四旁，兩夾窻。鄭注云：窻助戶爲明，每室四戶八窻。賈疏云：言四旁者，五室。室有四戶，四戶之旁有兩夾窻，則五室二十戶四十窻也。按囪窗窻字並同。〈考工記〉之窻，指在牆者爲言，正當云牖。窗牖對文有別，散文則通也。蓋世室有五室，室每方一戶，每戶之旁，以兩牖夾之，故云四旁兩夾窻。牖在戶之兩旁，故字从戶甫。義爲旁而字从甫，猶面旁之爲酺，水頻之爲浦矣。」楊說獨能言之成理。余則因甲骨文明有、、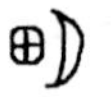諸形，左旁皆窻牖形，而甫字作，牖字从甫，其下之田即窗牖之形，因同於田字，而加，象其頂端牆上之圖案文飾。金文有爵文作者，即牖之初文，又因混於甫字而上加戶，後更添片而爲牖。

說文凡十四篇，以上讀記一至七篇悉據　龍師手稿，由敝人負責整理而成，其中一至三篇早於民國八十一年六月以〈說文讀記之一〉發表在《東海學報》第三十三卷，四至六篇則爲手寫完稿，第七篇爲尚未完成之前段手稿，文章整理若有誤漏，敝人當負全責。又　龍師自九十二年患病迄今，未能續成其餘諸篇，殊爲遺憾，唯　龍師於許書持己見者，皆有眉批，他日容或據以成文，以餉讀者。

編者丁亮附識

作者簡歷

1928. 10. 26	出生於安徽省望江縣。
1953.7	臺灣大學中國文學系畢業(學士)。
1954	《韻鏡校注》榮獲中研院史語所傅斯年獎學金。
1957. 6	臺灣大學中國文學研究所畢業(碩士)。
1957. 8.1 - 1962. 7. 31	中研院史語所助理研究員。
1962. 8. 1 - 1966. 7. 31	香港崇基學院文學院中國語文學系副講師。
1966. 8. 1 - 1973. 7. 31	香港崇基學院文學院中國語文學系講師。
1968. 8. 1 - 1969. 7. 31	臺灣大學文學院中國文學系客座副教授。
1972. 8. 1- 1973. 7. 31	臺灣大學文學院中國文學系客座教授。
1973. 8. 1	臺灣大學文學院中國文學系教授兼系主任。

1973.9.1	中研院史語所合聘研究員。
1979. 8. 1	辭卸臺灣大學中國文學系所主任職務，專任中研院。史語所研究員，臺灣大學中國文學系合聘教授。
1980. 8. 1 - 1983. 7. 31	借調臺灣中山大學中國文學系教授兼主任。
1984. 8.1	歸建中研院史語所研究員，仍與臺灣大學合聘。
1987	《論重紐等韻及其相關問題》榮獲臺灣科學委員會 1976、1977 兩年傑出獎。
1989. 8. 1	自臺灣大學退休。
1990. 8. 1	任東海大學中國文學研究所講座教授。
1992	《也談〈詩經〉的興》榮獲臺灣國家科學委員會 1981、1982 兩年度傑出獎。
1993. 10	中研院史語所研究員聘期屆齡期滿。
1994. 5. 2 -迄今	中研院史語所兼任研究員。
1999. 2	東海大學聘期屆滿。

1999. 8　　北京大學中文系講授上古漢語音韻一學期。

著作目錄

一、期刊論文及文集論文

1955《墨子閒詁補正》，《學術月刊》4卷3期，頁25 -40。

1956《韓非子集解補正》(上)、(下)，《大陸雜誌》13 卷 2、3 期，頁 6 - 11、25 -31。

1957《評釋〈詩經〉中的士》，《民主評論》8 卷 2 期，頁 24 -25。

1958《〈造字時有通借證〉辨惑》，《幼獅學報》1 卷 1 期，頁 1 -5。

1959《說帥》，《史語所集刊》30 周年專號，頁 597 - 603。

1959《說婚》，《史語所集刊》30 周年專號，頁 605 - 614。

1959《說𣎆與嬴》，《大陸雜誌》19 卷 2 期，頁 34-39。

1960《〈說文〉古文子字考》，《大陸雜誌》21 卷 1、2 期合刊，頁 91 -95。

1960《釋夷居夷處》，《大陸雜誌》21 卷 10 期，頁 4-18。

1961《英倫藏敦煌〈切韻〉殘卷》校記，《史語所集刊》外編，頁 803 - 825。

1962《先秦散文中的韻文》(上)，《崇基學報》(香港中文大學)2 卷 2 期，頁 137 -168。

1963《先秦散文中的韻文》(下)，《崇基學報》(香港中文大學)3 卷 1 期，頁 55 -67。

1963《論反訓》，《華國》(香港中文大學)4 卷，頁 22 -42。

1963《甲骨文金文𠦪字及其相關問題》，《史語所集刊——故院長胡適先生紀念論文集》，頁 405-433。

1965《例外反切的研究》，《史語所集刊》36 卷 1 期，頁 331 -373。

1965《文字學論稿初輯》，《崇基學報》(香港中文大學)5 卷 1 期。

1965《論周官六書》，《清華學報——慶祝李濟先生七十歲論文集》頁 203 -209。

1968《荀卿非思孟五行說楊注疏证》，《華國》(香港中文大學)54 卷頁 1 -4。

1969《〈荀子・正名篇〉重要語言理論闡述——從學術背背景說明“名無固宜”說之由來及“名固有善”說之積

極意義》，《文史哲學報》18 卷，頁 443 -455。

1970《〈廣韻〉重紐音值試論兼論幽韻及喻母音值》，《崇基學報》(香港中文大學)9 卷 2 期，頁 164 -181。

1970《續〈嘉吉元年本韻鏡跋〉及〈韻鏡研究〉》，《大陸雜誌》40 卷 12 期，頁 18 -23。

1970《比較語義發凡》，《許世瑛先生六秩誕辰論文集》，頁 105 - 123，臺北淡江大學。

1971《論聲訓》，《清華學報》9 卷 1、2 期合刊，頁 86 - 95。

1972《讀〈荀子〉札記》，《華國》(香港中文大學)6 卷，頁 1 -42。

1972《荀子後案》，《史語所集刊》，頁 657 -671。

1974《正名主義之語言與訓詁》，《史語所集刊》54 卷 4 期。

1974《試說〈詩經〉的雙聲轉韻》，《幼獅月刊》44 卷 6 期，頁 29 -33。

1976《釋甲骨文字兼解犧尊》《沈剛伯先生八秩榮慶論文集》，頁 1 – 16。

1978《有關古韻分部內容的兩點意見》，《中華文化復興月刊》11 卷 4 期，頁 5 -10。

1978《上古清唇鼻音聲母說檢討》，《屈萬里先生七秩榮慶論文集》，頁 67 -81。

1979《上古陰聲字具輔音韻尾說檢討》，《史語所集刊》50 卷 4 期，頁 679 -716。

1981《論照穿床審四母兩類上字讀音》，《中研院第一屆國際漢學會議論文集》，頁 247 -265。

1981《李登聲類考》，《臺靜農先生八十壽慶論文集》，頁 51 -66，臺北：聯經出版事業公司。

1982《陳澧以來幾家反切系聯法商兌並論切韻書反切系聯法的學術價值》，《清華學報》14 卷 1、2 期合刊，頁 193 -205。

1983《〈荀子〉真僞問題》，《中山學術文化集刊》30 期，頁 107 - 125。

1983《從臻節兩韻性質的認定到韻圖列二四等字的擬音》，《史語所集刊》54 卷 4 期，頁 35-49。

1983《閩南語與古漢語》，《高雄文獻》17、18 期合刊，頁 1 - 19。

1984《讀詩管窺》《史語所集刊》55 卷 2 期，頁 225 - 243。

1985《析〈詩經〉止字用義》，《書目季刊)18 卷 4 期，頁 10 -31。

1985《〈詩序〉與〈詩經〉》，《鄭因百先生八十壽慶論文集》，頁 19 -35，臺北：臺灣商務印書館。又見於《文史論文集》，頁 19 -35，臺北：臺灣商務印書館。

1985《荀子思想研究》(臺灣)《中山大學學報》2 期，頁 1 -18。

1985《再論上古音-b 尾說》，《臺大中文學報》1 期，頁 151 -185。

1988《說“呢訾栗斯、喔咿儒兒”》，《臺大中文學報》2 期，頁 107 - 112。

1988《試釋〈詩經〉式字用義》，《書目季刊》22 卷 3 期，頁 5 - 19。

1988《廣〈同形異字〉》，《文史哲學報》36 期，頁 1 -22。

1991《也談〈詩經〉的興》，《中國文哲研究集刊》1 期，頁 117 - 133。

1992《〈說文〉讀記之一》，《東海學報》33 期，頁 39 -51。

1993《〈詩〉“彼其之子”及“於焉嘉客”釋義》，《中國文哲研究集刊》3 期，頁 153 - 171。

1993《〈詩〉義三則》，《王叔岷先生八十壽慶論文集》，頁 242 -264。

1993《說簠⿷匚古 [illegible] ⿷匚猒及其相關問題》，《史語所集刊》64 卷，頁 1025 - 1064。

1993《說〈論語〉“史之闕文”與“有馬者借人乘之”讀後》，《中國文哲研究通訊》3 卷 4 期，頁 83 -97。

1995《中古音的聲類與韻類》，《第四屆國際暨第十三屆訓詁學學術研討會論文集》，頁 3-15。

1995《支脂諸韻重紐餘論》，《漢學研究》13 卷 1 期，頁 329 -348。

1995《說“匪⿰馬敫匪篤”》，《王靜芝先生八秩壽慶論文集》，頁 73 -84，臺北輔仁大學。

1997《有關古書假借的幾點淺見》，《第一屆國際暨第三屆訓詁學學術研討會論文集》，頁 7-19。

1998《上古音芻議》，《史語所集刊》69 卷 2 期，頁 331 - 397。

1998《〈詩經〉于以說》，《東海中文學報》12 期，頁 13 - 18。

1999《荀卿子記餘》，《中國文哲研究集刊》15 期，頁 199 -259。

1999《古漢語曉匣二母與送氣聲母的送氣成份——從語文現象論全濁音及塞擦音為送氣讀法》，《紀念許世瑛先生九十冥誕學術研討會論文集》，頁 217 -264。

2000《上古漢語四聲三調說證》，《中上古漢語音韻論文集》，臺北：五四書店。

2000《陳澧反切系聯法再論》，《北京大學紀念王力教授百歲冥誕論文集》。

2001《內外轉名義後案》，《中上古漢語音韻論文集》，臺北：五四書店。

2002《讀〈詩〉雜記》，《中國文哲研究通訊》12 卷 1 期，頁 111 - 141。

2002《試說〈詩經〉的虛詞侯》，《絲竹軒詩說》，臺北：五四書店。

2002《上古音中二三事》，《音史新論——慶祝邵榮芬教授八十壽辰學術論文集》，北京：學苑出版社。

2002《先秦古籍文句釋疑》，《史語所集刊》第 74 本第 1 分。

二、會議論文

1999《從音韻的觀點讀〈詩〉》，中國語文學學術會議大會講演論文。

2000《從兩個層面談漢字的形構》，中研院第三屆國際漢學會議文字學組講演論文。

2001《中國學與國家》，韓國第二十一屆中國學國際學術會議基調講演論文。

三、學術專書

1963《韻鏡校注》，臺北：臺灣大學中文系。

1964《韻鏡校注》，臺北：藝文印書館。

1968《唐寫全本王仁昫刊謬補缺切韻校箋》，香港中文大學，

1968《中國文字學》，香港：著者發行。

1984《中國文字學》(修訂本)，臺北：著者發行，臺灣學生書局經銷。

1987《荀子論集》，臺北：臺灣學生書局。

1994《中國文字學》(定本)，臺北：著者發行，五四書店經銷。

2002《中上古漢語音韻論文集》，臺北：五四書店。

2002《絲竹軒詩說》，臺北：五四書店。

2004《絲竹軒小學論集》，北京：中華書局。

2011《說文讀記》，臺北：大安出版社。

秀威經典　　語言文學類　AG0183

龍宇純全集：一

作　　者 / 龍宇純
責任編輯 / 廖妘甄
圖文排版 / 彭君浩
封面設計 / 蔡瑋筠

出版策劃 / 秀威經典
發 行 人 / 宋政坤
法律顧問 / 毛國樑　律師
印製發行 / 秀威資訊科技股份有限公司
114台北市內湖區瑞光路76巷65號1樓
電話：+886-2-2796-3638　傳真：+886-2-2796-1377
http://www.showwe.com.tw
劃撥帳號 / 19563868　戶名：秀威資訊科技股份有限公司
讀者服務信箱：service@showwe.com.tw
展售門市 / 國家書店（松江門市）
104台北市中山區松江路209號1樓
電話：+886-2-2518-0207　傳真：+886-2-2518-0778
網路訂購 / 秀威網路書店：http://www.bodbooks.com.tw
國家網路書店：http://www.govbooks.com.tw

2015年4月　BOD一版
定價：15000元

國家圖書館出版品預行編目

龍宇純全集 / 龍宇純著. -- 一版. -- 臺北市 : 秀威資訊科技, 2015.04

冊 ; 公分. -- (語言文學類 ; AG0183)

BOD版

ISBN 978-986-326-312-8(全套 : 精裝)

1. 中國文字 2. 訓詁學 3. 文集

802.207 103027564

龍宇純教授。民國九十一年鍾彩焱攝。

手跡

1983年9月出席國際漢藏語言學會攝於美國西雅圖

六十壽辰

香港崇基書院演講

居家合影。壁上聯文為臺師靜農墨寶。

彩演

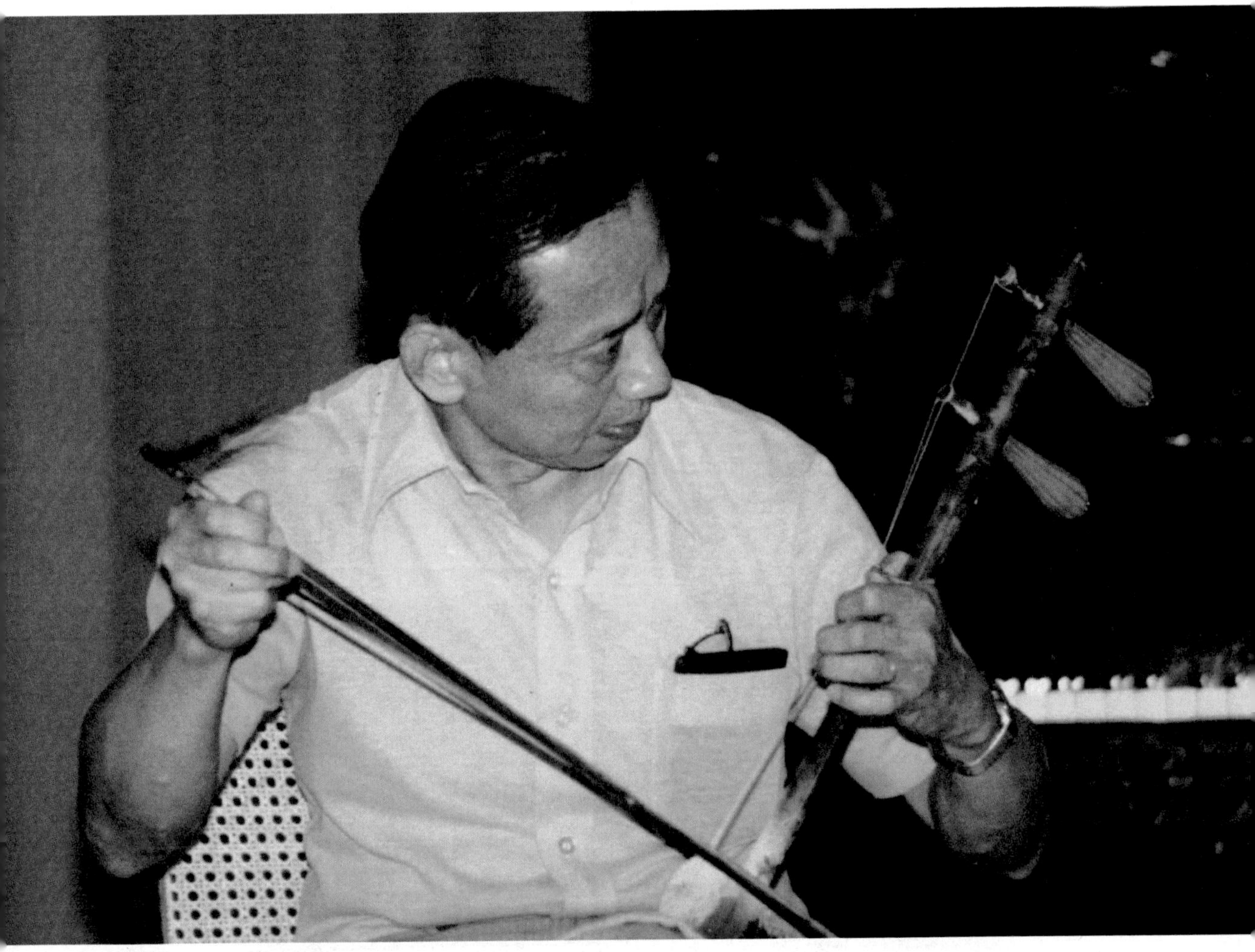

操琴

家中留影

龍宇純全集

總目錄

第一集

中國文字學

《說文》讀記

第二集

中上古漢語音韻論文集

第三集

絲竹軒詩說

荀子論集

荀卿子記餘

第四集

韻鏡校注

廣韻校記

絲竹軒小學論集

第五集

唐寫全本王仁昫刊謬補缺切韻校箋

龍宇純著

中國文字學

靜農題

本著作初由五四書店出版，
今承同意納入全集，謹此致謝。

定本自序

一個天資魯鈍而偏愛追求完美的人，想要寫出一本自己滿意的書，大概是不可能的。這本十來萬字的小作，從五十七年的初版，到四年後的「增訂」，又十年後的「再訂」，及至再十二年後的今天，終於又一次搬上了手術臺面，就是最好的說明。爲了與再訂本有所區分，順理當稱「三訂」。但「三訂」之下，是否還意味著「四訂」、「五訂」的豪情壯志？六十七歲的老人了，大塊既已佚我，息我的日子宜不甚遠；即使一時寵眷未加，也該趁空做點別的。所以廢「三訂」之名，而爲「定本」之稱；當然

那不是無可再改的意思。

也許是自己老不長進，小作中隨處可見的特殊見解，仍然未發現有需要修改的地方；有些意見，似乎眞的抓到癢處，所以愈來愈顯其運用之效。譬如以指事爲約定，以轉注言文字的化成，於是如「百」字，其由白字轉化的過程可得而識；明白我國文字有要求結體緊密方正的特質，於是如「是」字，知說文从日正的說解確不可易。我把這些近年所得到的認知寫入書中，爲自己的見解作見證，雖然又花去不少寶貴的時光，能使讀者認識我國文字的一些眞相，私心以爲這是值得的。

定本與再訂本之間，還有那些差異？大體言之，除比對頁數，知有一萬字的增益外，最容易察覺的是，第二章第五節原來的

標題「六書說的新體認」，已改爲「六書四造二化說」。讀者一定會連想到楊慎的「四經二緯」，和戴震的「四體二用」，甚至以爲便是楊戴二說的舊酒新瓶。然而楊戴的二緯二用，轉注、假借與文字的產生漠不相關；二化的說法，則明白指出二者與象形、指事、會意、形聲同是文字形成的途徑，所以平列爲「六書」，不過一者爲有意的創造，一者爲無意間的化成，其別在此而已，自與楊戴所言不可同日語。對於再訂本而言，則不僅爲舊酒，且是舊瓶，只不過加貼了標籤。再訂本一二八頁論六書發展說：「有的是孤立發生，有的則是已有文字使用日久之後的潛移默化。」定本一三八頁後句便是針對轉注而言。所以一三一頁論轉注說：「在增加表意之一體之後，已經潛移默化成爲專字。」定本一四一頁而一

二九頁說：「假借是將已有之字化作音標使用。」定本一三九頁可見轉注、假借爲「二化」之說，不僅話到嘴邊，實已出諸脣吻。二五四頁更說：「分化現象常是會意字的產生途徑，轉注字更可以完全視爲字形的分化。但前者是有意識的改造，後者則類於不知不覺間改變了原來的面貌。」定本二七六頁從分化一詞論會意與轉注之別，於會意用「造」字，於轉注用「化」字，用「改變」，則於六書而言，豈不分明便是「四造二化」的說辭？只不過當年不曾拈出這一名稱，而不得不有待「定本」的更易。這正說明由於天資魯鈍，注定了小作必須接受一再修改的命運，實在令人萬分無奈！大學時代讀莊子，及見齊物論的「聖人愚芚」，心想愚芚二字與私名一個只有聲調之差，一個諧聲偏旁相同，用做別號，最能

自況其天生癡騃，不禁怦然心動；但繼之一想，此莊生形容聖人的大智，孔子不敢自以爲聖，豈不貽笑大方？結果自然是胎死腹中。一次在學生刊物上發表文章，筆名用了「迂鈍」二字，仍取其與私名音諧；以見我於自己的笨拙，不僅早已洞察，且是念念不忘。屈原說：「皇覽揆余初度兮，肇錫余以嘉名。」這話是我經常有機會想到的。

此外，還有幾點說明。一，再訂本再版後記所記諸事，都已分別於正文中增刪，或加注說明，此記當然功成身退。二，再訂本自序記門人張寶三君爲書中引文覈對原書，有的錯誤因受制於打字版面，未能照改，定本當然都已一一繕正。但爲感念張君的盛意，序中相關文字完全保持原狀。三，又此序有關第三章「論

位置經營」一節文字，因其「原文保持不變」的理由，未能說得十分透徹，而略有增飾。也再一次說明「天資魯鈍」的是實情。四，小作雖經一再修訂，究不同於重新撰述。至少有兩處文字明知不合，經考慮後未有更動。一是自初版以來第二章第一節末段所說：「近年得觀高亨文字形義學概論。」一是再訂本第一章第一節末段所說：「近年幾處先民遺址，發現陶器上類似文字的符號。」由於時光的推移，所謂「近年」，遠的去今二十餘年，近的亦已十多年過去，因當時情況如此，故仍之不易。書中是否尚有其他類似情形，則一時無法慮及。五，自再訂本起書後所附字說索引，原意因不擬別爲專文，故以備讀者尋檢之需。自前歲以來，陸續撰寫說文讀記一書，許多意見，都將更明細見之於彼。

但有一索引，至少對於翻閱本書而言，有其方便之處；何況其中尚有不見於說文的文字，將來未必一一都有專文論述，所以重編照列。

定本的校勘，承林清源、李宗焜兩弟協助，並指正錯誤。書中自小篆以上之古體文字，再訂本所有者，據再訂本剪貼；其無者，亦煩李君代書。兩弟與我有深厚的師生情誼，現正分別在東海、北大攻取博士學位，且同在中央研究院歷史語言研究所工作，平日讀書寫作十分忙碌，爲本書犧牲其珍貴時間，又正值酷暑，揮汗從事的辛苦狀況，不難想見，特於此深致謝意。

八十三年八月二十八日宇純於絲竹軒

再訂本自序

本書始作於五十七年夏，自材料的蒐集，章節的經營，到屬稿繕正，交付影印，共歷時兩月。倉卒成軍的小作，原意主要爲授課時有一份屬於自己的教材，外界亦漸知有此書，且頗獲不虞之譽。其見之於文字者，如華學月刊六十二年十四期許錟輝的書評，「六十年來之國學」曾忠華文字學緒論的簡介。鄭再發兄撰「漢字的辨認與分析」，（六十年中央研究院歷史語言研究所學術講稿）探索中國文字學理論，將拙著及唐蘭古文字學導論二書，視爲僅有的「前人的理論」代表作，（見第二頁）且在評介總結時說：「唐、龍二人的文字學，受

語言學影響的地方，隨處可見。兩相比較，在應用語言學的能力方面，唐蘭遠不如龍宇純。」見第七頁韓國淑明女子大學教授梁東淑女士，更以拙著迻譯爲韓文，收入韓國中國學會叢書第十二號。再發兄與我有同門之誼，阿其所好的偏見或恐難免，其他幾位則至今不得捧手就教的機會。

讀者良好的反應，自然是作者最大的欣慰；學養智慧之不足，蔽於一曲，更有賴於他山之石的攻錯。但俗語說：「譬如飲水，冷暖自知。」文章的好壞，有時反是作者知之最深。外來的讚許，未必便足以沾沾自喜。本書經過若干年的講授之後，直至今日，各章節主要論點沒有發現缺失，固然增強了自信；枝節性的疵纇，特別是文字上不盡愜意的地方，亦所在多有。六十一年再

版時曾經增訂一次，幅度甚小。六十四年於中國雜誌發表「中國文字的構造」一文，提出新的文字分類說，從情理上設想可能出現造字方法的種類入手，不直接從已有的文字攀附漢儒相傳的「六書」說，自認可以澄清許多講解六書所產生的問題，於是決定作第二次修訂。兩年前，當再版書用罄之時，即擬動筆改定；連年負責教育行政工作，尤其每周往返於高雄臺北兩地，委實不易有充裕時間用以整理舊作。去年終於決意排除困難，一面修改，一面打字印出作爲講義，俟改齊後出書。一二三章順利配合教學進度改定，第四章則延至近日始得完成。今本與二次修訂本之不同，可述者約有下列諸端：

一、舊本約十萬二千字，今本則十二萬八千字。

二、第一章增加第四節「中國文字的特性與展望」，目的在強調漢字之決不可替以拼音，使讀者加深漢字的認識，俾對此先人留下的文化遺產能加意珍惜。大抵即據六十四年發表於綜合月刊十一月號「從語文學觀點論漢字不可採用拼音」一文節錄，而略有更易。

三、舊本第二章三、四節，今分為三、四、五節。刪去原第三節中近四千字各家轉注說簡介一段，其餘亦等於重寫。其中指事一名，原與會意合稱「象意」；純粹約定的文字，僅於第三章第二節提出討論，不計於六書之中，今則逕指為六書中指事；會意一名則兼包傳統以為會意及指事兩種文字。轉注名義同舊本。

四、第三章「論位置的經營」一節，其中希望「由文字形式結構的了解，轉化為對實質認識的助力」的構想，亦近年所形成。大抵據發表於中華文化復興月刊六十七年九月號「從我國文字的結體談起」一文改寫。本年四月十九日曾於中央研究院歷史語言研究所講論會提出報告，所舉諸例，大體獲得一致認同。亦有一二同仁以為：「用定形的小篆，推不定形的古文字，其法恐仍有可商。」確乎一針見血，指出了此文的瑕疵。因文中本已聲明，此一構想只是希望對部分文字實質的認識有所助益，不曾奢望由此而可以解決一切古文字實質認識上的困難。何況文字形式的固定是漸進的，並非所有文字至小篆

然後其形始定；即使由小篆推論古文字，方法未必皆不可用。又何況如流、次、涉、休、佃之字，籀文或金文的字形，顯然較小篆更能見出當為會意字的原意。故但於此說明，原文保持不變。

五、第四節改動最少，除文字的修飾外，唯一不同於舊本之處：舊本接受了傳統小篆有或體的觀念，今本則以為說文中或體文字，原為隸書的異體，經許君改寫為篆書形式，其實並非秦篆。

本書徵引說文及其他書籍，或當時未及細校，或展轉鈔寫致譌，與原文或頗有出入。門人張寶三君，篤實好學，為之一一檢覈原書，盛意可感。因受制於業已排定的打字版面，增減一字，

必須相對減增一字，不然即失版面之整齊；張君所覈校之錯誤，間亦未能照改。如一八八頁十行舌下引說文原作：「舌，所以言別味也。」大、小徐「所以言別味也」並作「在口所以言也，別味也」；今但改為「在口所以言別味也」，仍少一「也」字。亦有原為節略，補之未嘗不可者，今亦不補。如一八〇頁一行引荀子，「名無固宜」下荀子原文有「約之以命」一句。又如三〇三頁五行引說文原作：「勞，勮也。从焱省。焱火燒冂，用力者勞。」大、小徐注作：「劇也。从力熒省，熒火燒冂，用力者勞。」段注改劇作勮，「熒火燒冂」改「焱火燒冂」。今改勮字作劇，从下補力字，「熒火燒冂」句則仍从段改。依理後一句宜加說明，然亦未能增入。此外，又有打字時偶誤奪誤衍一二字，亦不

得不於上下文增刪一二字，以求取版面之整齊，時不免削足適履之病，亦連類而及之。

本書雖屬通論性質，作者研究文字心得所在，不少見之於此，因不擬別爲專文發表，爲便於讀者之檢尋，依其出現於書中先後編製索引，附於書末。但爲體例所限，或聞見未周，私意有與他家相同相近者，未能一一指明，剽竊之譏，固所不辭。

本書之作，自經始以至今本的完成，得益於內子杜其容女士的斟酌甚多，特更於此誌謝。

七十一（一九八二）年八月二十七日龍宇純於臺北

原序

我在香港中文大學崇基書院講授中國文字學，迄今六年。曾編有兩萬字專講通論的簡單講義，分緒論、中國文字之構造法則、字體的演變、說文解字體例及中國文字學簡史等五章，以為半年用教材，餘半年則講解個別文字。故在計劃撰寫本書之初，亦即擬包括通論與字說兩部分；通論部分即就原有講義擴而充之。

手頭書籍缺乏，倉卒間要將全部字說寫定，並非易事。另一方面，研究文字應對文字具有何種認識及其方法如何，六書說之外，學者鮮見有所論列。古文字的研究，更似無可從標準。一字

數釋，司空見慣，已成當然現象。有些問題本是可以解決的，而觀念方法之不足，亦遂無由得定；有些則更是觀念方法之不可靠所引起。因思如能提綱挈領，示後學以門徑，或遠較字說部分爲重要。是以決定將字說計劃擱置，加入「中國文字之一般認識與研究方法」一章，又以「字體的演變」及「說文解字體例」納入「中國文字學簡史」中，成爲現有之規模。

討論研究文字所應具之認識及應知之方法，茲事體大，前人書中可供借鏡者少，淺學如我，自難責其周密完善，這是有待專家學者指正與充實的。

一般將中國文字學分爲文字學與古文字學兩部分，前者以小篆爲範圍，後者以小篆以前文字爲中心。但文字學一名，理應兼

賅由古而今的所有文字，不得爲小篆部分的專稱；況且文字學主要講解文字的本形本義，尤不得斷小篆爲極限，闕其先而不言。故本書所言文字研究，函攝古文字在內；在討論研究方法時，更將重點偏向於古文字上。則以古文字一般尚在探索階段；而說文小篆方面，自清代以來，學者肆力之深之廣，已每覺多餘，決無不足，若非結合以新的觀點與材料，亦不能冀其更有何顯著成就。在討論古文字的研究方法時，自不能不涉及前人或時賢的著述。目的止於借重其說以說明某法之可用或不可用，無任何其他用意。故在評及某說之時，希望得到原作者時賢的諒解。

中國文字學簡史一章，於各家著作之介紹，採取批判態度，目的在使讀其書者知所取舍。第二章論周禮六書爲六體一節，大

抵即用拙著論周官六書一文載清華學報慶祝李濟先生七十歲論文集，而視前作爲覈實具體。讀者如已見前作，宜更參觀此書。

此外應特別提出者，爲書中轉注一說。我曾作轉注說平議一文載崇基學報第五卷第一期，指出說文序說解的來歷問題，以爲論轉注必先辨明此點，然後一切轉注說之是非優劣始可從論定。至於轉注之原始名義如何，採取存而不論的態度。其後內子杜其容女士以爲：形聲字以聲注形，轉注字以形注聲，故謂之轉注；轉注字實即拙著「論形聲假借之發生先後」一文載同期崇基學報就形聲字所區別的乙丙兩類文字。此說應可結束兩千年來聚訟未決的懸案，內子正撰寫「六書轉注及說文轉注字考」，囑先以此意寫入本書，爲本書增色不少。其餘所論，亦時時賴其悉意斟酌。十萬字的初稿，

曾由其修正一過；及繕寫完竣，又爲之兩次讎校。故其於本書之功，應當校訂之名，而謙沖拒不肯受，因感念而記之。

臺靜農師爲本書題署封簽，使敗絮得以金玉其相，尤深感激，謹志謝忱。

一九六八年九月二十一日

龍宇純序於香港薄扶林道寓所

目次

定本自序……5
再定本自序……13
原序……21
第一章　緒論……31
第一節　中國文字學的含義與範圍……31
第二節　中國文字學的目的與效用……35
第三節　中國文字的創造與起源……53
第四節　中國文字的特性與展望……69

第二章　中國文字的構造法則……87
第一節　周禮六書的實質……87
第二節　六書說的由來……109
第三節　六書說舊解述評……113
第四節　中國文字的新分類……133
第五節　六書四造二化說……157
第三章　中國文字的一般認識與研究方法……197
第一節　論文字的演變與古文字的利用……199
第二節　論約定與別嫌……226
第三節　論位置的經營……246
第四節　論偏旁的分析與利用……271

第五節　論分化與化同……306
第六節　論亦聲……333
第七節　論省形與省聲……357
第八節　論形義的結合與音韻的運用……380
第四章　中國文字學簡史……411
附錄：字說索引……477

中國文字學

望江龍宇純

第一章 緒論

第一節 中國文字學的含義與範圍

我國文字係由形音義三個質素所構成。過去稱一切有關文字形音義之學爲小學，民國以來改稱小學爲文字學。這是文字學一名的廣義稱謂。其後區分形音義爲三，研究字義的爲訓詁學，研究字音的爲聲韻學，研究字形的爲文字學。這是文字學一名的狹

義稱謂。本書所取爲其後一義。

說文字學專門研究字形，並非完全拋開文字音義不談。反之，正是要通過音義，以求取字形的了解。因爲文字係爲語言而造，語言便是文字的音義；離開音義，所謂文字即不復存在。所以，一般說文字學研究文字的本形，具體言之，則是由確定其本音本義，以認識字形的原始結構。一字往往有不同的意義，而其始所代表的只是其中之一。一字亦往往有不同的讀音，其始所代表的也只是其中之一。何者爲其本義，何者爲其本音，也就是說其字原爲何音何義所造，而其結構又如何，便是文字學的主要課題。舉例而言，乞字通常爲乞求義，其字原書作气，形體與乞求義無關；應以其本義爲雲氣，气即象雲氣之形。又如巨字通常作大

義解，廣韻音其呂切，讀音與距字同。其字原書作𢀜，亦不見其何以義爲大；應以規矩爲其始義，與矩同字，本音爲俱雨切，𢀜即象矩形。所以在文字的了解上，如何使形音義三者密合無間，便是文字學的主要職志所在。

文字學也並非闡釋了文字的原始結構便爲已足。字形的演變歷史，如一字如何從小篆以前的形式演變爲小篆，又如何自小篆而隸書、而楷書、而草書、而簡體、而俗體，亦應屬文字學之研究範圍。說文所無之字，字形上前人既不曾作過說解，而通行的楷書、俗體等，又不見其何以可表某義，自更非通過文字學觀點加以解說不可。如卿鄉二字草書作[illegible][illegible]，乍看似不可理喻，留意觀察，不難發覺即取二字的不同偏旁卩與阝變化以成。薩字从艸

从阜从產，形無可說。唐人書作薩，知本从土薛聲。嫩字从女从欶不得其解，唐人書作嫩，則本从女从軟會意。皈字从白義無可會；知歸又作皈，白當是自的譌誤。踈疏二字音義不盡相同，从束从㐬亦自殊體，故詞書往往分收。實則踈即疏字俗書，將中畫寫通，踈即為疏。流或作汓，（如荀子榮辱篇「其汓長矣」）解者以為流字「古文」，（如玉篇、廣韻）而不知汓為流的變異。蓋流訛作㳅，於是易改為汓字。薩嫩皈踈四者並屬文字演變中習見的同化現象，⺌⺌與汓仍不出形體的變遷，都顯然屬於文字學的研究範疇。不過演變的痕迹易於觀察，完全屬於後世新造的文字，其結構不易曉者又甚少，於是通常研究的對象，遂集中於小篆或小篆以前文字的本形本義上，而文字學一科的講授重點，亦在於此。若以為文字學範圍止

於研究秦以前的文字結構，便大謬不然。

第二節　中國文字學的目的與效用

如上所述，可知文字學目的在於求知文字的本形本音本義，及其形體的全部演變歷程。爲純學術性的探討，不在於實用上的辨點析畫，亦無所謂不明文字本形本音本義，即不能讀古書。

有人因爲自己會寫小篆，便思用小篆改通行的俗楷。有人因爲自己讀過說文，便說「說文爲天下第一種書。讀徧天下書，不讀說文，猶不讀也；但能通說文，餘書皆未讀，不可謂非通儒也」。王鳴盛說文解字正義敘又有人因爲自己懂得六書，便說「六書明而古經傳無不可通」。段玉裁寄戴東原先生書

其實，文字學主要係為研究文字形體而設。說文既無如此重要，六書亦斷乎無此魔力。如只為書寫文字，並無學習文字學的必要；即使為讀古書，亦不須精研說文與六書。文字不過以表語言，語言能藉以表達，即其功能已盡，本身並無非如何寫不可的要求。故代表一種語言，可以用象形象意法，亦可用標音拼音法；而象形象意文字之多一點或少一畫，更是餘事，且亦正是此種文字的特色。今所見古文字如甲骨文金文，一字之正反繁簡不同形式可多達數十種，原因即在於此。我國文字，字有一固定形式，起始於秦相李斯等之以小篆統一文字；而小篆的固定字形，又只是附帶為之，李斯等的動機，旨在罷除當時通行於東方與秦文不同的文字，並非為固定字形而倡議文字改革。且即在當時，通

行者爲隸書，與政府所提倡的小篆並不相同。六朝時文字混亂異常，至唐而有顏師古、杜延業、顏元孫等倡導的「字樣」運動。楷書雖自此沿習不廢，除必要外，沒有人肯一筆不苟的書寫正楷。凡此，皆以上述象形象意文字之特色爲其背景。故就一般而言，文字只講實用價值，不論其造字原意如何。則如書盗爲「盗」，書染爲「染」，爲學生批改作業，固不妨逐字更正，使知正確寫法；強之而後可，則殊無此必要。因儘管書作「盗」字，不妨其義爲盜賊；也儘管寫成「染」字，無礙其義爲浸染，絲毫沒有損害其代表語言的功能。在單獨成字時，因九丸次次不同，然後應加區別。故所謂文字的正確寫法，只需視其能否十足代表語言爲準則，原不必拘泥造字本形而食古不化。且即使單獨成字時原

是兩字，如其一已廢棄不用，雖書此爲彼，亦不必視爲過誤。故書本爲「夲」，書文爲「攵」，已是無人不可接受的事實，而說文中夲和攵則另有其字。此爲對文字實用性所應持之態度，不然字字依小篆爲標準，即成冬烘學究。何況小篆亦多有譌變，必依小篆改俗楷，又何以免於五十步百步之譏？至於說通說文即爲通儒，明六書則讀古書無不可通，此亦過分渲染。章學誠在說文字原課本書後一文云：

> 六書小學，古人童蒙所業，原非奇異。世遠失傳，非專門名家，具兼人之資，竭畢生之力，莫由得其統貫。然猶此糾彼議，不能畫一。後進之士，將何所適從乎？或曰聯文而後成辭，屬辭而後著義，六書不明，五經不可得而誦也

。然則數千年來，諸儒尚無定論，數千年人不得誦五經乎？故生當古學失傳之後，六書七音，天性自有所長，則當以專門爲業；否則粗通大義而不鑿，轉可不甚謬乎古人，而五經顯指，未嘗遂雲霾而日食也。

又云：

近日考訂之學，正患不求其義而執形迹之末，銖黍較量，小有同異即囂然紛爭，而不知古人之眞不在是也。文字有畫以著義，猶笙簫因孔而出聲也。笙簫之孔苟於鍾律無譌，自能和聲以入樂，而漆色之深淺，畫文之疏密不與焉。

前者說明文字學祇是專家事業，若不爲研究文字，而只爲讀古人書，稍具常識即可。後者說明文字之用，取其表達語言而已，本

身原無形式上之固定要求，確乎爲通達之見。

文字學之主要目的雖如上述，亦非無其他功用可言。擇其所關重大者述之下方。

甲、有助於字義之系統了解　一個字代表的意義往往是多方面的，除本義而外，有引申義，有假借義。引申義係由本義蛻變；假借義則是基於讀音同近關係，以兼表另一語言，與其本義絲毫無干。如果從事字義的系統研究，而不知字之本義，面對雜亂繁複的意義，將茫然不知如何分解與繫屬。反之，既知字之本義，便知何者爲其義之引申，何者爲其音之假借，條分縷析，易如反掌。如據說文所云，樂字本義爲「五聲八音總名」，即知作喜悅解爲引申義。詩衡門篇云「泌之洋洋，可以樂飢」，義爲治療

，與音樂義無關，便可以斷爲假借用法。又如追字本義爲追逐，則作追溯解如論語云「愼終追遠」，左傳云「追念前勳」，爲其義之引申。若詩棫樸篇云「追琢其章」義同彫，儀禮士冠禮記之「毋追」義爲冠名，並屬音之假借。

此外，對文字本義的認識不同，影響於字義的系統了解亦遂不同，尤可見文字學與字義之學息息相關。如說文云：「東，動也。从木，官溥說从日在木中。」以爲東方即其字本義。甲骨文金文東字既不从日，亦非从木，其本義雖不易遽定，東方之義出於假借，是則可以斷言。又如說文以異字本義爲分，从廾畀會意，則變異、怪異爲其本義之引申。然異字原作，象人兩手在頭側之形。其形既不如說文所分析，其義自不得爲分。以聲類求

之，應爲戴字初文，引申爲扶翼、蔽翼之義。（李孝定先生說）異翼戴三字古聲韻母並相近。於是知字作分解者爲音之假借，而變異、怪異更是此假借義的引申義。更如說文拜字作□，義爲拜手，則甘棠詩云「勿翦勿拜」爲拔之假借。據今人與我的考訂，其字象連根拔草之形，本是拔字。於是向之以爲本義者爲假借，以爲假借者乃反是本義，（說參下文丁）情形完全倒轉。

乙、有助於古代社會背景風俗習慣等之了解 古代社會的研究，往往因爲材料缺乏而束手。時有一鱗半爪的記述，亦苦於孤證難徵。如果留心古代的文字，未嘗不可以彌補一些缺陷。如禮記內則篇云：「子生，女子，設帨於門右。」古籍中沒有可以互相證發的材料。我因注意到金文帥字的寫法，竟使此一風俗呈現

於眼前。據說文云，帥與帨同字，而金文帥字作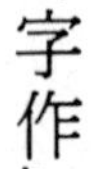、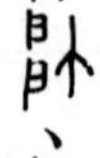，正是巾在門右之形；後者更表現了巾與門之間的關係。只因我國文字要求方正，不使一字過長或過寬；而重疊之後的門形，與巾的大小比例亦較易顯示，於是將原應作「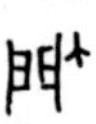」的形狀，改變書作字。參第三章第一節

又如淮南子氾論篇云：「古者剡耜而耕，摩蜃而耨。」蜃為蛤之大者，殼薄而堅，謂先民取助農作，其理可信，終不免因不得印證為憾。文字方面：說文辰下云「民農時」，而金文甲骨文辰字作若，顯示為蜃之象形，見吳紹瑄釋辰已可見蜃與農作相關。而說文說晨字義為早昧爽，从臼辰；農字義為耕作，金文作，从臼从辰从田。說文據小篆云農从囪聲，非其原意。合辰字以觀，晨農二字之製作，當以「摩蜃而耨」為其背景。蓋農業社會「日出而作」，

故臼辰二字相會，而爲昧爽之義；又爲其別於晨字，不使相混，於「晨」之外，加一田字，遂成農字而義爲耕作。此外，從辱蓐耨三字的音義，也可以考見辰與農作的關係。說文云：「辱，恥也。从寸在辰下。辰者，耕時也。」「蓐，陳艸復生也。从艸，辱聲。」耨字說文作槈，云：「槈，薅器也。从木，辱聲。」案說文薅下云「拔田艸」，耨字恆見用爲拔田艸之義。蓐與耨音近，陳艸復生與拔田艸義亦相成，案義相成者，如茇字義爲艸根，拔字衍茇語而義爲連根拔艸，可爲比照。當爲一字。辱與蓐音同，疑即蓐之初文。辱蓐耨三字其始蓋只書作辱，从寸从辰，與晨字从臼从辰同以摩蜃而耨爲其製字背景。後因借爲恥辱義，別加木作槈，或加耒作耨；又因義爲拔艸，或又加艸以顯意，亦以別於恥辱之義。是故說文雖不以辱字本義爲拔艸，仍不得不以「耕時」

釋其字从辰之故。並可見淮南所記，其事不虛。

丙、有助於古籍之校讎 古書之譌誤，大端有二：曰字之誤，曰聲之誤。字之誤即由形近所引起。如尙書大誥篇云「寧王遺我大寶龜」，「以于敉寧武圖功」，「不可不成乃寧考圖功」，「予曷其不于前寧人圖功攸終」。僞孔傳釋「寧王」爲「安天下之王，謂文王也」，釋「敉寧武圖功」爲「撫安武事謀立其功」，釋「寧考」爲「寧祖聖考之文武」，釋「前寧人」爲「前文王安人之道」，並牽強難通，無待辭費。但兩千年來所傳習的莫非此說。直至同治年間，吳大澂因見金文文字或書作，與寧字作相近，而文王、文武、文考並周初習用語，於是斷寧王、寧武、寧考、前寧人爲文王、文武、文考、前文人之誤，而向之

疑滯以解，成爲經學上的著名掌故。清人因精於小學，利用字形楬櫫古書中譌誤，成績斐然可觀。不擬更舉他例，只就個人讀荀子所得，列其二事如下：

禮論篇云：「大路之素未集也。」楊倞解未集爲「不集丹漆」，俞樾則謂未爲末之誤，集爲幬之借；荀子一本作大路之素末，一本作大路之素集，後人誤合爲一。楊說之不當，俞氏已有詳細說明，於此不贅。俞說之不當，則在其說集爲幬的假借既不可信，（案集與幬的韻母關係誠如俞說，可以集與就的異文說明，但二者聲母相遠，不合假借條件。）復須在「後人誤合二本」的情況下始有可能。今以史記禮書「大路之素幬也」相校，知未集二字爲一幬字之誤。古人或書幬爲壽字，不加巾旁；（見金文彔伯𢦚毁）而金文壽字有作者，與未集二字作「」絕相似，

今本荀子未集二字當爲後人誤讀。

天論篇云：「繁啓蕃長於春夏，畜積收藏於秋冬。」楊注訓繁爲多，訓蕃爲茂，自來無異說。但繁蕃二字音同義通，古書通用不別。如蕃昌可作繁昌，蕃廡可作繁廡，蕃殖可作繁殖，董仲舒春秋繁露中篇名作蕃露，可見二字形雖不同，其實不異，猶如同一字的或體。荀書必無春夏同用一詞之理。更看下文，畜積、收藏並二字義同平列，蕃長一詞亦同，則楊注以多與茂分訓繁蕃二字，而多與啓義不相牟，可斷爲郢書燕說。古人以毓字言春日草木之初生，如周禮大司徒云「以毓草木」，太宰云「園圃毓草木」，漢書五行志云「孕毓根核」。說文毓或體作育，而呂氏春秋開春論云「開春時雨降，則草木育矣」，張衡思玄賦云「桑末

寄夫根生兮，卉既凋而已育」。小篆繁字作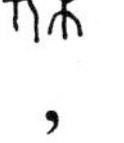，金文同，與毓字作形近，是荀子繁當爲毓字之誤。爾雅釋天云：「春爲發生，夏爲長嬴。」啓、發與生、育義同。呂氏春秋孟春紀「草木繁動」，周書時訓及禮記月令繁字並作萌，繁亦毓字之誤。並可爲今本荀子譌誤之佐證。

丁、有助於解決古籍中之疑難 此所謂古籍中疑難，意指文義上的難於確定；有時牽涉到字形的譌誤，而情形複雜，不似丙項所述只是一個校勘問題。如關於周始祖后稷出生的記載，最早見於詩經大雅生民篇。原文云：「厥初生民，時維姜嫄。生民如何？克禋克祀，以弗無子。履帝武敏歆，攸介攸止，載震載夙，載生載育，時維后稷。」劉向列女傳與趙曄吳越春秋亦載此事。

列女傳云：「棄母姜源者，邰侯之女也。當堯之時，行見巨人之跡而履之，歸而有娠，浸以益大，心怪異之。卜筮禋祀，以求無子；終生子。」吳越春秋云：「后稷，其母台氏之女姜嫄，爲帝嚳妃，年少未孕；出游於野，見大人跡而觀之，中心歡然，喜其形像，因履而踐之，身動，意若爲人所感。後妊娠，恐被淫泆之名，遂祭祀以求謂爲無子。履天帝之跡，天猶令有之。」劉趙兩說自亦出於詩經，而有顯著不同。詩經云姜嫄因無子而祭祀以求有子，「以弗無子」毛傳云：弗，去也。去無子，求有子。鄭箋云：弗之言祓也，以祓除其無子之疾，而得其福。於是履上帝武敏而受孕。劉趙則云姜嫄因無端履帝跡受孕，而祭祀以求無子。所引詩經爲毛氏古文，據清人所考，劉治魯詩，趙治韓詩，則並屬今文，其不同當由古今文傳授的差異。但兩說雖有求有子

與求無子，及禋祀或在履帝跡之前或在履帝跡之後的不同，癥結所在，可說只是「以弗無子」的弗字，與「以求無子」或「以求謂無子」的求字，一字之差而已。因爲既言「以弗無子」，禋祀自在履帝跡之前；反之，言「以求無子」，禋祀即在履帝跡之後。各從其文意所安，不得不有此句序上的更動。鄭箋云：「弗之言祓也。」以弗爲祓之假借。集韻祓亦作⿰礻弗，⿰礻弗便是此弗字的後起字。甲骨文金文祓字作，（詳見第二章第四節）與求字作只有中畫曲直之差。於是此一疑難可得一簡單解釋：詩經其始本作「克禋克祀，以無子」，古文家知道的正確讀法，但其字已淘汰不用，於是改爲同音的弗字；今文家失其正讀，誤認爲字，（今人考釋甲骨文金文，即多以爲求字。）而不得不移易原文，遂成列女傳吳越春秋與毛詩

的絕對不同。諸如此類，若不借重於字形之學，將永遠無從獲知眞相。

又如詩經甘棠篇云：「蔽芾甘棠，勿翦勿拜，召伯所說。」鄭箋云：「拜之爲言拔也。」意謂拜爲拔之假借，勿拜即勿拔。因古書中拜字用爲拔字的僅此一見，後人多不敢輕於信採。朱熹集傳釋拜爲屈，即思直接從拜的動作上謀求疏通。也有人因切韻怪韻引此詩作勿翦勿扒，故宮本王仁昫刊謬補缺切韻訓扒爲擘，各韻書薛韻扒下亦訓擘，遂謂勿拜義爲勿劈。據我的了解，爲犮的初文，即是拔字，象手連根拔草之形。詩經拜字正用其本義。拜爲拜手義反是拔義的引申，或竟是同音假借。後世拜字爲拜手義所專，於是更製从手犮聲的拔字。鄭氏知甘棠詩拜字的正

確意義，卻因不知拜本是拔字，不得不說為假借，以致不能獲得學者的普遍信任。切韻扒字大抵出於三家，疑本與拔同為拜的後起字，从手八聲；後訓為擘，則因八字義為別，象左右相背（見說文）又生附會。

戊、有助於古音之考訂 研究古音韻部，諧聲字與詩經韻腳同等重要；研究古音聲類，則並異文、假借、讀若而言之，諧聲字為最主要材料。質實以言，古韻方面：說文鎡鼒同字，一从茲聲，一从才聲；噍嚼同字，一从焦聲，一从爵聲，知茲與才或焦與爵韻母必近。據此等或體，以定茲才、焦爵古韻同部，與據詩經「關關雎鳩，在河之洲，窈窕淑女，君子好逑」，以定鳩洲逑古韻同部，事理相同；而一切不見於詩經韻腳之字，更非利賴其

諧聲偏旁之從同關係，無以定其韻部所屬。可見諧聲字對於研究古音韻部的重要，絕不讓於詩經韻脚。古聲方面，如前人由異文讀若等考定喻三古歸匣；喻四古歸定，諧聲字可以堅固其說。前者如魂从云聲，緩从爰聲，蜮从或聲，或與域同；後者如迪从由聲，台从以聲，涂从余聲，代从弋聲。又如今人由藍从監聲、路从各聲，以及命令、來麥的關係，推測上古漢語有kl、ml複聲母的可能。此外從薛、蟄、產、卸、穌、魯、朔等心母字从疑母字爲聲的平行現象，也可以推想sŋ複聲母的可能存在。都可見文字學對於研究古音的效用。

第三節　中國文字的創造與起源

先秦以來，如韓非子、呂氏春秋、說文解字等古書，都提到倉頡創造文字。韓非子五蠹篇云：「倉頡之作書也，自環者謂之私，背私謂之公。」呂氏春秋君守篇云：「倉頡作書。」說文解字序云：「黃帝之史倉頡，見鳥獸蹏迒之迹，知分理之可以相別異也，初造書契。」所以倉頡造字之說，已是家喻戶曉，且亦爲過去學者所一致接受。基於下列幾項理由，今天的學者對此則深致其疑。第一，倉頡只是傳說中人物，孔穎達尙書正義云：「司馬遷、班固、韋誕、宋忠、傅玄皆云，倉頡黃帝之史也。崔瑗、曹植、蔡邕、索靖皆云古之王也。徐整云在神農黃帝之間，譙周云在炎帝之世，衛氏云當在伏羲蒼帝之世，愼到云在伏羲之前，張揖云倉頡爲帝王，生於禪通之紀。」事業時代都無從考實。第

二，時代較上列諸書爲早的荀子，其解蔽篇云：「好書者衆矣，倉頡獨傳者壹也。」只說倉頡是衆多「好書」者之一，而「好書」未必便是「造字」。漢書云「張敞好古文字」，不謂張敞創造古文字，可爲比照。第三，時代更早的易經繫辭傳云：「上古結繩而治，後世聖人易之以書契。」竟連這後世聖人的名姓都未提到。第四，對於文字的起源，今天學者較一致的看法，以爲源於圖畫。從這個觀點而言，說文字創始於某人，自更難於接受；因此認爲文字當出衆作，不成於一時，亦不出於一地，且是自然演進的結果，並非某一人的創造之功。（此點詳見下文）但古時既有倉頡造字的傳說，其人的事蹟必與文字發生過密切關係；或者在造字上有過較多貢獻，雖不必爲造字的第一人，卻因此而獨享了造字之名

；或者曾經整齊過文字，甚至只是精於書道，而遂蒙受了造字之實。荀子說倉頡是衆多好書者之一，這個說法可以說面面顧到，最是無瑕可議。

從鄭樵開始，漸漸出現文字源於八卦及結繩的說法，可以劉師培中國文學教科書作爲代表。其「象形釋例」云：

許君之言曰：象形者，畫成其物，隨體詰詘。蓋象形之字即古圖畫。上古之時，未有字形，先有圖畫。故八卦爲文字鼻祖。乾坤坎離之卦形，即天地水火之字形。試舉其例如左：

乾爲天，今天字艸書作[illegible]，象乾卦之形。坤爲地，古坤字或作巛，象坤卦之倒形。坎爲水，篆文水字作[illegible]，象坎卦

之倒形。離爲火，古文火字作火，象離卦之形。（案此實出鄭樵「六書略」，唯視鄭說爲具體。）說明天地水火四字即☰☷☵☲諸卦的變形。又「論字形之起源」云：

> 字形雖起於伏羲畫卦，然漸備於神農之結繩……結繩之字不可復考，然觀一二三諸字，古文則作弌弍弎，蓋由田獵時代以獲禽記數，故古文之一二三咸附列弋字，所以表田獵所獲得之物數也。是爲結繩時代之字。（蓋結繩時代並無弋字之形，惟於所獲禽獸之旁以結繩記數。）結繩之文始於一字，衡爲一，從爲丨（音袞），縮其形爲丶（音主），斜其體爲丿，反其體爲乀（分物切）。折其體則爲乛（音及），反乛爲厂（呼旱切），轉厂爲乚（音隱），反乚爲亅（居月切）。／＼

之合體爲∧（即亼字，非人字也。）轉其形爲∨，倒其形則爲く（音畎），反其形則爲〉（音泉）。一字再折爲「（五犯切），轉「爲」（口犯切），倒」爲匚（音方）。「「」「」」之合體爲□（音圍），轉圜之則爲○，卑其形則爲冖。是結繩文字不外方正平直，此結繩時代本體之字也。非惟指事文字之祖，即象形文字亦半出於○□，然斯時仍未成字形也。厥後結繩之字兩體相加，由獨體而易爲合體，例如：一加一爲二，即上字之古文。一加二爲三，三字之倒文爲川，川加一爲亓，即示之古文。一加丨爲丅，再加一爲工。く加く爲巜，再加く爲巛，即坤之古文。○加·爲⊙，即日之篆文。乚加乚爲乚乚，即曲之古文。此皆結繩時代合體之字也。兩體相合，而象形指事之字以成，此

即字形成立之始也。案此亦大抵根據鄭氏「起一成文圖」爲說，唯鄭氏不云與結繩有關。

更說明文字與結繩的關係。可是兩說都不能成立。因爲最早同時說到八卦、結繩與文字三者之形成的，是易經繫辭傳。其說云：「古者包犧氏之王天下也，仰則觀象於天，俯則觀法於地，觀鳥獸之文，與地之宜，近取諸身，遠取諸物，於是始作八卦，以通神明之德，以類萬物之情；作結繩而爲罔罟，以佃以漁。」又云：「上古結繩而治，後世聖人易之以書契，百官以治，萬民以察。」其中書契便是文字的別稱。可見相傳八卦、結繩與文字的出現，雖有先後的順序，其間卻沒有任何淵源。直到東漢許愼作說文解字，序中所說，亦大體同於繫辭，不過將結繩屬之神農，又明指初造書契爲黃帝之史倉頡，而仍然沒有文字源於八卦結繩的

說法。依現代某些學者的意見，八卦出現於周初，遠在我國文字的產生之後，此說可信與否，姑且不談。即以艸書天字而論，藉令由乾卦之象演化，由於其形成時，早有自甲骨、金文□、□之形演變而來的「天」字，究非「天」字源於「三」卦之說；何況「□」字實由「天」字蛻變而來？篆書水字作□，與坎卦之☵可以視為僅有橫豎之異；而益字篆書作□，象水從皿中漫溢而出之形，所从水字竟可說與坎卦形象無別。然而坎卦形象是陰爻「--」與陽爻「一」的組合，「--」與「一」是整個八卦體系中兩個基本符號，其餘七卦無不由此構成；篆文水字則是直接取象於水，也就是六書所說的象形字，兩者實質上並無關聯。雖然許慎說文正用陰陽觀念解釋篆書水字的形象，說文云：「□，象眾水並流，中有微陽之氣也。」

與書中一切陰陽五行的解說同無可取；與☵初不過形象偶合，並不能作爲推論淵源的憑證。何況甲骨文水字除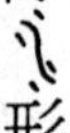形而外，尚有、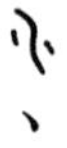、、諸體，皆與坎卦之形不同，即表面可以強爲比附的依據亦既不存。可見水字出於坎卦之說，終於無可採信。其餘所謂「古坤字」，出現太晚，與討論文字起源無關；火字無論爲甲骨文金文的與，或小篆的，俱與☲形相遠，無可強合。至於說文字出於結繩，有關結繩的具體記述，東漢時僅有「大事大結其繩，小事小結其繩」的說法，他無所聞。如劉氏所言，結繩時代已有文字，則又何需結繩記事？若謂文字出於結繩，指其線條取法乎結繩而言，則人體上一髮一指，自然界一莖一柯，無論「近取諸身，遠取諸物」，比比者皆是，何待於結繩然後取之

？前人可以畫一圓形爲月，後人亦可以畫一圓形爲月。圓形皆直接由月而來，並非後人的圓形源出於前人的圓形。案此以說明即使坎卦亦取象乎水，仍與水字無關。前人可以畫一圓形爲日，後人亦可以畫一圓形爲餅。圓形的根據分別爲日與餅，並非後人的餅形源出於前人的日形。案此以說明文字線條與結繩無關這本是極簡單的道理，不意主張文字源於八卦結繩的學者，於此竟都疏忽。

據前引說文序，倉頡造字，是從看見各種鳥獸蹄迒之迹可以辨其同異，於是體悟出利用線條組合成不同形象，以代表不同語言而爲文字；等於說文字的製造，是取法乎宇宙間的自然形象。這種說法自較上述兩說爲可取。現代學者則類同意文字源出於圖畫。他們的了解是，文字與圖畫都具有意義，其間的不同，只是

前者有音，後者無有。這是由於文字代表的是語言，語言便是音與義的合成體，而圖畫則並不代表語言。人類在有文字之前，必然發生過見物塗鴉的圖畫，譬如畫一座山，畫一頭馬，等到有人將語音加諸此山此馬之上，固定代表語言中的「山」和「馬」，便形成山和馬字，這便是文字的起源。這種說法自然更是入情合理的，所以能廣爲學者所接受。在鐘鼎等彝器上往往有看似文字而不知讀音的圖形，如宋人釋爲析子孫三字的「」，曾經有人以爲便是我國文字的前身，稱之爲「文字畫」。見沈兼士「從古器款識上推尋六書以前之文字畫」，輔仁學誌一卷一期。這種觀念是否眞實，還有待考證。但文字源於圖畫之說，總是最令人滿意的。

在討論我國文字的發生時代方面，我們有幸見到許多前人所

不曾見的材料，獲得許多啓示。其中之一是甲骨文。甲骨文初發現於清光緒二十五年，普遍引起學者的注意與研究，卻是民國以後的事。此種文字形體多不固定，同一字往往有正反繁簡的不同形式。有人以爲這表示其時文字尚在草創階段。甲骨文是屬於商代盤庚遷殷至帝紂亡國二百七十三年間的文字，時代最早的約爲西元前一千三百八十四年，這等於說我國文字的發生，比已知的埃及文字約成於西元前三千五百年，遠遠瞠乎其後。後來漸漸知道，這樣瞭解甲骨文是錯誤的。先師董彥堂（作賓）先生「中國文字的起源」一文說：「甲骨文一個字可以反寫正寫，完全是用來書寫卜辭的關係。甲骨文以外的記事文字並不如此。卜辭跟著卜兆，卜兆有向內向外的不同，卜辭文字就有正寫反寫的異致，

這完全是爲了對稱的美。」才指出事實的眞相。不過彥堂先生的意見也許還有可以補充之處。所謂卜辭以外的記事文字不作反書，似乎還需採取保留態度。甲骨文時代文字，如果不是正書反書本無分別，卜辭恐不致形成與卜兆方向一致的寫法，換在今天，這情形恐怕萬難出現。何況兩周金文中一字繁簡不定的形式仍然慣見，正反不拘的現象亦所在多有；正書文字中偶爾夾雜若干反書，也並無任何理由可以解釋。自盤庚至晚周，歷時一千餘年，決不可能說文字的草創期有如此之久。因此這現象所關係到的，恐係緣於我國文字基本爲象形，而其源乃出於圖畫；圖畫既無從亦無需規定筆劃的多少和方位的向背，由圖畫脫胎的象形文字，其始自然便不以繁簡正反爲意。這樣的了解，當是殷周古文形體

不固定的眞實原因。此外，還可以從兩個角度看：其一，我國文字雖係源於圖畫，甲骨文去圖畫的意味卻已很遠，建構文字的基本成分是橫豎點畫的文字線條，即使是其中的象形字，實際也只是「意形」文字；（詳第二章第三節說「象形」）可以說這種文字給人的印象是「寫」的，不是「畫」的。其二，甲骨文字已經「六書」完備，有大量的轉注字和形聲字。在六書的發展上，從象形、會意的出現，發展到形成轉注，勢須經過漫長歲月的孕育；從轉注的出現，再而發展到形聲的完成，也不是短期內所能見到的結果。（詳見第二章）基於此，西元前一千四百年有如此成熟的甲骨文，文字的發生與草創遠在其前，當可以斷言。因此有的學者認爲，西元前三千年我國文字已經發生，應該是合理的推測。回頭再看倉頡造字的傳

說，第一個造字的人是否倉頡，雖然渺茫難稽，黃帝的時代約在西元前二千八百年，或者正是我國文字的草創時期。這麼說來，我國文字的歷史，較諸埃及文字，恐不遑多讓。

近年幾處先民遺址，發現陶器上類似文字的符號，如見於西安半坡、臨潼姜寨、莒縣陵陽河及諸城前寨等遺址者，分別參章末附圖甲、乙、丙、丁。這些器物的絕對年代有的雖未經科學鑑定，如西安半坡文化，學者由臺灣和河南龍山文化的絕對年代推測，當在西元前約四千餘年。姜寨的仰韶文化，大致也與半坡時代相近。所可惜的是，無法判斷它們是否代表語言，不能肯定是否文字。可是其中如半坡的｜、八、×、十分別與早期十、八、五、七或甲等字同形，陵陽河前寨與諸城前寨間及前者彼此間，

符號竟或相同，現象尤足引人深思。所以有的學者便逕指這些都是文字。（見李孝定先生「再論史前陶文和漢字起源問題」，刊中央研究院歷史語言研究所集刊第五十本第三分。）但無論如何，對於討論我國文字的起源，無疑提供了可貴的訊息。

因爲沒有確切材料，可以證明我國文字與埃及文字發生的早晚，確定的材料最早只有甲骨文，遠在埃及文字之後，更因爲兩種文字偶有相同相近之處，於是有人主張埃漢文字同源。（見日人板津七三郎埃漢文字同源考）爲此說者，或是別有居心。事實則是兩者基本上都是象形的，所象的客觀事物不殊，自然可以出現形同形近的文字。因此比較漢埃文字，應注意其間的差異性，不可偶因相同便肯定兩者的關係。這一方面，彥堂先生「中國文字的起源」一文作了若干尖銳的對比，對此妄說具有澄清之功。影其部分圖例如下，

以供讀者目驗。見章末附圖戊、己。

第四節　中國文字的特性與展望

本書開始便說，我國文字係由形音義三個質素所構成。任何文字無不有此三質素，缺一不成文字，何獨於我國文字而言之？實因他國文字類用拼音，拼音文字只是以形寄託音義，除此之外一無所有，必須通過讀音，其意義始見。我國文字則不然，可以直接從字形上揣摩其代表的意義；儘管揣摩所得未必正確，且多只是意義的類別，畢竟我國文字容許如此做，而拼音文字則否。這便是我國文字的基本特性；也因爲有此特性，才形成了我們獨有的文字學這一學科。

舉例而言，英文river一字，如果不讀其音，對於懂得英語而不識文字的人而言，容許認識組成此字的每一字母，也將無法了解其意義，即使是意義的類別，仍將茫無所知。sun與moon的情形相同。可是我國文字如江、河，但需識得其中「氵」的部分，便可判斷與水有關；如果是日、月二字，特別是知其早期⊙、☽的寫法，更能準確測知，何者爲日，何者爲月。這便是漢字與拼音文字不同的地方。從這一標準而言，可以說只有漢字才是有形的。

熟悉英文的讀者或將不以爲然。譬如在英文裡，sub-的意思爲「下」，re-的意思爲「再」，hemi-的意思爲「半」，dis-的意思爲「解」，如果更識得way、make、sphere、arm四字，便知

subway、remake、hemisphere、disarm四字義爲「地道」、「改造」、「半球」、「繳械」，同樣一看便心知其意，完全不需訴諸口耳，似乎與我國文字並無不同。究其實，此等文字只是語言的組合，所相當於我國語文的是如飛機、輪船等的複合詞，而不是個別的文字；因爲拼音文字的語文一致性和英語的多音節性，所以此等表面爲文字結構而內裡爲語言組合的複合詞，也便認爲是新增字，而以新增字的姿態出現。以江字做爲比較，sub與way在subway中同時兼具音義的雙重關係，而水與工於江字則僅具義或音的片面關係，所以前者是語言的，後者是文字的，兩者截然不同。如果再看英文的subsoil下層土，substation分局，subconscious下意識，submarine潛水艇，subhead 小標題，subcom-

mittee小組委員會，其中sub部分，相當於我國文字的，不是如水旁、金旁的「部首」，而是如淺、錢、殘、賤等字的「右文」「戔」，參下文以見它們是語言的組合。

象形、會意的漢字，沒有讀音的標示，必須逐字熟記，然後知其讀法。有聲符的形聲字，也因爲其始只是「取譬」，並不要求聲符與其字之間必須同音；而原本音同或音近的，又可能受古今不同音變的影響而產生不同，或擴大其不同程度，不能從聲符上得到正確或近似讀法。在一般人心目中，這便成了漢字不可饒恕的罪狀。天下事原沒有絕對的利弊，從漢語的特質看來，與其說這是它的缺點，無寧說是它的優點。因爲語音總不免隨時空的不同產生變化，原先表音準確的文字，可能數百年之後或數百里

之外，受語音變化的影響不適於用，便需改造；反倒是不具音標或只是「取譬」的漢字，可以涵蓋一切讀音的差異，無論「南北是非」、「古今通塞」，始終能以不變應萬變的姿態傳之久遠，通之無窮。數千年後的人可讀數千年前的文字；方言差別無論如何懸殊，只需寫出漢字，即便兩心如一，隔閡全消。何況漢語基本上爲單音節，同音詞素太多，如不採「有形」的漢字，而用拼音，同音詞之間非採不同形式以爲區別不可，於是便需另設音標指引說明，否則根本無法達到即形知音的要求。從這個觀點而言，漢字形體可以辨義的特性，用以配合漢語，實是無可取代。

因爲漢字有上述的表面缺陷，過去和現在不少人主張廢棄漢字，改採拼音。但此事絕不可行，學者談論的不少，於此擬更從

語文學的觀點，提出以下幾點看法。

一、爲漢語語詞間親屬關係的易於尋繹，漢字不可改採拼音

研究一種語言，除認識其現階段面貌而外，還須識得其歷史發展。漢字在對於漢語語詞發展的研究上，可以提供寶貴線索。漢語語詞的發展，狀況有兩種：一種是一對一的孳生關係，一種是同語根的群體關係，兩者往往都表現在形聲字的聲符上，清楚可睹。前者便是文字學中的「亦聲」現象，如「政」的語言本從「正」孳生，椅子的「椅」語言從「倚」孳生，所以政字即以正字爲聲，而椅倚二字並从奇聲；實際上政字是在正字上加了攴旁，椅字是將倚字原有的人旁改換了木旁，而形成政、椅二字。後者便是文字學中的「右文」現象，如淺、錢、殘、賤等字含小義，

莢、睞、梜、頰、挾、篋等字含兩側或自兩側合攏義，聲符的戔和夾，分別代表了兩者共同的語根。這種語詞間的親屬關係，如果換成拼音文字，必將無從追尋，至少是不易追尋，對於漢語的了解，自是一重損失。

二、爲口頭語和書面語的必要差別，漢字不可改採拼音　聞聲可以辨義，見形其意不混，這是語言和文字所必備的條件。漢語因爲同音詞多，拼音文字不易滿足辨義要求，反對漢字改採拼音的人士便以此爲堅強理由。主張拼音者則亦有說。他們認爲：如果這不能辨義在於語言，則是此語言先已不足貴，必須設法改善，文字只是代表語言的符號，沒有理由責令文字負擔彌補語言缺陷的責任；不然文字只須循音而作，根本沒有混淆的可能。

這種論調自是言之成理的。可是口語終究是口語，並不能強文章與口語完全一致。胡適先生曾經提倡「國語的文學，文學的國語」，我想任何人都不會反對文學接近國語，更不會反對國語的昇華，但孔子所說的「言之無文，行而不遠」，恐怕更是顚撲不破的至理名言。文章固然不能與語言脫節，總也該是經過提鍊的口語，而非原原本本未經修飾的口語實錄。因此如果使用的是漢字，儘管口語使用複詞以辨義，卻不礙文章儘量陶鑄精簡，使語言得以盡其實用，而文章可以行之無窮。如韓愈送窮文「蠅營狗苟」的句子，不僅不會因爲兩兩同音感到不知所云，還可以從中領略到音韻的美妙和情趣；換成拼音文字，便不知道將出現什麼樣的結果。

三、爲保持漢語構詞的靈活，漢字不可改採拼音　單音節的漢語，有無盡的構詞能力。單詞不足以別，改用複詞即可。飛機、輪船、機關槍、原子彈誕生了，也只需結合二三語位成詞，都不需增加新字，簡單方便之至。然而這必須有漢字的配合，方能盡其妙用，不然複詞也儘有同音的可能。如「ㄑㄩㄢˊ ㄌㄧˋ」一詞，可以是權利，也可以是權力，甚至是全力或拳力；即使出現在完整的句子裡，如「我有ㄑㄩㄢˊ ㄌㄧˋ要你去做」，究竟是權利或權力，仍不免產生混淆。七十九年七月廿四日的聯合報，出現如下的小標題：「不管覆議或復議，都會全力反對。」如果使用的不是「有形的」漢字，必將不明所以；從基本上講，「覆議」與「復議」兩個讀音相同，（案覆復二字原有聲母清濁之殊，今則同音。）而意義絕異的

詞，其一便非改造不可。拼音文字本有以不同形式區分同音字的辦法，如英文的rite、write和right。對於漢語同音詞至少是同音複詞的困擾，似乎只需摹仿此法，問題便可迎刃而解。可是更嚴重的問題也便隨之而起。因爲相同的讀音而有不同的文字形式，便是破壞了拼音文字讀音統一的優點；另需一套音標來指示讀法，便是重蹈了漢字不能正確讀音的覆轍。更何況已有的同音複詞也許可以完全賦予不同的面目，新的同音複詞隨時可能產生，文人筆下的創新尤不可免，既不能爲文字上的可能淆混而限制新詞出現，自然也沒有理由要求新詞的增加必須避免語音的淆亂。文字本是語言的工具，終不能使語言淪爲文字的奴隸。

四、爲避免增加記憶負荷及減低閱讀效率，漢字不可改採拼

音　單音節漢語同音詞多，依據「國音標準彙編」一書舉例，同一「ㄐㄧ」音者超過四十，同一「ㄧˋ」音者近百，即使各刪去其不習用之字，數量仍然可觀。如果採取凡同音異形的原則，則是根本不成其爲拼音文字，不僅拼音文字讀音統一的好處全沒有，由於增添的別形成分全然是無可理喻的，非強記不能正讀，轉不如漢字具辨義作用之爲便。如果是採取複詞辨義法，以維持拼音文字同音同形的原則，也有兩大缺點：

其一是把原先不增新字的單音節漢語構詞，轉變爲多音節的新字，平添了記憶負荷。譬如原先只需認識評、議、論三個單音節漢字，便可以識得評議、評論、議論三個複音節詞；假定再多認識一個講字，便又識得講評、講議、講論等詞。甚至如果有人

願意把評議、評論和議論說成議評、論評、論議，讀者仍可心知其意。可是換了拼音文字，這些單音節字和複音節詞都變成一個個孤立的字，彼此不發生連繫作用，每一個都需要費心去記，少記一個，便是少識一個。在使用漢字的時候，複詞的增加，只是單純的語言現象，對於文字沒有絲毫影響。如果是改成拼音文字，複音節詞的增加，便是多音節字的增加，爲了熟記這些新增的多音節字，所付出的心力，也許不是每一個人都能負擔的。

另一是滿紙隨處可見的同形單詞和詞素，使得漢文只能口誦，不復能目看，減低了閱讀的效率。原先因爲漢字呈現在大小相等的方塊裡是不同形的圖案，不需字字讀音，觸眼便可以直接反應出若干字的意義。因此平日讀書閱報，如不求細讀，雖未必人

人可以十行俱下，一眼可以明白相當數量文字的大意，卻不是困難的事。於今因爲太多形體相同的單詞和詞素，其義則不定相同，非字字讀過不能解悟，影響於閱讀的效率，將是無法計算的。

此外，複詞辨義法也不是萬能法寶，如相同的地名和人名等，便不是此法所能爲力的，以其不屬語文學的專門問題，這裡不細加說明。

總結以上所說，第一點是無關現實的純學術問題，也許不必在意，其他幾點則所關至鉅，俱見漢字不可替以拼音。所以就此點提出討論，是希望加深讀者對於漢字的認識，同時希望大家珍惜這份祖先留下的文化遺產，去維護它，去瞭解它。

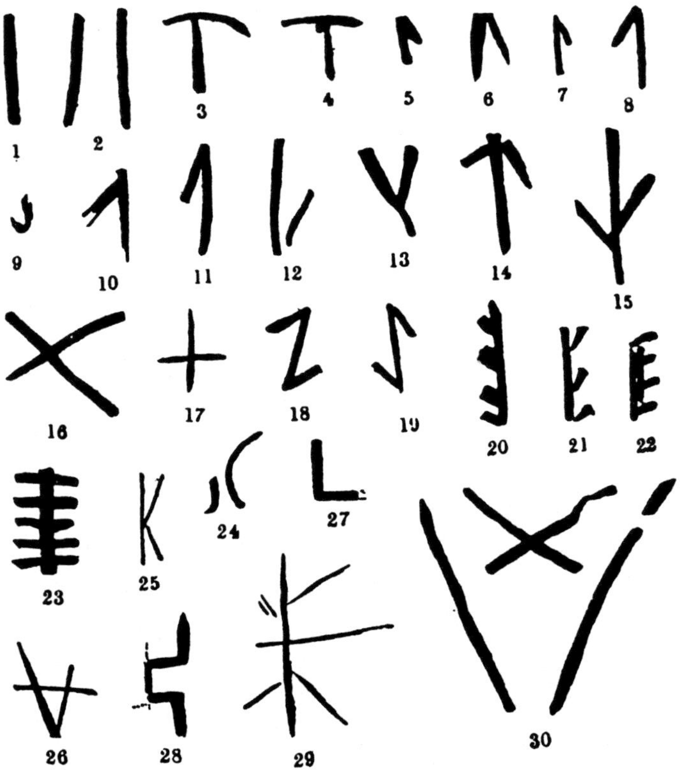

甲 （西安半坡）

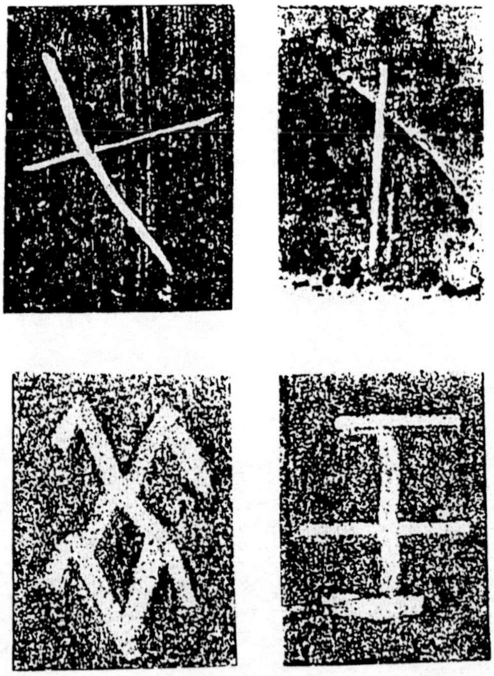

乙 （臨潼姜寨）

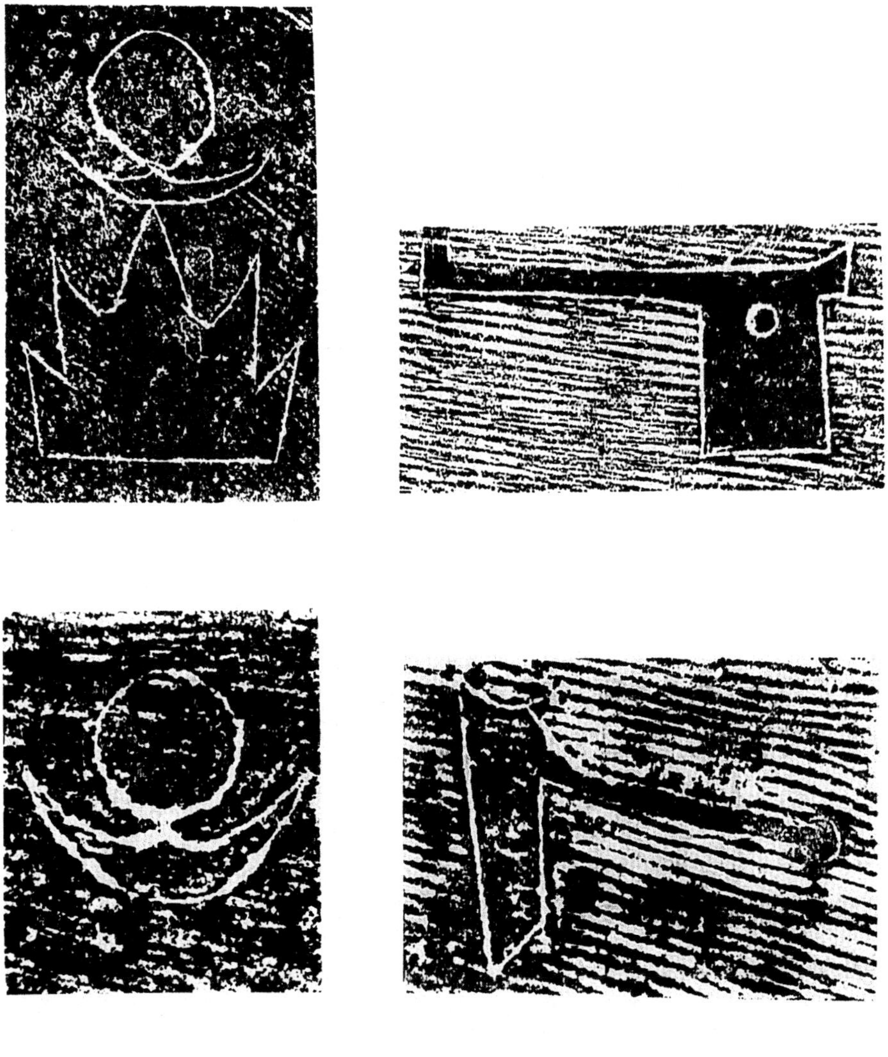

丙　（莒縣陵陽河）

丁 （諸城前寨）

埃及文

甲骨文

犬馬牛羊彖象豕鼠

戊

埃及文

甲骨文

天雨星光明子申電風

己

第二章　中國文字的構造法則

第一節　周禮六書的實質

我國文字相傳有六種製字法則，一般稱此六種法則爲六書，以爲文字的「六本」。

周禮地官保氏之職有六書之名，其文云：

保氏掌諫王惡，養國子以道，乃教之六藝：一曰五禮，二曰六樂，三曰五射，四曰五馭，五曰六書，六曰九數。

班固漢書藝文志、鄭衆周官解詁見周禮鄭注引及許愼說文解字序，並以

爲六種製字法則。班固云：「周官保氏掌養國子，教之六書，謂象形、象事、象意、象聲、轉注、假借，造字之本也。」鄭衆云：「六書，象形、會意、轉注、處事、假借、諧聲也。」許愼云：「保氏教國子，先以六書：一曰指事，二曰象形，三曰形聲，四曰會意，五曰轉注，六曰假借。」周禮一書相傳爲周公所作，則是六種製字法則之說，至少周初即已形成。

說我國文字之製作有六種法則爲一事，周禮六書是否爲六種製字法則，可以又是一事。因爲周禮只有六書二字，無更進一步具體說明。儘管漢儒異口同聲說之如此，也僅管兩千年來曾無異議，未必便無可疑。

張政烺著六書古義，見中央研究院歷史語言研究所集刊第十本首先反對周禮六書爲

六本之說，而主張六書爲六甲。張說主要出發點是崔寔的四民月令。四民月令云：

> 正月……研凍釋，命幼童，本注：謂九歲以上，十四歲以下也。入小學，學書篇章。本注：謂六甲九九急就三倉之屬。

其中九九與六甲聯屬，以爲九九既是周官九數，六書便當是六甲。故張氏云：

> 六甲，書學也；九九，數學也。然則保氏教國子之六書九數，其即小學之六甲九九，亦從可知矣。

由此以往，又有若干點申述。大致可以歸納如下：

一、象形、象事、象意、象聲、轉注、假借六名，絕不見於新莽以前之書，而爲劉歆一家之言。

案此其意謂，六本之說既爲劉歆所始創，明周禮六書不得爲六本。

二、周官六書即小學之六甲。小學習六甲，其制可上溯殷代，歷漢迄唐，猶未衰歇。

案此意謂我國傳統小學習六甲，不應周代獨無此制，故周官六書當爲六甲。

三、六甲爲小學書法之一端。然書學雖夥，實以六甲爲首，故即謂書學爲六甲，又或謂之六書。

案此釋六書何以即是六甲。

此說曾得到少數學者的首肯。如周法高先生「古文字的構造與六書」一文，即嘗以「確切」二字譽之。但抽繹其文，僅能闡

明周室小學有六甲之課，或充其量又可以否定周禮六書爲六本；至於說六書便是六甲，此則終無以確立。首先，據張文所引漢書食貨志敍述周室先王學制云：「八歲入小學，學六甲五方書計之事。」王粲儒吏論同。書計二字與周禮的書數相當。六甲既然與書並稱，六書之不得爲六甲，便已彰彰若揭。這一點，張氏曾經有過解釋，他說：

> 書計與六甲並出，驟見似覺與六甲九九即六書九數之說相牴牾。然循繹學習次第，則教之數日在出就外傳之前，蓋未及小學，已習口誦，及就外傳，遵習先日所爲，乃學習其書法也。

就食貨志原文看來，卻無從見出有據學習次第言之的意思。其次

，張氏申論上述第三點六書何以即是六甲說：「六旬爲六篇，以甲爲首，分別學習。自其體言之，則曰六甲，猶倉頡等三書合曰三倉。自其用言之，則曰六書，猶史篇亦曰史書。漢人小學以書法爲主，六甲遂有六書之名。」又說：「夫書學夥矣，而實以六甲爲首；數學夥矣，而實以九九爲首，故書數亦曰六書九數。非謂其學止乎此，所以昭其始也。」然而六甲不過爲書學的一端，未必即爲其首；即令爲其首，亦未必便能獨專書學之稱。倉頡三篇合稱三倉，僅指倉頡三篇而言，不更兼攝其他篇籍。六旬爲六篇稱六甲，此自不成問題；如果說又包括其他書學，便與三倉的稱謂不同，不能強爲比附。漢人史書的稱謂，解者或以爲大篆，或以爲隸書。即使爲大篆，史書二字當以「史官所書」爲其原意

，並非史籀篇別名，對於六甲又稱六書的說明，仍然沒有助益。而最無以回護其說的是，據鄭玄解九數云：「九數，方田、粟米、差分、少廣、商功、均輸、方程、贏不足、旁要。」爲數學的九法；注五禮等名目云：「五禮，吉、凶、賓、軍、嘉也。六樂，雲門、大咸、大韶、大夏、大濩、大武也。鄭司農云：五射，白矢、參連、剡注、襄尺、井儀也。五馭，鳴和鸞、逐水曲、過君表、舞交衢、逐禽左也。」亦分明說禮、樂、射、馭四者，若細爲之區分，有此不同類別。容許鄭氏所釋名目有不盡屬實之處，五禮必是五種禮，六樂必是六種樂，五射、五馭是五種射、馭法，九數是九種數，必不容致疑。六書之名既與五禮、六樂等平列，亦當云書的類別有六，而不得爲六甲，只是書學的一端，其

事至爲顯著。又何況周禮大司徒舉六藝之名，不細言其類別，但稱「禮、樂、射、御、書、數」，而不稱「禮、樂、射、御、甲、數」，六甲之不得等於六書，便更加清楚明白。結合以上所列各點看來，張說實深不足取。

張說之不足信，固已如上述。傳統以周禮六書爲製字六本，亦不無可疑。張文曾說：「夫古今人智能相去，宜不甚遠，今之學僮猶古之學僮也。何古之小學所肄習者，今則絕不可施；甚且白首矻矻，終身未能通其義？」案小學教育以識字爲主，如象形、指事、會意、形聲之字，未嘗不可選擇易解易曉者以語學童，助其了解，強其記憶。故張氏以小學講六書爲絕不可施，似嫌過分強調。但小學既不講經義，便無從接觸到「假借」，如果說古

人用「說文通訓定聲」一類字書爲教本，面對才逾十齡或不足十齡的學童說：某字在某處假借爲某字而有某義，或某字在某處作爲無本字假借而有某義，這種教育方式，恐難以想像。又古人以語言孳生及文字假借而產生的專字爲「轉注」，詳說後又將於何種環境，以何種方式講解？是故漢儒周禮六書爲六本之說，終覺不能釋然於心。我的意思，周禮六書當爲六種書體，述之如下。

小學教育既以識字爲主，不能無習字之課。六藝中有「書」一項，書字意義一般爲文字，爲書寫，謂其事與此有關，理應無可疑。說文解字序云：「漢興，尉律學僮十七已上始試，諷籀書九千字，乃得爲史；又以八體試之，郡移太史幷課，最者以爲尚書史。書或不正，輒舉劾之。」據此以推，漢代小學必當有八體

之課，八體正是八種不同書體。因爲各種書體用途不同，爲史者必須兼具各種寫讀能力，所以小學中必須學習，畢業時還須測驗。王莽時以六體代替八體，六體的另一名稱便是「六書」。可見以周禮六書爲六種書體，不僅名義上有憑有據，其事亦正與漢制小學課學童以八體或六體先後相應。賸下來所要討論的便只是，周初是否有六種書體，其細目內容又如何，如此而已。

這個問題自然無從作肯定的答覆，亦大抵可以由秦八體及新莽六書推論。秦八體爲大篆、小篆、刻符、蟲書、摹印、署書、殳書、隸書。小篆爲秦時官定標準字，大篆爲小篆的前身，其他隸書、刻符、殳書爲苟趨省易的簡率體，蟲書、摹印爲文飾華麗或體勢姸巧的美術字，五者又可以概括之爲實用變體。新莽六書

爲古文、奇字、篆書、左書、繆篆、鳥蟲書。其中左書即秦隸書，相當於八體中的小篆地位，爲當時通行的標準字，所以在八體中殿末，於六書則僅次於篆書。篆書應包括八體的大篆與小篆，其地位相當於秦的大篆，爲隸書前身文字。古文、奇字爲最神聖尊貴的古體，（參見第四章）其他繆篆即摹印，鳥蟲書即蟲書。可見無論秦或漢，都大致有三類文字，一爲當時通行的標準體，一爲上世的古體，一爲適應各種不同需要的實用變體；而漢書藝文志敍述新莽六體云：

> 六體者，皆所以通知古今文字、摹印章、書幡信也。

不僅說明了新莽六書的分別用途，同時無異說明了何以秦書有八而莽書有六的道理。原來爲史者除必須認識當代通行的標準文字

之外，還要能摹印章、書幡信。古文字也許沒有固定使用場所；不識古文字，不能算「通知古今文字」，故亦存而不廢，而規定小學必須學習，以備不時之需。

從兩周金文觀察，其時不類有統一的標準文字。但凡字總該有個較爲一般性的寫法，小學課本中的範字，尤其不得不然。宣王時太史籀作字書，所採用的字體當屬此類。史籀篇文字未必可以代表周初；時代相去不遠，字體相差宜不甚大。於此有一點便可以肯定，周禮的六書，其一即是當時的通行體，與史籀篇文字相仿佛，而相當於秦的小篆及新莽時的左書，姑且稱之爲「正篆」。文字非始創於周代，周初文字亦必有其演變所自的前身。以甲骨文與兩周金文相較，部分便有顯著不同。如斤吉二字周禮中又當

有一較古字體，猶之乎秦的大篆或新莽時的篆書及古文奇字，姑且稱之爲「雅篆」。其餘實用變體文字，與刻符、摹印類似的不應無有；鳥蟲書，據先師董彥堂先生云，自商代即已有之，容庚「鳥書考」及「鳥書考補正」，也有相同說法，周初不應獨無。於是，可以推知的便大抵四至五種。則以周禮六書爲六種書體，應爲最合理的解釋。然而其數不多不少，正與新莽時的書體數相合，周禮一書又與劉歆有密切關係，更由於聯想到下述一事，其數是否原即爲六，亦便不能不啓人疑竇。

前引說文序所述漢律，漢書藝文志也有此一記載，而略有不同。漢志云：

漢興，蕭何草律，亦著其法曰：太史試學童，能諷書九千

> 字以上，乃得爲史。又以六體試之，課最者，以爲尙書、御史史書令史。吏民上書，字或不正輒舉劾。六體者，古文、奇字、篆書、隸書、繆篆、蟲書，皆所以通知古今文字，摹印章，書幡信也。

漢志較許序爲詳，而最值得注意的是，許序所說八體，漢志作六體，並列舉其名稱爲古文、奇字、篆書、隸書、繆篆、蟲書。據說文序，八體爲秦書。漢雖代秦有天下，制度則大抵沿襲秦之規模。課學童以八體，正從秦制。至於班志所說的六體，則說文序云：

> 及亡新居攝，使大司徒甄豐等校文書之部，自以爲應制作，頗改定古文，時有六書。一曰古文，孔子壁中書也。二

曰奇字，即古文而異者也。三曰篆書，即小篆，秦始皇帝使下杜人程邈所作也。四曰左書，即秦隸書。五曰繆篆，所以摹印也。六曰鳥蟲書，所以書幡信也。

原來竟是新莽時名目，非漢初所有。說文序又云：

壁中書者，魯恭王壞孔子宅，而得禮、記、尙書、春秋、論語、孝經。

據史記五宗世家，魯恭王餘以孝景前三年王魯，歷二十六年，卒於武帝元朔元年，其壞孔子宅一事，距蕭何之卒於惠帝二年，少亦四十年。魯恭王得孔子壁中書之前，本無所謂古文奇字，說文序有古文中絕於秦之語可證。蕭何於漢初草律，豈能預知其事，而定古文奇字以試學童？則是有關漢尉律的記載，當以說文序爲

然，班志與實際不合。此一疑案，前人也曾見到，或未加深究，如段玉裁；或則輕描淡寫說班志六爲八之誤，如李賡芸、王先謙。因爲這件事對周禮六書的認識關係重大，還需詳加討論。

王先謙漢書補注云：

> 李賡芸曰：說文序云……又以八體試之，此六乃八之誤。據說文序言，王莽時甄豐改定古文，有六體。蕭何時只有八體，無六體也。先謙曰：六當爲八，李說是也。上文明言八體，是班氏非不知有八體也。且此數語與說文序脗合，不應事實歧異。淺人見下六體字妄改耳。

所謂班志非不知有八體，王氏根據的是小學十家之目有「八體六技」。可是小學十家之目與此文並無上下相蒙的關係，儘管班氏

知有八體，無以證明此必不言六體。至謂淺人見下文六體字妄改八爲六，此則尤其沒有可能。因爲下文「六體者，古文、奇字……」云云，正是上承此文「六體」二字；沒有此文的「六體」，便無從有下文的「六體者」。下文的「六體者」，只可以證明此文不誤，不能作爲此文六爲八誤的根據。除非有人不惜迂迴，說下文原作「八體者，大篆、小篆、刻符、蟲書、摹印、署書、殳書、隸書」，淺人因此文八誤爲六，而改如今本；或者說下文原無「六體者」的話，今本乃「淺人」據此六體之誤字而妄增，然後可以維持一說。不能起班固而頷首，這樣的改動，誰會相信！

另一方面，班氏自述其藝文志之來歷云：

> 會向卒，哀帝復使向子侍中奉車都尉歆卒父業。歆於是總

群書而奏七略……今刪其要，以備篇籍。

顏師古注「今刪其要」爲「刪去浮冗，取其指要也。」是班志即劉略的精簡本。對於劉略而言，班志只有刪削的部分，沒有增改的部分。則所謂漢律試學童以六體，原爲劉歆所言，班氏不過據文直錄而已。我們自不必如鄭樵，說班固「全無學術，專事剽竊」；「謄文公」不易發現原文之不實，也屬事理之常。況班氏既深服膺劉氏學術，心理上先已全無警覺，更何能望其發現劉說的錯誤？就劉氏而言，這種說法則是最具用心，有其積極意義的。劉氏爲挾古文以自重的大師，而當時經生並不信古文，誣爲「嚮壁虛造」的「不可知之書」，對劉氏自是無比的威脅，而不能不亟謀對策。就在此時，漢初所沿用的秦八體被廢除，代之而起的

是六書。六書之中，古文居首，數量極少而又譎詭不經的奇字，竟亦獨立且位居第二，如此極力抬高壁中書地位，自然便是身爲國師劉氏的傑作。其目的，無非要使天下士子因逐利祿而崇尚古文。這是明的一面。暗的一面，便是於七略改尉律的八體爲六體。此則不獨要使當世學童習古文，更希望培養後世學者對古文的錯誤觀念：秦雖燔滅經籍，古文則存於漢初，未嘗中絕。如此自不再對古文經發生懷疑，這便是劉氏的居心。讀者千萬不可低估這種僥倖心理，以爲漢律爲當時人所熟知，劉歆那得用此低劣手法，期掩天下耳目。就事論事，若非說文傳下一線眞實記載，誰能發現漢志六爲八之誤？又何況有大史學家之稱的班固，不正是在劉氏身後不久，就已經受其蒙蔽？

不過，對於劉歆改七略八體爲六體之意，必須作一補充說明。漢代改小學八體爲六體，爲王莽居攝時事。劉歆奏七略，則當哀帝時。七略中所引尉律，其始自爲八體。蓋劉氏奏七略於上，而錄副其家，迨至王莽用其意，改小學之課八體爲六體，於是改其私藏副本八體爲六體，並更八體名目爲六體名目。班氏所據七略爲劉氏副本，故與尉律所定，實際並不相符。

現在再討論周禮六書。首先要指出周禮一書與劉歆的關係。此書爲劉氏典校中秘時所發現。前此，據說武帝嘗一寓目，外間則絕無流傳，世人並不知此書。所以劉歆與周禮的關係可以說是：沒有劉歆，並非沒有周禮；但是沒有劉歆的表彰，後人能否得見周禮，或於何時得見周禮，恐都爲未知之數。又因此書所記制

度不盡與周代相合，後人對周禮一書便持如下兩種看法。有人以爲係劉歆僞造，打著「周公致太平之書」的旗號，只是爲助王莽篡奪天下。見康有爲新學僞經考 也有人以爲書是原有的，卻經過劉氏的點竄。見錢玄同重論今古文學問題 據最客觀的評斷，周禮多他書不見的古字，有的合於說文的籀文或古文；有的竟至說文亦不見，而合於後世出土的甲骨文或鐘鼎款識。合於說文籀文的，可以解釋爲劉歆取之史篇以飾僞。合於說文古文的，也可以說說文即本之周禮。既有不見於說文，而與後世出土的甲骨文或鐘鼎款識相合的，便不得不說周禮並非劉歆僞造。參顧實重考古今僞書考 但僞造之疑雖解，竄亂之嫌仍不得而辭。如當世通行的尉律，劉氏尚且敢於改易，於此微絕已久的上代官職，利之所在，何即不能施其偷天換日的手法？周

禮說保氏教國子以六書，七略說尉律課學童以六體，事情既如此吻合，自不能不令人生疑，以爲周禮「六」字出於劉歆改作，原爲何字不可知。其動機自與改尉律相同，希望後世將周禮六書與其手訂古文奇字居首的六書糾纏繳繞，以加深古文經的信念。卻沒有想到自班固以下，鄭衆、許愼相繼取其所傳另一六本之說解釋周禮，這一個願望終不得實現。

總而言之，周禮六藝之一的六書，應爲書體之稱。（更參第四章第一段）既不應爲六本，尤不得爲六甲；其數是否原即爲「六」，因與新莽時書體數相合，在劉歆擅改漢律及周禮的嫌疑洗脫之前，暫時應該抱持懷疑的態度。

近年得觀高亨「文字形義學概論」一書，其中說：「六書之

總名，始見周禮。六書之分目，則起自漢儒。周禮之六書，吾人可定其必屬於文字；其分目是否如漢儒所稱，尙屬疑問。周禮六書或即六種字體，如秦書八體、新莽六書者；或即六種字書，如秦之三種字書者，均未可知。」前一說與本書意見相合，後一說亦較六本、六甲之說爲勝；但均未深入討論。附列於此，以供讀者參考。

第二節　六書說的由來

班固、鄭衆、許愼三家以周禮保氏六書爲六種製字法則，其說之不足信，已於前文詳細論列。三家所舉六書名目，依個人的了解，確乎可以範圍我國文字的製作。後世學者有人將六書各分

爲若干類，即使恰當且具意義，脫離不了六書的範疇。有人標新立異，倡三書之說，卻與我國文字的實際狀況，相差太遠。

班固漢書藝文志，便是劉歆七略的精簡本。鄭衆之父鄭興，於天鳳年間從劉歆講正左氏春秋大義，歆美其才，使撰條例章句訓詁，並校三統歷。鄭衆從其父受左氏春秋，明三統歷。許愼「博問通人，考之於逵，作說文解字。」賈逵之父賈徽，曾經從劉歆受左氏春秋，兼習國語、周官，逵則悉傳父業。以上並據後漢書各本傳由此可見，班、鄭、許三人學術並源於劉歆，正是漢代學者所重視的師承關係。而荀悅漢紀卷二十五孝成皇帝紀二節錄七略之文云：「凡書有六本，謂象形、象事、象意、象聲、轉注、假借也。」更淸楚說明了製字六書的說法，三家都從劉歆而來。至於劉歆

何從而有此說，無以推考。康有爲新學僞經考「漢志辨僞」以爲即劉氏所創。書缺有間，因其來源不明，便說爲劉氏始倡，不如說由劉氏所傳。何況班、鄭、許三人所言六書名目不盡相同，創說的劉歆固然不可能造成此現象；依漢人守師承的習慣看來，鄭許兩人也沒有擅改師說的道理，似乎劉氏於七略之外，又曾傳授過兩人所用的名稱。更何況從許慎不能完全正確說明六書的原意（詳本章第三、第四、第五各節）推測，劉氏傳授六書名目之時，是否曾有過確切的解釋，及其本人對六書說是否徹底了解，似都不能令人無疑。然則說劉氏爲六書的原創者，更覺於理不合。李斯等曾經有改易字形以配合字說的舉措，秦以前也有零星的類似情形，（參第四章）「止戈爲武」、「反正爲乏」的字說，更見之於先秦古籍；但其時有

無系統的六書說，仍然是個無法回答的問題。

不論劉歆有無師承，六書說必是後人就已有文字分析歸納所得的理論，並非有人先立此法，然後循之製字。語言與文字都因需要而自然形成，描述現象的各種名稱，都是後人所作的解釋。如我國語言用四聲別義，自是「振古如茲」，六朝以前則不見平上去入之名，如果沒有梵文的影響，便不知遲至何時始能體察出這一現象的存在，而爲之被以名稱。又如任何語言必有語法，國人系統的語法觀念，更是近世紀的事，前此固罕見有語法名稱的出現。文字情形亦復如此。先民繪日月的形象以表日月，未必即稱之爲象形；以長短二橫之重疊方式表示上下，或取人倚樹木之形表示休息，及結合止戈二字表示武勇，未必即稱之爲指事案此用說

文以來的說解、會意；甚至倉卒間假借一字代表另一同音語言，亦未必即稱之爲假借。文字已經形成，卻不必意識到便是方法的誕生。班、鄭、許三人所舉名稱不盡相同，而似各有取義，也顯示名稱的制定，都出後人所爲。

第三節　六書說舊解述評

六書名稱，最早雖見於劉歆七略，六書的說解，則始見於許愼說文解字序。後人對於六書的了解，大抵本之於此，但意見不盡相同，有的甚至連說文亦不取，而自創新意。其中轉注一說，更是言人人殊，使人迷惘。要將六書名義作一番介紹，不是一件容易的事。尤其值得注意的是：第一，六書說本是後人就已有文

字所作的分類，分類本身是否健全，沒有經過檢討，未必即能從而肯定；第二，從六書名稱的出現到說文中的說解，相距至少一百年，其間班固提到六書沒有解說，鄭衆爲周官作解詁，也只列舉名稱，甚至其後鄭玄爲周禮作注，竟亦對說文所言隻字不提。前二者，顯示此說尙未產生。後者表示此說不具歷史性，不過爲許氏一家之言，必且未獲普遍接受；鄭氏經學上見解，往往與許氏不同，（許氏作五經異義，鄭氏有駁五經異義。）故於此無取。以此言之，許愼的解說能否與六書說原意相合，也便不無可疑。因此，介紹六書舊說，値不值得從紛歧複雜的異說中，剝繭抽絲求其可以信採者，不免令人躊躇不前。然而講中國文字的構造法則，而置六書於不談，人將目爲怪異。所以本書在介紹六書舊說時採取的原則是，只就

其大抵爲學者同意的部分作必要的敍述，不枝蔓，不務博；於其不可認同之處，則簡明指陳，不爲賢者諱，亦不妄爲折中，務使學者於許君以來的舊日解說，明其是非究竟。此外，將於下節提出新的文字分類觀，然後再取舊說相衡，希望對此一大公案之眞相及其優劣，能獲致徹底的認識。

說文序對六書的詮釋，一律用兩句四言韻語，並附兩個字例。爲敍述方便起見，依象形、指事、會意、形聲、假借、轉注的順序，述之如下：

一、「象形者，畫成其物，隨體詰詘，日月是也。」這是說象形文字就是畫圖畫，依實物外貌，宛轉繪其形象，這種文字便是「象形」。日字原作⊙，月字原作☽，正是日月的樣子，故舉

以爲例。

照這個說法，象形字必備二條件：其語言所代表的須是具體之物，且又須是通過以描繪其外貌爲手段者，方爲象形。尤其要注意的是，此種文字雖係直接由繪畫蛻變而來，卻已從圖畫過渡爲文字，其描寫的對象，並非存在於客觀世界的實物，而爲存在於人心，超脫一切具象的主觀抽象概念。是故如接近圖畫的字爲象形，與圖畫相遠的字亦謂之象形。如其嚴格言之，不僅字當謂之「象意」，即上述象字亦未嘗不可以「象意」名之。所以不即謂之「象意」者，因別有語言所表不屬有形之物的象意字在，不可以無別，故一者謂之象意，一者謂之象形。案後者自可以「意形」一名與前者區別，但自來無此稱。學者如唐蘭竟以一二三□方○圓爲象形字，即

坐不明此理之失。

二、「指事者，視而可識，察而見意，丄丅是也。」丄丅即上下二字，以長短二橫的不同重疊方式表示上下關係，一看便知道，所以說「視而可識，察而見意」。識謂識其字，或謂識其意；識其意，亦即識其字。兩句話的意思蓋初無二致，不過爲足句而已；即或有所不同，亦不過辨識上難易程度之差，「察」是仔細的「視」。對於做爲「指事」的界說而言，這種不同是不具意義的。說一種字看看或想想便認識的是「指事」，根本不是從文字如何製作的角度界定其義。包括象形、會意、形聲在內，那一個字不是認識便認識，不認識便不認識，教人如何加以區別呢？所以其「視而可識」一語，便顯然可以用之解釋「象形」。連同

下句的「察而見意」看，因爲說的是「見意」，而非「見形」，也許可以瞭然於「指事」、「象形」的不同；若移此二語以詮釋「會意」，卻再看不出其間的分別所在。曾經有人說，許君把指事與會意說反了，這話雖然可怪，亦不爲無因。也有人主張，乾脆把「指事」的名稱廢了，一切「指事」都是會意。恐正是因爲許君起始便未掌握「指事」的原意，後人又無法擺脫其思想理路，終於出現如上的理解和主張。且先看許君對「會意」的解釋。

三、「會意者，比類合誼，以見指撝，武信是也。」比的意思是比附。類本言相關事物，此指相關文字。誼與義同，指撝同指麾。原文譯成現在的話是：「比附相關的文字，會合其義，以見命意所在。」拿武信二字來說，古人要造「武」字，想到戰爭

，戰爭是一種軍事行動，而必定要使用兵器，於是將止和戈兩個被認爲相關的字結合起來表示，而形成「武」字。止本作，象左足形。戈本作，是戈的形象。一者表行動，一者表兵器。同理，古人要造「信」字，想到人言必須有信，於是結合人言二字，便成了「信」字。這便是「會意」。解釋本身沒有絲毫破綻，論其與指事的界限，則不知阡陌所在。

一般學者主張用獨體、合體來分別二書。所謂獨體，是不能再拆的字，也就是拆後不成獨立之字的；合體是可以再拆的，拆後是一個個獨立的文字。「𠄞」「𠄟」二字不是由兩個「一」字構成，長短兩橫都是不成文字的線條，所以說不能再拆，拆後皆不成獨立之字；而武信二字拆後是一止一戈，或一人一言，皆各

自成字。這便是指事會意二書的分野。從許君把字形簡單並且具形象意味的「二 二」，認作「視而可識，察而見意」的「指事」，以及把形體較複雜拼合二字純取其意的「武信」，說爲「比類合誼，以見指撝」的「會意」看來，這樣的分別，顯然便是許君的原意。然而我國文字不皆是獨體或合體的，尙有既非完全獨體又非完全合體的一類，如等字，並非絕不可再拆。雖然也有學者爲此提出補充意見，如王筠文字蒙求所說：「有形者物也，無形者事也。物有形，故可象。事無形，聖人創意以指之。夫既創意，不幾近於會意乎？然會意者，會合數字以成一字之意也。指事，或兩體或三體皆不成字，即有成字者，而仍有不成字者介乎其間以爲之主，斯爲指事也。」廣爲學者

所接受。但如閉葬之字，前者橫爲閉門之門，後者橫爲荐尸之具，倘使其先僅書作「閉」和「葬」，非不可以成字，便已經是「會意」了，施橫不過爲使其意更易體會，卻因其拆後之「一」不成字，於是非歸屬於「指事」不可，試問這種區分有何意義？豈得爲「指事」、「會意」分立的原意？何況以獨體合體作爲分別標準，加上如王筠所作的補充，都是於文字形式立論，無與於造字的實質。由實質言，如許君所說，兩者都是表意的。指事、會意既與象形、形聲、假借、轉注等平列於六書之中，必其實質有所不同。不然，謂其別在獨體合體，則象形與指事同爲獨體不宜分，形聲與會意同爲合體不可別，轉注與假借亦不能離乎獨體合體之外，所謂六書，不過二類；指事、象形或會意、形聲等只

是在獨體或合體之下的對立名號，與獨體合體屬於兩個不同的層次，六書便成了統合實質與形式兩個觀點所作的分類。如此說來，獨體合體的不同，不應爲指事、會意二者分立的原意，便粲然可睹了。

明人楊慎分六書爲四經二緯，清人戴震分六書爲四體二用，都以爲六書中實際造字的只有象形、指事、會意、形聲四書，一切文字之製作，不出四者之外。班固稱四者爲象形、象事、象意、象聲，是否四者原係依語言所表對象的不同性質分類；象其「形」的爲象形，象其「事」的爲指事，象其「意」的爲會意，象其「聲」的爲形聲，所以平列爲四？然而有形之物，其字不必即用「象形」；表意表事的語言，亦不必造爲「會意」「指事」之

字，而俱可用「形聲」。是故通常所見「形聲」之字，其語言不離乎「形」、「事」、「意」三者之外。狀聲的語言並非無有，其字則通常只用「假借」，也有用「會意」創造的，如彭字雚字；雖亦間有專造如鏜、鼘之類的「形聲」字，要不得謂形聲字代表的爲狀聲語言。然則象形、象事、象意、象聲四者，不得如此爲類，顯而易見。更何況六書本言文字之製作，今不於文字製作論六書，而謂象形、指事、會意、形聲四者係依語言性質分類，基本上便是一種奇特的想法。因此，希望從「事」與「意」的不同，區別指事、會意二書，理亦窒礙難行。所以舊日的六書說解，在這裡留下了嚴重的缺點。

四、「形聲者，以事爲名，取譬相成，江河是也。」名的意

思是文字，儀禮聘禮說「百名以上書於策，不及百名書於方」，用義與此同。爲名即是造字，不言造字而言爲名，爲的是與下句協韻。譬謂讀音的「譬況」。原文譯成現在的話便是：依事物的類別造字，又取讀音相似的字助其完成。江、河與水爲同類，故取水字以造此二字；兩者分別與工、可讀音相近，更配以工或可爲聲，而二字以成。是故此類文字，通常皆結合二體，一以表其義類，一以示其讀音，簡而言之，合義符與聲符爲字，即是「形聲」。「聲」字自是指聲符而言。至於「形」字，段玉裁說：「形聲即象聲也，得其聲之近似，故曰象聲，曰形聲。」以形爲動詞。但說文序云：「倉頡之初作書，蓋依類象形故謂之文，其後形聲相益即謂之字。」段氏則注云：「形聲相益，謂形聲會意二

者也。聲與形相軵爲形聲，形與形相軵爲會意。」無異揭示了許君以「聲與形相軵」爲「形聲」的原意，是故界說中以「以事爲名」言「形」，以「取譬相成」言「聲」。可見段氏形聲即象聲之說不合許意。唯此名不稱「意聲」而稱「形聲」，「形」字似終不可曉，歷來並無解說。

五、「假借者，本無其字，依聲託事，令長是也。」這個說解，非常清楚，凡不曾爲某一語言製造專字，只就已有文字擇其音同音近者兼代使用，便是假借。依令長二字而言，據說文，令字本義爲號令，長字本音如「腸」，義爲長久，說文云：長，久遠也。縣「令」和「長」上段注云：「許舉令長二字者，以今通古，謂如今漢之縣令縣長字即是也。」此以「長上」含縣長。沒有專字，而令長二字分別與此「令」「長」音同音近，於是借用

來書作縣令和長上，所以許愼舉以爲例。

然而，這樣的字例與說解是相互矛盾的。依界說，假借只是基於音的關係而借用，除音近爲其唯一條件外，不應更具意義上的關係。同時兼具音義關係的，便是同一語言，不過義有引申變化而已。以其字表其語言引申變化意義，應該說是「本有其字」，而非「依聲託事」。以令長二字而言，儘管令的本義只是號令，長的本義只是長久；縣令爲一縣的發號施令者，長上通常亦年歲較大，換句話說，縣令的令和號令，長上的長和長久，都是語言上的關係，因此縣令和長上的寫法，應爲天經地義，理所當然。正如日、月之字，語言中的「日」與「月」，其始自僅指稱太陽與月亮。但十二時辰謂之一日，三十日謂之一月，即由太陽月

亮之義孳生。先民用象形法將語言中指稱太陽月亮的「日」「月」書成⊙與☽，二字自然便又代表上述孳生義。所以儘管⊙☽二字係於具體的太陽月亮取象，其代表的語義卻不以太陽月亮爲限；以象形的⊙☽書十二時辰的「日」和三十日的「月」，可以說是欲求其不然而不可得，何來「本無其字，依聲託事」的意識？所以許愼以令長爲假借例，實在是誤認了語言現象爲文字現象。眞正的假借，應該如「然而」、「苟且」之類，只是音的借用，意義上毫不發生關聯。推源許氏舉例所以產生錯誤，大抵因爲我國文字義與形多少具有關係，在了解字義時，不免受字形所束縛，認爲一字之本義要以字形所能顯現者爲度，過此便是假借。因此不僅一世紀時代的許愼犯此錯誤，清人戴震說：「一字具數用

者，依于義以引申，依于聲而旁寄，假此以施于彼曰假借。」段玉裁也說：「縣令縣長本無字，而由發號久遠之義引申展轉而爲之，是謂假借。」觀念仍與許愼相同。

六、「轉注者，建類一首，同意相受，考老是也。」這是六書說中絞盡了學者腦汁的一個名目。原因是說文序的話過於含混，建類一首四字可作多方面解釋。譬如有人把類字講成形類，也有人講成音類，或講成義類，也有人兼取形音、形義或形音義解釋，便形成多種絕不相同的看法；而同中有異，異中有同，遂致錯綜複雜，莫可究詰。更有人根本揚棄說文序的說解，另標新義，而又有主形、主音和主義的不同。

根據以上所說，可將過去一切轉注說解，歸爲建類派與非建

類派兩個互相排斥的大類。建類派諸說，須在建類二語爲六書說創立時所原有的條件下，始有成立的可能；不然，亦須此說能合於創立六書說者的原意。非建類派諸說的可能成立，情況適與上述相反。因此確定二語是否原有或能否合於原意，爲認識轉注名義首應認清的問題。過去學者皆未能注意及此，提出各種見解，只是務求勝人；自己立足點如何，完全茫無所知。本節的開始，曾經指出說文序對六書的說解，班固、鄭衆、鄭玄三人皆隻字未提，斷爲許慎一家之言。因此當務之急，便是要對許君所說求得充分了解，明其是否有當於六書說者立名的原意。

這一點，清人陳澧注意到說文後序的幾句話，提供了寶貴線索。現將其相關語句摘錄於下：

其建首也，立一爲耑，方以類聚，物以群分，同條牽屬，共理相貫，雜而不越。據形系聯，引而申之，以究萬原，畢終於亥，知化窮冥。

這是許君用以說明自己作說文解字一書，如何建立部首，又如何安排各部首先後順序的一節文字。許君將九千餘字分爲五百四十部，每部以一字標目，即是所謂部首。五百四十部，第一部排一部，依形近關係，排至亥部爲止，一切措施，自以爲深得天地之心，所以說明如此。其中「其建首也，立一爲耑，畢終於亥」的話，陳氏以爲與「建類一首」句「必非偶然之相涉」，核對兩節文字，確然可見陳說並非曲意牽合。部首的建立，本是許君的創舉，在說文以前的文獻中，不見有連用類字首字或用建類、建首

的話語。今建類一首四字成句，出現在解釋造字法則的界說中，除引用後序以發明其意外，不能提供其他解釋。再從許君所舉字例看，老字爲五百四十部首之一，考字隸屬在老部，老下云「考也」，考下云「老也」，亦正分別與「建類一首」及「同意相受」之文若合符節。結合以上兩點，有人主張說文轉注說原意，簡而言之便是「同部互訓」，應該是無可置疑的。進一步根據說文所說，老字由人毛匕三字組成，匕與化音義同，意謂毛髮已起變化，如由稠而稀，由黑而白，是老的象徵，此於六書屬「會意」；考字从老省，即从老字表意，而省去了匕字的部分，从丂爲聲，於六書屬「形聲」。換言之，許慎同部互訓的轉注說，只是從某某等字彼此間的關係立言，根本沒有當作「造字方法」看待。

轉注既與象形、指事、會意、形聲、假借等平列於六書之中，象形、指事、會意、形聲四者固是造字之法；假借「依聲託事」，表面上雖未有增加新字，實具造字功能，等於造了表音文字，不應轉注一項獨與文字之產生無關。則許君所說不得視爲與立名原意相合，也便無可爭論。以此而言，一切依傍許君說解而產生的建類派說辭，無論其如何推陳出新，皆無上合轉注說原意之理。欲知轉注原意，理當於非建類派中求之。惟非建類派諸說，亦與建類派相同，不能將轉注與文字的實際產生現象相結合；一般只是從字與字之間的關係立論，少數則說爲字義的引申，包括變讀不變讀兩種，又都屬語言現象。論其文字，皆不出象形、指事、會意、形聲之外，不擬一一具論。讀者依此意自去體會，當見其

言之不謬，非敢妄詆前賢。

第四節　中國文字的新分類

舊日六書說，前節已扼要敘述。不但發現其中許多缺失；更基本的問題，從造字的觀點爲文字分類，是否應爲六種？過去六類的劃分又是否適當？也都不是沒有可以考慮的餘地。譬如有人主張三書說，根本不承認有指事、轉注、假借的造字法；維持六書說的，也有人視爲四體二用或四經二緯，等於主張四書說，都動及了六書說的根本。

六書說所以發生上述基本問題，根本原因是由於這套理論用的是歸納法，換句話說，是由觀察已有文字所作的分類。由已有

文字觀察以求其類別，其法原不失爲可行，缺點是必須分析過所有中國文字，然後始知其類別之多寡及其類別如何；有一字未經眼，都不能保證其結論絕對可信；而其分類之際，觀點是否正確，析理是否精審，又足以影響歸類的結果。事實上，不必說康熙字典的四萬餘字，以及不曾納入康熙字典的各時代各地方的所謂「俗字」，固然沒有人字字分析過，即使創立六書說當時通行的數千字，恐怕也不曾全部歸類。因此自漢相傳的六書說，說中國文字製造法則爲六類，究竟其可信度如何，終不能令人釋然於懷。是故本書爲文字分類，不從已有的文字入手，而擬從情理上設想，爲語言造字，究竟有多少種方法可用？然後再從已有的文字觀察，以了解實際出現的種類；必要時並注意分類上有無容許合

理調整的空間，俾對六書說之究竟是否適當，求得確切的認知。

文字代表的是語言，首先當然可以從語言設想。語言是音與義兩個質素的結合，而所表對象，區別之不外有形與無形兩端。自語言質素而言，音可憑耳以辨，義可經心而解，於是可以發生兩種文字，一爲表音的，一爲表意的。對象屬無形的語言，此二者爲其表達方式必由之途；對象屬有形的，又因形可由目寓而識，除表音表意兩法外，尚可產生一種表形文字；而表形、表音、表意三者只是製造文字的基本方法，初不必限於獨用，理應可以兼施，於是又有兼表形音、兼表形意、兼表音意甚至兼表形音意四種文字的出現可能。此外，還可以出現一種既不表形、亦不表音、又不表意的文字，完全出於線條的硬性約定，別無道理可言

。故純由理論設想，文字的製造，可有上述八法。八種方法不必盡用，但最多不得超過八種。

據此八種方法以衡量我國文字，觀察其實際出現的情況，不難發現有如下幾類。

一、純粹表形（以下簡稱表形）　此類文字一般爲獨體，如屬天文的⊙日　月，屬地理的　甲骨文山　水，屬動物的　甲骨文虎　甲骨文鹿，屬植物的　甲骨文禾　甲骨文黍，屬人身的　手　甲骨文足，屬器用的　金文舟　金文車。有時由於字形過於簡單不易辨識，或同物異名，而皆用表形法製字，爲求其彼此間區別，而採取複重寫法或多寡不等的複重寫法，前者如甲骨文星字作　，後者如小篆艸卉二字一从二屮一从三屮，而屮初亦與艸同字，本

身便是草的結合形象，情形同甲骨文星字。

二、**純粹表意**（以下簡稱表意） 此類文字可分為下列幾種。壹、有的是純用不成文字的線條示意。如一二三分別是數目相等的橫畫，二上二下亦由長短兩橫採取相反重疊方式組合而成。貳、有的則是利用現有文字加以增損改易。如：甲、用木字施橫示樹根或樹杪的部位所在而成本、末，用大字刀字加點示兩腋或鋒面所在而成亦、刃。乙、用鳥字損點示「純黑不見其睛」而為烏，用子字損畫示無右臂或無左臂而為孑、孓。丙、用大字或偏其首或曲其脛而成矢、尢，矢的意思是頭傾、是傾側，尢的意思是脛曲、是行不正。將永字正字反書而成𠂢、乏。永的意思是水長，𠂢與派同

；流分則水短，故取永字反書而爲𠂢。正的意思是靶中鵠的，所以受矢；乏是靶後拾矢者所持之物，所以禦矢。受矢與禦矢作用相反，故取正字反書而爲乏。將之字首字倒書而成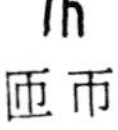帀匝、県，音義與梟同。之的意思是往，帀的意思是周徧，故以之字倒書，取往而來復以見意。県的意思爲倒首，故取首字而倒書。叁、有的是利用聯想，以象形字喻與其相關之某意，代表另一語言，字形上全不加變易。如甲骨文月夕同形，帚或讀同婦。蓋月出之時爲夕，而洒掃之役本婦人所司，古人言爲人婦，每言「執箕帚」，或言「爲箕帚妾」。故即以月爲夕字，以帚爲婦字。肆、有的是利用現有的文字，構成畫面而取意，如甲骨文飲字作，金文藝字作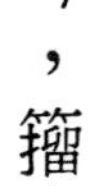，籀文棄字作，小篆春字作。伍、有的則是利用現有文字，會合起

來直取其意。如合止戈二字爲武，合人言二字爲信，合人毛匕三字爲老，合帚止𠂤三字爲歸。後者說文謂其義爲女嫁，其中帚便是表意的婦字；古時女子出嫁，有姪娣爲媵的制度，且嫁時隨從人多，譬如詩經敝笱篇說「齊子歸止，其從如雲」，又說「其從如雨」，「其從如水」，故其字从𠂤，𠂤的意思是衆；从止，表示「女子有行」。

三、純粹表音（以下簡稱表音）　國人知道使用音標，是近幾十年來的事。在此之前，沒有專供標音用的符號，所以沒有音標之名，卻有標音之實。其法是利用音同音近字，不僅作爲「直音」工具，同時還用以書寫語言。譬如論語記孔子的話，「君子於其言，無所苟而已矣。」其中「於」本是烏鴉的烏，「其」本

是畚箕的箕，「無」本是歌舞的舞，「所」的本義是伐木聲，「苟」的本義是艸名，「而」的本義是頰毛。都與句中意義全然無關，只是當作音標使用，等於拼音文字。這種辦法在古代使用得相當普遍，有的一直保持至今未變。譬如與無字意義相反的有字，原是侑字，从又持肉，義爲勸食，所以加示便是祭字，而金文祭或作。又如與苟字連用的且字本是俎字，象形；與而字連用的然字本是燃字，从火，肰聲。

四、兼表形意（以下簡稱形意） 此類文字基本上是表形法，只爲其形不顯著，或不易與他字分辨等等原因，於是通過表意手法，以完成表形的目的。如眉字原作，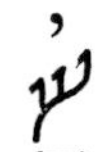便是眉的象形，或恐其不易辨認，於是下加一目。又如正字，本義是靶中鵠的，

所以詩經猗嗟篇說「終日射侯，不出正兮」，其字原作，「●」自是鵠的的形象，但僅寫作「●」，必不能識其形，於是下加一止，表示爲矢所止之處。又如果字其先作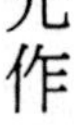，「⊕」即象熟透而坼裂的果實形，因不易辨認，且易與田字相混，於是下加一木。巢字原作，其中「」自是巢的形象，僅作「」，其形不易見，即使作，亦易混於果字，於是上加象小鳥形的「巛」。後世巢字下端雖已同化於果字，而巢果二字始終不混，從這裡可以體認出，表形字兼取表意法的意義和作用。

五、兼表形音（以下簡稱形音）　此類文字基本上亦用表形之法，且亦因前節所述之原因，而兼用表音法，爲之限制，爲之補救。如璧字義爲環玉，其字如僅書作「○」，則環形之物多，

難以辨識，於是加注辟聲作，見金文。其後譌作，又因假借作爲其他字使用，於是形成加玉的璧字。甲骨文鳳字作或，前者是表形的鳳字加凡聲，大抵由於不易識辨或不易寫得準確，而加注聲符，後世則變其象形部分爲鳥字。又甲骨文齒字作，說文古文作；甲骨文網字作，籀文作，小篆作，分別是齒或網的形象。小篆齒字作，說文或體網字作，是因爲其字形漸起譌變或其他原因，而分別加上止或亡聲。其他尚有甲骨文雞字作，象形，或作，加奚爲聲；星字作或，象繁星之形，或加生聲而爲或；金文旂字或作，象形，通常則加斤聲而爲；蛛字作或，其下端爲蜘蛛之形，上加朱聲；其本是箕字，始作、

、等形，並象箕形，後加丌聲作，金文又或加己聲作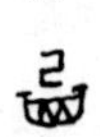，又或加丮聲作；甲骨文豹字作，象形，篆文作，加勺為聲，而象形部分略有簡化；都與等字同例。

六、兼表意音（以下簡稱意音）　此類文字情形有二。其一，基本上是用表意法製為專字，大抵因為不易辨認而兼用表音法。如金文疑字或作，構成「迷途問津」的畫面以取意；或又兼用表音法，加注牛字為聲作或。小篆譌而為字。又如甲骨文耤字作，象人耕作之形以取其意，金文兼用表音法，加注昔字為聲書作，小篆始改易其表意的專字部分為耒字而書作耤。其他如災字甲骨文武丁至康丁時期作或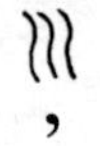，以大水泛濫的圖形見意，武乙時作，帝乙時作，加注才字為

聲。又如皃字本象面貌之形以取意，籀文作貌，加豸爲聲，豸即前引甲骨文象形豹字的變體。此類兼表意音的文字不多見。另一類，也是習見的一類，則是結合已有之字二字，一以表意，一以表音，而構成意音文字，如江河、祼婐、玟珷，後二者爲周文王周武王之專名。

七、純粹約定（以下簡稱約定）　此類文字字形上全無道理可言，只是一組線條的硬性約定；不一定皆屬不可分析的獨體，但其無理可言則無二致。似乎可以視爲表音文字，既不構成表音系統，與前述「苟且」、「然而」之字音有可說者復不相同，不可以混爲一談。此如三國時吳王孫休爲其四子所造的名與字共八字：𩅦、莔、𩃬、弫、壾、昷、𠅵、𤇯，分別讀爲灣、迄、觥、

礩、莽、舉、褒、擁等音，字形與字音的配合，講不出任何道理；視爲會意，無可以聯繫的線索。初不過隨意創爲名號，其字遂亦出於純粹約定。民間俗書以〤、〥爲四、五，也當屬於此類。見於說文中者，一般以爲合於六書的五、六、七、八、九、十等字，其實亦屬此類，說別詳於第三章第二節。

此外，前文提到加亡聲的罔字，說文另一或體作網。罔已是兼表形音，更加糸表意，便當是兼表形音意之字。同理，璧字本作辟，屬兼表形音，其後加玉爲璧；箕字本作𠀠，象形，加丌爲聲作其，更加竹爲箕，亦於兼表形音之外，更用表意之法。則前文所說八種製字之法，我國文字都一一見到。然而網字的出現，應在其字假借爲無有或誣罔等意義之後；也就是說，是在罔字的

本義爲借義所奪，始有从糸从罔的網字。則網字所从的罔字只有表音作用，意義與魚網無關，所以網字只是兼表意音，而非兼表形音意。璧字的出現，更是辟字譌誤爲辟字之後的事。說文說：「辟，法也。从卩辛，節制其辠也。从口，用法者也。」便是不知辟爲璧字的明證。所以璧也只是从玉辟聲的意音文字，並非以「○」表形而同時又兼取表音及表意二法。箕字的出現，當然也是在假其爲語詞及第三人稱代詞之後，都並非同時結合表形表音及表意三法所造成。更依理而言，兼表形音意之法雖屬可能，但表形法的缺陷，經兼取表音或表意法爲之補救，已臻完美，沒有同時兼用表音及表意二法的理由，故兼表形音意之字，實際並無出現可能。因此可以肯定的說，可能產生的八種製字法，在我國

文字中，出現的只有七種。

然而如上七類的劃分，在新的文字分類意義主要是爲了解六書說的前提下，是否都屬必要而不可移易，顯然有再加檢討的必要。於是可以發現，兼表形意及兼表形音兩類文字，基本上用的是表形法，只爲補救其缺，然後兼用表意或表音。換句話說，這種文字，表形的部分是其主體，表意或表音只是從物。如說文古文册字作，戶字作，册笧、戶⿸戶木之間，兩者所表音義略無不同，則以後者附屬於前者歸類，不可謂非言之成理；即如之字，雖不見有作「」與「●」的獨體寫法，直歸之於象形，也可以說持之有故。清人論六書的象形，但於同一名目下分獨體與合體，不務於高一層次予「合體象形」以獨立的地位，所謂合

體象形，指稱的便是如笴屎眉果之類文字，所見蓋亦如此。至於兼表形音之字，如前舉甲骨文加凡聲的鳳字，與獨體鳳字所表語言不異，自亦可以附屬於表形之下。於是所謂七類文字，便可以統合爲表形、表意、表音、意音及約定五類。而前云兼表形音意之字實際沒有出現的可能，由今看來，即使果有其字，仍可附屬於表形之下，對文字分類並無影響。

統合的結果，五類之數仍與六書爲六類不相合。可是這樣的分類，依然不是究極的；其中意音文字論理尚有予以離析的必要。因爲如、、、之字，係以意符的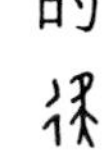、、、爲其主體，音符牛、昔、才、豸爲從物，當如形意、形音字附列於「表形」之下，歸屬表意，使步趨一致；而其餘意

音文字，也是習見的最大多數，表面上雖同爲一意符一音符的結合體，從文字實際形成的過程看，卻包含了兩個完全不同的類別。其一類，原只書用其表音的部分，表意部分乃後世所增益，其字係經過兩階段而形成，非起始即有此兼表意音的文字。另一類，則是於同一時間內結合表音與表意者二字成字，兩者缺一不可，而以表意之一體爲主；與前一類行徑適相反。實應區爲二類，給以不同名稱，後者爲「意音」，前者應相對改稱「音意」。而此種音意文字，細別之又有兩個不同來源。分別述之如下：

〈壹、音意文字〉

甲、因語言孳生而兼表意　此類文字原是其表音文字之引申義，即其語言本由表音文字之語言孳生，故其先只書用其表音部

分，自無所謂「表音」；後世爲求彼此間形體有所別，更加表意之一體，於是其原來的母字似退居爲音符，而形成「音」以下音字不更加引號意文字。說文所收之字，因爲許慎說之在前，九千餘字似乎都是同一時間層面的產物，不容易改變先入爲主的觀念。且先以後世文字孳生情形爲例，作爲說明。

廣韻有韻房久切有⿰阝卓焯二字，與阜同音，⿰阝卓下云「盛也，亦作隖」，焯下云「焯熾」；並說文所無。⿰阝卓是⿰馬卓的誤字，故其或體作隖，集韻正是⿰馬卓字。古書中阜字習見用爲盛義，包括言馬盛、火盛及其他，如詩駟驖篇云「駟驖孔阜」，大叔于田篇云「火烈具阜」，左氏襄公二十六年傳云「韓氏其昌阜於晉乎」。說文云阜爲大陸，陸是高平地，上列用法自是阜的引申義。⿰馬卓焯二字

音與阜同，義亦分別同駟驖、大叔于田二詩之阜字，顯然便是二詩阜字加注馬旁或火旁的後起字。方其未增馬旁火旁以前，只是表形阜字的引申用法，屬於語言現象；及其增馬旁火旁之後，便形成代表孳生語言的音意專字。這一類例子，包括下文乙項所說，在後世字典中舉不勝舉，爲文字形成的一條大路。從說文的九千餘字，發展到康熙字典的四萬餘字，此種字所佔比例極高。更舉說文及說文以前字例如下：

說文：「祐，助也。从示，右聲。」以其字从示，本義當言神明之祐助。古書則此義多書作右字，如詩經大明篇云「有命自天，命此文王……保右命爾，燮伐大商」，易經大有上九云「自天右之」。說文說右爲「手口相助」，手口二字係根據其字从又

从口而言之，右的意思便是助；言神明之助，不過爲右字意義的一端，所以祐字是於右字加注示旁而成，遠在通行用右字之後。又說文：「娶，取婦也。从女从取，取亦聲。」此用大徐本，小徐作从女取聲。古書如詩經伐柯篇云「取妻如何」，易經姤卦辭云「勿用取女」，都只書取字；說文正以取字釋其義，可見二字關係之密切。取字本義爲捕取，爲獲取，言取婦不過其義之一端，娶字實亦在取字通行既久之後加注女字以成。金文文王武王文武二字或書作玟珷，亦即於文武二字增注王旁，示爲專名，以別於文武二字之一般用義。其他如我在「甲骨文金文字及其相關問題」文中，考定二字以語言孳生關係於字加注手或示旁而成，的意思是草根，的意思是連根拔草，的意思是拔除不祥。文載中央

研究院歷史語言研究所故院長胡適先生紀念論文集上列諸例，右、取、文、武屬表意文字，□屬表形文字，這些原屬字義引申的用法，經過加注表意偏旁之後，兩者間意義既有共稱別稱、通稱專稱或名動意義顯著不同之區別，其原先的右、取等字又似退居表音地位，與册戶之字加注竹旁、木旁形成笧字[戶木]字，音義始終無異的情況不同，自應獨立於表形、表意之外而別爲一類。

此外，如說文：「梳，所以理髮也。从木，疏省聲。」古書中但用疏字，急就篇：「鏡籢疏比各異工。」顏師古注云：「櫛之大而粗所以理鬌者謂之疏，言其齒稀疏也；小而細所以去蟣蝨者謂之比，言其齒密比也。皆因其體而立名也。」顯然梳字係由疏字變化而來，可以說是於疏字增注木旁，而又省去了原有的疋

旁，也可以說是易疋爲木。其他如璺之於釁、螢之於熒、撤之於徹、旒之於流，相同的例子亦往往可見。

乙、因文字假借而兼表意　此類文字原用純粹表音法，即利用同音字兼代，後爲別於其字之本義而加注表意之一體，於是形成音意文字。也先以後世文字孳生情形爲例說明。

前舉廣韻房久切下有蝜⿰虫帚二字，蝜下云⿰虫黍蝜，⿰虫帚下云鼠⿰虫帚，並說文所無。爾雅釋蟲云「蟠，鼠負」，說文云「蟠，鼠婦也」。鼠黍⿰虫黍或負蝜⿰虫帚分別同音，⿰虫黍蝜、鼠⿰虫帚無疑與鼠負、鼠婦並同，蝜⿰虫帚二字則是分別於負或婦上加注虫旁，後者又省去原有的女旁，「黍蝜」的寫法於古書未見，此蟲又名委黍，可見⿰虫黍字亦即於黍字加虫旁，集韻⿰虫黍字或體作⿰虫鼠，正是爾雅、說文鼠字的後起

字。此等字與前所說騂焯相同，觀念上不曾受許愼「从某某聲」說所左右，故於其形成歷程瞭如指掌，而不致產生任何歪曲。

其在說文之中，此類字爲數甚多。如說文：「祼，灌祭也。从示，果聲。」「婐，一曰女侍曰婐。从女，果聲。」二字之所以並从果爲聲，顯係源於其先本用果字表灌祭和女侍義，前者見周禮小宗伯的「以待果將」，後者見孟子盡心下的「二女果」，其後分別加注示或女旁，於是形成祼婐二字。果字本義爲果實，用爲灌祭和女侍義，則是屬於表音方法。其他如說文云無爲有無之無的專字，从亡無聲；㾞爲療字或體，从疒樂聲；嘫字義爲語聲，从口然聲；柘字爲百二十斤之重量單位名，从禾石聲；薆字義爲蔽不見，从竹愛聲：都是表音法行之在前，其後加注表意字

形成的專字。其中果字石字原屬「表形」，無字樂字屬「表意」，然字愛字屬「意音」；但在諸字經過「表音」階段，更經加用表意法形成專字之後，不僅祼、婐、柘、⿱無亡、⿸疒樂等字不復能屬於表形或表意，亦不得屬於表音，即使嘫⿱⺮愛之字，雖與然愛同由一意一音所構成，而一屬音意，一屬意音，仍有不同。都應該獨立於表形、表意、表音以及意音之外。

〈貳、意音文字〉

此類文字如江字河字，起始即結合表意及表音各一字成字。其表音之部分與其字既無語言孳生關係，又不曾經過當作音標使用的表音階段，與音意文字之甲、乙兩者俱不相同；其表意之部分，又非專爲其字所造，與前述意音文字如、之可以附

屬於表意者復相異，不得附屬於表意文字之下，故應為獨立的一類。

總結上文，所謂表形、表意、表音、形意、形音、意音及約定七類文字，通過可合即合，當分則分的觀點，實際為表形、表意、表音、意音、音意及約定六類。此六者，無可以更合，亦無可以更分。其數適與六書之數若合符節，對於了解自漢相傳的六書說內涵，無疑為最令人興奮的消息。

第五節　六書四造二化說

據前文所說，從個別文字實際形成狀況分析我國文字，可以區分為互不相容的六類。其中屬於約定的文字為數極少，但不立

此一類，此少數字亦即無所歸屬。舊日言文字之製作爲六書，論理亦當爲不能相容的六類。今就兩者試爲比照，名義內容無不暗合：象形相當於表形，會意相當於表意，假借相當於表音，轉注相當於音意，形聲相當於意音，指事相當於約定。以此言之，六書學說確爲一完美無瑕的文字分類，損其一不足，增其一有餘。惜乎許慎以來學者所說，不能顯其應有的光輝，幾達二千年之久。然而這樣的對照，必須就形聲、轉注、指事三者名義作進一步說明。

本章第三節曾經指出，段氏解形聲爲象聲，其說不可取；而他家亦無確釋。說文說「形聲相益即謂之字」，段氏注云「形聲相益謂形聲會意二者，聲與形相軵爲形聲，形與形相軵爲會意」

，製字法中既可有兼表形音者一類，而甲骨文字、金文字等正是一形一聲，顧名思義，形聲之名自應指此類文字而言。唯此類文字可以附屬於表形之下；而習見的形聲字只是如江河松柏及紅綠議論之類。後者以从糸从言表意固不待言，前者从水从木仍屬表意作用。以此言之，此等字理應謂之意聲，不得謂之形聲，而形聲之名終無可解。然而南唐徐鍇曾說：「形聲者，形體不相遠，不可以別，故以聲配之爲分異。」其意以爲江河松柏之類形聲字，从水从木雖只是表示物類，亦可分別視爲江河松柏的形象，因其形無以別，於是配以不同聲符爲之區分，而形成形聲字。象形文字所代表的對象，除日月爲唯一無二而月尙有圓缺大小不同形狀之外，本都是物類；所謂象形字，所象者原是存在於

人心中超脫一切具象的共象，所以既是江之形，也是河之形，既是松之形，也是柏之形。依照徐氏的看法，江河松柏之類文字，便與之類極爲接近，並是一形一聲，自然同樣可以稱爲「形聲」；其不同者，所从水字木字並非專爲江河松柏所造，不得附屬於表形之下而已。至於紅綠議論之類，其始本可有「意聲」之名，又因表音之法同於江河松柏，故亦統謂之「形聲」，而不細加分辨。所以說六書中的形聲，相當於意音文字。

轉注之字最近形聲，如不從其形成過程觀察，但看文字形成以後的表面，並一者表意一者表音，全無區別。然而轉注字實經兩階段而形成，其初僅有「表音」部分而不盡是表音的，故其「表音」部分爲字之本體，表意部分可有可無。形聲字則不然，起

始即結合表意表音者各一字爲字，兩者缺一不可；而以表意部分爲主幹，表音部分只是用以足成其字。以江河松柏四字爲例，造字之初，必是先想到用水字木字表意，然後才想到分別結合工、可、公、白爲聲以爲輔助；且从木从水幾乎無可取代，从工从可从公从白則未必不可更易。許愼釋形聲之名說：「形聲者，以事爲名，取譬相成。」對於「形」與「聲」二者在構成文字時的時間順序和分量輕重，眞是說得淋漓盡致，字字千金。如果再看「形聲」得名所由的等字，其形與聲間的主從關係，與轉注字正相顚倒，較江河松柏之字尤爲明晰。是故轉注與形聲表面似若無別，內裡適爲相反。徑捷的說，形聲字是以聲注形，轉注字則是以形注聲，兩者翻轉爲注，故其一謂之形聲，其另一則相對而

謂之轉注。且江河松柏之類與之字最近；祐娶玟珷、祼婐⿱無亡⿸疒樂之類，則是在其「表音」部分通行、兼代既久之後，轉而將表意符號注釋於「表音」者之上，自當以前者謂之形聲，後者謂之轉注。是故兩者雖是相對稱謂，卻亦不得互易。所以我說，轉注相當於音意文字，形聲相當於意音文字；而轉注之名相對於形聲，較諸音意與意音之別，顯有足多者。

至於指事，先秦古籍中指字本有硬性約定的意思。如荀子正名篇既云「名無固宜，約之以命，約定俗成謂之宜，異於約謂之不宜」，又云：「故知者爲之分別制名以指實」，指字的意思顯然便是硬性約定。莊子齊物論篇既云：「道行之而成，物謂之而然。」而又云：「以指喻指之非指，不若以非指喻指之非指。以

馬喻馬之非馬，不若以非馬喻馬之非馬。天地一指也，萬物一馬也。」指字的用義，與荀子相同。而公孫龍子指物篇云：「物莫非指，而指非指。」更分明用指字說明事物的名稱莫非由於任意約定，名實之間本無道理可言。說詳拙著荀子正名篇重要語言理論闡述，載臺灣大學文史哲學報第十八期。

我國文字既有完全不講道理的一類，所以我說六書「指事」指的就是這種文字。不過這裡要特別提醒讀者，千萬莫要以指事一名出現的先後爲疑。表面上劉歆班固稱象事、鄭衆稱處事在前，許愼稱指事最晚。根據漢人重師承的習慣看來，鄭衆、許愼學術淵源於劉歆，如果說劉歆所傳的六書說，僅有象事之名，鄭、許沒有擅改師說之理，所以本章第二節曾說，漢人三種大同小異的六書名稱，疑並出劉氏所傳。推測四象之名，雖以見於七略爲

最早，恐是後來整齊化同的說法。其始則象意本名會意，象聲本名形聲，象事本名指事。或人以爲，形聲於造字四法中，與其他三書最大不同，爲其有聲符；從聲符命名，即足與三者區別，因改稱形聲爲諧聲。又或誤解指事之名，以其所指稱者爲如本、末、亦、刃之字，而改稱指事爲處事。許慎說指事爲「視而可識，察而見意」，即是名義被誤解之一例。其後更整齊形、事、意、聲四者之名爲四象。劉氏從便，以四象之名入七略，爲班氏漢書襲用；其他二說，亦其平日授徒所傳，展轉而爲鄭、許二人所取。然則本書以指事猶言約定，並無名稱出現先後的問題可慮。

綜合上面所作之說明，可見六書學說，確然爲我國文字規劃了六個互不相容無可增減的類別；每一名目下，有其名實相副的

文字內容。如許君說文序之言，固然缺失重重；承受許說而來的四經二緯或四體二用說，明白楬櫫轉注、假借與文字之形成無關，更與實情不合。然而象形、指事、會意，形聲與轉注、假借之間，不謂全無區別，亦爲不爭之實，何者？假借雖等於造爲表音文字，究竟形體不異，字數未增，不過變化現有文字以供使用，與造字必增字數實有不同。只是視假借僅爲用字，不承認其等於製造表音文字之本質，然後乃爲可議。轉注之字，因語言孳生及文字假借，增加或改易意符，使其原先的母字或表音字轉化爲專字，其意符的增加改易行爲，不僅非絕對必要，或且是潛意識活動的結果，非有意的運作，是故好古者多以不屑鄙夷的心態看待，然則轉注字出於化成，非由造作，情形是十分清楚的。可見六

書之名，籠統說其意謂中國文字之製作有六法，確有語病。認眞清晰的說法：六書合而言之，當謂中國文字之形成，分別有六個途徑；分析而言，則爲四造二化，即四個造成文字之方，及兩個化成文字之途。前者指象形、指事、會意、形聲，後者指假借、轉注。

至此，更將新的文字分類與舊日六書的對應關係列爲一表，並仿照許愼說解六書之法，依今音作爲韻語，定其界說，以助讀者之了解。並按四造二化及獨體在前合體在後的順序，案象形論理應爲獨體，但亦有合體，居第一。指事其先只有獨體，孫休所製合體八字在後，居第二。會意獨體合體參半，居第三。形聲必合體，居第四。假借有獨有合，居第五。轉注類爲合體，居第六。列表說明如下：

六書名	今類名	界說	例字
象形	表形	據物寫形，目寓可明	日、月、山、水
指事	約定	形意音三，無所取焉	五、六、七、八
會意	表意	表事達意，心會乃悉	上、下、武、信
形聲	意音	依意造字，取譬成事	江、河、議、論
假借	表音	有語無字，依音標識	「苟且」、「然而」
轉注	音意	音為本體，增文別誼	祐、娶、祼、婐

其次須作說明的是，六類文字不皆是獨立發生的，彼此間有的具有發展關係。前文說造字方法有八種，也只是說理論上從各種可能設想有八種方法。實際造字時，則並非有人先立其法然後循之造字；不過是文化進展到了某個階段，便自然而然形成了某種文字，再進展又形成了他種文字。各類文字之中，有的是獨立的發生，有的則是已有文字使用日久之後的「潛移默化」。譬如兼表形意、兼表形音文字，以及小部分兼表意音文字，便顯然由表形、表意字發展而來，故可以附屬於表形、表意字之下。其他文字則因分類上不能兼容，於是分別獨立爲類，然不謂其彼此間便無孳生關係。今依上文界定的六書名稱試論如下：

本書第一章已論及我國文字係由圖畫蛻變而來，故六書中當

以象形爲最早發生之一法。指事字不在表形、表意、表音的系統之內，自亦前無所承。假借是將已有之字化作音標使用，從個別文字看，是表形、表意等字化作表音字，但不能認爲表音的方法係由表形、表意之法衍生。故六書中象形、指事、假借三者皆屬獨立發生，彼此間不具任何演進關係。

會意、轉注、形聲則不然。最初發生的會意字，可以說就是象形字，彼此間的不同僅形有虛實之分。如前舉表意的疑和耤字作和，便是象迷途問津或耕作之形。其他如字字字字字字字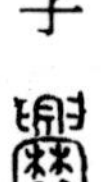字，也分別是飲酒、植樹、舂臼、毆鬥、臨鑑、盥手、沐浴、炊爨的形象。說文凵下云「張口也，象形」，下云「相糾繚也，象形」，亼下云「三

合也，象三合之形」，囗下云「回也，象回帀之形」，明是表意，卻說爲象形。這些都可充分看出會意與象形的關係。二者都可以說是源於繪畫，但實象圖畫總應在意象圖畫之前，所以說六書中的會意源於象形。此外，還可以從另一些表意字了解，如前節所說，甲骨文月夕同形，帚讀同婦；其他如既爲屮，又讀同徹；既爲「鳥之短尾總名」，又讀同唯；既爲鐘鼓字，又讀同喜，或又讀同「還師振旅樂」之豈；田既爲土田字，又讀同周；既爲星，又爲晶瑩字；既爲旂，又爲游㫃字：都一方面爲象形，一方面爲會意，也可以看出象形與會意的關係。但後者不可以說爲象形，是則異常明顯。更如从一止一戈的武字，从一人一言的信字，尤其與象形漠然無關。所以會意之法雖是源出於象形

，及其充分發展之後，則由附庸蔚爲大國，不復能臣服於象形的藩籬。

轉注字有的是因語言孳生增表意之一體而來，有的是因文字假借增表意之一體而成。方其未增表意之一體以前，前者只是某象形、會意字的引申用法，後者亦是某象形、會意字的假借爲用。但在增加表意之一體之後，已經潛移默化成爲專字，便不能更屬象形、會意與假借。然而轉注之法與象形、會意、假借具有蛻變的關係，是十分明顯的。

形聲之法，則可說由轉注字悟出。因爲象形、會意或假借之字在增加表意之一體形成專字之後，其字讀音或與本體部分完全相同，如騲祐蝢祏；或亦與本體部分極爲接近，如媒字聲母略異

，裸字韻母微殊，娶字聲調不同，皆大體仿佛，只需讀其原有的本體部分，便可得其正讀或類似之音。換言之，本體部分宛若其字聲符。此點對形聲法的形成，爲一重要關鍵。因爲六書中的基本象形法，可以順乎自然發展爲會意，也可以更進一步漸而發展爲轉注，卻不易直接由象形字的圖畫意味中獲取「聲符」的概念；如其透過轉注的出現，便能輕易開啓運用聲符造字的坦途。所以說形聲之法出於轉注。此法因其表意部分只需意義上的相關，表音部分又可以只是讀音的相近，前者是訴諸主觀的認定，後者聲、韻、調皆容有彈性，兩者都可以取之左右逢其源，不虞匱竭，最爲簡易可行；凡不可用象形、會意之法製字者，均可以造爲形聲之字，無施不可。而表形、表意字之有缺陷者，也可以加注

聲符爲之限制，爲之補救。故六書造字之法，自象形之發生，及演進爲聲符的出現，亦即形聲的形成，完整的體系始抵於成立。

更從六書演進觀點，作圖示其彼此間關係如下：

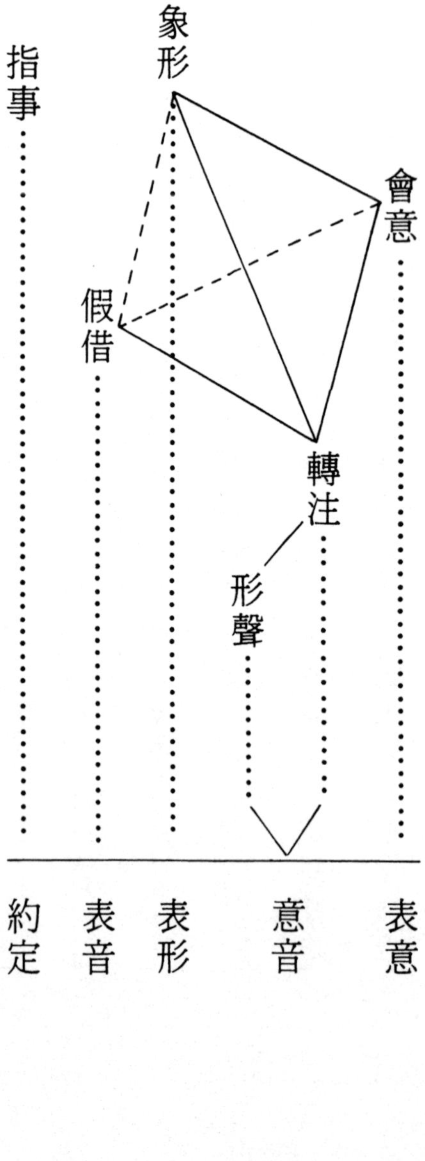

圖中橫線以上示六書的立體發展，橫線以下示六書完成後的平面展視。意音文字與音意文字實質的不同，表面上是見不出的，必須溯及形成實況，然後得以區分。是故平面展視，合爲一類，而以意音之名概括。橫線上六者位置的高下，表其發生之先後。凡兩者間實線表發展關係，虛線表文字的轉移作用。前者謂由象形產生會意，由轉注產生形聲，及分別由象形、會意字因語言孳生或文字假借增加表意之一體而形成轉注。後者謂用象形、會意字爲音標而爲假借。指事字之發生疑不甚晚，姑且略下於象形。其法與象形系統無關，但其字亦可用爲音標，如周禮壺涿氏「以牡橭午貫象齒而沈之」，故書午作五，又如莊子天下篇云「九雜天下之川」；也可以因語言孳生或文字假借而產生轉注字，前者如

由五而伍，後者如由九而勼。因此類字數量既少，又不必借重以說明假借轉注之形成，故其與轉注假借間不作任何表示。至此可以瞭然，我國文字語其類別雖曰有六，實以象形爲其基礎；故大體言之，可以謂之象形文字，或謂之衍形文字。

復次，對於舊日六書說的了解，尙有幾點補充說明。

其一，六書說究竟始義如何，自是無從證實的問題。如果根本上認爲可能是個有缺陷的學說，態度亦未必可取。因此當發現舊日說解有不足取的地方，總希望獲得更合理的解釋。於是本書徹底檢討了過去的根本缺失所在，同時在設想造字方法的可能種類上，提供了完密的理論，也爲六書說帶來了部分新的見解，使之成爲無瑕的整體。我不敢說這便是六書說的原意，但唯有此解

，始能從同一文字形成的角度分為六類，而彼此互不相容；亦唯有此解，然後我國文字無論為說文解字的九千餘字，或為康熙字典的四萬餘字，都可以一一得其歸處而略無遺憾。

其二，六書說既已成為無瑕的完璧，是否由歸納已有文字而來，不再成為重要問題；但必須知道，根據已有文字歸類，或觀察已有文字以了解六書，不必能保障其結論可取。因為文字上的現象，有的容易使人迷失方向而不能覺察。如鄭樵以杲東杳及末朱本為六書之轉注。前者並从一日一木，後者並為木外一橫，倘使不能採取不同的結構方式，便各自只得一字，而不得為三字。可見此「不同的結構方式」，與有實際造字功能，是以鄭氏謂之「互體別聲」之轉注。然而依舊日六書說解，杲東杳並是會意字

，末朱本並是指事字；於本書則六者並屬表意，都是自語言的「義」著想而造成的文字。其中本末二字，橫必分施於木下或木上，正是會意字正確利用位置關係，以達到表意目的的慣見手法。詳見第三章第三節朱字義爲赤心木，施橫於木字中央，仍不脫利用位置關係以見意的意思。自都與轉注了不相干。至於杲東杳三字，亦僅一東字从日而不必在木中。然其字本不从日，此雖非鄭氏所能知；姑據从日而言，其所採不同於杲杳二字的結構方式，初不過通過約定手法，憑藉不同形狀以分別音義。形聲字如忙忘、怡怠、暈暉、裸裹之類，亦時時賴以別音別義。可見此種現象，實不得於六書的層次佔一席位，鄭氏說以爲轉注，自是誤解。鄭氏又以猶猷、期朞、旻旼等字爲「互體別義」的轉注，除猷、朞之字確

係自猶、期轉化而成，說詳於下外，旻旼二字並是形聲，互其體則正如忙忘、怡怠之異，只是爲了別嫌，二者間並無轉化關係，自亦不屬六書之轉注。又如舊解以二二、武信別指事、會意二書；前者獨體，後者合體，兩者間不得謂全無分別。但自可能產生的八種造字法看，兩者都是由表達語言的「義」爲手段造成的文字，同屬表意的範疇，亦自不得於「六書」的層次分庭抗禮。這些都是過去學者不能超越文字而言六書所犯下的錯誤。

其三，以指事爲約定，因與傳統觀念相隔霄壤，讀者恐一時訝然不能接受。其實我國文字雖說幾於字字都有道理可說，除轉注字的本體部分而外，亦字字無不有約定意味。（詳第三章第二節）所謂約定意味，即是指事手法。純粹約定的指事字，不過爲約定意味推

之至極的結果，原是絲毫不足爲異的。

其四，楊愼的四經二緯說，轉變而爲戴震的四體二用，於是學者多以假借爲用字之法，與造字無關，觀念牢不可破。但今知八種可能發生的造字法中，本有表音之一途；假借之法既是以音寄義，則如上文所說以艸名的「苟」及刀俎的「且」爲「苟且」，以燃燒的「然」及頰毛的「而」爲「然而」，自是表音文字的出現，本無可疑。學者徒以不見新增之字，或又爲「假借」的名義所累，於是執意「假借」只是用字。殊不悟若苟、且、然、而之字，早已久假不歸，人但知其爲「苟且」、「然而」，本義反不爲人所曉，是故刀「且」必作刀俎，「然」燒必作燃燒，是豈不等於製造了語詞的「且」和「然」字，而實際亦已多出了組、

燃二字？苟、而二字之本義，所以不見產生新字，只緣其語已淘汰不用，不然，未必不可以有新字產生。然則只以假借爲用字，實是一偏之見。

其五，所謂假借相當於表音，只是說假借屬於表音文字，非謂表音文字即是假借。表音方式原不止一端，以已有文字兼代的假借法，不過表音方式之一而已。西人拼音文字，即爲另一方式。此外佛教傳入我國，爲翻譯經咒所製如⿰衤夜、⿱亭夜、⿰卑也、⿰寧也之字，（見龍龕手鑑）所表分別爲名夜切、亭夜切、卑也切、寧也切之音，與傳統假借法既全然不同，亦與西人拼音法有異，又別爲一法。此等字所表語言雖非漢語，既是國人爲迻譯梵文所造，要不得不視爲漢字。但以自漢相傳的六書說爲之歸類，顯然便無所屬，而於新

的文字分類，則分明屬「表音」，以見假借與表音固自有別，新的文字分類中表音一名，亦較六書假借之名爲長。然而六書說出現於佛教東來之前，本只是就當時文字現象歸納得來，其本身的完滿無缺，自不因此而有所貶損。

其六，前文將五類中的意音文字分作二類，一爲意音，一爲音意，原是從觀察已有的文字入手，獲得的認識，可以說完全是爲了解六書說蓄意遷就的結果。其實從理論上說，兼表意音的文字，因具有兩個造字基本成素，本就有分爲三類的可能：一是先有意符後加音符，一是先有音符後加意符，一是同時結合意符音符成字。前兩者自然都是經過兩階段變化而成，與第三者絕異。但先有意符後加音符者，與其不加音符之字音義並無不同，可以

附屬。二、三兩者既無可附列，兩者之間又自行徑迥殊，不可合併，故為二類，與從文字觀察所得，正相吻合。

至此，似將形成一嚴重問題。造字方法中兼含兩個基本成素的，還有兼表形音、兼表形意，甚至兼用三個基本造字法形成的兼表形音意的文字，論理也可以有先形後音、先音後形……種種狀況發生，豈不將直接影響文字的分類，間接影響六書說的價值判斷？姑以兼表形音的文字而言，理論上雖可以有先形後音、先音後形及形音同時結合三種狀況。但一、三兩種，必因其音義與純粹表形者不異，可以歸屬於表形之下，第二種自然便是轉注字。兼表形意與兼表形音意之字，無論理論上如何複雜，其字則不將歸之於表形、表意，亦即為轉注，必不會逾越六書的範圍。故

此一學說的價值，終究是無可懷疑的。

其七，鄭樵六書略云：「諧聲轉注一也，諧聲別出為轉注。」又云：「諧聲轉注一也。役它為諧聲，役己為轉注。轉注也者，正其大而轉其小，正其正而轉其偏者也。」此一說，因其語多晦澀，歷來不為學者所注意。然以本書所說相較，「諧聲轉注一也，諧聲別出為轉注」，與本書於形聲字中別出一類為轉注字相同。所謂「役它」、「役己」，蓋本說文「以事為名，取譬相成」為說，「相成」猶言成之，許君以聲配「形」者為形聲，故鄭氏以形為它，以聲為己，役它即以聲役於形，役己是以形役於聲。前者為形聲，後者為轉注，亦與本書「形聲字以聲注形，轉注字以形注聲」之說相合。至謂「正其大而轉其小，正其正而轉其

偏」，正與大可指字義之普泛者言，偏與小相反，指字義之較狹隘者而言。如文武與玟珷，前者施用範圍較廣，故爲正爲大；以王字轉注之後，其義已局限於一端，只適用於文王武王的稱謂，故爲偏爲小，亦正合於本書所說。然則鄭氏在去今八百年前，已經洞徹轉注說的原意了。只是除去前面的引文，鄭氏又云：「轉注別聲與義，故有建類主義，亦有建類主聲；有互體別聲，亦有互體別義。」分轉注爲四類。而所謂四類轉注字，鄭氏云：「立類爲母，從類爲子，母主義，子主聲。主義者，是以母爲主而轉其子。主聲者，是以子爲主而轉其母。」前者便是建類主義的轉注，其字如考耆耇；後者是建類主聲的轉注，字例如弌弍弎。又云：「聲異而義異者，曰互體別聲；義異而聲不異者，曰互體別

義。」其字例前者如杲東杳，後者如旻旼、猶猷（案此一例說見於後）。可見鄭氏所說，實不同於本書。而所舉字例，或本不屬形聲字；或雖爲形聲，而不見「役它」、「役己」之別，自相矛盾之處，不一而足。然而鄭氏在其時代，能說出「諧聲轉注一也，諧聲別出爲轉注」的話，仍然是難能可貴的。

其八，六書以形聲法最爲便捷。此法之完成非有「聲符」之發現不爲功，「聲符」之發現，則非有轉注意符之法不易突破。因此在整個六書體系中，轉注實居最重要關鍵地位。雖然表面上其字與形聲並一意一音，略無分別，實則二者形成狀況絕不相同。言中國文字之製作，若其忽略二者的差異，僅從平面講「五書」，則象形至形聲間的系統發展，或將無以貫聯。所以這一轉注

說解，不僅是爲其名目提出新的詮釋，同時更爲突顯此一名目，在言中國文字製作上必不可少的重要性。曾經有人思以三書奪六書之席，實是對我國文字未多了解。

其九，前云轉注字有兩種，分別因語言孳生或文字假借增改意符而形成。後者除如前文所舉，祼婐𣞤𤻲等一類文字之外，尚有一類文字，亦因假借而來。其與祼婐等字之不同，祼婐等字增加意符是爲別於其本義，此類字增加意符則是爲別於其借義。因爲文字在假借使用之後，部分文字的本義爲借義所奪，一般只知其借義，不知其本義，在需用其本義時，反若無字可用，於是就其字加注意符，而形成新字。如然本是燃字，因借爲然否等語詞而加火；縣本是懸字，因借爲郡縣字而加心；暴本是曝字，因借

爲暴虐義而加日；梁本是樑字，因借爲國名、氏稱而加木。這些都是不見於說文的。見於說文者：如無本是舞字，因借爲有無字而加舛；其本是箕字，因借爲語詞等而加竹；互本是笠字，因借爲相互、互物等義而加竹；求本是蛷螋字，因借爲求索義而加虫；申本是電字，因借爲地支字而加雨；辟本是璧字，因借爲辟法義而加玉；罔本是網字，因借爲誣罔、無有之義而加糸。凡以上所舉，通常學者視爲累增字，如燃懸曝樑之類，固然認爲畫蛇添足的俗體；即舞箕笠電之類，也認爲只是無其互申的增繁寫法。於是在爲文字分類時，原屬象形的便附屬於象形，原屬會意形聲的附屬於會意形聲。然如說文氣字或體餼下段注云：「从食而氣爲聲，蓋晚出俗字，在假氣爲气之後。」對於餼字的形成，顯然

看得十分眞切。這就是說，饙字並不是在作「饋客之芻米」講的氣字上加注食旁，其中的氣字實際是空氣、水氣的氣，在此不過相當於一聲符，原不與饙字相等。用確係累增字的⿸戶木、笧二字作比較，⿸戶木戶、笧冊之間只有字形繁簡之異，音義無絲毫不同，故⿸戶木笧二字可隨戶冊二字歸屬於象形。饙與氣則一般人心目中爲兩個意義全不相干的字；而通常所謂「俗體」字的出現，又正是「一般人」在不經意的情況下所鑄成，則依六書歸類，饙字便沒有附屬於氣字之下的理由。此字既合於本書所說轉注字的條件，自然應該歸屬於轉注，其餘諸例並當作如是觀。前文論音意文字或轉注文字時，所以不及此類字，是惟恐一開始頭緒太多，容易引致初學的淆惑，因於此補充說明。

其十，前云鄭樵以猶猷、期朞爲「互體別義」的轉注，猷、朞二字分別從猶字期字分化，案此意詳第三章第五節前者專言謀猷，以別於猶之言猶豫、猶如，後者專言朞年，以別於期之言期會、週期，讀音且與期字別，形成兩個絕不相同的文字。此雖未增意符，似與轉注之條件不盡相合。然以猶、期爲本體，通過「指事」手法，變其形貌以別義，與加意符之作用並無不同，故仍當爲轉注，以見鄭氏此說實不可易。此法行之甚早，如甲骨文百字有、、、、、、諸形，凡字上有橫畫者，原是一百二字合書，即逕讀爲百字；與千字原是一千合書的情況相同。本假白爲「百」，或變形爲爲，或又改引其兩側與橫畫相接而爲爲，並變其形貌以別義，形成轉注的專字「百」。又如金文本

借不爲「丕」，或約定強以下加橫畫或書二不字者爲丕字，（詳第三章第二節）是亦變其形貌以別義，使成專字。後世文字，如自陳、句、刀、余、荼轉化爲陣、勾、刁、佘、荼，情形不異，並於六書爲轉注。此外，如才之轉化爲在字，才字本義不詳，假借爲「在」，金文加士聲別義，以爲「在」的專字，小篆改士爲土，說文說以爲「从土，才聲」。（詳第三章第一節）加土的在字固是才字經由假借產生的轉注字；加士聲者亦爲達到別義的目的，與加意符者實同，（前節云，爲補救象形字之缺陷，有加意符及加聲符二法，可見二者作用實同。）故亦爲才之轉注字。並補充說明於此。（案：此段所稱諸例，並以本體字爲聲，變其形貌以別義，與祏娶裸媒之字不異，故同爲轉注字。）

其十一，形聲出於轉注之說，是就造字方法而言。若論個別文字，則形聲字固可以直接產生轉注字。這是因爲語言的不斷孳

生和創新，由形聲字所代表的語言孳生爲新的語言，於是增改意符形成專字，即此形聲字的轉注字；完全新生的語言，其先或借用形聲字兼代，及後增改意符形成專字，亦即此形聲字的轉注字。前者如遂字本義爲道，从辵豙聲；語言發展，田間小溝謂之遂，（如周禮考工記「廣二尺深二尺謂之遂」。）於是有加水的澻字。昏字本義爲日冥，从日民聲，（說文昏下云：「从日氐省一曰民聲。」以蚊字或体作𧍷，又或作蟁，可證民聲之說可信。）心之闇昧謂之昏，於是有加心的惛字；司晨昏者謂之昏，（如詩召旻篇云「昏椓靡共」）於是有加門的閽字；娶婦以昏時因謂之昏，於是有加女的婚字。後者如豬字借爲水所停處之稱，（如尚書禹貢篇「大野既豬」）於是有加水的瀦字。渠字借爲鳥名之稱，（見爾雅釋鳥篇「䳭鴒雝渠」）於是有加鳥的⿰鳥渠字；又借爲第三身稱代詞，於是有加人的⿰亻渠字；（見集韻）又借爲蟲名之稱，（如詩蜉蝣篇傳「蜉蝣渠略」）於

是有加蟲的蠂字。

其十二，自文字形成的途徑言，形聲轉注二者行爲相反，其不同爲絕對的。可是就個別文字而言，何者屬形聲，何者屬轉注，完全視現有資料而定，因此其界限爲相對的。說文中有許多過去以爲形聲之字，於今看來都是轉注字，如福字祿字⿱無亡字舞字，並爲其例。即以本書舉江河爲形聲字例而言，亦只因現有古代資料，未見有用工字可字爲江字河字的；如其異日地下早期資料顯示本用工可爲江河，則江河二字又當歸於轉注。（已知爲轉注字者，自無歸屬於形聲字的可能。）

其十三，文字屬形聲或屬轉注的標準，既完全憑所見資料爲斷，則不僅如前文所述，有昔日以爲形聲字今日當歸屬轉注者；

且有過去以爲某一字的假借用法，實際本是二字，一形聲，一轉注，不過偶然形體相同而已。如說文以紅爲紅綠字，从糸工聲。古書中女工字亦作紅，史記酈食其傳「工女下機」，漢書工字作紅，即其例。學者並謂此借紅綠字爲工字。不知此字既與紅綠字讀音有異，其始但書作工，則書作紅者，別是工字加注糸旁的轉注字。又漢書文帝紀：「服大紅十五日，小紅十四日。」大紅小紅即大功小功，此則「紅」又別爲功的轉注字。二者並與紅綠字異字。又如荀子非十二子篇云：「勞知而不律先王，謂之姦心。」中庸云：「上律天時。」律並是述循的意思，其音當同聿，即詩經大雅文王「聿修厥德」聿的轉注字。楊倞注荀子：「律，法也。」誤以爲律法字，不知律字不作效法講。中庸經典釋文律字

無音，亦當是誤以律法字看待。可見沒有轉注字的觀念，遇到這種情況，必然產生誤解。這樣的說法，讀者也許先入爲主，一時不易接受，更舉現代轉注字爲例說明。今人或書身分爲身份，書名分爲名份，書分子爲份子，份自是分的轉注字。說文早有份字，義爲文質備，从人分聲，與彬同字。不過熟悉說文份字的清儒，當時尚未有身「份」、名「份」及「份」子的寫法；「份子」的語言也許其時尚未出現慣書份字的今人，又未必注意到說文的份字，而「身份」、「名份」的份字係由分字而來，又屬無可爭論，所以不曾發生借用的問題。而如果說有兩個份字，一爲形聲，一爲轉注，必不至以爲怪異而加以排斥。又如今人多書裝潢爲裝璜，裝潢古又稱裝池，說文潢字義爲積水池，唐時有裝潢匠，璜自是潢的轉注

字。儘管說文已有从玉黃聲義為半璧的璜字，要與裝璜字無任何關聯。上文對於紅字律字所作的分析，於此顯然可以得到充分支持。因此，要了解何者為形聲字，何者為轉注字，不能但從表面觀察，必須深入追究，庶幾可以獲得眞知。

其十四，本書轉注說解，獨能使六書說顯其完美無瑕的光輝，此在「亦聲字」上更可以充分見出，說詳第三章「論亦聲」。有本書轉注說的概念，然後對如飆、螹之字的眞實構造，始能獲致確切的認識，詳見第三章「論省形與省聲」。進一步顯示，本書轉注說對了解我國文字所具的重要意義。

第三章　中國文字的一般認識與研究方法

研究文字，不可不具備文字的一般認識，更不可無方法。許多人以爲文字學便是六書之學，只要識得六書，便是懂得文字學，可以從事文字的研究。是故通常所見「文字學」一類書籍，在文字的一般認識方面，僅及六書而止，其他似乎無可言者。六書之爲物，不過文字的類別。知道六書，固然是對於文字的一層瞭解；只知六書，卻是不足，尤其不足以言具備了研究文字的知識與方法。本書第二章專論六書學說，不因此一學說對文字的研究

作用如何，只爲認識其原始面貌，提出新的文字分類觀，目的亦不外是；整個說來，歷史的意義遠多於學術的意義。放眼前人研究文字的著作，其眞有成績的，並非僅是憑藉了六書知識，便能有所造就。以說文解字的作者許愼而言，在衆人心目中也許只是個六書說的代表人物。然其「从某，某亦聲」之說，即已衝破自己所詮釋的六書說樊籬；省形、省聲之說，更不屬六書範疇；晨下云「丮夕爲夙，臼辰爲晨，皆同意」，瀔議辠也下云「从水獻，與灋同意」，以相關文字闡釋字形結構，用的是比較法，尤與六書說漠然無關。其他如鄭樵六書略以「互體別聲」爲六書的「轉注」，固然不如所言；在文字的構成上，確乎時時有賴「互體」以分別音義。王筠說文釋例的「文飾」說，也儘管舉例多有未安

；能看出文字之一點一畫未必皆具深意，仍是卓識。這些也都顯然爲六書以外的事。諸如此類的創見，有的運用太少，不曾引起學者的注意，受其影響者微；有的又漫無斷制，運用太過，後世推波助瀾，對文字的研究不徒無益，適足害之；而前人所未能指出的文字上的重要現象，未必無有，都正需要後人的弘揚、修訂，與繼續不斷的發掘。

第一節　論文字的演變與古文字的利用

文字與語言相同，非一成不變，不可以爲既是「父子相傳」，便無改易之理。說文序云：「黃帝之史倉頡，初造書契，以迄五帝三王之世，改易殊體。封於泰山者七十有二代，靡有同焉。

」許君此說的依據雖然只是傳說，不容深究，大體是合乎情理的。其說文解字一書，則以小篆為主幹，而以古文、籀文為附從，彷彿後出的小篆，轉可為我國文字的楷式。實則緣於：一、小篆文字較多，有小篆而無古籀者有之，有古籀而無小篆者無有；二、以小篆與籀文相比，小篆較易解釋；三、壁中古文觀念上雖早於籀文，其難解程度反遠在籀文之上；因此不得不採先小篆後古籀的辦法。而且許慎作說文，是為了不欲使俗儒據隸書說解文字的謬種流傳，則小篆雖視古籀為晚，固自早於隸書，以小篆為主幹，仍是遵古，並非從今。這是對於許慎此一措施必須具有的認識。同時更須知道，小篆所以較古籀易於解釋，不因小篆眞能代表文字的最早形式，而是古籀也都是幾經變化的文字，多已失去

造字時面目，小篆卻經過李斯等的整理，凡籀文「怪奇」不可喻的部分，已加以改造，使之配合一個說解。所以小篆儘管字字可說，其說往往只適合小篆字形，不皆是造字時原意。以上所論，參見第四章。後人不明原委，竟因此養成了對小篆的絕對信賴；儘管說文說解有甚多牽強傅會的地方，亦熟視無睹，不稍理會。另一方面，時代較早的殷周古文字或出現太晚，或為學者所重視太晚，本身又不免有譌變現象，希望從此等文字尋求造字時原意，以取代說文，並非一蹴可成輕而易舉的事。是以不少人總以為小篆便是中國文字的標準形式，而說文說解也便是「倉頡」所傳；古文字的研究成績雖然已是有目共睹，仍不免「安其所習，毀所不見」，一切主張維持說文以來的「傳統」，對古文字及古文字的研究多所

詆諆。而古文字學者所表現的衝動輕率，考釋文字時任意揣測，一若此中本無標準可言，更促成了古文字的研究成績及古文字的資料本身不受尊重。「書」缺有間，辨識二三千年前的骨董，不可能避免猜測。但猜測總該是訴諸理性的，也該有一定的步驟和方法；完全不知蓋闕之義，而信口開合，譬如一個字，或釋哉，或釋爭，或釋殺，或釋牽，或釋爰，或釋曳；一個字，或釋茅，或釋矛，或釋包，或釋豕，或釋身，或釋屯；一個字，或以爲春，或以爲夏，或以爲秋，幾乎不辨四季；此如何不令人對古文字的研究望之卻步，甚或譏誚輕蔑？所以古文字的不受重視，古文字學者也是不能辭其咎的。

然而，文字既不是一成不變的，研究文字，沒有較早材料可

資利用則已，不然必定要儘量取信於較古的文字。過去學者說解文字，不以隸楷爲標準，必取信於小篆；現時有較小篆爲早的文字，自然又不可一切以小篆爲依歸。甲骨文金文儘管有寫法不一及譌變失眞的情形，要不影響整個甲骨文金文對於研究文字所具的高度價值。最主要的是，如何去掌握運用這些頗有缺陷的寶貴材料，使能爲解決問題而盡其用，而不是因爲研究古文字，給後人增添困擾。

說文所以不盡可從，固然由於古說失傳，主因還在字形失眞。小篆如能保存原形不失，其誤說必然大量減少。字形的遷化，情形不外兩端：一爲自然譌變，一爲人爲造作。自然譌變是漸進的，無意識的。無論相去如何懸遠，不難步步探索追蹤，還其本

來面目。人爲造作是突發的，有意義的。改變後的字形，配上了新的說解，儘管其說解立意甚鑿，其字形改動甚著，面對可信的古文字，亦不易識其眞相。小篆之失眞，正是兩者兼具。段玉裁論校定古書的壞誤有云：「壞於不校者，以校治之；壞於校者，久且不可治。」重刊明道二年國語序 在文字的研究上，情形正復相同。是故儘管現時已有相當充裕的古文字可資利用，方法上仍不可不講求。

早期文字寫法的不固定，爲最受攻擊的口實。殊不知象形會意文字與拼音文字不同，如其形可象，其意可會，即已滿足了文字的功能。位置的或正或反，筆畫的或多或少，結體的或繁或簡，都不是重要的事；且正是此種文字的特色，何可因此而有所貶

損！要求文字有「定於一尊」的形式，完全是後起的觀念。文字因時日湮久而起譌變，亦勢所不可避免，早期文字有此現象，同樣不足爲其詬病。研究一個字，與考訂一個歷史事件相類似。早期文字的不同形式，等於各書中某一事件的不同記載。考訂歷史者先要就蒐集來的不同史料整理鑑定，從錯綜複雜中求其事實眞相。考釋文字有時也不免一番整理工夫，從變化多端參差不齊的形體中，著眼於繁省正變之跡，以求出其最早形式。即是先要將所有不同寫法作一由先而後的合理排列，然後針對其最早形狀以推求本形本義，決不可完全不顧字形的可能發展途徑，隨意刺取一式，予以傅會，便算了事。如甲骨文字，反書作，偶有一見作者，當是的譌變；不然，「」無有變或之理。唐

蘭竟據其作者，隸定爲牵，以爲當是牽的本字。便是不能注意字形的早晚正變，任意說解文字的一例。

文字的最早形式，大抵可依下列諸法求取之：一、時代愈早的字，愈與原形接近，故只需視其字所屬的時代，即可定其形式的早晚。唯此亦不盡然，有時較早形式可以保留在時代較晚的文字資料中。個別情形如金文早期皇字从士反不若晚期爲古，及小篆戎字早字反不若隸書爲古；另一因素，則今日所見任何時期文字，都可能只代表當日的部分寫法，自不免此有彼無，或此無彼有錯落參差的現象。是故說文中代表春秋戰國時代東方的古文，有時反較西周時的籀文爲近於甲骨文，如箕字古文作，籀文作，甲骨文作或，即其例。二、象形字（包括有形象的會意字）的早晚，

可視其圖畫意味定之，圖畫意味濃者，代表早期形式；即使未必盡然，亦必有助於字形的了解。如虎字順序排列之，金文有：1  2  3  4  5  諸形，甲骨文有：1  2  3  4  5  諸形。從圖畫過渡到「意形」文字的虎字，是否即如甲骨文的第一形，依次而演化爲第五形，自無由肯定。因爲有繪畫才能的人可以增添筆畫，使其維妙維肖。但此必係基於一個背景，即此書寫者確知虎字的原始形構，則甲骨文的第一形雖不必爲最早形式，至少可助了解虎字原爲純象形，小篆作  爲形變；不如許君所云，上从虎文的「」，（案所謂虎文的「」，蓋即虎字，金文第五形可證。）因虎足似人足，而下从  字。三、可將古文字與小篆比合而觀，以接近小篆者爲中心，其餘則向上、向下求

其適當的位置，便可以看出整個字形的發展，而最早形式自出。如無字金文有1234567891011121314諸形，甲骨文有12345諸形。小篆作，與金文第六形最近，便知金文甲骨文應採取上列排次，以金文第一形爲最早，甲骨文第一形近之；甲骨文只有簡省的寫法，金文則自三以下便譌變漸起，由七以下反不若小篆爲近古。根據金文的第一形，將呂氏春秋古樂篇所記葛天氏之舞，及周禮樂師之旄舞相結合，即可確定原象人持牛尾以舞形，爲舞字的初文。至於分辨字形的早晚正變，有兩種現象可以注意。其一，偏旁的演變，往往有一定的軌跡可循，如由「一」而「二」，由「丨」而「」，由

「」而「十」。其二，兩形相近，罕見者爲習見者同化，此如變爲、變爲。詳本章第四、第五兩節從這兩方面思索判斷，應該不難認定。

不過現時所能見到的古文字，最早只是商代後期的甲骨文，寫法已不盡合最初形式。銅器屬於商代者少，一般爲兩周之物，更難望其字皆原形。所以無論爲金文，爲甲骨文，一個字的寫法，往往最早形式保存得極少，反是後起演變之形多見。憑一二寫法確定爲最早形式，不免有以特例肯定全稱之嫌。如前舉金文無字，即其一例。故在考求最早形式之外，又當注意其字的基因（basic factor）。所謂基因，即一字的基本構造成分。簡乎此者，無法構成說解，只可視作省體。增繁的寫法，必含此基因；譌變

之形，亦必有此基因的蛻化痕跡。是故研究文字，實可用基因取代最早形式的地位。因有時所謂最早形式，可能由後人增繁，如前舉虎字甲骨文的第一式。不如以基因爲準，而以可能爲最早形式的「繁文」肯定此基因。於是如前舉無字，即可視爲其基因，而以甲骨文及金文保障對此基因的解釋。更如東字，甲骨文作者最多，偶而作或；金文亦以爲習見，作與各一見。如認或爲其最早形式，未必合於實際。卻不妨以「」爲此字基因，而以與肯定此基因，以爲譌變；便可以確定說文从日在木中之說，爲官溥傅會之辭，並非造字本旨。又如金文眉壽字大致有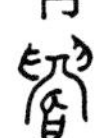、、、、、、、、、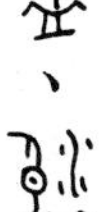、

、諸形，此字基因當爲「」，爲人形，上象二手持一倒置之皿，蓋作沐浴狀，由音推求，當即沬字。人旁小點爲水形，故或从水，而可有可無。有水者，可以證成釋沬的不誤。其餘繁省譌變之這，可以歷歷指。總之，求出一字的基因，及了解其全部演變歷程，對於文字的考釋，是極爲重要的。

許多學者利用金文甲骨文，每每只是選擇一個對自己合用的形式，便肯定其如何如何。甚至從事金文甲骨文研究的專門名家，也都有此輕率。如甲骨文岳字，大抵有1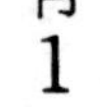23 4 5 67 8 9 10 11 12 13 14 15 諸形。（自九以下並罕見）孫詒讓釋岳；羅振玉釋羔；郭沫若以爲从省聲，爲字，又謂讀岳亦可；于省吾以从、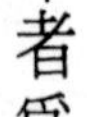者爲的

變體，字从□聲而讀爲冥；不一而足。先師屈翼鵬（萬里）先生從統計的立場，以上端从□者僅約四見，定从□□爲體之常，从□爲□之變，从□爲□之省，从□爲□之省。至於其下端，甲骨文从山从火之字，因二者形近本有混亂，此字从□絕多，且無如火字加點作□者，定其从□者爲正體，合上下兩端爲「□」，正象層巒疊嶂，山上有山之形；其作□者，則象山上有樹，樹外更有高峰。於是孫氏釋岳，遂成定案。案先師以甲骨文岳爲山西太岳山，古亦稱岳。見所著書傭論學集「岳義稽古」一文。這正顯示，考釋古文字當注意繁省正變之跡，不然只是任意刺取一式予以傅會，實不足爲訓。不過先師的意見，似乎尚有可以補充斟酌的餘地。關於上端，如本从□，爲習見的羊字，便不可能出現作□之形。文字的演變條例是，罕見者以形近

為習見者同化，習見字通常是不會發生譌變的。（詳本章第五節）甲骨文羊字及从羊之字絕無作者，便是明證。換言之，從文字演變的通例而言，亦沒有理由選取从羊之形。關於下端，从火雖然較少，畢竟與从山相差無多，非偶一見之可比，似乎不是數字可以解決的問題；而其第十五形作，（見後編下、三十八之六）即先師以為从山从火的分界亦既突破。其實，从山从火甲骨文既本有互亂，兩者俱有可能，便可據上端之从，逕取下端之从。照基因的說法，此字原當作「」，即山外有山之象。作為繁文，可以保障「」象遠山的認識。其从者，因與銜接處容易形成一短豎，於是同化於羊字，並作者亦遂誤而為。先師以為「」表樹木，因過於簡略，疑不如所言。上端重疊作者，仍為層

巒疊巘形，則其變異，與同為从「」象遠山之證。其餘則並為譌體。可見只要認眞注意一字的基因及其字形的整個演變，如此等字，本是無可爭論的。

欲知一字本形本義如何，不可完全根據小篆與說文，必須上稽早期文字以取信；早期文字寫法不一時，則須求其基因，已如上述。此外，比較先後不同時期文字，又須嚴密留意其彼此間差異，不可混不同以為同。說文許多說解只適合小篆字形，一經與古文字比較，本可立即覺察；但大意疏忽，雖古文字當前，亦不能識其本來；有時且產生誤解，以甲為乙，為後人製造紛擾。求基因為即異求同，此則於同求異，二者必須相輔為用。舉例說明如下。

說文：「帥，佩巾也。从巾，𠂤聲。帨，帥或从兌。」𠂤字金文與師同字，師帥二字韻近聲同，即一般讀𠂤爲堆，聲韻亦並近於帥字。所以古文字的研究，自宋代雖已開始，帥从𠂤聲之說，則向無異議。金文𠂤字作𠂤，說文云从𠂤的師、追、官、歸四字，金文習見，亦並从𠂤。另一方面，金文帥字亦習見，有帥、帥、帥、帥、帥等形，無一从「𠂤」者。石鼓文帥字一見，作帥與金文同；師字亦一見，作師。可見帥字所从，其始本與𠂤字無干。分析此字左半从「戶」者爲戶字，「戶戶」爲二戶。說文門字从二戶，禮記內則載有古時生女子「設帨於門右」的習俗，帥字當即以此習俗爲其製字背景，中以「帥」形爲基因，其他則或繁或簡，或略有譌變；而其作帥者，更特別

顯示出巾與門之間的關係。詳見拙著「說帥」一文，載中央研究院歷史語言研究所集刊第三十本。

說文：「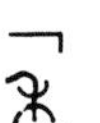，調味器據說文句讀補器字。从皿，禾聲。」亦歷來無異說。此字金文多見，據金文編所收，凡與「皿」之形有關者有：

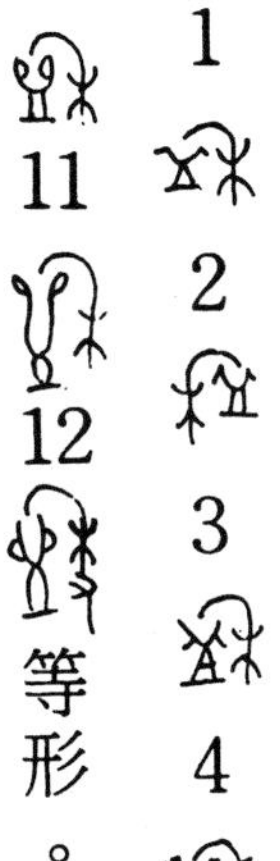

等形。此據說文以从皿从禾之字居前，未按字形之早晚排列，故自六以下與前五形中間出現斷層現象。金文皿字作或，其中一至五諸形所从與皿字或同或近，從六以下，則爲一切从皿之字所不見。著意此不尋常現象，可知其从皿部分，實爲純象形之蛻變，故其第六形的「」，仍可看出一有鋬有流而無蓋的盉器形象。下一橫疑出誤增，在同化於皿字之後。其後「」形爲皿同化，於是有說文从皿之說。

又說文：「或，邦也。从口，从戈以守一。一，地也。」此從小徐

，大徐「以守一」作「又从一」域，或又从土。」以古文字驗之，金文編收十二或字，與小篆同形者五，其餘七字均作或。「○」上下各一橫相對，所謂从戈的部分實爲弋字。不僅如此，金文編所收从或之字：國字八見，除春秋戰國間東方文字變體或、或、或、或五者之外，兩作國，一作或；減字二見，一作減，爲作減之省變，一作減，即減字小譌；後者容氏不識，以入附錄。棫字一見，作棫；聝字二見，一作聝，當爲聝省體，一亦作聝。此一不同於小篆的現象，當非偶然。而另一方面，金文中戈字或確知爲从戈之字，如武、戒、我、戌、成等，又不一見从「戈」的寫法。許君說解之非原意，顯而易見。說文或與域同字，當以「口」表疆域，上下橫示其界畫，可與疆字从畺或亖參觀。後者見金文金文或字多讀同國

，說文或下訓邦，是或本即國字，因假借爲或有、或者之義，而轉注加口。故國字之作或者，實亦或字，以「□」象其四界，可與畫字篆文作□互參。至於其字从弋之故，弋與杙同，說文「弋，橜也」，廣雅釋宮「榍𣟴，杙也」，以杙示疆界所在，至今猶然，故或字从弋表意。案弋與或古韻同屬之部入聲。不以或从弋爲聲者，弋或二字韻既有開合之異，聲母尤不相通，不合形聲字取聲條件。又案必字作𢎘，从弋而以左右兩畫表界限，造字之意可與或字互證。甲骨文有可字，學者或以爲即或字。今知或字原不从戈，此說之誤至顯。疑是金文⿰爿或字之末加聲符者，⿰爿或與臧同；爲認識或字以後的又一收穫。

文字演變的結果，或後期某字的寫法，與先期另一字相同相近；或後期某某二字的顯著區別，於先期則並不相同，此最易使人淆惑。其例如：一、說文上下二字或作丄丅，於甲骨文則「丄

」見於牡字偏旁，非上字，「丅」與示同；其時上下二字作□□或二二。二、甲骨文足字作□，正字作□；金文有□字，當與甲骨文□相同，又有□字，疑是□字的異構，參下文說□所从亦當是足字，二字金文編並見附錄一般則足字作□，而以正字作□或□；小篆以□爲足字，正字作□，別有□字據說文有疏、雅、胥、足四音。三、小篆之字作□，與甲骨文□字於形最近，釋□爲之則辭義絕不可通；其時之字作□，兩者差別甚著。四、小篆士土二字與楷書相同，以橫之長短不同爲別；木未二字作□□，以上畫之重疊與否區分。金文士字作□、□、□、□諸形，下端書作兩橫者不計長短，因其時土字作□、□、□，本無混淆可能。甲骨文土字作□、□、□，士字不詳；說文云从士的吉字甲骨文

作□，如果「□」便是當時的士字，其土士二字的分別，又與金文不同。甲骨文木字作□，未字作□，以上畫之直筆折筆爲分；未字有作□者，下雖从木，其上必作折筆。（金文未木之別同小篆）五、甲骨文王字作□或□，此形於金文爲士字，王字別作□或□。金文皇字早期作□，疑本从王聲，因仍了商代的皇字未改，（案甲骨文未見皇字）晚期始改作□。諸如此類，如不知分別看待，便將引致誤解，或固執說文之說，而無以知造字原意。更舉數例於下：

小篆在字作□，說文云「从土，才聲。」金文編在字下共收□、□、□、□四形。甲骨文無與小篆相當的在字；凡在字作才，有□、□、□、□諸形。金文一般也只書用才字，作□、□、□、□、□、□或□。分析金文編所收在字，第一形即才字，其

餘三者所从，於金文並爲士字。士與在古韻同之部，聲母一爲床二，一爲從母，古聲從母與床二不分，則在字本於才字加士聲，以別於才之本義，爲才字假借用法的轉注字。後人因先接受了說文的誤說，又不曾注意士土二字先期的分別，所以至今無人知其眞實結構。金文編附錄又收一□字，亦从一才一士，即在字；□與□虛實雖有不同，其實不異。戠簋□字作□，是其證。此字見於燮簋，原辭云：「王令燮□市旂。」令即册令的省稱，□市即他器的載市。載从𢦏聲，𢦏从才聲。在字本係於才字加士聲，故載在二字通用不別。於說文，則是才聲的紂字，或體作緇。又䡣侯鼎銘云：「虎幃□□裏。」其中□字，金文編亦入附錄，今案其字从衣士聲，當爲說文紂字的或體。在市同紂市，表裏同

紂裏，文意顯白。容氏因爲習慣了小篆在字从土的寫法，所以不能認識此二字。

郭沫若甲骨文字研究「釋干支」，利用金文賚釐二字偏旁，以爲其从□者爲未字，而有未與朵同字之說，其誤在於混□爲□。詳見本章第四節 容庚金文編木下收□□二文，前者注云「木工鼎」，後者注云「杠觶木工二字合文」。□□二字與金文木字一般寫法不同，而合於甲骨文未字。大抵未字作□者爲入周以後寫法，商代則作□，疑此二器屬商代，□□並爲未字。又李孝定先生甲骨文字集釋釋□□爲休字，理由是「亦从木从人」。此字雖不可確識，其左半从未字無可疑，甲骨文偏旁未木二字雖偶有互亂，但此字據集釋所引，其中除作□者與析字同形應爲析字而外，餘並从□，自不得爲从木之譌。右半所从亦與人字不同，斷不得以爲休字。

案私意以爲或是制字

以上三事，俱由不辨未木二字引起的誤解。

又如甲骨文□字，凡二見。羅振玉釋炎，甲骨文編及續編並从羅說。甲骨文字集釋亦收爲炎字，而云：「姑从羅說收之於此，辭意不明，無由確證爲炎字。」然此字雖因辭意不明，未能定爲何字，其必非炎字，於字形固足辨白，無待辭意之證驗。小篆炎字作□，从二火，中不相聯屬，即此已足否定羅說。而甲骨文火字作□，必不作□，其从二火之炎字不得作「□」，何待明辨？金文未見獨體火字，偏旁中凡火字作□者，均屬晚期；早期與習見者，作□、□、□、□、□等形。故其炎字二見，作□、□，與說文从二火之說合。說文古文湛字作□，从□亦从□之譌。以此言之，甲骨文□字不得釋爲炎字，尤其洞若觀火。分析此字形狀，當从大，外有

四點，應釋為粦。金文粦字作。石鼓文憐字作，所从與金文合。古人以粦為鬼火，故其字从大，而以四小點示意為粦火。與的差別，只在足形的有無。加足形蓋以表「熠燿宵行」之意，而非必需，從基因的觀點，作「」已足。金文即舞字，不必作，舝字从或不定，並與即字現象平行。而鄭玄注檀弓「與其鄰重汪踦往」句云：「鄰或為談。」鄰从粦聲，談从炎聲，進退於粦、炎之間，更無異說明，甲骨文字，既不得釋為炎，便當是粦字。今驗其卜辭：其一云：「丙申卜户。」字不詳，辭意無從窺見。另一辭云：「□卜賓貞□竹□一牛。」上竹下並有殘文，亦不能詳審其意。然爾雅釋艸云：「粼堅中。」郭注云：「粼，竹類也，其中實

。」釋文云：「粼，又作⿱竹粼。」疑此辭之炎竹即粼竹。

文字的演變，自是愈晚愈失原意。因此有人好古太過，主張燒毀說文，一切依據金文甲骨。殊不知考釋文字卻要以小篆與說文爲基礎。孫詒讓羅振玉等人古文字學上的成就，正由其具此基礎而來。沒有說文作爲通向研究古文字的橋樑，後人便不知要枉費多少心力，然後始能獲致目前的成就，或根本不能獲致目前的成就。試觀甲骨文金文中不能認識或不能肯定認識的字，幾何不是由於沒有說文的對照，而爲之束手？以說文爲治古文字的礎石，可說是「爲高必因丘陵」的常理。具體說，小篆與古文字一脈相承，儘管其譌變殊甚，必不能痕跡全泯；何況說文中保存了早於小篆的部分籀文和壁中古文，有的正是自小篆通向金文甲骨文

的階梯。且許君作說文，是就已識文字說解其本義本形，所說本形本義容有未合，不礙其爲某字。從說文中多識得一個古字，即其治古文字的能力增厚一分基礎。如甲骨文字，或作。如非說文傳下來籀文的寫法，恐將永遠無法識得此即囿字。故即此而言，說文亦不可廢。所以研究文字，古文字固然重要，說文解字一書決不可廢棄不觀。這又是研究古文字者所必須具有的認識。

第二節　論約定與別嫌

先民造字以表語言，或圖其形，或表其意，或擬其聲，每一字形在當時必定都可解釋；但無論如何，也都不免有「約定俗成」的意味。譬如形聲字：不獨絲有紅綠，何以紅字綠字必从糸？

創傷義同，（據說文二字互訓言之）何以創字从刀而傷字从人？江何不可作「㳂」？繃何不可作「綳」？莆蒲何以有別？旰旱何故不同？會意字：一字二字何以不採直書？初字何以必从刀衣？香字何以必从黍甘？立下一橫何可以爲地？既以一橫爲地，何故[illegible][illegible]等字又別从「◦」？這一連串的問題，都不是可以完全說理的。且不必說形聲會意之字，即據物寫形的象形字，又何獨不然？故如[illegible]字粗具帶角之首，[illegible]字略寫側立之形，一無例外。六書中唯一不含約定意味的，只有轉注字的「聲符」部分出於先天「注定」，不可更易；更易斯非轉注。此則因其字本由化成，非出創造，是以情形特殊。然其源於語言孳生關係者，代表其母語的「聲符」先已不能無約定意味；若其由假借而來，方其假借之初，借甲不借

乙，亦不離乎偶然際遇。至於指事之字，全不以表形達意或取音爲手段，則尤不待言說。

然而上述諸字，雖然不必採取如今之方式，畢竟如今之方式具備了聲可諧、意可會及形可象的條件。換言之，此等字的部分構形或其整體，仍多少與所表語言有關。情形有甚於此者，有些字的構成部分則與其所表語言無絲毫關聯。前文曾提及王筠說文釋例的「文飾」一說，其舉例雖幾乎盡屬壁中書的譌變，文字的筆劃確然有除了爲區別字形，沒有其他意義可言的。（案這當然不是王氏文飾說的原意）如前舉甲骨文木未二字，一作朩，一作木。我頗疑心朩是魅的初文，象老木形，故以折筆繫之，所以說文有「木老於未」之說。木字上必用直筆，則只能從約定別嫌說解，此外不能說出任

何道理。但既經約定，便亦不得隨意易改。荀子云：「名無固宜，約之以命；約定俗成謂之宜，異於約則謂之不宜。」原雖是就語言的形成立論，文字的製作，亦應持此看法。如拘泥不化，任何點畫都想從其所代表的語義上講出道理來，便等於作繭自縛。

更如甲骨文金文周字作𤰔，加四點只爲別於田字。甲骨文上甲的甲作⊞，報丙報乙報丁的丙乙丁作匚丙匚乙匚丁，所加□コ之形，無非使成專名，以與一般甲乙丙丁字求有所別，仿佛金文文王武王的名稱書作玟字珷字；未必如王國維所說，爲「壇墠或郊宗石室之制」。且即使如王說，其他祖先日干上不加□或コ，仍不脫約定意味。⊞又作⊞，則以別於田字。殷人以日干爲名號，稱甲稱乙者多，於是區以別之，而有上甲報乙報丙報丁的稱謂，文字

上自然也須要求分辨，加口加コ，用意恐即在此；口與上或コ與報之間，意義上不必有何聯繫。前人說解文字，因為沒有這種觀念，有時便不免迂曲難通。舉例如下：

子、說文云：「丗，三十年爲一世。从卅而曳長之，亦取其聲。」實際上卅是三十的合音，世是卅的音轉。金文卅字作卅、卅、卅、卅、卅、卅諸形，爲三十兩字的合書，世字作世、世、世、世，兩者大體相應，而略有不同。至小篆變點爲橫，於是卅變爲卅，世亦變而爲丗。世的讀音由蘇沓切變爲舒制切，爲語言上的約定，（韻母的不同，可以世與枼作比較；聲母的不同，可以弑與殺及少與小比較。）其字形由卅變世，爲文字上的約定，都是爲了與三十合音的「卅」求有以別。所謂「从卅而曳長之」，並沒有其他深意。至於「亦取其聲」，當謂

取卉之聲；段玉裁以為「取曳之聲」，則殊無理致。

丑、說文云：「，婦人也。象形。」「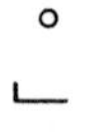，牧也。从女，象褱子形。一曰象乳子也。」又「，止之詞也。从女一，女有姦之者，一以禁之，令勿姦也。」甲骨文金文母字一般書作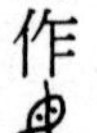，亦或不加點作，可見原以「」表女母二語，強為之別，始有加點的字；說文據小篆說為象褱子形，又說象乳子，後人更說兩點象乳形，都非造字時原意。田周二字本同一形，金文成周戈周字作田，是其證，或以加點作𤰔者見甲骨文及金文為周字；余永梁說：「金文周字作𤰔，從田中出米。」周法高先生說：「甲骨文周字，象田中有種植之形。」果如此，周田二字當互易。唐蘭說：「周字在空隙處偶然加上了點。」自較二說為長。以為加點全無用意，仍是一間未達。甲骨文本借戉為歲，後以加點作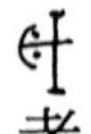者為歲字；郭沫若謂點為懸戉之小穿，左右視之，故點有二。于省吾謂兩點象斧刃尾端迴曲中所餘之透空處。如郭說，實

不得有二點；如于說，字當作[illegible]，且不得有無點者。並見附會爲說。唐蘭以爲文飾，無他用意，瞭解亦未透徹，與說周字同誤。金文斗字作[illegible]，升字作[illegible]，亦以有點無點爲別。甲骨文星字作[illegible]若[illegible]，月字作[illegible]若[illegible]，其後分化，固定以中有點者爲晶字月字。唐蘭以□○爲方字圓字，此雖不得其證，依理宜然。自甲骨文以來，日字中間加畫，蓋亦所以別於□字○字。案甲骨文日字方作，故宜與口字別。又如說文古文玄字作[illegible]，以別於糸之作[illegible]。凡此，並與於女字加點爲母同意，可以互觀。至於毋字，金文但書作[illegible]，與母字同形，無从橫畫者，爲純粹的音近借代。至小篆兩點相連爲橫，其始或亦爲求與母字有所別，其後遂有「一以禁之，令勿姦也」的怪說。兩點變橫，可能便是怪說產生的時代，但母字兩點必是絕對的約定。

寅、說文云：「[illegible]，直言曰言。从口，辛聲。」甲骨文言字

作□、□、□、□諸形，金文作□或□，大體言之，辛聲之說似乎無誤。對照甲骨文金文辛字，說文的破綻，便立即現露。因甲骨文辛字習見者作「□」，而言字必不作「□」；金文辛字通常作「□」，已與言字从「□」者不盡相合，又多作「□」，言字則必不作「□」，偏旁中雖有此形，但偏旁不足爲據。說詳第四節是故言字所从有時雖與辛字同形，可斷其並非辛字，不過偏旁中偶然相混而已。今人因見爾雅釋樂云「大簫謂之言」，便說□、□爲大簫之形，捕風捉影，不待深辯。要了解此字，當取舌字作一比較，蓋言既不可無舌，案說文舌下云「在口所以言也，別味也。」而甲骨文舌字作□、□、□諸形，正分別與言字作□、□或□相當，僅其上一橫有無的差異。合理的解釋當爲：言字即取舌形見意，

爲其別於舌字，而強加一橫。又說文音下云「从言含一」，段氏解釋說：「一，有節之意也。」顯是附會爲說。甲骨文言音二字同形，金文音字亦或作音；說文吟字或體作訡，又或作齡，可能亦爲言音二字其始同形的孑遺。然則舌言音三字，大抵形體上起初僅舌言二字有別，言音二字音讀的不同，則由其上下文決定。如子字甲骨文金文有二讀，全賴上下文分別。於「音」內更加一橫爲音字，又屬後起的別嫌方法。

卯、說文：「工，巧飾也。象人有規榘，與巫同意。𢒄，古文工从彡。」「巨，規巨也。从工，象手持之。」又「壬，位北方也。象人褢妊之形。壬與巫同意。」依許君之意，工巨壬三字字形俱相關。甲骨文壬字作工；工字有工𠯈二形，前者與壬字無

別。金文壬字作工與工，工字作工工與工，亦或同或近。甲骨文學者或云工壬一字；或云壬與工寫法大體相同，古音亦復相似。工壬二字寫法大體相同，此是有目共睹的事實；至謂工與壬同字，或謂二字古音相似，則與語言現象及今所知古音不合。壬與工字形相似，其間有無何種關係，無由究詰。（案字形相同，不必定有關係，其例如甲骨文之甲與七。）巨與工的關係則大致如許君所說，巨字从「工」者，「工」爲矩象形。不以規矩不成方圓，工必有矩，故即以象形之矩爲工字。說文所謂「象人有規矩」者，其意在此，蓋古之遺說，許君以爲象人中規中矩之形，與巫同意，（案說文巫下云：「象人兩袖舞形，與工同意。」）是則迂曲不堪。然而同形異字的現象，究竟不便於用，字形上要求分別，勢所必不能免；金文甲骨文工字或作工工工諸形，當是此種

要求下的約定寫法。矩字全形作，(見金文)象人持矩形，所加夫字蓋亦爲別於工字。其後有鑒於「」的形象足以滿足別嫌要求，於是簡化而爲巨字。(案說文云巨字「从工，象手持之。」)壬字可能與工字無任何關係，但形體上的需要分別，則亦無有不同，故金文有強加一點作「」的寫法；由點而橫，便成爲小篆的「」字。(案中橫特長者，以別於王玉二字。)

辰、說文：「丕，大也。从一，不聲。」義爲大而其字从一，說文一字注文「惟初太極，道立於一，造分天地，化成萬物」的觀念，似乎可以塗附，當然就是許慎以丕字入一部的道理所在，卻無法肯定丕字的產生必在老子之後，也無法知道此字的製造確實用了老子的思想。另一方面，甲骨文無丕字，本借不字兼代

，早期金文仍然相同。金文丕字又有「」字的寫法，甲骨文亦有此字，但辭意不明。二「不」何以爲「丕」？如果懂得這個道理，必然也可以理解丕字从「一」的究竟；而二龍爲龖，義爲飛龍，二弓爲弜，義爲弓彊，二先爲兟，義爲銳意，顯然表示重複字形，只爲區別意義。更結合上文所述的言字音字看來，丕字从一的眞相，便不待明說了。

巳、說文：「，異也。从乙，又聲。」乙下說文云「象春艸木冤曲而出，陰氣尚強，其出乙乙也」，見不出尤字从乙的道理，所以朱駿聲逕指「从乙無義」。朱氏云：「此字當即猶之古文，犬子也。从犬省，ɔ指事。」又云：「或說㺯之古文，犬張耳貌，象形；亦通。」亦皆附會爲說。金文如獻伯簋尤字作，大豐簋作，特較又字多一短畫，而又尤二字僅有聲調之差，疑訓異

之尤，其始本借又字爲之，加一短畫，只有區別字形的作用。說文疣疚二字同音同義，（疣爲⿰尤頁或體。⿰尤頁疚二篆並云顫，音同于救切。）疣實即疚字或體，或者正透露了此中消息。（丑字金文作□、□、□等形，或即作□，與又字不異，疑本亦借用又字，爲別而強改字形。）

據上所云，文字的點畫既有別無深意，只爲別嫌而設的約定現象，了解一個字的結構，有時便不免要取他字比同而觀，不然無以獲得切實的認識。更舉數例如下。

說文：「舌，在口所以言也，別味也。从干口，干亦聲。」段氏釋从干口之意云：「言，犯口而出之；食，犯口而入之。」可謂巧妙入神，深得許君之心，無如舌字本不从干，而終爲曲說。今人由分析甲骨文□字，知舌字當爲純象形，但舌形何以作「□」，更加不得其解。于省吾用山海經歧舌之國爲說，歧舌之

人畢竟無有，山海經多荒誕不經之言，原不足採信。李孝定先生以爲，「物類之中唯蛇信歧出，先哲造字或於此稀見者取象。」但今所以確知舌字爲象形，是從分析字得到的認識，則明爲人飲酒形，不得口中伸出蛇信，應不待辯。欲明瞭此字，疑當取古字合看。蓋「舌」字用象形之法造字，大抵即如「」或「」之形；而古字作或，無以區別，乃不得不強使舌字作或。「」與「」非歧舌，取其動態別嫌而已。舄爲鵲字象形，金文作，亦用兩片之舌，以示意其喜噪，不啻爲舌字造意得其明證。此說讀者或不免以造字先後見疑，實際上儘管古字成於舌字之後，仍可能爲遷就古的字形，改變舌字的形狀，此於下文事字一例可以清晰見之。七字原作「十」，及十字由丨變

十，而改七字作七，情形亦同。

說文：「事，職也。从史，之省聲。」金文事字作事、事或事，甲骨文作事，下端並與史字作史同形，其字从史無可疑，之省之說則不合。史本記事者之稱，史事二字又復韻同聲近，史當是事的孳生語，其始必同書一字，表現於甲骨文金文事與史的不同形象既無可解，當是為別嫌所採取的約定寫法。（更詳本章第六節）

說文：「豈，還師振旅樂也。从豆，微省聲。」此為書中以省聲解字最受訾議的一說，因其微下云从敳聲，敳下又云从豈省聲，豈與敳互為聲符，充分表現其附會為說。何況二者聲母相遠，不具為聲符條件，豈實由壴改變字形而成。壴本作壴，為鼓字，象鼓在架中形。豈字即取鼓形見意；（參見第二章第五節）甲骨文艱字从

壴爲聲，是壴亦讀同豈字之證。案⿰壴堇與艱同字，亦與敳同。說文云敳字从豈聲，讀若墾。清儒以墾即艱字。墾豈二字雙聲對轉。更參本章第八節。後爲其別，強使讀「豈」的壴字作⿱𡵂豆。小篆變壴爲豈，故⿱𡵂豆亦變而爲⿱𡵂豆。豈字固不从微爲聲，其始且不从豆。

取相關字以了解約定別嫌的現象，並不以上述特殊構形爲限。如讟、譱二字所以从誩不从言，便是爲別於讀字或詳字。讟與謗義同，方言十三云：「讟，謗也。」謗字从言，可見讟字不必从誩。篆文省譱爲善，寧取上下結合方式，頗不合方塊字要求，正因爲有與詳字區別的需要。其他如活東字作⿱東䖵，不作蝀，顯以別於螮蝀字；兔字後世或加艸作菟，蓋以避與免字相混。大凡字形有似不易理解者，不妨循此途徑以求，或者便有所獲。

文字的約定現象，初不僅如上述，止於一字的某一部分而已。更有全字出於硬性約定，毫無道理可言的。前章論指事，曾舉民間俗書以×爲四，以𠄡爲五及吳王孫休爲其四子所造八字爲例；又謂其見於說文中者，五六七八九十等實亦如此。今就五至十諸字詳論如次。

據說文，一橫爲一，二橫爲二，三橫爲三，自是有理可說的會意字。甲骨文金文及籀文積四橫爲四字，仍與一二等字相同。小篆四字作四，五字作𠄡，六字作六，七字作七，八字作八，九字作九，十字作十，儘管說文都有說解，卻無一能令人首肯。其中十字一說最爲簡易明白，似乎並無問題。說文云：「十，數之具也。一爲東西，丨爲南北，則四方中央備矣。」然今所見古文

字，最早其字作｜，稍晚作❙或✝；由點變橫，然後始有橫豎相交的「＋」字，可見其始絕非以四方中央具備的觀念見意。何況說文八字下云：「八，別也。象分別相背形。」根本不當數名字看待。試想自一至十諸字，其他皆爲數名所造，而謂古人獨不造數名的八字，只是假借爲用，寧有是理！顯見許君於其形無可附會，而不得不改變詮釋的方向。則自四以下，其餘諸字的解說眞相如何，可以不問而知。今之學者於此諸字多方揣測，其善者，如謂𠄡本收繩器象形，介本爲入，七本爲切，九本爲肘等說，或無徵於字形，或不合於字音，亦無一能令人信採。其故則諸字本是純粹約定的指事符號，必欲遵循許君說字的途徑，強使可解，終不免於重蹈覆轍而已。今就字形分析之，其始五字作×，六字

作∧，案于省吾云：山東城子崖黑陶文之紀數字作×∧，甲骨文第一期甲端紀數字相同。七字作十，八字作八，九字作九，十字作｜，少則一畫，多則二畫，如果說這些記數字都係假借爲用，何竟如此巧合，正都有語音相同而不出兩畫的文字可供驅遣？以天干及地支二十二字相比較，二十二字全用假借，而筆畫繁簡不等；紀數之百字萬字爲假借，亦正不以二畫爲限，應足以說明此諸數名字非由假借而來。更從筆畫變化觀察，以兩畫組合爲字，不外＝‖//\\<>八∨<>∧∨⊥⊤⊥⊤⊥⊤⊬⊢⊣⊣⊢⊣×十等形，而正反不可兼採，近似必須避除，可用者不過＝‖八∧×十⊥⊤⊢數者而已；而‖爲二十又不可用，假使先人一時設想未週，其中又復二三形不曾慮及，至於九字，便不得不變其體勢，而不可更用直筆。由此看來，不以諸字爲純粹

約定符號，恐反是甚不合理的。其後變乂爲𠄡，是爲避免與七字甲字的可能相混；改∧爲∩，由直筆而折筆，疑求與入字區別；再由∩而演變爲介。（案說文∩別爲一字，甲骨文金文∩爲屋室形，見於偏旁。）至小篆，丨字由十變而爲十，於是七字下端屈曲作七。亖字的改作，疑爲別於彡字；（案彡本作彡、彡、三、彡、亖諸形。）四的形成，則其時代甚晚。甲骨文未見類似之形，金文一般仍作亖，僅郘王子鐘作四，鄲孝子鼎作四，郘鐘作四，大梁鼎作四，四者而已；並春秋時寫法，故與說文中代表春秋戰國東方諸國之「古文」作𠕖者差近。秦公簋作亖，仍上承殷周之舊。小篆作四，與石鼓合，蓋西方文字受東方文字之影響者。論者或以四爲呬字初文，假借爲數名之稱。據上引金文與說文古文的不定寫法看來，恐仍由四橫畫縱橫排列演變而來。此字

本不屬×字以下的指事範疇，可能又脫離了二二三的會意系統，所以顯得最爲特出。

第三節　論位置的經營

此節所論，是希望深入探討合體字的形式結構，觀察其間有否受到何種原則的支配，期能在研究個別文字時，由形式的了解，轉化爲對實質認識的助力。此等合體字，包括轉注字、形聲字及部分會意字和象形字。這方面的了解，向來爲學者所忽視，其重要性則未必下於六書。因爲六書不過是文字的分類，從造字觀點了解文字的種類，對文字的發生發展固可有一概括認識；於個別文字的考釋，卻未必能收立竿見影之效。譬如面對甲骨文金文

不曾見過的文字，並不能因爲嫻習六書，而確知其爲象形、爲形聲、爲會意，從而識得此字。舉例以言，金文有一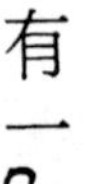字，結合皀泉二字以成，爲說文所無。依常理判斷，屬於會意的可能性雖不大，由於皀與泉在古代都屬小類名，（說文皀部；毚，狡兔也，兔之駿者；䨲，獸名；[illegible]，[illegible]獸也，似狌狌。爾雅釋水：泉一見一否爲瀸；濫泉正出，沃泉縣出，氿泉穴出。）都有作爲意符的可能，即使斷爲形聲，仍無法確知何者表意何者表音。諸如此類的問題，自然不能奢望經由合體字形式結構的了解，便可一一獲得解決。但文字形式結構上的廣泛深入了解，對個別文字實質的認識，會不會帶來幫助，沒有經過試探，其可能性似乎沒有理由根本排除。何況即使不爲其他目的，僅是合體字形式結構有否受到何種原則支配的問題，本身便有加以探討的必要。不然如果有人問，若江

河之類字何以不作「坔」、「⿱水奇」，武信之類字何以不作「⿱止戈」、「⿱亼言」，難道根本不值得回答？過去研究文字的學者，這方面不曾稍加理會，許慎的說文便是一例。但許慎說解文字，是就已識字釋其本形本義，字的讀音是事先掌握了的；而掌握了文字的讀音，等於掌握了區分形聲會意的管鑰，故不必更乞助於字形結構的了解。今天研究文字所遭遇的最大困難，是面臨著許多不認識的古文字，有時除去假道於字形的認知，別無從入之途。因此對於合體字形式結構的探討，便成了時下當務之急。

最先注意到合體字有不同形式結構的，是唐人賈公彥。他在周禮疏保氏六書下說：「書有六體，形聲實多。若江河之類，是左形右聲；鳩鴿之類，是右形左聲；草藻之類，是上形下聲；婆

娑之類，是上聲下形；圃國之類，是外形內聲；闕闠衡銜之類，是外聲內形。」此後不更見其他有關的創發。清代是文字學的鼎盛期，也僅有王筠指出賈氏所舉闕闠二字仍是外形內聲；銜字據說文爲會意，即使如段注以爲「金亦聲」，亦爲外形內聲，於是更易爲从門聲的聞問闇閩四字，此外別無所聞。但賈氏的發現，只是捕捉了形聲字（討論形式上的問題，所以包括轉注字在內。）的表面現象，沒有進一步探索所以有此現象的根本原因，且於會意字以及合體象形字之表面現象不及一言，自然不能令人滿意。特爲論述如下。

首先，要指出合體象形字與會意字形式結構的類別。所謂合體象形字，即前章所說兼表形意文字。理論上此種文字應與形聲字相同，左右、上下、內外各可以二分，共爲六類。實際如𩠐

籀文𦣞字是右形左意，頤篆文𦣞字是左形右意，𥫩與互同字是下形上意，金文眉字是上形下意，甲骨文金文鼓字是內形外意，甲骨文組字是外形內意，正具六類。至於合體會意字，因其兩體皆用以表意，便只應有三類，如休信是左右式，金文乘臭是上下式，閃鬧案鬧字一般從說文新附以鬧爲正體，唐人所寫韻書並作閙，時代在新附前，故以爲例。是內外式。

其次，探索形成各種類別的究竟。根據會意字休、、閃三字觀察，人在木旁爲休，人在木上爲，人在門中爲閃，可見其左右、上下、內外的不同布局，完全決定於取以表意的客觀背景，並非任意安排。更看合體象形字，其中眉鼓組三者，象眉形在目上，◯象鼓形在架中，D D即肉字，象形。在俎且即俎字，象形。內，亦與休閃相同，並利賴其位置關係以顯意。其餘合體會意字信、臭、鬧，

及合體象形字䶢、頤、笠，則不見關係位置有何特殊意義。於此可以得到第一個結論：藉位置關係以見意顯形，當爲部分合體會意字及部分合體象形字的結體原則。

更從另一方面看，我國文字一般爲方塊形，小篆以後的正楷字，表現得尤爲強烈。小篆以前文字，如商代甲骨文及兩周金文，似乎蓄意求體勢上錯落參差，以自然爲姸巧。不使一字過寬或過長，是則與小篆以後文字無有不同。故凡以兩體結合成字時，總要在結構上斟酌經營一番，不使有過寬過長之感，於是形成左右、上下、內外的不同結體。舉例言之，水字本作，易寫爲直長形，从水之字如江河沙汭，並取左右式。草字本作，偏旁中易寫爲橫寬形，从艸之字如草藻苗蓏，並取上下式。門字本作

，易寫爲方正形，而其下中空，从門之字如閭閣閒閑，並取內外式。上述各組舉例，前二者屬形聲，後二者屬會意。不僅如此，前節所舉關係位置不見特殊意義的信臭閙𩠐頣笠六字，由今看來，亦莫不與此原則相契合。於是又可得一結論：要求形體方正，當爲一切合體字的結體原則。

於此有兩點補充。其一，所謂从某之字取某式，並非固定不可變通。即以从水之字而言，如滎漦之字，水並在下，便與前節所言不同。然而著眼於⿱𤇾冂、𠩺之字下方的空隙，不難領會水字所以在下之故。可見从水之字，水雖不必在左，仍不離乎要求方正的原則。⿱𦥯⿱冖水與澩同字，水或在「⿱𦥯冖」下，或在「學」側，更充分顯示位置結構上的匠心運用。其二，嚴格要求方正，自是不盡可

能；尤其在完全憑手書寫的古代，更是如此。當字體繁重過寬過長不能兼顧時，因我國文字採直行下書，通常寧取較長之形，（四足動物之象形字多用直立形，其故即在此。參第一章末附圖戊之甲骨文。）如金文、二字；而鄂君啓節中从水諸字，、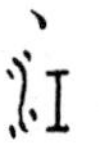、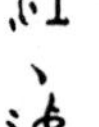、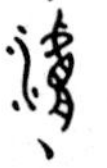、取左右式，、、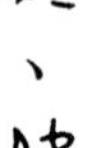、取上下式，後者水作橫書，金文、、等字相同，其刻意經營之跡，宛然在目。

至於左右式以何者居左，何者居右？上下式以何者居上，何者居下？可能涉及古人審美標準，不易究言。古文字往往不別正反，前者或並無準則。通常有一現象，兩體中如其一體爲有正反向者，類使其朝向另一體，正書反書皆然。如甲骨文雉字作，反書作、；雞字作，反書作。凡从、从、从

、从乙、从呂之字相同。後者如其中之一體爲左右式的合體字，一般取上豐下削形，婆娑、擊孿、磬礱、怒戀、砉普、勢焚，及發焚瞿翟，並其例。品、驫、猋、晶、鱻、羴、雥似乎相反；金文品字作，驫字作，猋字作，鱻字作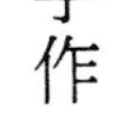，甲骨文羴字作，雥字作，可見早期仍是上二下一之形。然而這裡顯然透露了另一較大原則，即是要求合體字必須構成緊密整體。所以如翁、翕、昜、翡之字，造形便自不同；而凡从牛、从犬、从車、从革、从木、从禾、从糸、从巾、从手、从弓、从衣、从虫、从女之字合於上述情形的，亦無有以牛、犬等字位於上方者。顯示凡字下端有特出之直筆或斜畫，即不適宜居合體字的上位，必擇其下端平齊或較爲平齊者以處之，使兩體相接處不致產

生過多空隙，而構成一緊密整體。鼉字从單聲，而略其豎畫之末，採左右式則作䍚不省。翡翠一詞爲疊韻連語，其字从羽而居上居下不定，案非字原作非，較羽字下端爲平齊。並足爲此一原則作證。而前云左右式字必使其有正反向之一體朝向另一體，也可以說是求結體緊密的另一表現，只不過心理因素多於視覺感受。若網在上以覆物，从罒必居字上；皿在下以承物，从皿必居字下，此則隨物賦形，無關結體之緊密如何。又若裸裹二字並从果聲，而以內外式衣包果者爲裹字，裡字初亦从里在衣中作裏，是形聲字亦有於形寓意者。以知言文字形構，所宜措意處尚多。

此外，爲別嫌而採取的不尋常構形，也當是合體字的另一結體原則。如从日从心之字，兩體者一般以日字心字居左；而旱字恭字取上下式，則一以別於旰，一以別於⿰忄共。他若含之別於吟，襱之別於襲，批之別於⿱比手，棗之別於棘，不勝枚舉，凡異乎尋常

的構形，類有其別嫌的對象。雖然也有如畧略、羣群、峯峰、蚉蚊等全無分別的字例，任何事都難免例外，何況我國文字自始即容許較長的構形，自不足多怪。

總結上文所說，我國合體字的結體原則有四：一、藉位置關係以見意顯形；二、求方正；三、爲構成緊密整體；四、爲別嫌。四者又可以統合於兩個不同的觀點：一是藝術的，包括二、三兩項；一是實用的，包括一、四兩項。而後者自不能甚悖乎方塊字的藝術特性。

至此可以進一層探討，上述了解對認識個別文字可能發生的影響。可得而述者，有下列幾點。

甲、有助於省形省聲說得失的判斷　我國文字偏旁本有省作

現象。但自許慎以來，以省體觀念說解文字，多是隨意揣測，並無一定標準。其實省作現象與文字要求方正之特性息息相關，凡省形省聲之說，其無與於字形之要求方正者，皆是附會之辭。此意詳見下第七節。

乙、有助於文字本形的認知　說文云：「是，直也。从日正。」此字本無可疑。學者因見金文是字多作□，且或偶作□，於是捕風捉影，異說以起。林義光以爲「□之古文，跛不能行也。□象人首，□象手足跛倚弛緩不行之形。」案林氏此說誤解說文，詳見說文及段注。郭沫若謂「□象匙形，从□从一以示其柄，手所執之處也。从止，止乃趾之初文，言匙柄之端挂于鼎脣者乃匙之趾。故是與匙實古今字。」高鴻縉說「从□遮日光，从止，止爲腳，有行走意

，是之本意當爲審諦安行。」高田忠周以爲「从猶从手，當是提字。」張日昇君「疑是本蟲類，或是蝭蟧之蝭。」實則是之本義既爲直，其字从日正會意，日下之「丨」，當象日正當中其光之直射，加之以顯其意爲直而已。若其書作「」，則有違方正緊密之原則，且將誤以爲二字；因以正字之橫畫著於「丨」上。解者意識中，對我國文字之構形既無任何了解，自然不能認識此字的眞相，而不免多方揣測。至於「一」之所以或作「」，則是受禺、萬、禹等字同化的結果。

丙、有助於文字異體的認識　合體字因所在環境的不同，改變其形式結構；或因其中一體書寫形式發生變化，於是形成不同的結構面貌，便是這裡所說的文字異體。面對這種文字異體，常

令人只知二五，不知為十。前者如金文遺小子簋的字，由韋帀二字構成，為遺小子之名。容庚金文編收入附錄，以為說文所無。今知我國文字有要求方正的特性，應不難意識到此字實即說文字所从的「」。因其與行字結合成字，採左右式，則四體並列，有過寬之感；獨立為字時，採上下式又病過長，於是而有上下、左右的不定結構。、二字从或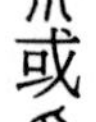，不取其本來的上下式，可助此了解。且不唯如此，據囗與帀意義相同，以及甲骨文金文或作，似可更進一步運用文字要求方正的觀念，認定與圍亦同字。又如王國維釋金文為彈字，學者多不敢採信，容氏金文編亦入附錄。然而彈兩者的差異，不過繫乎弓字的取象而已，張弓則為內外式，弛弓則為左右式，本沒有可以懷

疑的理由。甲骨文又有□字，或作□、□，金文作□或□；甲骨文且有作□或□者，其字相同。說文云：「彀，張弓也。从弓，㱿聲。」口與㱿聲同韻近，疑弘即彀字；其作□者，尤切於張弓之義，亦以張弓弛弓而異形，與□□同字可以互參。學者徒以不曾留心我國文字講求方正的特性，同字可以別構，於是疑所不當疑，殊爲可惜。容氏曾經說爵文及鉦文的□與□同字，居然亦於王氏釋文疑不敢取，充分顯示對文字形式的認識不足，便難望以一致的步調，處理相同的現象。後者如蔡侯盤□字，容氏亦謂說文所無。分析此字，从□口，與商字所从相同。依前述文字爲別嫌而異構的原則，兩者非不可爲異字。然觀金文商字，通常作□或□，因「□」的部分近於方正，一般置口

其下，直取較長之形；或加大「」的空間，而置口其中，使成方正狀。此字則「」為一細長形，以口移居右側，適可增其寬度，而達到全字趨於方正的效果。顯然可以認為實商字的別構。其辭云：「祇盟嘗商，祭受無已。」蓋用同賞字，謂用以賜食臣下，下文「受」字正承此商字而言。

最後更舉金文簋文的為例。此雖非某字的異體，然其構形異乎尋常，不運用文字要求結體緊密的觀念不易識其本來；且對其「正常形式」而言，亦可以異體視之，故論之於此。容氏金文編收於附錄，以為只是一字，反書作。今案此當是句須二字的合書。句字說文作，金文作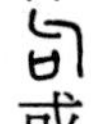或，反書作或，亦或作、作；即之異構，皆與字形要求方正之原則相合。

之反書作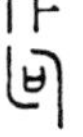,見於甲骨文。即甲骨文字,學者釋爲而;但「而」之一形見於文字者,本有「須」音。需字从「而」爲聲,讀音與須同,是其明證。此因文字本非一時一地一人所造,或在此以爲「而」,在彼以爲「須」,案而須二字加引號,以其字表語言。故同形異讀之字,所在多有。春秋僖公二十二年經:「春,公伐邾,取須句。」須句原爲春秋時小國名,以國爲氏,又爲須句氏。此簋文之,即同春秋之須句,在此蓋爲氏稱。春秋經傳同稱須句,此作「」與語序不合,或者今本經傳有誤,更可能由於字上端空隙而其下端直筆過長,因而產生了合書形式,雖有違於語序亦不以爲意。金文王子姪鼎姪字作,移其女字於至字之上,情形與此可作比較。複合名詞採合書方式,且容許不合語序的現象,在古代本是時時可見的。甲骨文

祖辛可作，十三月可作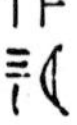，即其例。據金文詁林附錄所載，方濬益已釋爲句須二字，郭沫若更以須句說之，與拙見暗合，而觀念固自不同。容氏既入附錄，高田忠周且別釋爲狗字，以知方說未爲學者所同意，因更論之。

丁、有助於形聲會意的分辨

形聲及合體會意兩種文字，並結合二字成字，形式上並無不同。因此對於不曾見過的甲骨文金文，有時無法斷定爲形聲爲會意，即使說文說爲會意形聲之字，亦並非全無問題，都妨礙文字的了解。前文曾舉金文字，以爲形聲會意無法確指，於今看來，情況自然絲毫無補。可是下列現象，卻是最能令人興奮的。

以說文从水之字而言，水部正文重文合計四百八十七字，案正文四百六十八字，重文二十三字。重文𣶒、𣲋、犳、夳四字不从水，故不計。非形聲字僅衍、砅、休、𦨶、湾、淵、囦、沙、沁、汓、湏等十一字，其餘四百七十六形聲

字，（其中自然包括不少轉注字）除潁、罹、桼、滕、滎、澩、灓、漀、泰、𣲼、洀等十一字而外，無不取左右式，而並以水字居左。（案古文漢字作㵄，疑仍是从菓爲聲之譌。又古文湛字作𣽄，實从炎字爲聲，前人多不能識；金文炎字作炎，是其明證。）自潁至𣲼十字，顯與要求方正有關。故潁字仍可視爲左右式；罹字从网表意，其下之「淮」仍屬左右式。（依小徐本作灑，則非例外。）故十一字中例外者僅一洀字；但洀爲𣲼字古文，𣲼本从將省聲，洀當更由𣲼字簡省，其水字不在左旁，並非不可理解。見於他部之字，沓、益、盥、恭、汆五者水並不在左。沓、益、盥三字屬會意。恭爲古文阱，說文說阱字「从阜从井，井亦聲」，與井字兼具音義雙重關係。汆爲古文歙，歙即甲骨文字，「今」是舌形之變，本非从今聲；且說文淦字或體作汵，或與「汆」字特殊造形的形成有關。又有涉

、流、酒、次、渿、湌、洓七字，水並在左而非形聲。然涉字金文作，籀文作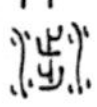，篆文頻字作，所从與金文合，本不作左右之形。流字籀文作，與涉字作者並一望知為會意字。酒字甲骨文金文作或，本不从水。次字籀文作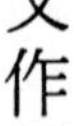，其始亦顯非形聲字。案渿為粱字古文，湌為餐字或體，洓為䪫字或體。據上所言，可見从水之字，採左右式者類為形聲；其不採左右式，而與要求方正有關者，仍可能屬形聲；若其不採左右式，且無與於字形之要求方正者，則殆為會意字。衍洐二字成分相同，沓汨二字所从無異，並前者會意，後者形聲；砅字从水在右，不作「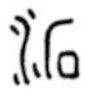」，其或體之形聲字作濿，不作「」，尤大堪玩味。說文从車从行會意的⿴行車字不作⿰車行，可與衍字互看。

又如說文从人之字，人部凡人字在左旁者，大率為形聲，正

重文共計二百三十餘字；其非形聲者，但有保、仁、佩、伊、位、付、侵、便、伏、伐等十字，中如保、侵、伏、伐四字金文作、、、，殆一望而知爲藉位置關係見意之字；其人字不在左者，正重文合計爲企、⿱人足、𣦸、𢼸、咎、弔、仚、⿱林夫八字。𣦸爲伊古文，形聲會意不詳；許愼說爲形聲者僅𢼸、⿱林夫二字；而𢼸下云豈省聲，豈下云𢼸省聲，其說又不足恃。又有見於他部从人之字：俛字本音兎，合於形聲字之習見形式；身字說文說爲「从人，申省聲」，實爲象形字；其餘从、从人、北、化、件、攸、休、及、介、仄、厃、矦、𡈼音義與挺同、色、老、戍、臥、監、囚、閃、宂、臽、㐱、飤、寒等二十五字並屬會意。其中雖亦有採左右式者，凡合體字係以同一成分重複運用，包括與其形具向背

或正逆關係者，皆爲會意字，故从、㐺、北、化四者無誤解爲形聲的可能；金文休字作，由其木字的特殊造形看來，即形式上亦不難斷爲會意字；（說參本章第五節）可能誤以爲形聲的，僅件攸二字而已。其餘十八字所从人字並不在左旁。此外，又有从儿之字，其中兌字許慎說爲从㕣聲，充字說爲育省聲，羌字說爲羊亦聲，允字大徐形聲小徐會意；其餘兀、元、兒、皃、光、兄、先、兆、禿、兇、見、竟、免、欠、旡、先、无、頁等十八字，無一非會意字，所从儿字亦並不在左。說文謂儿爲奇字人，在早期文字中原亦作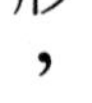形，故上列十七字實與从人者無異。換言之，凡从人之字，人字在左旁者，屬於形聲的可能性最大，同時可觀其字有無特殊造形，以定其是否有屬會意的可能；其人字不在左旁者，則

最大可能爲會意。更有引人注意者，說文說爲形聲的佃字，金文原作；金文朋友字作，與說文形聲的倗字上下、左右異構；佃田、之間並兼具音義雙重關係，原非單純形聲可比。說文「，人在山上皃。从人山。」音呼堅切，段注云引申爲鮑照書勢的「鳥仚魚躍」，與形聲的仙字（說文未收仙字，但偓下云「偓佺，古仙人名」。）結構適異；飾字義爲刷，从巾从人會意，加食爲聲，所从的人字亦正在巾的右上方。又說文說爲「从羊儿，羊亦聲」的羌字，亦正與形聲的佯字分別合於會意、形聲的習見形態。都顯然是耐人尋味的。

有了上述認識，對於說文若干从人之字的解說，便難免不能苟同。其一，說文云：「，說也。从儿，㕣聲。」兌㕣二字古

音相近，此說似乎可信。然其字不作「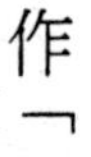」，於今看來，便覺難安。朱駿聲說此字「从人口會意，八象氣之舒散」，顯視許說爲長。唯「八」象氣舒散之說，仍嫌抽象。不若視爲喜悅時眉舒放之形，與笑字从「⺮」象綻眉形可以相互比照。其二，說文云：「，犍爲蠻夷也。从人，棘聲。」棘與僰聲母全無干係，不具聲符條件；且以襋字相衡，襋字从衣既可採左右式，人字寬度小於衣字，便沒有非取上下式不可的理由。因疑此字原从棘人會意，棘人猶云野人。其三，說文云：「，長也，高也。从儿，育省聲。」「」爲育省之說既無從取信，又不能釋何以不可作「」之疑。究竟此字其始如何會意，雖不易測知，許君形聲之說無可取，要可爲定論。戴侗六書故云：「𠫓，始生子也。自始生

以至成人，充滿充足意也。」亦牽強難用。其四，說文云：「允，信也。从儿，㠯聲。」㠯允二字聲母同，所屬古韻之部與文部亦有相轉例，其字不採左右式，似乎可從與似字別嫌解說。唯㠯允韻母畢竟有開合之別；開合不同，不互爲聲符，此在形聲字固有明顯界限。說文夋下云「一曰倨也」，疑允爲夋字初文，象人仰首作倨傲狀，因假借爲信實義，於是於允下加夊，形成轉注的夋字。

最後討論⿺乁工字，此字見金文縣妃簋。其相關文句爲：「白(伯)屖父休于縣妃曰：⿰虘又乃⿺乁工縣白(伯)室，易(錫)女(汝)婦爵……。」舊釋⿺乁工爲左，固可以勿論；即今之學者如容庚、郭沫若以爲說文仜字，亦於義不協。說文：仜，大腹也。廣雅釋詁一：仜，有也。義並不可用。此字圖形意味甚濃，从

人在工上，疑當是說文凭字，亦即經傳中通用的馮或憑字，象人憑式之形。[illegible]字義爲依憑，（經傳通行用隱字）其字从工，解者或以爲象所依之物；（如徐灝林義光）式字古多用爲憑軾義，其字亦从工，疑是軾字初文；並可與此字从工合觀。因周代十干壬字多與工同形，於是誤以爲與任同字，下加几字表意，便成說文凭字。說文云凭字从任聲，而任與凭聲韻母並異，其字不得以任爲聲甚明。銘文云[illegible]縣伯室，即憑縣伯室，憑之義爲輔，（案漢書百官表「左馮翊」，張晏曰：馮，輔也。詩卷阿「有馮有翼」，朱駿聲謂借馮爲倗。說文倗，輔也。）故其下文言受賞事。

第四節　論偏旁的分析與利用

要想識得一個不曾見過的合體字，或者希望對已識的合體字

了解其本形本義，都不可不注意偏旁的分析。所謂偏旁，實際意指組成合體字所有各部位的獨立單元而言，並不以處於「偏旁」者為限。具體言之，信字礎字所从的人、言、石、楚固然是偏旁，葬字圍字所从的茻、死、□、韋也都是偏旁。名稱顯然並不恰當，但已沿用成習，故亦因仍不改。（如果願意有一適當稱謂，可改稱字素或字位。）合體字既係由「偏旁」所組成，不能明確認識偏旁，於其合成字自然無法獲致真切的了解。因此，分析文字偏旁，便成了認識合體字的第一步工夫；依稀含混將甲作乙的態度，是必須知所戒絕的。

唐蘭於其古文字學導論一書，曾強調此事的重要性。並且舉例說：「字上半从皀，可用字作證，下半从泉，是很容易認識的。而金文學者誤釋作態。」又云：「鼄公華鐘有『眘為

之『』一語，前人誤釋做『聽』，文義不順。這字上从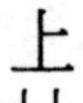月，下从口，決爲『名』銘字。」便是其注意分析偏旁的收穫。可惜的是，唐氏書中「偏旁的分析」，雖然用了上下兩節的巨大篇幅，卻並未將分析文字偏旁的用途及其應持態度說得透徹，因此更作說明。

分析文字偏旁，用途凡有三端：甲、明合體字的結構。乙、明獨體字的形義。丙、明偏旁的變亂。甲項即於所欲認知的合體字分析之，又或取他字以爲參考。乙項爲由分析合體字入手，藉以識得獨體字。丙項則是匯合諸平行現象，參互比較，以了解偏旁形體的變化。乙丙兩項唐氏無一語及之，甲項雖爲其書中所言，但唐氏並未能把持觀念謹慎處理，研判文字時，往往發生錯誤

。今並分別舉例說明如下，甲項之前二例即唐氏說之而誤者。

甲、甲骨文⿵冂羊字，其先羅振玉釋爲牢。其說云：「牢爲獸闌，不限於牛，故其字或从羊。」後之甲骨學者聲稱，⿵冂牛⿵冂羊二字義同用別，前者言太牢，後者言少牢，於是二者異字之說以起。然而後世太牢少牢既同字同名，即使二者於卜辭施用果有此別，原不礙其爲一字。此種現象語言學中謂之「補充分配」，或稱「互補」（Complementary distribution）文字中本多互補現象，情形有二。其一，即同字或體；或古人雖不謂爲或體，而其音義實同者。前者如說文中一切同部重文，後者如王筠說文釋例所舉異部重文。其一，本是一字，後世爲辨義而轉注異其形者，如猶猒、期朞。享饗二字音同義同，金文依食神及食人分別爲用，即是一例。說文饗下段注據毛詩用字云：「凡獻於上曰享，凡食其獻曰饗。」亦當時有此分別用法。然二字音義實同，故古書多通用不別。是故因施用不同而致疑其爲同字，本無道理可言。何況

如鐵雲藏龜一七六卜辭云：「貞，翌辛未，其㞢于血室，三大，九月。」明言太牢而其字从羊；京都大學人文研究所甲骨文字一八九四卜辭云：「叀小，王受又。」少牢字亦可以从牛，太牢字从羊，少牢字从牛，甲骨文均非一見，可檢殷墟卜辭綜類。更可見同字，略無可疑。

然而唐蘭云：「宰當即庠，舊釋非是，其本義爲少牢。」陳夢家亦云：「卜辭寓宰牢諸字同从，寓字後變作廌，可以證宰即後起之庠。」晚出的甲骨文字集釋亦以二字分別收入牛或羊部。案說文牢从冬省之說，其誤學者類能言之；甲骨文字所从爲何，則懵然都無所曉。或以爲所从爲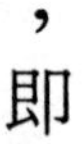，即人云亦云；从羊之隸定爲宰於後世無所會，於是推想爲从之庠，而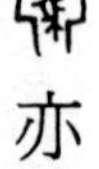亦便爲从广之廌。廌字見集韻，義爲庵。其甚者，且據之爲廌，以證之爲

庠。所謂專家之業，竟然疏闊如此！其實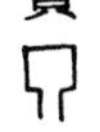、又作、三者，甲骨文本自不同，即說文亦不與同字。如非的字形發生變化，由而，終而爲所同化，即亦不得書作「牢」。以此言之，庠、廌之間，何嘗有半點關係？此字當取泉字比較之。甲骨文金文泉字作，象水出谷中形，所从與不異。說文說阹字云，「阹，依山谷爲牛馬圈也。」畜牧社會畜犍成群，漢書蘇武傳言衛律受匈奴王所賜「馬畜滿山」；周人之詩亦云「誰謂爾無羊，三百維群」、「誰謂爾無牛，九十其犉」。此無數的牛馬，自然不是後世牛欄馬廄所能豢養的，非利用天然形勢爲之閑不可，是故說文阹字義爲依山谷之牛馬圈，而甲骨文之字正象牛羊馬在谷中形。此不僅顯示與同爲牢字，

即作者亦不得異，故其辭云「畜馬在茲」，茲即茲牢，何等明白！續甲骨文編釋爲廄，廄爲馬舍，分明後世語言，而又決無以證其爲馬舍，所釋亦誤。字經由篆文的，而爲隸楷的牢，此是字體的演變；據之變形，隸定爲宰寓，原無可非，只是從此而生異解，以爲別是後世養老興教的「庠」或庵舍的「廌」，憑空爲庠字生出少牢的「本義」，便大錯特錯。然而甲骨文三者雖同字，用法則一般有別：多用於太牢，多用於少牢，則專言畜獸之陸，形成互補現象，是亦不可不知者。後世如彙蝟、矩巨、咳孩、於烏的分用，其例固不勝枚舉。

其次，唐氏古文字學導論云：「凡是形常作，變作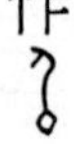，

這是象足形的。」僅就□□兩者而言，似不能謂此說必誤。但□□尚可作□或□，下端與甲骨文土字相同，而甲骨文□字又或作□、□、□，情形與□字一致，可證□下之「◆」或「◇」必是土形無疑。參乙項第一例

復次，說文云：「□，火所熏之色也。从炎上出𡆧。」金文黑字作□若□，或亦作□。除柯昌濟誤認後者爲臾字之外，學者於許君黑字从炎之說無異議，其上端之「□」，則或以爲「東艸有煙跡形」，或以爲「象竈突疏密孔」。並據金文詁林附錄所引都是訴諸主觀感覺，不曾嚴格分析字形。本章第一節曾討論學者釋爲炎字的甲骨文□字，據甲骨文金文火字作□或□，其从二火的炎字當作□或□形，因定□爲說文訓鬼火的粦字。此字下端分明與

□同形，其作□者，省點而已；上端據金文當是說文說爲鬼頭的甶字，而亦有四小點。然則其字上爲鬼頭，下爲鬼火，所以示意爲黑，可不言而喻。

更舉金文□字爲例。此字見於鬲銘，爲作器者之名。金文編收入附錄，隸定爲㬉，題其器爲伯㬉父鬲。又一鬲銘字作□，亦作器者之名，容氏題爲仲㬉父鬲。舊釋呂皇二字，自阮元以來，學者或釋⿰身召，或釋宴，或釋頞，或釋頪，或釋夏。金文詁林附錄以釋夏爲是，而不解从日之意，並云「當隸定爲暊，顯字从此」。今分析此字，左从日，右爲人形，前者从□，爲人足形「□」之變，（參見下文）後者从□，猶未盡譌；當是楚繒書之□，亦即汗簡之□，（鄂君啓節之□，亦即此字。）爲春夏之夏的專字。春夏字本借華夏

字爲之，爲華夏字，即於字加日而成之轉注字。說文華夏字小篆作，古文作，並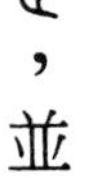之譌變。楚繒書及汗簡頣字可以訂正小篆古文夏字之失，其本身亦有省有變。日下止爲手形之變，頁下又省足形。知者，金文字說文作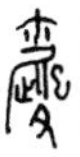，甲骨文字說文作，可以爲證。諸家所釋，除夏字一說不誤，然且不知从日之意而外，餘並隨意猜測，與偏旁不合。本章第一節所陳帥、在、或三字的說解，亦嚴格分析偏旁獲致的認識。

乙、子、說文：「土，地之吐生萬物者也。二，象地之上各本作下，此依段注改。地之中，丨，物出形也。」甲骨文作，金文作，知許說非本誼。郭沫若以爲牡器象形，離奇荒誕，本不足道。但憑空謂其不然，亦未必能服說者之心。今由等字分析，即可明證「」「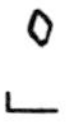」

並象地形，「一」亦表地。古人語土地義同，故土字合「◇」「一」二者以表意。小篆作土，係由金文字演變。如十字由丨而而終變爲十

丑、郭氏又謂且亦爲牡器之形。據說文且下云「所以薦也」，俎下云「禮俎也，从半肉在且上」，甲骨文且字作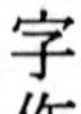或，俎字作或，正是肉在且上之形，以知且必不得爲牡器，實爲俎之初文；後因借爲「祖」及語詞，而有加肉的，更移其肉形於且外，以趨方正，便成說文俎字。

寅、說文：「臣，牽也。象屈服之形。」後人不能夷考其實，而有如章炳麟臣應作的妙解。文始：縛在地，前象其頭，中象手足對縛著地，後象尻以下，兩脛束縛，故不分也。分析、、等字，臣當爲豎目形，而郭沫若云「人首俯則目豎，所以象屈服之形者，殆以此也」，釋其字所以爲

豎目形，亦入理可從。

卯、說文：「㚔（各本作幸，此從段氏所改。），所以驚人也，从大从干。」字从大干義爲「所以驚人」，意不易會。甲骨文此字作㚔，執字作執或執。金文㚔作㚔或㚔。今人由分析執字知㚔實象手械形，殷虛出土陶俑有兩手加梏者，其梏正作「㚔」狀。於是㚔字本形得以大白，說文云「所以驚人也」，驚或是槷的誤字。

辰、說文：「白，西方色也。陰用事，物色白。从入合二，二，陰數也。」此說之誤，不必驗以陰陽五行說的發生歷史，即全由字形分析，甲骨文金文白字作白，不得爲从入二兩字會意，亦至明顯。郭沫若以爲白象將指形，與拇一聲之轉。此說但憑主觀印象，而所謂白拇聲轉之說，二字聲韻母僅有同屬脣音的關係

，發音方式且不同，是則尤爲舛濫。今由字分析之，白與皃字上端同形，金文白字用同說文伯字，疑白爲伯字初文，蓋即繪一面貌形，表稱謂中「叔兮伯兮」之伯；黑白義乃是假借爲用。以一面貌形表稱謂中之伯，除可由「約定」看待外，還可以深入一層了解。古人所謂容貌，不同於今人所說面孔，而係指面部表情而言，此所以說文貌下云頌儀，頌儀即容儀，亦即儀態。也所以論語既云「享禮有容色」、「見冕者與瞽者，雖褻必以貌」，又云「居不容」。荀子云「君子勞倦而容貌不枯」，大戴禮云「不飾無貌，無貌不敬」，並是此義。容貌威儀之富備合度，與年齡有密切關係，當是古人以一面貌形表稱謂中之伯的眞正原因。

金文之左上部亦與白字同形，象段中有飯。若據以云白之所以義爲黑白之白則大誤。因原作，其後上端爲白字同化，始與白字同形。

故知用此法考釋文字，亦不可隨意附會。

巳、說文：「□，斫木斧也。象形。」斤爲斫木斧，義無可疑，若其形則不顯。金文作□、□、□諸形，仍無助了解。唐蘭發現甲骨文□、□爲斤字，字形上□與□何以發展爲周代的□或□，亦大惑不解。唐氏云：「商代的斤字畫出一把有柄的斧斤形。可是周代的斤字變得不同，向左變爲向右，一筆變成兩筆。我們不曉得商周兩代的斤字爲什麼這樣不同，可是很夠證明，文字隨時都會發生新體。」因爲得不到答案，便將筆鋒轉向，作出了「文字隨時都會發生新體」的結論。究竟新體之於舊體，係出於另造？抑由於演變？依然沒有交代。今於枚字求之，金文二見，一作□，一作□，顯見甲骨文斤字是後者「□」的形象。金

文□則是前者「□」的匡廓寫法，與書□爲□近似；□由□變；□則可能由□而來，亦可能因□與斧斤形不近而改作：以「□」爲「□」，而以「□」爲柯。甲骨文斤字本來只需作□即可，又可能因爲與柯字作□（見河字偏旁）同形而強改爲□，故以作□者多見，而作□者爲少。

總之，此法對於獨體字的認識，裨益至大，除上所舉諸例外，其餘若由□、□、□等字分析，知辰即蜃字；由□字分析，知□象舌形；由□字分析，知午爲杵；由食、令、侖等字分析，知亼只是倒口；由育、毓、棄等字分析，知□仍是子字；由門、卿等字分析，知□、□、□等字實際無有。（亼以下諸例參本章第五節）可見此法可以充分利用。更舉甲骨文□字的考釋爲驗。

甲骨文□字，有□、□等形。孫詒讓釋豊，葉玉森釋壴，郭沫若釋蝕，唐蘭釋良，于省吾釋豈，解者異辭。論者或以于說可從，（見甲骨文字集釋李孝定先生按語）亦止於形近，而其牽強塗附之處，如以豆壺等字說明□爲豈字，與其他諸說原在伯仲之間。推源于氏所以能創爲此說，不在□本是豈字，而在□是否果爲陶器之象形；如爲陶器象形，欲求其於一頸一腹一底之間，不與豈字有若干相似之處不可得。于文又云，與此字形近者，豈字而外，尚有□、豆、壺等字，其理亦正在此。故只因形近，便定□與豈同字，顯不可從。此字見於金文戲字偏旁，其音義本不難由此推出，于氏且曾注意及此，惜未能引出應有之結論。今將金文編所收諸戲字列舉如下：

據說文云，戲从戈䖈聲，䖈則从豆虍聲，是戲字由戈豆虍三字組合而成。但無論獨體或偏旁，豆字但有豆、豆、豆、豆、豆諸形，無作壴者；虍為虎頭，多見於偏旁，其形作虍，亦不見旁加二小畫作虍或虍的。則金文戲字所从，除鬳文的「壴」與甲骨文壴字同形而外；甶文的「壴」，自亦為「壴」的譌變。不僅如此，即戲伯鬲所从的「豆」，師虎簋所从的「:D」，仲嗄父鬲所从的「豆」，亦當是壴的變形。唯豆閉簋所从與豆字同形，當是後起的同化現象。不然，戲字以外一切从豆之字沒有上述變形，便無法予以解釋。說文云䖈為古陶器，今知其字原不从豆，則壴是此陶器之象形，捨此無二解。䖈字本於象形的壴加注聲符，與甲骨

文鳳字雜字同例，其後本體部分爲豆字同化，於是說文解云从豆虍聲。虘字廣韻音許羈切，戲字有香義、許羈二音，故戲字从以爲聲。據甲骨學者云，壴字用法有三：一類爲婦人之稱，如云「帚(婦)壴示十◩」；一類爲用牲之意，如云壴羊、壴豕、壴十勿(犁)牛、壴十𦍩；一類則恆見於某日或某夕下言壴，似與天象天氣有關。則以聲類求之：廣韻犧字同音許羈切，古韻且與虘字同歌部，犧戲二字更因音同而通作，(如伏犧又作伏戲)壴字用義應相當於說文的犧字。卜辭云壴羊、壴豕，自是用牲之意；云婦壴者，古時女子以氏爲字，戲氏爲伏犧之後，婦壴即婦犧，卜辭中壴氏之婦與金文戲伯鬲、戲甗、戲卣之作者實同一氏族。唯所謂言天象天氣之壴，其意實與羊或豕上言壴者不異。蓋殷人於每日之夕殺牲爲翌

日禱祠，意義相當於歲終祈年，故此類卜辭皆記相連二日事，前一日或前夕「⿱屮豆」，而後一日有某現象。如乙編七四三加一一七二四之卜辭云：「戊辰卜，㱿貞：帚(婦)好娩妫？丙子夕⿱屮豆，丁丑娩妫。」又五二六九之卜辭云：「己巳卜，穷貞：龜得攸？王固曰：得。庚午夕⿱屮豆，辛未允得。」即其例。然則甲骨文⿱屮豆字，以犧字讀之，其辭義無不曉暢。且犧牲之語習見於周初，甲骨卜辭記祭祀用牲不計其數，而獨不見犧字，亦常理所不當有。另一方面，說文犧下引賈侍中云「此非古字」，依理度之，至少周初猶無此字，其始必係以他字兼代，詩書中所見犧字當是後人的改作。今知甲骨文以陶器之⿱屮豆爲犧牲之犧，一可以釋甲骨文不見犧字之疑，再可以證賈侍中說犧非古字之不誣。一切滯礙，莫不渙然

而解。詳拙文「釋甲骨文𡴑字兼解犧尊」，載沈剛伯先生八秩榮慶論文集。

丙、文字形式，類皆變動不居。凡字單獨使用時，因引起混亂的可能性較大，不可不斤斤計較，是以保守性較強；及其用爲文字偏旁，便似羈絆解除，時時發生變亂現象。如金文獨體之日（丹）、丼丼（井）、凡（凡）、日（日）四者異形，从丹的靜字則从井从丼从凡从日不一而足。又如楷書賣與𧶠異字，前者爲買賣字，後者音育。偏旁中後者用爲聲符，其形則不必更與前者分別。更以金文言之：如孚或作孚，肜或作肜，仔或作仔，冑或作冑，威或作威，从彳从女之⿰彳女一見作⿰彳女，宜或作宜，追或作追，凡斜出的「丿」筆，可加小斜畫作「丿」，余字一般書作余或余，欒書缶余字中畫斜出，亦便書之爲余。此爲一組。斿或作斿，敓字一見作敓，

□或作□，□或作□，□或作□，□或作□，□或作□，□或作□，□或作□，凡「□」形（案不必即爲口字）可書爲「□」，又爲一組。□或作□，□或作□，□或作□，□或作□，□或作□，各不同方位的手形並有簡省三指爲二指現象；（遷票要等字的楷書形式，正因此簡化而來。）□或作□作□，□或作□作□，凡字上端的「□」形可變作「□」或「□」，故接近「□」形的□字亦變而爲□；又各爲一組。此等成組現象，若個別孤立來看，不免產生不必要的懷疑或誤解。如□字或釋爲聽，即由於一方面忽略偏旁中「□」可以作「□」，一方面又誤認「□」爲「□」字。又如金文編以□、□、□、□、□收入附錄，不以爲俞字，大抵即受俞字通常作「□」的影響。不知俞字本作□，（見豆閉殷及俞父盤）从舟，□聲

□為蟡蝓象形，其作□或□者，形象尤其顯著。（案：知□、□為一獨立字者，齊鎛「勿或渝改」之渝作□，是其明證。又案說文俞下云「空中木為舟」，其義必有所受之，而云「字从亼舟从巜。巜，水也」，則強為之說，小篆□字實由□再變。）於此二例，當可充分了解，文字經過共同排比的分析觀察，對於確定偏旁的變亂，進而至於認識某字，關係十分重大。上列平行現象，容或實質上情形並非一致，如俞字由□而□，保字則由□而□；（後世文字如強變為强，而雖亦變為雖，然變為然，極亦變為極，皆是互變例，又案小篆□字作□，□則別為一字。）有的甚至不明究竟，如□、□。但□□、□□及□、□分別同字，則是毋庸置疑的。

於此再討論一字，金文編附錄收□、□、□、□、□五字，歷來無釋文。李孝定先生云：「从宀从疒从火，分明可辨，另一偏旁作□，不知何字。□象人在屋下偃臥之形，當是

疒字繁文，从火从↑，則不可解。」今案：甲骨文射字作□或□，是偏旁中□可省作↑，金文編收□、□、□等字，（初版見附錄，改版收入矢部。）又別收□字，（見附錄）其字當同。以此例之，此字隸定之爲□，从□从火，應是說文疢字。五者並从↑，而不一見从□的寫法，亦猶金文射字，金文編收十二射字，並从↑作□或□，不一見从□者。疢疾二字古時多連同，故疢字从疾。

分析文字偏旁，用途止乎上述三端。現時學者慣用偏旁中的變亂，以證某某二字相同，似由丙類而引申其法，然而殊可商榷。如丙類所述，已可見文字偏旁甲可以變而爲乙，故如甲乙二者獨書時劃然不混，只偏旁中有通作現象，必因偏旁所容許，故誤書甲爲乙而不覺，自不可用以證甲乙二字相同。如□□、□□

無別，而不得認□□、□□同字，（案廿為二十合書）本屬顯而易見。本書第一章即已指出，文字只要能代表語言，即已盡其功能，本身並無非如何寫不可的要求。又舉丸九次次與染盜為例，說明獨體與偏旁的互誤，嚴重性並不相同。無論古今，寫字的習慣都是：獨體分別嚴格，而偏旁卻往往任其譌亂。漢人書渠為淚，巨字則決不作戶；唐人書鹽為鹽，亦必不以巨字為臣。因後者不足以表達語言，前者則可以通行無礙。一切俗書、隸變莫不合此原則。甲骨文只是二百餘年間同一王朝之物，已不乏此例。如□□不同字，而□可以作□，□可以作□，□可以作□。□與□不同，前者為祝，後者為兄；加示旁之後，則□可以作□。告字象陷阱內插樹枝及灶坎內有柴薪形，前者為告字，後者為灶字。（詳拙著說文讀記一說）

般作□或□、□，本不从牛，亦有一二作□者，所从與牛字無別。金文時間長，空間廣，類此情形，尤其更僕難數。如□、□、□等字，「□」形並書作女。□或作□，混此爲□。□或作□，混□爲□。□與□不同字，而穖或作□，曆或作□，休可以作□，和可以作□。土字作□、□，士字作□、□，而□或作□，疆字一般作□，从□者轉少，塍字竟全从「□」，姞字亦或从土作□。□爲豎目形，□爲耳字，而□可以作□。□與□的不同，偏旁中只於□□二字始有區別意義，其餘若□或作□，□或作□，□或作□，□或作□，便不需計較；加上示旁之後的□字，亦同於甲骨文可以作□。可見僅是憑藉文字偏旁的混用，決不足以定甲即乙字；而必須據其爲獨體時觀察，同則同，異則異，無

可強合。學者竟似不見此理，古文字學中多少謬悠之說，皆種因於此。

郭沫若說未與采同字，孳乳為垂，即其一例。其說云：「未者，采也。古音未采同部，此外於古金文中則由𠂹及从𠂹之字之各種異形可證。如𠂹字師寰敦蓋有之，作□，而同敦器同字則从貝作□。此从貝者於辛鼎作□，於克鼎作□。或从□，或从□。从□者由卜辭案之，亦當係未字。□則穗之象形也。又如釐字，秦公敦作□，从未，與小篆同。叡編鐘作□，从□，亦當係未之別體。而善夫克鼎作□，師酉敦作□……皆从□。……古文𠂹𡍮字从此，本義當為穗，（原注疑小篆采字即此形之訛變）孳乳為□。□穗雖異部，然古音歌脂每相為韻，音近，故可通轉也。由音

而言，未采既同部；由字之旁从而言，未采復通用不別；是未采古實爲一字，特未用爲十二辰符號之一，故遂分離耳。」然而由音言之，未與采聲母絕不相通，僅是韻母同部，決非二字相同的現象。（詳參第八節第二部分「音韻的運用」）由形言之，只是憑藉了偏旁中的變亂，而其中以爲未字之作木者，於金文實爲木字，即以甲骨文未字衡之，其字作未，亦與此判然不同。說采爲穗象形，其形不似；疑小篆采爲采之譌變，則采分明合體字，其字又見於褎字偏旁，決其非采譌變可知。何況甲骨文金文未字習見，由未未未而未，獨不見作「采」者，是其獨體絕不相蒙。由義言之，復不見二字相同或相通。所謂穗孳乳爲垂，據二字之音義衡量，亦必不得具語言孳生關係；（孳生語與母語應具何種關係，說詳本章第六節。）初不過欲以采的字形作爲未

朶之間的聯繫而已。換言之，此一說形音義三者皆略不相干，其爲舛誤，十分顯明。偏旁果可以爲憑，此當云木與未𣎳並同字。既不得不謂木與未相同，未與𣎳亦不得只是孳生語關係。且如郭氏所云，「由𠩺及从𠩺之字各種異體可證」，金文𢻹或作[illegible]，是又當云朱字亦與木未𣎳同字。然而這樣的結論，雖郭氏亦必不取。

林義光與唐蘭說解東字，亦坐此失。說文云：「東，動也。从木。官溥說从日在木中。」此字說解歷來無異議。杲東杳並从一木一日，而變化爲三，言我國文字結構之巧妙，向與末朱本三字同爲學者所樂道。自金文甲骨文的研究盛行之後，始有不同於說文的意見。甲骨文除東形而外，又作東與東；金文亦除東

形，另有寫作□或□的，其字應爲一不可分割的整體。似乎可以分析出「从□」的部分，但□□□決非日字，即使其中从□者，仍與日字中畫必不與兩側相接不同，其字原非从日在木中會意，當可斷言。更細讀說文，知許君亦不以官溥所說爲的解。因其官溥上有「从木」二字，顯示許君認爲可以肯定的僅知其字从木，其餘从□的部分則無可解；小篆東亦作□，與甲骨文金文實同，段氏始改爲□。不過官溥有此一說，姑且引之以備參考之用。說文所引通人說，並應持此看法，說詳第四章。蓋小篆日字雖書作□，篆文日字疑原作□，今作□者，或是後人誤之。自當以籀文古文作□者爲是，案小篆月字作□不作□，可證。故許君不直以東字从日在木中爲說，而引官說於「从木」之下以爲補充。讀說文，此等處必須特別留意，不則誤解許君。王筠釋例云：「小徐無从木二句（案指小徐無从木官溥說五字而言），案从木重複當刪，官溥說

句當在从日在木中之下。」說文如本無从木二字，大徐無由增此二字，小徐則極可能以爲複重而刪削，故王說實不足取。現時學者類用以下二說：一謂東象囊形，與囊一語之轉；一謂東即束字。前者不屬本節討論範圍，別說於第八節。後者如林義光云：「古作，中不从日，⊖象圍束之形，與〇同意……彝器人負束形鼎文作，爵文作，敦文作。製字古作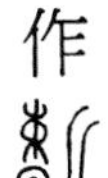，或作。餗字古作，或作。速字古或作。是東與束同字。東束雙聲對轉，束聲之竦，亦轉入東韻。四方之名，西南北皆借字，則東方亦不當獨制字也。」唐蘭云：「金文偏旁東束二字每通用，東即束之異文也。」此據甲骨文字集釋所引，原文疑當有例證，然不得出林氏所舉之外。二氏所說相同，林說列舉理由甚多，但無一可以成立。析而言之：東束二字聲韻母並有關，不必即爲同字。餗速二字或从東，無以知其必

非偏旁之互亂。退一步說，亦當云二字又或从東聲。□从東，亦無以知其即為負「東」之形。□與□既不从東，亦不从束，即說文䋎字，从衣，折聲。說文云：䋎，扁緒也，一曰弩腰鉤帶也，从糸折聲。本讀方結切，假借為莫結切之幭。方結切之䋎借為莫結切之幭，此猶宓从必聲、䩛从辟聲。毛公鼎云朱□□□，吳方彝云□朱虢□，以詩韓奕鞹鞃淺幭及載驅簟茀朱鞹合觀，虢與鞹同，□與鞃同，知□□當讀同幭。治金文學者於此字皆未了。折字甲骨文作□或□，以「□」為其基因，从斤，□象木折斷之形。因避免與析字混同，或變為□；小篆作□，即由此而來。或於□□之間加「=」或「□」示折斷之意，而作「□」或「□」，變而為□見齊侯壺或□尊文。繁其文為「□」為「□」為「□」，因譌變為「□」為「□」。毛公鼎䋎字作□，所从即折的繁文「□」。林氏以為从東的□及从東的□，分見番生毁及師兌毁所从即上述「□」

」及「□」的譌變寫法。吳方彝□字作□，「□」又爲「□」之省。林氏釋諸字爲製，既與文意不合，製字亦無由从束从東取義。且東字甲骨文金文習見，決不與東字同形；金文獨體束字作□、□、□、□諸形，亦決不與東字相混。不僅如此，說文云从二東之𣠮及从𣠮之曹，甲骨文金文此二字亦無有从束者。足以說明東與束實非同字，不得因偏旁之相混即認爲相同。不然，金文熏字作□或□，陳字作□、□、□或□，又將引出何種結論？甲骨文金文東字，絕象一囊形，但不必即爲囊字，亦可以藉囊形見意。我頗疑心東便是重字，借用爲東方義，後其字爲借義所專，而加人旁作□。爵文之□、□、□，鼎文之□，癸觚之□，正顯示爲人負「□」之形，後更以重疊方式表人與「□」之間的

關係而爲□，見井侯毁。文字採筆畫重疊方式者，如□字合□及□之「凵」爲一，羆字合熊及罷之「能」爲一，□字合□及高之「人」爲一，□字合□及中之「丨」爲一。此則於一般重疊筆畫之外，更寓有負荷之意。終而至於加土成爲小篆的□字。說文□字云从重省，克鼎字作□，本从東，蓋即東本爲重字之證。所可怪者，唐氏於釋□□一文云：「說文堇，黏土也。从土，从黃省。據說文，□即黃字；古文從黃作□，可證。金文毛公鼎堇作□，又𪎭字偏旁作□，不□簋蓋𪎭字偏旁作□，召伯虎簋堇作□，齊侯壺堇作□，陳曼簠堇作□，多與說文合。然稽之卜辭則不然。英字作□、□、□等形，與黃之作□、□、□等形者迥殊，非一字也。」是偏旁通作現象不足爲考釋文字之憑證，唐氏非不知之；而時時利賴之以成其說，人的智慧容易因利生蔽，於此可以概見。

馬敍倫說文解字研究法，「說文部首誤分誤合」說月夕同字云：「金甲文月字皆作夕，蓋月篆當如甲文作作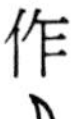，合於闕也之訓。莫爲夕者，其字即夜，从夕，亦省聲。師酉簋夜字作，毛公鼎夙字作，均从月，亦月夕一字之證矣。則月夕不得分爲二部。」此說以爲後世夕字本是月之正形，月夕本是一字，故說文从夕之夜字夙字，金文从月。而夕之所以義又爲暮者，實爲夜字。此中問題甚多，不擬詳說；主旨以月夕同字，則月夕二字聲韻母大乖，不得同字原不待明。若其可以如馬氏之證二字相同，豈止偏旁有通作現象，即獨立成字時，甲骨文金文中其形又何嘗有別？但所謂同字，必須基於所表者爲同語，即其音與義必須無異，故此終非月夕同字之說。馬氏既不悟異字可以同形，又不知

同字必須同語，妄生是非，本不足辨。所以不憚辭費，因此例有進一步警惕作用，論文字之相同不相同，不僅偏旁不足據，即獨立之字亦不可輕用。又思古人亦不必不書錯字，如金文趙曹鼎同黃字作，戊辰敦廿（二十兩字合書）字作ㄩ，皆所宜注意及之。因藉此例以語有志於考文者。

據上所論，分析文字偏旁，對於考釋文字只有上述甲乙丙三項用途。且即此三事，尙須嚴格注意，取材必須是同時期文字，不可混先後期不同文字爲一談，完全不加分辨。因爲文字演變的結果，先後期文字同異情形至爲複雜，（詳本章第一節）足以導致誤解。如前引郭沫若謬稱未采同字，其一即由於誤以甲骨文未字看待金文偏旁中的「木」字。

第五節　論分化與化同

由一字變形而成新字，或賦予一字以新的生命而別爲一字，此種現象謂之分化。原本異字、異形，因近似而變爲相同，此種現象謂之化同。

分化現象常是會意字的產生途徑，故本書第二章第四節所舉五類純粹表意文字，其中貳、參兩類並屬此例；轉注字更可以完全視爲字形的分化。前者是有意識的改造，後者則類於不知不覺間改變了原來的面貌。所以用分化的觀念來看漢字，頗能貫串其中的發展孳生狀態。

第一個揭出分化名稱的學者可能是唐蘭，其古文字學導論說

：「形的分化，義的引申，聲的假借，是文字演變的三條大路。」但唐氏以「採用兩個以上的單形，組成較複雜的新文字」如成字者，亦爲形的分化，則一切會意形聲之字都不能排拒於分化之外，自理無可取。且即如所舉由字分化爲爲，及由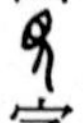字分化爲爲爲之例，實際情況是否便如所說，亦未必不容置疑。故本書所用分化一詞雖係沿自唐氏，內涵則殊不相同；以轉注字爲文字分化現象，自然更不是唐氏所能想見的。這是首先要作的交代。案：唐氏以義的引申爲文字演變現象，是不別文字與語言，觀念尤其錯誤，因與本文所言無關，只於此加注說明。

然而，本書所以再度提出此一名稱，並不在討論何者爲分化現象；而是有感於自許慎以來，學者有一種不正確認識，以爲凡不同的形象都是不同的文字，可以說便是濫用了「分化」的觀念

，頗影響於個別文字的瞭解。因此，藉分化一詞以破除「異形即是異字」的錯誤想法，是爲本書言分化的眞正目的。

會意字爲使「所會之意」得以充分顯露，於取以表意之字改變其原來面貌，本是習見現象。是故往往某特殊形象僅見於文字偏旁，絕不單獨出現；或雖亦單獨出現，此偏旁中之特殊形象，要與彼單獨出現之字初不過屬於同形，並非同字，這是過去學者大都不曾注意的。舉例言之：銅器有銘文作「」者，如非圖畫而爲文字，則不僅豕字倒置，又刀二字亦與一般寫法方位不同，但仍爲又刀豕三字，不因寫法不同而其音亦便相異，是十分明顯的。休字據說文云从人从木，象人倚樹止息之形。止息必就樹陰，故金文尋常所見，其字作或，案亦多有作者不僅取其从人从

木會意，更將止息於樹陰時的實際情況細緻刻劃出來；改變之後的木形，雖同於禾字，仍當云从木，不得以爲从禾，也異常明白。乳字甲骨文作，从一女一子，象子在懷中。女字繪出乳形，子字上端變爲从口，都不同於一般寫法，亦仍當云从女从子，象哺子之形。止字原象足形，一般作，爲左足形象；說文止字作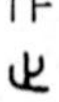，云「下基也，象艸木出有阯，故以止爲足。」說誤。右足之形當作。兩足各移動一次古人謂之步，故其字从二止作。陟義爲登，故字作，降義爲下，故字作；出爲往外，故作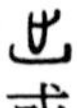或，各由外至，故作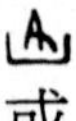或。凵與口並表營窟所从之足雖有倒正等不同形象，其同爲一止字，不可能因此而有不同音義，自然也無可疑。同理，食字取就簋而食見意，其字作，从口而倒置；君權時代，跪以受命，發號者以上臨下，

令字取象於此，从口从人，而以口形向下，人作跪形，亦清楚可睹。凡此，皆簡而易曉，不容有任何異說。

在漢儒的眼光中，因爲觀念不同，對這些字的了解，便完全兩樣。據說文，漢儒讀令字食字所从倒口爲音義與集字相同的亼字，讀令字的跪人形爲音義與節字相同的卪字，讀各字所从倒止形爲作「從後至」解的夂（音旨）字，讀步字所从右足形爲作蹈解的𣥂（音撻）字，讀降字所从倒而反的止形爲作跨步解的㐄（苦瓦切）字。於是如說文所說：「令，發號也。从亼卪。」（段注云：號嘑者，招集之卪也。）「食，一米也。从皀（粒香二音），亼聲；或說亼皀也。」（段注云：一米爲亼米之誤，从皀以下九字原作从亼皀三字。）「各，異詞也。从口夂。夂者，（疑當作「从口夂者」）有行而止之，不相聽意。」「步，行也。从止𡳾相背。」「降，下也。从阜，夅

聲。」或失其本義，或失其本形，或迂闊不知所云。□、□、□、□、□雖於說文並有其字，可視爲由止、口、人三字分化；但在步、降、食、各、令等字之中，所从只是止、口、人三字，與自三者分化的他字無關，則是無可置疑的。

問題似乎並不止於此。據說文，□、□、□、□、□等並爲獨立之字，實際恐未必都如許說。王筠曾疑說文儿、亣二字「許君蓋採自古器偏旁」。儘管說文明言二字前者爲奇字人，後者爲籀文大，一出壁中書，一出史籀篇，與古器並無關係；王氏疑許君採自文字偏旁，則可謂能見人之不能見。古文□字作□，許君說以爲从人，金文□字或作□，蓋並可爲王說作證。兩者雖只是偏旁中字形的譌變，並非爲表現「所會之意」的蓄意改作，

卻可從此得一啓示：說文中獨立的文字，未必沒有許君採自文字偏旁的。

譬如𠫓字，說文云：「𠫓，不順忽出也。从倒子。易曰突如其來如，不孝子突出，不容於內也。𠫓即易突字也。」或體作㐬。古書中未見使用此字，許君云「即易突字」，而非直接引易原文，恐許君亦未必見過此字曾被使用；蓋人云亦云，或說「即易突字」，遂亦言之如此。我曾作「說文古文子字考」一文刊大陸雜誌十周年紀念特大號取說文中所有从𠫓或㐬之字觀察，發現所謂讀同突的𠫓字，竟屬子虛。此等字如：毓本作，見甲骨文象產子形，與育同字，故从子而倒置之，下爲羊水。據王國維說棄字本作，象兩手持箕棄子之形，以遺棄不祥或私生嬰兒爲其製字背景。周之始祖

名棄，宋芮司徒女亦名棄，（詳詩經大雅生民篇，及襄公二十六年左傳。）可爲說明。初生兒首重項軟，置於箕中通常以頭向內，故其字从子而取倒置之形。甲骨文作，雖未能兼顧實際情況，爲殷質周文之一例，卻正說明了棄字所从原只是子字。說文以𠫓爲逆子，逆子豈得以箕棄之？是其說本不可通。流字本作，（籀文如此，小篆省之作。）象人上伸兩手從流而下之形，原與子字無關，更不必說从倒子的𠫓字。又說文：「疏，通也。」其字係从流字會意，而省去其水旁；梳則更是疏的轉注字，其字本作疏，說詳第二章第四節「壹、音意文字之甲」。總之，所謂从倒子的𠫓字，緣於漢儒見毓棄等字从倒子之形而不得其解，望文生意，將當時語言中的「突」強加其上，而平添一字。

又如亼字，經傳中亦不曾見用。說文中从此字的，食字令字而外，有合、僉、侖、今、舍、會諸字，又有从侖的龠，以及从食省的倉。分析此等字，似亦不見有義爲三合讀音爲集的痕迹。龠字甲骨文作□，金文作□或□，以「□」或「□」象管龠形，「□」表龠管之孔，加之以別於簡册字。其又从亼者，林義光以爲倒口，表可以吹之之意。番生簋龢字作□，象手掩龠孔之形，可爲林說之助。說文云龠字从品侖，實則侖字義爲有條理，案說文云：侖，理也。正藉口吹龠管見意。合字从兩口相對作□，取意於應合、應對，孳乳爲答，故金文或即以合爲答字，如陳侯因資敦「合揚□德」，即答揚厥德。合答二字聲不同者，蓋原爲複聲母，或應合之合與應對之合（音答）爲同形異字。爾雅亦云「合，對也」。王引之經義述聞引秦策「一可以合十，十可以合百，百可以合千，千可以合萬」，韓非子初見秦篇合並作對爲證。答對一語之轉，猶納之

轉語爲內。金文會字作□或□，倉字作□或□，並从合字會意。案說文古文會字作□，是會字从合之證。今字甲骨文作□，金文作□、□、□、□，象口中含物形，倒之者，爲別於曰字；疑即含之初文，因借爲今時義，而下加口。案說文以今時爲其字本義，解云从亼乁會意，乁爲古文及字。迂曲不堪。中山王嚳鼎今字作含，念字作□，後者以見念字本从心含會意，尤可爲此說明徵。舍字金文作□或□，从口疑本从□，後誤爲□，情形同各字。小篆从口，蓋李斯等所改。余聲。案金文余字作□□二形，說文乃反以余字从舍省聲。說文僉下云：「僉，皆也。从亼从吅从从。」爲所釋从亼諸說中唯一可以理解者。然他字皆不如所說，恐亦只是巧合。堯典記帝堯帝舜諮詢四岳，四岳答辭皆以「僉曰」一語發端，其字蓋本取象於「一問衆對」以見意，故上从倒口。

說文以止夂夊㐄分別爲字，也多有可疑。前三者分別與甲骨文金文止夂夊相當，後者相當於夂㐄二形。於甲骨文金文，則除夂字見用於甲骨文外，（辭云「辛卯夂及」，與說文跨步之義合否未知。）其餘僅見於偏旁，曾否分化成字，皆無可考。在已見的文字偏旁中，則正反順逆等止形，包括㐄或夂在內，都只能以止字看待。如其分別用說文的音義解釋，即不免拮据爲病。

其他如說文以彳亍爲獨立字，彳下云「小步也，象人脛三屬相連」，亍下云「步止也，从反彳」。二者分別由古文字的亍彳演變，在古文字本身，亍彳只是行的半體，且僅見於偏旁。（案說文行下亦云从彳亍）行字本義爲道路，象形；故亦以亍與彳表道路。古文字正反不拘，反書時亍即爲彳，非亍彳本自不同。說文丮部[glyph]字云：

「𠃨，亦持也。从反丮，闕。」「亦持也」之說，對丮下云「持也」而言。闕字段氏以爲音讀不傳。此字不唯不見獨用，偏旁中亦僅於鬥字見之；以其與丮字同時並見，似別爲一字。在甲骨文金文中，則𠃨只是丮的反書，無論獨體或偏旁，音義皆無不同。小篆鬥字作，甲骨文作。說文云：「鬥，兩士相對，兵杖在後，象鬥之形。」明爲二人徒搏，而云兵杖在後，此說自來不爲學者所解。羅振玉至謂：「甲骨文象二人相搏，無兵杖也。許君殆誤以人形之爲兵杖與？」如羅說，便是無兩士，自非許君原意。不知許君此據丮𠃨二字爲說，丮與𠃨義並爲持，而不見所持之物，是以有兵杖在後的臆想。然「𠃨」既僅見於鬥字偏旁，鬥字原象徒搏之形，是𠃨義爲持，本屬烏有。顯然漢儒見鬥字从一

丮一𠃨，以爲合二字成字，丮義爲持，「𠃨从反丮」，義亦當爲持。玩味說文「𠃨，亦持也」的文意，無異道出了其所以爲持義的究竟。但𠃨的意義可以望文而生，讀音則受制於客觀語言，無法任意製造，此所以說文於釋其形義之後，不得不更著一闕字。以此言之，所謂𠃨字，確然爲無中生有。

說文注「闕」的字，其注文往往有同一模式的現象，依類推測，常可與許君所說若合符節；更足以說明此等字原非實有，只是漢儒由分析文字偏旁而來。其例如爪部云：「爪，丮也。」「𠬞，亦丮也。从反爪，闕。」此與丮部丮𠃨二字注文同式。卪部云：「卪，瑞信也。」「𠨍，卪也。闕。」下出𠨐部云：「𠨐，事之制也，从卪𠨍，闕。」前二者亦同丮𠃨二字。𠨍下雖無从反

卩之語，既繫之卩部，可以不言而喻；「卩也」之訓，則猶云「亦瑞信也」。邑部云：「邑，國也。」「𨙨，从反邑，𨛜从此，闕。」下出𨛜部云：「𨛜，鄰道也。从邑从𨙨，闕。」又與卩等三字同例。實際則是𨛜由鄉字分析，𨙨由𨛜字分析，邑、𨙨二字更由𨛜、𨙨二字分析，一層層附會而來。其他如沝下云「二水也，闕。」屾下云「二山也，闕。」灥下云「三泉也，闕。」𠨍下云「二卩也，巽从此，闕。」豩下云「二豕也，豳从此，闕。」𣛦下云「二東也，曹从此，闕。」㒇下云「二入也，兩从此，闕。」又別同一例；云「某从此」，實則猶云由彼字分析而來。案說文云闕，本謂其音讀不詳，後世則或別有音有義，如以𠂢爲掌，以𣎆爲奏，視漢人又進一步。鳥、虎、兕、禾、木、豆、网、矢諸字本皆通體象形，說文則云，鳥之足似匕故从

匕，虎足似人足故从儿，兕下云从儿，禾下云从木从𠂹省，木下云从屮，豆下云从口，网下云从冂，矢下云从入，然則漢儒慣於將一字的部分視作獨立文字，原是信而有徵的。

化同情形可以歸爲二類，其一指相近諸體變爲另一體的類化現象，其一指甲乙形近甲變爲乙的同化現象。

類化現象似僅見於隸楷中，如□、□、□、□、□變爲秦、泰、奉、奏、春，□、□、□、□變爲西、粟、票、賈，情形亦不多覯。小篆以前文字未見有此。□、（詳見本章第八節）□、□、□□□（四者同字）諸字，說文大篆或小篆並从□，爲唯一近似之例；但篆書的□即先期的□，兩者只是體勢不同，故與前二例仍異，實際屬同化現象。（若籀文副字作𠠫，二其聲符之畐，此則受班、辨二字的影響，爲因字義引起的字形類化現象。）

同化現象則極爲普遍，各體中皆有。通常皆罕見之形變爲習見之形，文字偏旁中此種譌亂尤其舉不勝舉，對於本形本義的認識，妨礙極大。如本章第一節及第四節所論□、□、□、□、□、□等字篆文作□、□、□、□、□、□，即其例；甲骨文□字或作□，金文□字或作□，亦其例。又如本節曾談到各字本作□，从凵象坎穴，後變凵爲口，舍字告字亦由凵變口，皆因形近而起同化。其他如說文：「□，水蟲也。象形，魚尾與燕尾相似。」又：「□，燕燕，玄鳥也。籋口，布翄，枝尾，象形。」甲骨文魚字作□，燕字作□，金文魚字作□，篆文二字从「火」，即爲火字所同化，許君不得其解，而不得不展轉以燕字說魚字。又如奔字金文作□，从大，象奔走形，从三止，以別於走之

作，其後爲同化，而說文說爲卉聲。字本作，即說文墉字古文之象形；其下同化於自字作，說文遂分與爲二字，容庚說 而下云「用也，从亯从自。自知臭香所食也。」是字金文作，本从日正會意，日下加「一」表日光之直射。或同化於萬禺禹之字而作，於是而有種種臆測。詳本章第三節 榮字本作、、，象艸榮之形。方濬益說 後其上同化於火字而下加木作，說文遂謂其義爲桐木，从木熒省聲。車字籀文作，段注云：「从戈者，車所建之兵，莫先於戈也。」王國維因銅器卣文有作者，以爲車字，而云：「古者戈建於車上，故畫車形乃並畫所建之戈，說文車之籀文作，即从此字出。」如王說，車字繁文象輴軝的部分同化爲一戈字。但金文車字多作，以

籀文輈字作□，及金文較字軫字□字作□作□作□推之，□當由□譌變，即其象輈軛的「□」同化爲二戈。（參王筠說文句讀）誖字籀文作□，許君云从二或。段注以二或爲二國云，「兩國相違，舉戈相向，亂也。」本書已指出，或字原不从戈，所謂舉戈相向之說，便無著落。朱駿聲以爲「从二惑省會意」，更是曲意附會。此字本作□，見金文父年鼎，从倒正二□。□即爵文的□，亦即□爵的□，（金文編附錄分收□與□，而以□同□，非是。）从一戈一□，□象盾形。甲骨文亦有此字，作□。□雖不易定爲何字，（案疑是戎字，金文戎或作□，於形最近；姑字作□或□，又亞中古字作□，可爲釋□爲戎之助。學者多以□爲干字，□字从干旁戈，遂推之爲說文訓盾之戰。但金文干字作□、□或□，與□或作□、□、□、□、□、□等形殊不相涉，此說應無可取。今案之說文：「樐，大盾也。从木，鹵聲」，又固从古聲，而固聲之涸或體作□，以鹵爲聲，疑□爲樐之象形。）此字从倒正二□，取其兵

戎相向，故其義爲亂。後其形同化於或字作，在或字誤弋爲戈之後。

所謂同化現象通常皆罕見之形變爲習見之形，此不謂習見之形絕無同化於他形或變異形體之可能。但習見字如發生形體變化，必有其特殊原因；不然亦便無爲他形同化或變異形體之理。如止字習見，正常書寫的止字無變形，見於澀字中倒寫的止字則同化於刃字。又如習見的矢字，常形不變。葡字本作，象矢在箙中形；小篆變而作，幾全不見矢字的痕跡，顯然與其倒書有不可分割的關係。以故从倒矢的字，亦經由篆書的，（說文云：「至，鳥飛從高下至地也。」）變而爲楷書的至；从二倒矢的字，經由篆書的，變而爲楷書的晉，而並不見从矢的形影。不過由而至或由

而晉，因爲「□」與「□」都非文字所本有，故只是隸書的變異形體，非所謂同化現象。隸書的變異形體，在歷代各種通行字體中，本是極爲突出的，原因且往往不易交代。□字則受□字的影響，先變爲□，終而變爲篆書的□。（參見第四章）其他如庶字，本作□或□，（見金文）从火，石聲。（案金文石字作□。石與庶古音相爲去入，說文拓或作摭，古書跖蹠二字通用不別，並可爲庶从石聲作證。）小篆變□爲□。石字雖然習見，見於文字偏旁，除磊字情形特殊外，無有以其字居字之上端者，而□、□二字上端與石字形近，廣字且多用於偏旁，故庶字終而受其影響，變□爲□。（偏旁中口恆變爲廿，參第四節。）說文云庶字「从广炗，炗爲古文光字」，按之金文，光字無作□或□者，實強爲說辭。又如魯字原本作□，（見頌鼎）於，从口，魚聲，說文所謂鈍詞也。口與魚尾相接作□，

是下端同化於白字，而成小篆的，說文即解云从白。說文白與自同字，象鼻形。皆字說文作，許君云从自。金文此字本作，或又作，後者見大保段，又遺字偏旁多見。遂因形近同化於自字。由澀葡至晉四字之例，可見雖是習見字，如其出現時之姿態異乎尋常，即可能引起形變；庶魯皆三例，又可見習見字受其所在環境之影響，亦可能導致同化。其中庶皆二字自然仍與少從多變有關。是故研究古代文字，因同一字往往有不同形貌，如不能據理以論其正變，只是順著自己的意思選取，而給予解釋，原是不足爲訓的。本章第一節謂唐氏釋爲牽不可取，不從羅氏釋爲羔，理由便在於此。至於因特殊原因使習見字發生變形，除上文所述至字晉字而外，亦連類更舉數例，以爲參驗。如从皿之字無變形，字从皿倒

之在上，則金文或變作□，小篆更變爲□，說文以其字从爨省，爨下解云「𦥑象持甑，冂爲竈口」。从口之字，偏旁中不僅受ㅂ形變廿的影響，凡从倒口在上如食字合字令字等，則小篆悉變爲从亼，而漢儒以其音義同集字。□字楷書作武，變戈爲「弋」，似乎無可交代；如知其字由□到武之間，曾經過作「□」的階段，亦便不覺其變化無可理喻。於此又可知，論字之變形，必須充分掌握全部演變歷程，不然，恐亦不易得其眞相。

文字同化，並不以上述偏旁爲限，亦有兩字因形近而混同爲一的。如楷書胄字於說文即爲二字，一从□由聲，一从□由聲，前者義爲胄裔，後者金文作□或□，義爲兜鍪，目上所从原象兜鍪形。今所謂標準楷書或以冑與胄分，如辭海或以胄與冑別，

見常用國字標準字體表都是無法令人遵守的無意義舉措。晨與晨於說文亦爲二字，前者義爲早昧爽，後者爲房星名。今之晨字，外表是晨字的形貌，寄託的則是晨字的內容。又說文奕與弈異字，錢大昕十駕齋養新錄云：「奕洪之奕从大，博弈之弈从廾，兩字義別。」以奐奧等字說文本从廾例之，二字終將混同爲一奕字。實際上此種情況已時時見之據此了解，擬就下列諸字提出討論。

一、說文：「，蛙黽也。」「，營營青蠅，蟲之大腹者。从黽虫。」黽爲蛙黽之形，案說文黽下云从它象形，其說誤。蠅與蛙不同類，無取黽字造爲蠅字之理；蠅字所从的「黽」，原當是蠅的象形初文，因與蛙黽字近似加虫旁以爲別，其後象形的蠅字漸爲蛙黽之黽所同化。繩字从黽而其音爲食陵切，管子五行篇从黽的䐪字與

孕同字，都可證明「黽」字實有蠅音。說文云繩字从蠅省聲，亦不知而妄說。說文云祝从祝省聲，貌从豹省聲等，與此同例，詳本章第七節。

二、說文又云：「，蜘蛛也。从黽，朱聲。」此則蜘蛛的象形初文爲黽字所同化。金文鼄字多見，有、、等形，可見其下原爲蜘蛛的形象。

三、說文：「，明也。从日，勺聲。易曰爲的顙。」的字義又爲射的，學者多言的爲的俗字，段注更云的引申爲射的。案訓明之的與射的義隔，以晉字本从射的之形作，而說文解云从日例之，疑原有二「的」字。訓明之的从日，或从白，射的之的所从則象鵠的形，後因形同形近而混爲一字。

四、說文云：「，古文鳳，象形。鳳飛，群鳥從以萬數，

故以為朋黨字。」古者貨貝五貝為朋，或云兩貝為朋。王國維曰：古貝與玉皆五枚為系，二系為朋。清儒以為係朋黨字的引申用法。金文貝朋之朋作朋，朋友字作朋，是朋鳳本不同字，自漢以來，混鳳與朋為一。

五、說文云：「不，鳥飛上翔不下來也。从一，一猶天，象形。」自鄭樵用常棣詩「鄂不韡韡」釋不字象花柎形，不象鳥飛上翔之說遂漸為人唾棄。然於甲骨文不字觀之，不與不釐然為二類，前者結體平正，與帝字所从或同或近，案甲骨文帝字作帝或帝，鄭樵謂帝即蒂字象形。後者與隹字作隹、隹、隹者相近，栩栩然鳥飛邈遠之狀，與許說相合。其中有作不、不及不者，且必不得為萼蒂形。入周以後，凡不字作不或不，不、不、不、不之形不復見。面對篆文的不字，許君恐不易傅會出鳥飛上翔不下來之說，是其說必有所受

之，而鄭說亦不容遽棄；疑其始丕與不為二字，甲骨文只是通用不別，後世則兩者混同。

六、說文云：「湆，幽溼也。从水，音聲。」大徐音去急切。此義不見用於古書。儀禮士昏、士虞等篇恆見湆字，義為大羹，讀音與此同。張參五經文字云：「湇从泣下肉，大羹也。湆从泣下日，幽深也。今禮經大羹相承多作下字，或傳寫久譌，不敢便改。」段注不以為然。今謂音聲之字似不得讀去急切，（廣韻音系二十八個音聲字，除歆字音許金切，一致讀影母，且無一字讀入聲。）泣聲之字讀去急切，適與泣字同音；大羹之湆本當作湇，从肉泣聲，與从水音聲之湆原是二字二形，幽溼之湆本當讀與音同。說文：「浥，溼也。从水，邑聲。」大徐音於及切。其義與湆同，其音與湆相為平入，蓋一語之轉，

是涪本讀與音同之證。張說較然可信，惜乎段氏不能用。但張氏據隸楷謂涪字从泣下日，亦自不足取。

此外，又有字內左右對稱整齊化的現象，亦因形近而起同化。說文古文爲字作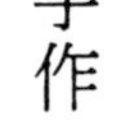，即其一例，爲周秦間東土文字之特殊寫法。楚器爲字有作、、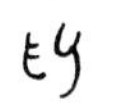、等形，與此相近，疑古文爲字即由此等形狀漸趨於左右對稱。爲字本作，象手牽象之形，說文古文作，左側仍與原形相去未遠；說文說以爲象兩猴相對形，與原意相差，不可以道里計。又如說文古文君字作，許君解爲象君坐形。金文君字有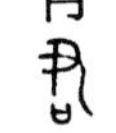、、等形，順次自第一式演變至第三式。古文君字的構形，更分明由第三形再變。甲骨文字，今有哉、爭、殺、牽、爰、曳等多種釋文。釋曳者爲于省吾，

但于氏後來放棄己見，改從胡光煒釋爭。金文爭字作□，與此字顯然不同，胡說本無可取。今知文字有字內形近同化之例，反覺于氏釋曳能得其實。說文曳字作□，其中「□」的部分即□的變形，其上右側更與左側化作相同，便成□字。□本象曳引柴薪之形，从手从木。（友人管東貴兄之意）木字不作□而作□者，正以示意枝條曳地屈曲之狀。釋哉、釋爭、釋殺、釋爰皆於字形不近，釋牽則是不辨文字正變，說已見前。□字經由□變而爲□（見本章第七節），□字的象形部分「□」經由□變而爲□（見本章第一節），□字變而爲□（見本章第四節）亦字內左右對稱整齊化例，並非因形近而同化，附列於此，以助參考。

第六節　論亦聲

構成合體字的獨立單元，既取其意，又取其聲，此種現象，

學者謂之「亦聲」，或謂之「兼聲」。因文成辭，又有「會意兼聲」、「形聲兼意」、「會意包聲」、「形聲包意」等不同稱謂，其義不異。現象的發現，始於許慎，如說文所云：

吏 治人者也。从一从史，史亦聲。

禮 履也，所以事神致福也。从示从豊，豊亦聲。

祏 宗廟主也。周禮有郊宗石室，一曰大夫以石爲主。从示从石，石亦聲。

禬 會福祭也。从示會，會亦聲。

萅 推也。从日艸屯，屯亦聲。

莫 日且冥也。从日在茻中，茻亦聲。

莽 南昌謂犬善逐兔艸中爲莽。从犬茻，茻亦聲。

葬　臧也。从死在茻中。一，其中所以荐之。易曰古者葬，厚衣之以薪。茻亦聲。

政　正也。从攴正，正亦聲。

胖　半體也。一曰廣肉。从肉半，半亦聲。

釁　血祭也。象祭竈也。从爨省，从酉，酉所以祭也。从分，分亦聲。

甫　男子之美稱也。从用父，父亦聲。

愷　康也。从豈心，豈亦聲。

貧　財分少也。从貝分，分亦聲。㝈，古文。

壹　專壹也。从壺吉，吉亦聲。

舌　在口所以言也，別味也。从干口，干亦聲。

不勝枚舉。入清以後，聲韻之學大昌，學者敷衍許氏之恉，更增加亦聲字不少。即以段注為例：

 壁際也。从阜𡭴，𡭴亦聲。

 神禍也。从示出。注：出亦聲。

 尊也。从尹口，口以發號。注：尹亦聲。

 使也。从口令。注：令亦聲。

 以足蹋夷艸。从癶从殳。注：癶亦聲。

 行且賣也。从行言。注：言亦聲。

 兒生裹也。从肉包。注：包亦聲。

 馬逸足也。（段注謂逸當作兔，足下補者字。）从馬从飛。注：飛亦聲。

 以錐有所穿也。从矛冏。注：會意兼形聲。

彣 戫也。从彡文。注：文亦聲。

馗 九達道也。从九首。注：九亦聲

恩 惠也。从心因，因亦聲。（段注云：據韻會訂，原作从心因聲。）

據弓英德「段注說文亦聲字探究」一文之統計，段氏於說文正文中改爲某亦聲者十八字，於注中增曰某亦聲者四十二字，又於注中云會意兼形聲者三字，云形聲包會意者八十一字，云形聲中有會意者二十一字，云當从某某亦聲者十字，共計一百七十五字。本書信手所舉諸例，其中君、命、癹、衙、喬等，弓文皆未列入，其遺漏之數，恐不在少。門人林玫儀君曾撰讀書報告「說文亦聲字研究」，所收說文原有及段注增列者，凡三百二十四字，亦不知正確性如何，然而即此已是整個字數的三十分之一，不可謂

少。唯諸家所言亦聲之字不盡相同；何者爲亦聲，各家主張亦頗有差異；形聲會意於六書爲互相排斥的二類，是否有可以兼跨兩類的文字，似乎根本便是問題。以此言之，這一項目是值得加以檢討的。

過去學者對於亦聲字所表示的意見，約有下列幾種。同意文字有亦聲的學者居絕對多數，意見態度則有不同。王筠釋例言亦聲有形中兼聲說，又有兩體皆義皆聲說，以爲凡字只需表意部分與其字讀音有關，即屬亦聲之字。兩者王氏俱未舉例，若笛、睦、鵰、憯之字，竹、目、鳥、心分別與其字雙聲疊韻，豈得即謂之竹亦聲、目亦聲、鳥亦聲、心亦聲？至於亦聲字之所由發生，王氏根本未嘗措意。說文吏字下段注云：「凡言亦聲者，會意兼

形聲也。凡字有用六書之一者，有兼六書之二者。」以爲亦聲字之產生，緣於製字者之兼用六書中會意形聲二法。謂製字者偶有於音符取意則可，謂亦聲字都由兼用二法而成，則其理不得然。桂馥義證云：「凡言亦聲，皆從部首得聲，既爲偏旁，又爲聲音，故加亦字。」（說見吏字下）此則猶云字之應否說爲亦聲，端視許君以其字入於何部而定。故說文中字，凡非以部首字爲聲者，如吏字禮字，（說文史字豊字並爲部首，吏禮二字分別收入一部或示部。）桂氏一概以爲不當有亦聲之說，今本爲後人誤增；且於吏字下云：「史亦聲，當爲史聲。凡以部首爲聲者爲某亦聲，吏在一部，史非部首也。」明白表示了吏字如在史部聲上便可有亦字的主張。所謂「亦聲」，便與文字本質不相關聯，其爲舛誤，尤其明顯。以上爲對於亦聲說認同的一

派。另一方面，廖平六書舊義則持完全相反的態度，以爲「形、事、意、聲四門各別，無相兼之理」，從理論上根本否定亦聲字的可能性。近人馬敘倫說文六書疏證亦謂無亦聲字。但馬氏沒有任何理論依據，只是緣於說文所說亦聲字，由彼看來，不過爲會意字，或爲形聲字，所以不主亦聲說；馬氏又以本爲會意字更加聲符者如[illegible]、[illegible]之字，庶幾可以謂之會意兼聲，則別爲一義，與說文以來之亦聲說不同。

綜觀以上諸說，對亦聲字根本持以懷疑態度的學者，固然絕對錯誤；同意亦聲說的，也不曾觸及亦聲字的本質，亦聲說對於文字的了解究竟意義何在，以及究竟何者應視爲亦聲，何者不可視爲亦聲，皆茫無所知。推源亦聲字之所由形成，其背景爲語言

，原不在文字本身。文字現象有與語言全然無關者，如前節所說化同現象。亦有與語言不可分割者，如文字之有引申義；本節所論「亦聲」，正屬此類。由文字與語言關係而言，任何二字，果眞彼此間具有音義雙重關係，即表示二者語言上具有血統淵源；果眞甲字从乙既取其意又取其聲，即表示甲語由乙語孳生，換言之，甲字爲乙字的轉注字。是故語言無孳生現象則已，不然文字便自有形成亦聲的可能。會意形聲於六書爲二類，廖氏以爲理不得相兼，雖云持之有故，卻不知六書除去形、事、意、聲四者之外，尚有轉注、假借。轉注字中因語言孳生形成的專字，實際便是亦聲字。故如前章所舉祐梳之字，易以亦聲之說即爲：「祐，助也。从示从右，右亦聲。」「梳，所以理髮也。从木从疏省，

疏亦聲。」以知廖說實有未達。然自許慎以來，學者之說解六書，因於轉注之始義無所曉，遂致亦聲字無可歸屬，形成六書說之嚴重缺陷，此固非廖氏一人之所蔽。綜觀段、桂、王三家所言，不涉亦聲本質，亦莫非不知轉注始義有以致之。

許慎始創亦聲說，所見如何，沒有任何說明。下列現象，則是值得注意的。說文一書的編排，有一基本條例，即據字的義類分立部首，形聲字依形部勒。是故水字、木字、工字於說文並爲部首，而江字、杠字分見於水部與木部。然而如酒字則不在水部，而見於酉部；酒下云：「酒，就也，所以就人性之善惡。从水酉，酉亦聲。」酉下亦云：「酉，就也。」其他如胖字在半部，云半亦聲，愷字在豈部，云豈亦聲，阱字在井部，云井亦聲，屢

見非一。可見許君於其基本條例之外，又著眼於兩字間的音義雙重關係。女部娶、婚、姻三字相連，「娶，取婦也。从女取，取亦聲。」「婚，婦家也。禮，娶婦以昏時，婦人陰也，故曰婚。从女从昏，昏亦聲。」「姻，婿家也。女之所因，故曰姻。从女因，因亦聲。」（此從大徐本，小徐本娶字姻字爲形聲，婚字爲會意，顯然錯誤。）是明據語言關係言亦聲之證。不僅如此，又有裒集諸亦聲字專立一部的情形，如丩部丩茻糾三字，茻下云「艸之相丩者，从茻丩，丩亦聲」，糾下云「繩三合也，从糸丩，丩亦聲」，丩之義爲「相糾繚」；疋部疋𤴡𤴓三字，𤴡下云「門戶疏窗也，从疋，疋亦聲，囱象𤴡形」，𤴓下云「通也，从爻疋，疋亦聲」，疋之義爲「記」，清儒以爲即疏通之意；叕部叕綴二字，綴下云「合著也，从叕糸，叕亦

聲」，叕之義爲「聯」；宁部宁䍺二字，䍺下云「𦉼也，所以盛米也。从宁甾，宁亦聲」，宁之義爲「辨積物」；丑部丑羞三字，𦙍下云「食肉也，从丑肉，（段注：食肉用手，故从丑肉。）丑亦聲」，羞下云「進獻也，从羊丑，丑亦聲」，丑下云「象手形」；茻部茻莫莽葬四字，莫莽葬下並云茻亦聲，文見前引，茻之義爲「衆艸」；句部句拘笱鉤四字，拘下云「止也，从手句，句亦聲」，笱下云「曲竹捕魚笱也，从竹句，句亦聲」，鉤下云「曲鉤也，从金句，句亦聲」，句之義爲「曲」。其中丩、疋、叕、宁四部，尚可謂因部首字無所歸屬，不得不獨立爲部，於是強收諸字以實其內容；（案說文五百四十部中，固不乏但有部首無隸屬字之例，此說實不具理由。）若丑、茻二字自可分別入又部、艸部，句字更是形聲字，說文云「从口，丩聲」，尤其

當入口部，（案句之義爲曲，當入ㄐ部，云从ㄐ，口聲。）都不具獨立爲部的理由。更可見許君重視音義的雙重關係是必無問題的。然而如吏字不在史部，禮字祏字禬字不分別入豊部、石部或會部，政字亦不在正部，則與上述情形不同。疏下云「通也，从㐬疋，疋亦聲」，其字則見於㐬部，不與𤴔𤴓同入疋部。𠂢部𠂢衇覛三字，𠂢之義爲「水之衺流別」，音匹卦切；衇之義爲「血理分衺行體中者」，覛之義爲「衺視」，並音莫獲切，三者音義皆相關，衇下覛下但云「从𠂢从血」，或「从𠂢从見」，不云𠂢亦聲；又水部派字云「派，別水也，从水𠂢，𠂢亦聲」，與𠂢音義無異，則不入𠂢部，收爲𠂢之或體。而翑下云「羽曲也，从羽，句聲」，痀下云「曲脊也，从疒，句聲」，亦不以二字爲亦聲，歸於其特立的句部之中

。由此等例可以看出，許君雖有其音義雙重關係的著眼，甚或有據語言關係爲說者，恐仍不能完全跳出文字的觀點，未徹底認識文字上的音義雙重關係，即是語言上的孳生關係；即或有此體認，亦必於語言孳生狀況未有充分了解；故見於說文者，乃有上述矛盾現象。語言觀念在我國本不發達，至今不能普遍，自不能以此責於許君。然而許君於亦聲現象終不免有未達之間，似亦不必爲賢者諱。

亦聲字既是緣於語言的孳生關係，客觀的語言孳生關係是何情狀？亦即具有何種關係，然後其字可以視爲亦聲？不能不有一確切概念。兩個語言，確認其間是否具有孳生關係，似乎不易有可循標準；但如果有另一層認識，衡量判斷亦並非難事。所謂孳

生語言，說穿了便是語義的引申，也就是語義使用範圍的擴大。不過一般觀念，語義的引申，是一個單位語言的內部意義變化，而孳生語言則是就兩個單位語言論定其親屬關係，所以兩者全不相同。實則其本質並無差別，即使有，亦只在語音有無改變，或文字有無增加，如此而已。然而，孳生語不必與其母語異音，亦不必與其母語異字，是故語音有無改變，文字有無增加，不是衡量有無孳生語產生的絕對條件。具體言之，語義使用範圍擴大，如果同時爲區別母語與子語而強改了語音，如自長短的長變而爲生長的長；或因此而強改了字形，誕生了新字，如自文德的文變而爲文王的玟，自然任誰都知道是語言單位的增加。反之，語義範圍擴大，並未因此引起語音或字形的改變，如自太陽的日變而

爲一天兩天的日，總以爲是一個單位語言內部的語義變化。然而這與自文德孳生爲文王的語言究有何別？更從下一例看，古人語朝見謂之朝（後者音潮），夕見謂之夕，先後兩朝字語音相異，後者自是前者的孳生語；二夕字語音雖無不同，以其與朝字具有完全對應的關係，後者既是字義的引申，當然也是語言的孳生。是故肯定兩個單位語言是否具孳生關係，倘自其是否爲語言意義引申的觀點著眼，即較易判斷。因爲在這一觀點下容易認清：所謂具孳生關係的語言，既本是語言意義的引申，兩者便須音同，至少亦須音近，而所謂音同音近，必是聲母韻母雙方面的，（不言聲調者，因改變聲調正是區別孳生語與母語的習見現象。）單方面的聲母或韻母同近，決不得爲同一語言，故亦不得爲一語之孳生。兩者間又須意義上密切相關，而不得

相等；關係不密切，不得爲義的引申；相等則是語義未有引申，都不得爲孳生語。由此言之，孳生語言的衡量標準，簡單說便是「音近（自然包括音同）義切」。基於此一認識，說文所說亦聲字得失如何，便可瞭然於胸次了。據本節舉例分類言之如下。

甲、祏爲藏宗廟主之石函，音與石同；政與正音同，而義爲名動之別；祏下政下云石亦聲、正亦聲，自無可疑。胖義爲半體，與半音近義切，半亦聲之說亦必可信；唯「一曰廣肉」與半字義無關，疑出後人所增。其餘舒、笱、鉤、衇、覛五字，並合於音近義切條件，應以亦聲說字。此爲一類。

乙、葬與茻、釁與分、朏與丑、羞與丑以及舌與干之間，無論其語義相關程度如何，（案實際情形極爲疏闊）聲母遠隔，不合孳生語條件

，即此已足以否定許說。案音是客觀的，義則難免主觀，故欲論定孳生語關係，可先從音衡量入手。此又爲一類。前四者都只是會意字。釁本作，爲沫字，原不从分，舌則爲象形字，並已說之在前，尤爲許氏誤說之證。

丙、禬會、愷豈、莫茻、莽茻、貧分、壴吉、拘句之間音同音近，合於孳生語之一條件，但不具語義引申的密切關係，故許說亦不足取。此又爲一類。進而言之：禬字義爲除災祭，見周禮鄭注，許君云「會福祭」，乃以意爲之的聲訓，並無依據，故禬只是形聲字。豈字義爲還師振旅樂，與愷悌義無關，愷亦只是形聲字。莫字可釋爲从日在茻中會意，或以爲从日茻聲，都只是創造文字時的偶然牽合，無關於語言。「南昌人謂犬善逐兔艸中」，是否莽字本意，無從確定；即使許說不誤，亦當云从犬茻會意，不涉

語言關係，不得謂茻亦聲。金文莽字作，尤證其本非茻的孳生語。分貝可以致貧，貧則不必由於分貝，故貧字可釋爲从分貝會意，亦可釋爲从貝分聲，終不可合之而云「从分貝，分亦聲」。孟子滕文公下篇云：「分人以財謂之惠。」然則以分貝爲「貧」字，不若以爲「惠」字，可見貧字从分貝，只是文字的約定現象。壹字从吉只有表意作用，更可於壺字得到證明。說文：「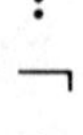，壹壺也。从凶从壺，不得洩，凶也。易曰：天地壹壺。」壹壺爲雙聲連語，段注云：「元氣渾然，吉凶未分，故其字从吉凶在壺中會意。」壹字从凶，既無關於語源，（案凶壺二字韻母遠隔）壹字从吉，但取其與壺字从凶相對示意，自然十分明白。拘字與句義不切，則只是形聲字。

丁、甫與父音同，據說文所云，兩字間義亦不謂不切，二字古書且通用，如仲山甫即仲山父，似許說確然可信。但男子美稱之「甫」，其字書作甫字，因甫字本作𤰈，為圃字初文，只是假借為用。故其字係從假借的𤰈字轉注以成，非直接來自其母語的父字，（詳見第四章）甫與𤰈之間並不具孳生語關係，而其說終不可取。

吏與史古韻同之部，聲母的不同，顯然可以複聲母說解。另一方面，吏與史並給事於官，史即吏之一種，是二者義亦有關。但史可以稱吏，吏則不必為史。金文吏事同字，有[illegible]、[illegible]、[illegible]等形，與史字作[illegible]形亦相近。吏為治事之官，史為記事之官，義復相因。事、吏、史三者蓋本同一語，「吏」（案加引號者，表其語言，下同。）與「史」即從「事」出，但其分化有先有後。知者，金文吏、事共一字，

史別爲一字，是「史」的分化在先，「吏」的分化在後之明證。疑其字原作□，含事、吏、史三義。及「史」由「事」分化，以□字表分化語之「史」，並強改□形爲□或□，以表母語之「事」。又至複聲母單一化，「吏」更自「事」分化，於是固定以□爲事字，並以□爲吏字，其時當小篆之際，故□、□二形均不見於金文，而並與金文□字相近，蓋即由□字變化以成。故說文吏字史亦聲之說，亦不足信採。總之，說文亦聲字，有衡之音義似合而實不然者，此又爲一類。

戊、禮、隙、酒等字許君說爲亦聲，然而禮豊、隙𡭴、酒酉之間非有二語，故其說亦不足取，此又爲一類。說文豊下云「行禮之器，从豆，象形」，似與禮字義有不同。但豊爲行禮之說

，經傳無徵。甲骨文金文作豐或豐，从丰、丰丰从壴。丰與丰丰爲串玉，壴即鼓字。論語云：「子曰：禮云禮云，玉帛云乎哉！樂云樂云，鐘鼓云乎哉！」故其字从玉从鼓會意，當爲禮字初文。徐灝云：豊本古禮字，相承增示旁，與祏字「从石，石亦聲」不同。可謂慧眼獨具。隙字義爲壁際，其字當以「隙」爲基因，取兩阜間透入日光見意，說文𨺅，兩阜之間也，从二阜。隙爲其省體，偏旁中更省爲𡭴，見金文隙字，又見小篆隙字。非於隙字之外別有𡭴字。說文云：「𡭴，際見之白也，从白上下小見。」既是際見之白，不得無左右二阜以顯意。且「𡭴」原从日，不从白，可見許君傅會爲說。酉字本象酒罈，爲酒字初文，後因借爲十二支字，加彡作酒作酒，小篆變爲酒字。自酉爲酒字初文言之，酒是酉的累增寫法，不得謂「从酉，酉亦聲」；自酉爲十二支字言之，酒

是因文字假借形成的轉注字，酉字只有表音作用，亦不得謂「从酉，酉亦聲」。其餘如𦬸、糾二字之於丩，綴字之於叕，派字之於𠂢，語義皆自相同，亦只是累增寫法。

己、舂下云屯亦聲，㽰下𤕟下云疋亦聲，因屯、疋二字本義究竟如何，尚無確切認識，無從斷定其與諸字間是否具語義引申關係，故未能判其說之然否，當俟諸異日。此又為一類。

觀上文所作分析，可見許君所說亦聲字缺失甚多，其中乙、丙、戊三類例，尤其顯示此種缺失的形成，乃是基於其說亦聲只是文字的觀點，並未眞切認識亦聲字的本質。至於段注方面，段氏不知亦聲之究竟，前文已經指出。故所舉諸例，類無可取。具體而言，祟與出、君與尹、䚘與言、矞與冏，語義關係既泛，語

音又復或多或少懸隔，自不得為亦聲。癹與𣥠、馗與九、恩與因語音雖近，語義不見具引申關係，故前二者為會意字，後者為形聲字。命與令原為一語，本為複聲母，其後複聲母變為單聲母，始形成二語二字，故其義根本不異。彣則是文的累增寫法。應視為亦聲的，僅有胞、騛二字。

總之，亦聲字係由語言孳生現象所造成，故欲認識何者為亦聲字，必須對其字及其聲符字之形音義有徹底瞭解，任何一方的瞭解不足，即無從確定其是否為亦聲。唐蘭於古文字學導論中提出聲化象意字一說，其例如衣而有□依，食而有飤，實即說文以來所說的亦聲現象。唐氏蓋亦不知亦聲之究竟，而創立新名；且動輒說依其聲化象意字的規律類推，可以認識某字，如釋甲骨文

爲賴字云：「此字象囊中盛貝，以象意聲化例推之，當讀害聲。原注云如囊聲。今案：賴與囊音相遠。或變爲束，寫爲頼，後人疑其非聲，則改从剌聲作賴矣。」由今看來，無根游言，是眞不知從何說起！堂堂名家，出言若是，能不興人浩嘆！因學者不明是非，竟時見有據唐氏象意聲化規律以推論古文字者，故附論之於此。

第七節　論省形與省聲

合體字所从偏旁，不書足其形而以部分筆畫當其字者，此種現象謂之「省」。表聲偏旁之省者謂之省聲。表義偏旁之省者，相對而謂之省形。現象的發現，最早亦見於說文。省形例較省聲爲少，其說如：

日之出入與夜爲界。从畫省，从日。

河東鹽池。从鹽省，古聲。

閑也，養牛馬圈也。从牛，冬省，取其四周帀。

舌皃。从㕣省，象形。

視也。从眉省，从屮。

目相及也。从目，隶省。

追也。从辵，豚省。

岸上見也。从厂，从㞢省。讀若躍。

血祭也。象祭竈也，从爨省。……

劇也。从力熒省。焱，案此從段注改正原誤作熒字。火燒冂，用力者勞。，古文。

堇　黏土也。从土，从黃省。𡋝，古文。

此外，如老部諸字除去耄字之外，耋、耆、耇、耉、𦒱、𠷎壽、考、孝下並云从老省。省聲之說如：

羆　熊屬。从熊，罷省聲。

夜　舍也。天下休舍也。从夕，亦省聲。

愯　懼也。从心，雙省聲。

童　男有辠曰奴，奴曰童，女曰妾。从䇂，重省聲。

齋　戒潔也。从示，齊省聲。

度　法制也。从又，庶省聲。

段　椎物也。从殳，耑省聲。

皮　剝取獸革者謂之皮。从又，爲省聲。

哀聲也。从吅，獄省聲。

使也。从攴，耴省聲。

屋牡瓦也。从广，閔省聲。讀若環。

長也，高也。从儿，育省聲。

鈍詞也。从白，羞省聲。

監下也。从臣人，峪省聲。

還師振旅樂也。从豆，微省聲。

眇也。从人从攴，豈省聲。

耳著頰。从耳，烓省聲。杜林說：耿，光也。从火，聖省聲。凡字皆左形右聲，杜林非也。末句徐鍇云後人加，疑是。

居也。从宀，豭省聲。

頌儀也。从儿,白象面形。，皃或从頁,豹省聲。

，籀文。

樂木空也,所以止音爲節。从木,祝省聲。

卜問也。从卜貝,貝以爲贄。一曰鼎省聲,京房說。

相付也。从𠬪,舟省聲。

職也。从史,之省聲。，古文。

水𧖴也。从川在一下。一,地也。壬省聲。，古文不省。

養也。从人,呆省聲。呆,古文孚。，古文不省。

前人對於省的看法:說文齋字「齊省聲」下段注云:「謂減齊之二畫,使其字不繁重也。」王筠釋例云:「指事、象形、會

意字可省，形聲字不可省。形聲而省也，其例有四。一則聲兼意也。（純案：此如瑑下云篆省聲，鑾下云鸞省聲。）一則所省之字即與本篆通借也。（純案：此如㥶下云塞省聲。）一則有古籀之不省者可證也。一則所省之字即以所從之字貿處其所也。（純案：此如範下云从車，笵省聲。）非然者，則傳寫者不知古音而私改者也。亦有非後人私改者，則古義失傳，許君從爲之辭也。至其省之之故，將謂筆畫太多？則狄字从亦而省之，虁夒反而不省也。將謂虁夒而省則不成字？則夒部中字皆从其省，而它字之省不成字者亦間有一二也。余不能明，故發其端，以俟君子。」唐蘭古文字學導論則云：「凡可以稱省，一定原來有不省的字。」上述意見，段氏爲繁重而省的觀念，從王氏所舉狄虁之例看來，顯然是值得斟酌的。王氏既謂形聲字不可省，又居然有四類省

例，而於省之之故不明。第一類聲兼意之省，或即以其聲而兼意之故；但何以指事象形會意可省，獨形聲不可省，王氏未詳細說明。耿下云：「要之，從形聲之省者，必取其義，無義而省，吾不能明。」𨋕下云：「從省聲，其破壞如縱字。或曰：『車可貿處水之所，案此據說文云範字从笵省聲而言之車與糸不可貿處彳所乎？』曰：『不可。氾合水㔾為字，故水可省。從合辵从為字，古蓋作辵从，後人配合之乃作從，豈有古字從後世字者？』」兩處說解形聲字不可省之理，仍然費解。唐氏以為凡可以稱省之字，其始必有不省者，事實則是，字有未見不省而一望可知者，亦有非一望而知卻非解為某省不可者。前者如說文解夜字「从夕，亦省聲」，即是一例。小篆只有作「」一式不必說，金文編收十六夜字，其中

从「□」作□、□一見或□亦一見者共十見，固是从亦而省，即其从「□」作□者四見，因月夕二字本同一形，作□或□並無分別，現象保留至金文時代未變，故其所从之□，仍應視爲夕字；而別有从□反書的□一見與从□反書的□相合，尤爲「从夕，亦省」的明驗。僅夜君鼎一字作□，時代既晚，且與欒字晚期作□相同，兩點已變爲文飾，與其先示腋的部位所在無關，不足據爲从亦不省之證甚明。可見□便是夜字，無待於有从亦不省之體然後解爲亦省形。後者如羆字「从熊，罷省聲」，捨此無第二解，亦不見不省之體。甲骨文「□」爲外丙，「□」爲外壬，亦無有作「□」或「□」不省者，情形並同。是故文字有省形省聲之例，而不必有不省的寫法，是不容懷疑的。應該瞭解的是，省形省聲究竟

發生於何種情況之下？則只需合此情況，即使未見不省，可以深信不疑；不合此情況，雖截截諞言，無所施其巧。

首先，一個觀念有待澄清，「从某省」是否同於後世的寫簡體字？如果說是，論理便須先肯定兩點：第一，凡从某省之字其初必皆是不省的；第二，其字筆畫必相當繁重，而所省應不止於一點一畫。唐氏云「凡可以稱省，一定原有不省的字」，大抵即由簡體字觀念出發，而與事實相違。夜字宜不屬筆畫繁重之列，所省又不過一點，是於第二點亦不合。王氏所舉狄字一例亦然。於是可以肯定，以簡體字觀念看待省形省聲，顯然是錯誤的。

除去少數突出的特例，如所謂籀文好重疊，文字形式要求簡化，爲其演變之一般趨勢。如果說省形省聲的發生與文字要求簡

化根本無關，自亦有悖乎情理。因此段氏所說減省目的在使字形不致繁重，基本上是合理的。但這不等於說文字始造時必皆不省，而可以是一開頭便省去了部分筆畫。所以眞要了解省形省聲的產生背景，必須將第三節所說文字要求方正美觀，及第四節所說偏旁書寫可較隨便兩點結合起來看，於是如夜字，从亦省點的現象，既不得視爲單純的要求簡化，用「」取代「、」的位置，的形象不僅較簡省，且無待刻意經營便已自然方正，當是其省作的主因。罷字不省，除去過於繁重外，果眞書作「」或「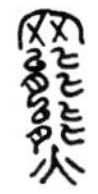」字，直是龐然大物，不堪入目，故自始即省去一「能」形，（段氏說爲以一能當二能，其背景不異。）外丙、外壬既採合書，便自易書作「」和「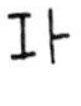」，合於一個單元的結構形式，既可滿足方正美觀的要

求，亦無礙於音義的表達。獨體外字必不作「卜」，便更能幫助現象的了解。上甲可以合書作□或□，也可以省為□，獨體上字必不作「一」，情形相同。又如前舉勞字，依說文所說，其始非不可作□；在要求簡化且有助於方正美觀的情況下，與其作□，自然不如作□為好。其他如从勞省聲的□、□，从蒿省聲的□、□，从學省聲的□、□、□、□、□，从嬴省聲的□，从蔑省聲的□，以及□的古文□，□的或體□，都屬同一情形。而老部耋、耆、者、□、□、□壽、考、孝及□九字，或省其形符的「匕」，或省其聲符的「口」，更充分顯示先人造字時經營位置以求方正美觀的用心。由此可以確信，省形省聲之法，是在字形要求簡化及方正美觀的雙重標準下所促成，而如何自其中

一體騰挪出空隙以位置另一體，也便是王氏所說「所省之字即以所从之字留處其所」的現象，案王氏據形聲字之省例言之，所省之字指聲言，所从之字指形言，似謂可省者僅爲聲符，自不如所說。尤爲習見方式。監字从鹽而省鹵，不直以鹵字表意作盬，籀文鸓、罍二字从𤳳爲聲，而省之作畾與畾，金文細字或从𢿱聲而省之作𢿱，都是最顯著的例子。如果著眼於監字夜字的省作現象，更可以看出，其求簡之意，反不若求方正美觀之意爲甚。

省形省聲的產生背景雖已瞭然如上述，對省聲字的認定，卻不是全然可以單純從字形上作出判斷的。譬如說文云：「鑾，人君乘車，四馬四鑣八鑾，鈴象鸞鳥之聲，聲和則敬也。从金，鸞省聲此據小徐本。」「崋，崋山也，在弘農華陰。从山，華省聲。」

「𡫳，實也。从心，塞省聲。」「䬕，北風謂之䬕。从風，涼省聲。」「螹，螹離也。从虫，漸省聲。」從上述文字因要求簡單方正而產生省體的背景看，諸說略無破綻。問題是，許君於鸞、荂、塞、涼、漸五字，分別說爲从䜌、夸、𡘾、京、斬爲聲，於是發生何故此五字不能逕以䜌、夸、𡘾、京、斬爲聲的疑問。無怪乎自以爲最善體許君心意的段氏，亦不能接受這種省聲的說法，除鑾字從大徐作「鸞省」，以爲會意包形聲，其餘四字分別改爲夸聲、𡘾聲、京聲、斬聲，而謂今本大小徐說文並出淺人所改。但既是「淺人」，何竟能「深求」？其中究竟，顯然不是單純的字形問題。原來這裏牽涉到各字的來歷：鑾鈴本象鸞鳥之聲；崋山字經典皆作荂[華]；𡫳字經典並作塞；北風謂之䬕，即是詩經

「北風其涼」的涼字；上林賦螹離字漢書作漸，戰國時燕人有高漸離，漸離亦即螹離。可見鑾、㟧、㥶、𩗴、螹五者，分別爲鸞、荂、塞、涼、漸因語言孳生或文字假借而形成的轉注字，是就鸞、荂、塞、涼、漸分別加以金、山、心、風、虫旁，而又省去了本體部分的偏旁鳥、艸、土、水。王氏於此等字，或說爲「聲兼意」，或以爲許君「闕說經典假借」，後一語雖然不免尙有語病，實是慧眼獨具，視段氏敻乎尙之。但王筠也主張改㟧下荂省聲爲夸聲，則是千慮一失。唯此等字雖係經過轉化而形成，其所以省去本體部分的形符，仍不外要求簡化與方正美觀兩重原因，情況與王氏所說第三類「所省之字，即以所从之字貿處其所」，初無二致。省形省聲本來只是屬於文字形式上的現象，王氏卻從

形式及實質兩個觀點，將省聲字區分爲一、二及四三個類別，顯是由於不解省形省聲之所以然，以致亂了步調。至於「有古籀之不省可證」的一類，又與其他三類分類標準不同；三者都可以有古籀不省可證之例，分類上自亦不得與三者平列。

至此，說文說爲省形省聲之字，便可以從而判斷其是非得失。以前文引述者而言，省形部分，如畫下云从畫省，監下云从鹽省，耊、耆等八字云从老省；省聲部分，如羆下云罷省聲，夜下云亦省聲，愯下云雙省聲，童下云重省聲，都屬確然可信。（案金文童字作[glyph]，以[glyph]爲聲，[glyph]即重字，尤爲其證。）其他則並有可商，大抵字形譌變，古說失傳，而不得不苟爲之辭。分別說明如下。

牢原作[glyph]，象牛在山谷中形，說詳本章第四節。丙義爲舌皃

，當即取舌形見意。省字原作☐或☐，見甲骨文从目，聞一多以爲「｜」象目光之注視，據是字金文作☐，以「｜」表日光之直照，其說可取；不然當以「｜」及「丫」並象諦視時眉額間皺起之狀。眔爲泣涕漣如之意，故其字或作☐作☐。見甲骨文金文逐字本从辵从豕會意，與追字从辵从𠂤，一言逐獸，一言追人，可以互參。楊樹達說屵字經傳無考，無以強解；㞢省之說，因與要求簡化方正無關，當非原意。釁本是沬字，象沐浴之形，說已見本章第一節。勞字果取意於火燒郊坰用力者勞，恐从二火已足，不必从三火。古文从力以外，筆畫繁於小篆，竟不从三火，以知此說難以憑信。

以上屬省形部分。

省聲部分：齋从齊省聲一說，合於省形省聲現象，本無可疑

，王筠釋例云：「二字上屬則爲齊，下屬則爲示。」似可以罷字例之。齊字二橫等長，與示字異，故王說終無可取。唯金文齊字多不从「二」，亝即齊字，是此字原無省作。度字从庶省火，而以「又」字貿處其所，此說非不可信。但金文庶字作□，从火石聲，度字自亦可从石聲，在未得古文字印證之前，應採保留態度。段字本作□，象椎崖石見意。皮字本作□，象剝取獸革之形，可取□字作證。爲字本作□，與皮字形音俱遠。哭从獄省之說，以其所省部分無從得見，故爲學者所不取；由今看來，亦與要求方正無關。段注以爲「哭本謂犬嗥，移以言人」，雖不能必其竟是，固優於許說甚多。疑「犬」亦古之狗字，此以「狗」爲聲，詳見拙著說文讀記。取耴聲母不近，取耴二字分別音蘇協切或陟葉切是於音已不合，耴省之說，亦不合產生省體之情況；疑从耳从支，取「

匪面命之，言提其耳」之意，从攴不从又，蓋為別於「取」字。戊字讀若環，戈環聲韻俱近，自是以戈為聲。說文云：「闅，試力士錘也。从門，从戈，或从戰省。讀若縣。」其實闅亦从戈聲。王念孫有說充字一說，本章第三節已論及，據觀察說文中从人之字，應屬會意，其詳無可述。魯从羔省聲，大小徐並同。據說文羔从差省聲，差魯聲韻俱遠。金文魯字習見，並从口从魚，學者說以為从口魚聲，形與聲皆合。聲母不同，疑原為複聲母。監本象人臨鑑形；說文云衉从㕣聲，監字如為形聲，依理不當从衉而省㕣。豈敳二字互為省聲，說之不售，已不待明，何況二字聲母遠隔，根本不具作為聲符的條件？豈字本取壴鼓字見意，說見於第二節。敳字則不能強解。耿下兩說相互排斥，顯為猜測之辭。烓从圭聲，聖从

呈聲，耿字果如許君所說爲形聲，「⿰耳圭、⿱烓耳、⿰火聖、⿰火呈、⿱耳火、⿱耿王」六者，任取一式，都可構成正常合理的文字，由知其說不然。廣雅釋訓云：「耿耿，不安也。」疑其本義如此。凡人有愧疚於心，每一觸及，則面紅耳熱，故恥字从心从耳，（說文說以爲耳聲，疑不如所言。）愧字玉篇或體作聭，耿字从火从耳，蓋本爲會意字。

家下云豭省聲，似與監下云䘏省聲、耿下云烓省聲或聖省聲，同爲不可思議。但語言上家與豭具孳生關係，家爲豭的孳生語。古初無室家之制，男子就女子而居，猶豭之從婁豕，故即以豭喻男子，而家的名稱遂由此衍出。左傳定公十四年載宋野人之歌：「既定爾婁豬，盍歸吾艾豭」，史記載秦會稽刻石：「夫爲寄豭，殺之無罪」，從此二語，可以考見家字語言的由來。而甲骨

文家字或作□、□，金文亦或作□，所从並即豭之象形，頌鼎且即以□爲家字，說文：「□，豕也。讀若瑕。」朱駿聲以此爲豭之古文，其說是，即頌鼎□字。俱見家本是象形豭字的轉注字。說文豭省聲之說雖非原意，象形的豭字既已爲豭字取代，家字篆文變爲从豕，於是易□聲而爲豭省聲，其說當有所從出。須貌二字从豹省聲之說，甲骨文本有象形的豹字，作□，疑此字本从象形的豹字爲聲，後譌變爲□，因傅會爲豹省，情形與說家字同。柷爲祝省聲一說，祝字本作□，見於甲骨文金文，後加示旁作□，更變而爲□，小篆作□，右旁混同於兄字；柷字其始疑本从□，說文說「兄」爲祝省，蓋亦有所受之。貞字本借用鼎字，後加卜表意，實爲鼎的轉注字。京房解云鼎省聲，殆亦古說之遺。篆文受字作□，中與舟字作□不合，舟

省之說似絕無可取。但金文受字作，所从正與舟字同形，更是其說有本之證。

凡可以稱省之字，其先必有不省者，此說之誤，前已辨之。但既有不省之體，省形省聲之說總該是可信的。事實則亦不盡然，因爲偏旁的混亂，後人的改作，都可以形成不足爲據的假象。如堇字說文云从黃省，古文正作，金文亦多作从黃不省。眞實情況則堇字所从爲爲，與黃字作作絕不相同，偏旁中因形近而偶有譌亂。詳第四節引唐蘭說。事字說文云从㞢省聲，古文亦正不省。但从㞢而省其一橫，與要求方正簡化俱無關，其說理無可取。事本與吏同字，亦與史同語，其先即書作，後因語言分化而別形，強使事字吏字作或，以與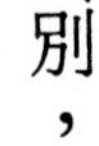別，故㞢省聲之

說，雖有壁中古文之不省不足信。說見本章第二節及第六節。巠字說文云「从川在一下，壬省聲」，古文作巠不省，齊陳曼簠經字作經，所从亦爲壬字，與古文可以互證。唯巠與壬聲母絕遠，巠不得以壬爲聲。金文巠字作巠，金文編所收共四見，並从𢀖从土，與涇字通用不別（見克鐘）。莊子秋水篇云：「秋水時至，百川灌河，涇流之大，兩涘渚崖之間，不辨牛馬。」釋文引崔譔云：「直度曰涇。」「𢀖」當即象兩涘渚崖間涇流之狀，从土本用以顯其形象，後乃傅會爲壬字。保字原作保，見於金文，象負子形，蛻變爲保，更變爲保。古文作㑅，「乀」即「又」的變形，亦非孚聲的究極之證。

總結上文所言，可見論定說文省形省聲之說，必須注意下述

幾點：一，是否與要求簡化及方正美觀有關，如晝字、監字、夜字、羆字、慺字之類。二，是否有因語言孳生或文字假借形成轉注字的特殊關係，如鑾字、蜥字之類。三，文字的形成，通常皆合於製字法則，如情入理，但不合情理的現象亦非無有。如盬字从鹽而省鹵，砍字从斫而省斤，酥字从穌聲而省魚，蝶字从磔聲而省石，磔字或體省桀加乇聲作矺，（砍酥蝶矺四字不見於說文）以及受字从舟聲省之而不見形影，並其例。是故說文所說，如其合於發生省體的情況，說爲省聲稽之音韻亦無不合，雖有其他不合理現象，不可便視爲誤說；如家、受之字，可爲殷鑑；必須上考殷周古文字，驗其字形有無譌變，然後悉意斟酌，以定取捨。至於考釋甲骨文金文中不識之字，或爲說文不信之說別立新解，亦必須牢記省

形省聲字的產生背景，釋爲某省總以大致可以見出爲度；不可因許氏已肇其端，而隨意傅會，一若無所不知，而終於無有所解。如李陽冰以禿字从穆省，蕭道管以蘬字从嚭省，段玉裁改說文逐字从豚省爲豕省聲，朱駿聲謂義字从祥省，如字从若省聲，宋字从松省聲；又如近人丁山說一二三之古文从弋爲戈省，一戈即一箇，（案戈箇二字古韻不同部）郭沫若釋甲骨文字从省，字爲省，又爲省，以及王襄說字从生省，李孝定先生以从省：都是不足信採的曲說。

第八節　論形義的結合與音韻的運用

形音義三，形與音義結合然後成爲文字。故謂一字本形如何

，乃結合其本義本音而言之。由古以來，一字所代表的意義可能極爲複雜。如何從其中選取一義以與字形相結合，自有其必須注意之處。一字所代表的讀音亦可能因意義不同而有所別；通常義既確定，音亦隨之，這方面似乎無須顧慮。然而如指某字从某爲聲，說某字爲某之初文，或某與某同字，或某字本義爲某、與某字爲語轉等，都牽涉到語音，則將如何運用語音知識，決不是可以貿然將事或以意爲之的。

以字義配合字形，原則上當使其密合無間；衡量某字本義如何，亦即以此爲決定標準。以二例說明如下：

說文云：「朕，我也。闕。」我之義既與从舟从灷了不相干，許君亦謂其形無可說，故自戴震據周禮函人「眂其朕，欲其直

」，謂「舟之縫理曰朕」，學者無不遵而用之，而以訓我爲朕的假借義。儘管我的意義爲常訓，舟縫理之義只是緣於推想而來，配合字形之要求使然，亦不容不捨彼取此。

又如說文云：「豎，堅立也。从臤，豆聲。𧯠，籀文。」此小徐本，大徐堅字作豎。豎與立義同，依例注文不當重豎字，似是他處段注所說「複舉字之未刪者」，但小徐既作堅字，此字隸屬臤部，臤下云「堅也」，與此下云「堅立也」義正相蒙，以見大徐作豎爲字之誤。然豎字義只是立，其立不必「堅」，許君不直云「立」而云「堅立」，當是遷就字形爲說，明其字从臤及繫屬臤部之故，以見豎字从臤之說，未必無可疑。另一方面，豎字又爲臣僕之稱，與臣爲轉語；臣豎二字同禪母其字从臣，正與此一意

義相合，是故王國維、林義光並主臣僕之稱為豎字本義，釋其字「从臣，尌省聲」，以視許君所說，顯有值得稱道的地方。唯說文無尌字，籀文豎字作豎，从殳，不从又，從知尌省之說終非其朔。殳字與豎聲韻母並同，據籀文之「豎」，當以「𣪠」為豎字初文。𣪠即甲骨文□字，从臣，殳聲。說文云：「殳，以杖殊人也。禮，殳以積竹八觚，長丈二尺，建于兵車，旅賁以先驅，从又，□聲。」□聲之說非古，其字本作□，□即殳「積竹八觚長丈二尺」象形，案殳之制，當以長丈二尺之竹，自上而下剖為四等分，以弧形內向，約之使固，故其外有八觚。文字從簡，但作□形。後世□與□混同為「□」，案前人釋甲骨文□為殳字，殊不知殳為無刃之杖，而□決不得為無刃之形，其說實誤。於是□變為𣪠。甲骨文□字舊所不識，前編七、二三九辭云「丙午卜，㱿貞，王□曰，□其出。」後編下二八、

五辭云：「王𣪠。」藏龜二五五之一辭云：「㱿貞，王𣪠曰。」𣪠字三見而並云「王𣪠」，王𣪠當即如周禮之內豎。廣韻虞韻市朱切有𣪍字，注云「八觚杖也」，爲他書所不見。其音與殳同，當是以殳字爲聲，从自無可解，疑是臣字之誤，𣪍即㲉字。殳㲉二字相爲平去，蓋既誤其形爲𣪍，又誤殳之音義爲𣪍字音義。此字對於釋𣪠及說㲉爲豎之初文，無疑具有決定性作用。籀文豎字作豎者，古璽豎字別作𧯠，从臣，豆聲；合殳聲、豆聲於一體，故爲豎字。金文其字或加丌聲作𠀠，或加己聲作㠱，或加丌聲作𠀠，或遂合丌己二聲爲𥫶，或又合丌丌二聲爲𥫶。畐字轉注示旁作福，或从示北聲作𥘵，或遂合畐北二聲爲𥜈。祀字或作祀，或从司聲作祠，或遂合巳（或台）司二聲爲𥙊。馬敘倫說文解字研究法亦曾指出，說文䊮字乃合米聲之䊮及次聲之𥺅爲一。並合二聲於一體之例。小篆豎字，則更是豎字的省變。

字義間的差異，如果都如「我」與「舟縫理」，或「橫豎」與「臣豎」，顯著易於分辨，形義的錯誤結合，似亦不易發生。然而如「寫」字，今人說寫字，寫文章，古人說寫像、寫意、寫眞、寫畫，說轉寫，說鈔寫，兩者意義似無不同。實際則古人說「寫」，觀念上爲「轉移」，今人則斷無此意。類似這樣的區別，前人在解釋字義時，便顯得疏忽。如說文「推十合一爲士」與「一貫三爲王」二說，其不足以信人，一方面固然由於字形上得不到早期文字的印證，一方面即是有鑒於古人造字時斷不得有此等觀念，詩易中士字只是與女字相對的稱謂，而爲王者本亦不需貫通天地人之道。不僅如此，即如一下云「唯初太極，道立於一，造分天地，化成萬物」，二下云「地之數也」，也都不能視爲

解釋恰當。又如武下引楚莊王曰：「夫武定功戢兵，故文止戈為武。」武字本義自與勇武有關，但楚莊王之言，必是望文生義，以個人的觀念傳諸古人所造的文字上，正是標準的「形訓」，先民焉得有此。鄭樵云武字从亡聲，妄說固不足道，其不以「止戈」為然的出發點，仍屬可取。近人于省吾云：「武本義為征伐示威。征伐者必有行，止即示行也。征伐者必以武器，戈即武器也。」便遠較說文為長。

此類錯誤或欠妥的配合，並非僅見於說文。有時說文未誤或未盡誤，而是後人轉生謬解。如說文云：「皇，大也。从自王。自，始也。始王者三皇，大君也。」皇字金文早期作皇、皇、皇、皇諸形。下端與士同形，其意不詳；晚期作皇或皇，下从王字

。甲骨文未見此字，其時王字作太或土，與金文士字同形。疑商代已有皇字，其形與早期金文相同，本从王聲，早期金文因仍了甲骨文之形未改，（小篆在字从土，即是因仍了金文士字的形象。）晚期始恢復其从王聲的本來面貌。至於其上端，以金文驗之，其始原不从自，象日出有光芒之形，其後乃同化於自字。詩經中皇字義謂盛大光美，蓋其本義如此，其字即從日有光芒見意。許君依小篆从自爲說，不免迂曲，但釋其義爲大，而不直謂其義爲大君，爲三皇，正見其謹愼有度。今人徒見金文或書作皇，於是不問其本形基因如何，即刺而取之，或云象皇冠在架上形，或云王者正面戴冠狀。殊不知三皇之義屬後起，即皇帝一詞中皇字仍是盛大光美之意，眞是「乃不知有漢，無論魏晉」，三皇的名稱尚未形成，何來皇冠之說

？又如身字，許君云：「〔身〕，躳也。从人，〔申〕(申)省聲。」申省之說，與字形求方正無關，自不足信。金文身字作〔身〕，从反身的殷字作〔殷〕，分明為一象形字；所以顯著其腹形，當是為求與〔人〕字有所別。然則許君釋其本義為「躳」，並沒有任何錯誤。後人因見廣雅有㑗字，義為妊娠，（說文㑗下云「神也」，疑是此義的聲訓。）詩經大明篇「大任有身」，意謂太任有孕，而其字作身，於是以〔身〕為㑗字初文，說為象懷孕形，居然有如馬敍倫等人的附和。亦不知「有身」正是「身軀」義的引申用法，㑗是身字的轉注，自當以〔身〕象身軀之形。不然，將謂身字語義的演變，由㑗孕而為身軀，豈非不可思議！

總結上文所說，可見在選取字義以與字形相配合時，當注意

如何使其密合無間；而語義發展孰先孰後的可能性，亦不可不加意斟酌。

在說明如何運用現有音韻知識以考釋文字之前，有必要將現時學者一般運用音韻知識的態度和方法作一說明。

說文中許君所說的形聲字，此用一般名義，包括轉注字在內。論其聲符與文字之間的讀音關係，可以區分爲三類：一類聲母韻母同時有關，如江字从工聲，河字从可聲，祼字从果聲，容字从谷聲；一類僅聲母有關，如短字从豆聲，呶字从奴聲，存字从才聲，曼字从冒聲；一類僅韻母有關，如農字从囟聲，皮字从爲聲，豈字从微聲，能字从㠯聲。顯示形聲字對於聲符的語音要求，條件極爲寬泛。自清以來，學者受此影響，形成一種觀念，只需某字與其所从

某一部分具有聲母或韻母的同近關係，即說爲形聲字。如陳从東聲，且从丁聲，即焚字从尹聲，即狄字从大聲，類此種種，皆種因於是。

清儒利用音韻知識講假借，講轉語，研究文字的學者習染於此，亦運用音韻以肯定某某二字的某種關係。但由於觀念錯誤，竟至有憑藉聲母或韻母的片面相同相近，指稱某字爲某之初文，或某與某爲同字，或某爲某字而讀與某同；而所謂聲母或韻母的片面同近，有時某一方面竟只是自己憑藉片面的聲母或韻母同近關係所「指認」的「形聲字」。也有在不具其他條件的情況下，僅是運用音韻關係講轉語，以肯定某爲某字的。前者如謂九爲肘的初文；昌且同名，（同名即同字）並从丁聲；東即櫜字，或東即囊字；

[illegible]即百泉；𢀛从工聲，𢀛方即鬼方；[illegible]从及聲而讀同捷。後者如謂未與采同字，語轉爲垂；白象將指形，與拇一語之轉。案此實以「語轉爲垂」，及「與拇一語之轉」，證未爲采字及白象將指。眞有「音韻明而六書明，六書明而金文甲骨文無不可通」之樂。

清儒一面爲古韻分部，同時亦瞭解各部間的音韻疏密關係。但在早期，只以部與部之間的接觸爲例外。至章炳麟作成均圖，視例外爲通則，創立五種旁轉、對轉名稱，爲後人開闢了通轉坦途，可以任意馳騁而無所阻隔。於是講古書假借拜其賜，文字學中言某某二字相同，亦深受其惠。其例如郭沫若書中已時時見之，馬敘倫的說文六書疏證更俯拾即是。章氏又有新方言，明古語之某即今語之某。今人研究文字時，亦受其影響，利用今之方音考釋古代文字。古代自有方音之殊，但今日山東湖北音，未必即古山東湖北音；尤其不必能代表以

河南方音爲背景的甲骨文，或其他方音爲背景的鐘鼎款識。以受其影響者遠不若成均圖爲甚，故僅於此連類及之。

利用古韻分部而講通轉，尚係以古韻分部爲基點。古有合韻，事實亦不容否認；只是由特例而推爲演繹法則，然後乃大有可議。有人則根本否定，現有古音知識在語音方面可以規範古文字的研究。理由是：「時代不同，音有流變。」於是強調：「現有的古音韻系統，是由周以後古書的用韻和說文的諧聲湊合起來的。要拿來做上古音的準繩是不夠的。在整理古文字時，只須求合於自然的系統，而現有的古音韻系統，應暫摒諸思慮之外。」爲此說者，即以古文字學導論一書負盛名的唐蘭。將古韻系統的樊籬完全拆除，不僅有其理論上的依據，更說是由於事實之不得不然。

敍述學者運用音韻知識考釋文字的態度和方法既竟，當進一步加以討論。

要瞭解形聲字對於聲符語音條件的要求如何，只需將古音知識的獲得過程作一敍述，便可以自然明白。唐蘭云：「現有的古音韻系統，是由周以後古書的用韻和說文的諧聲湊合起來的。」此言自是無誤，卻籠統不合實際。韻部方面，主要係根據詩經等古書韻脚，以離合廣韻二百六韻；聲類方面，亦以中古三十六字母爲基礎，依據經傳中異文假借所顯示的現象，而加以離合。這即是說，韻部與聲類兩者其始並未利用諧聲字，而古音韻系統既已建立。段玉裁作諧聲表，首先利用諧聲字治古音，也只是就其已自韻脚離合二百六韻所得的古韻十七部，憑藉諧聲關係，將不

見於韻腳之字在有憑有據的情況下一一繫屬起來。換言之，諧聲字只是加強了古韻分部的可靠性，並不曾對古韻分部提供任何修正。諧聲字與韻腳自然也有些微參差不齊之處，段氏謂之「合韻之理」。（見古諧聲偏旁互用說）事實上，如所舉仍从乃聲，憲从害省聲，是謹嚴的對轉；存从才聲，那从冉聲，矜从今聲等，韻部元音亦或同或近。此外，尚包括許多由於文字譌變而起的誤解，如裘从求聲，朝从舟聲，牡从土聲，羸从羸聲等等。尤其可以注意的是，無論段氏的諧聲表，或稍後江有誥的諧聲表，都能與其各自分析歸納韻腳所得的古韻部相合。此即充分顯示，諧聲所代表的韻部，與韻腳所代表的韻部不謀而合。也就是說，形聲字對於聲符的語音要求，不僅是聲母的；因爲只顧聲母的諧聲系統，根本不得

有韻類，更不必說可以適合於由韻腳而得的「古韻」。後人研究諧聲字，發現如立位、習⿱⺮習（古文彗）、內納、世枼、劦荔、盍蓋等的諧聲關係，顯示祭微脂三部陰聲字與緝、葉二部字關係密切，於是倡古有「b」韻尾之說。此說能否建立，是另一問題，（余別有專文論之）即使事實如此，亦只是反映早期語音的不同現象，並非表示此等字只顧聲母，不顧韻母。聲類方面，諧聲字所顯示的，也與以三十六字母爲基礎，參考經傳異文假借加以離合的古聲類相合。雖然也有如精一照二不分，照三部分近端系、部分近見系，（案後者學者有不同見解）甚而至於有如複聲母說等等現象，自然也是古今語音的不同，並非紛然淆亂，使五音不別。這又顯示諧聲字對於聲符的語音要求，不僅是韻母的；只顧韻母的諧聲字，根本便不得有聲類

，更不必說可以大體適合於以三十六字母爲基礎，參考異文假借所得出的「古聲」，而其不合之處，竟多平行現象，可予以合理的闡釋。根據這樣的分析，形聲字與其聲符字之間究竟具有何種音韻關係，應該是十分清楚的。深入一層分析：一般所謂的形聲字，依本書的見解，實際多由轉化而來，屬於六書的轉注。因語言孳生而形成的轉注字，本來只是語義的變化，擴大其使用範圍，語音全無差異。雖然也有爲別義強改語音的，如琀之於含，僅改其聲調，聲母、韻母仍然相同；即使改其聲母，如判之於半，或改其韻母，如祫之於合，亦必在聲類或韻類可以容許的範圍之內，故其聲母韻母仍然同時有關。至於由文字假借而產生的轉注字，因爲假借不能脫離「依聲託事」的原則，聲母韻母必同時取

其相同相近，從此而產生的轉注字，自然也便兼具了聲母韻母兩方面的同近關係。這兩種轉注字，在「形聲字」之中佔了極大的比例數；而如江河之形聲字，其始是否也曾經過表音的假借階段，又並非全無可能，然則「形聲字」與其聲符間所以具聲韻母兩方面關係，由此更可以徹底悟曉。職是之故，在確定某字从某爲聲時，必須聲母韻母同時兼顧；在指明某字从某聲而讀與某同時，亦必須顧及所擬給予其字的讀音與其聲符間聲母韻母的雙重關係，必不容異議。例外諧聲情形並非無有，但例外現象必不足以推廣爲演繹法則。因此，沒有更好的解釋則已，不然，決不可只憑聲母或韻母的片面關係，即指某字从某爲聲，或謂某字从某聲而讀與某同。故如前舉陳从東聲，且从丁聲，即焚字从尹聲，

以及[illegible]即狄字从大聲諸說，皆不足爲信。

清人用音韻知識講假借，名家如高郵王氏的著作，決不是只憑音韻知識，一如後人徒見二字音同音近即以爲假借之證者然。王氏父子凡論一字，莫不有直接證據，論及音韻，只是用以疏通其字所以有某義之理；且必羅列例證，以明其間音韻確然有關，與後人但說「某某二字韻同某部」，或「某某二字聲同某母」便以爲已具充分條件，實亦大不相同。是故王氏父子所確定的假借，二字間聲韻母關係是密切的。清人用音韻知識講語轉，是以既知二字意義相同的條件爲基礎，如蝯見說文，即後世猨字。與猴，先已知其同爲禺屬，又見其聲母相同；蝯喻三，猴匣母，喻三古歸匣。庳與序，既同爲學校名，又復聲同韻近，庳陽部，序魚部，魚陽對轉。然後謂蝯猴、庳序爲轉語

。弴弓義同彫弓，追琢義同彫琢，弴追聲同韻近，（弴文部追微部，微文對轉。）與彫雙聲，且以九侯即鬼侯及褎字从采爲聲方之，韻母亦不爲無關，故以爲弴彫、追彫一語之轉。其他如禍害、洚洪、馨香、忻喜、諧詥、笫簀、謂爲、于曰、亦也、由用之類謂之轉語，莫不皆然。即使殊無節制的文始一書，亦無不在已知意義的條件之下，聯繫文字彼此間的關係。可見沒有意義相同的定點而論轉語，聲母或韻母的相同相近又復不能嚴格要求，（案：聲母的相近，應以發音部位的相同相近（後者如牙音與喉音）爲限，其中塞音與鼻音的不同（如p b與m，t d與n），且不能視爲當然相近。韻母的相近，應以嚴格的對轉爲限，所謂旁轉現象，亦不能視爲當然音近。）即可斷爲無根之談。在文字的考釋上，如謂某與某爲同字，原則上自亦應以知其音義確然相同爲先決條件，一若清儒之認定說文中的「異部重文」。但如討論的正是甲骨

文金文中不認識的文字，自無法要求先確知其意義，則語音上聲母韻母的雙重關係，尤其應嚴格要求，又須能確實掌握字形：如謂某爲某之象形字，而其形確切可見；或謂某爲某之初文，而具有如辰蜃、申電、午杵、無舞的關係。不然，一切皆淪爲游言，毫無意義。然而今人研究文字，於此等處根本不稍留意，仿佛此中原無標準可言，隨意揣度，便可名家。如謂九爲肘的初文，而九肘二字義不相及，形止於主觀感覺的相似，音亦僅有韻母的相同。昌且分明二義二音二字，只因強指其「並从丁聲」，而不得不便爲「同名」，實際則二字都無以丁爲聲的道理。東橐之間僅聲母相近，韻母無關；東與囊韻母略近，聲母雖同屬舌音，仍有塞音鼻音的差異；自無可能爲同字。即百泉之說，亦只有

百聲母相同的關係，別無瓜葛。拙著「甲骨文金文𣎵字及其相關問題」，取證於說文䕺葩同字，賁本从𣎵為聲，定□為朝歌附近之肥泉。□方同鬼方的見解，不僅工鬼二字僅具同為見母的唯一條件，□字是否从口為聲，亦無從確定；另一方面，工鬼韻遠，□字果从工聲，即表示□方決無為鬼方的可能。□字是否讀同捷，亦不僅⿰阝及捷二字僅具分屬緝葉二部的「旁轉」關係，□字可否隸定為⿰阝及，也大有可商。案：及字小篆作□，甲骨文作□，金文作□或□，義為逮及，从又从人，象從後逮及之形；無有書作□者。而金文叚字作□、□、□等形，與此字僅左半有□與□之異。□為阜字，□則象崖石剝落形，本自不同。但說文磬字或體作□，蔡侯鐘□字作□，可見□即□字，偏旁同化於阜。小篆段字由□變為□，亦足說明□即□的變形。此字見於周王戈，為周王名。據史記，周王之名無有與及聲之「⿰阝及」聲韻切合者，而昭王名瑕，瑕从叚聲，當以□字釋叚為昭王名，方為合理。釋□為⿰阝及，此是周法高先生說，見金文零釋「周王戈考釋」。周先生讀⿰阝及為捷，以「周王⿰阝及」即定王庶兄王子札，引周王子稱豐王亳王，以證王子札可稱周王。但周王子稱「某王」則可，逕稱「周王」則期期以為不可，並見釋□為⿰阝及之說可商。至於「未與

采同字，語轉爲垂」，及「白象將指形，與拇一語之轉」二說：前者采末二字間意義既無可聯繫，字形上的憑藉，只是偏旁中朩與朩的混用，朩爲采字，且係出於臆測，字音則末與采聲母懸絕，而垂采語轉之說，亦無意義上相同甚至相近的關聯。後者「白象將指」，只是訴諸主觀的感覺，白既不作將指解，所謂「白拇聲轉」，語音上亦只有同爲脣音且尙有塞音鼻音的分隔，自無助於白爲將指的說明。總之，此等考釋，表面上與清代名家講假借講轉語方法相同相似。實際則是：清儒講假借講轉語，只以音韻爲條件，今人考釋文字，則是以音韻爲憑證；清儒講轉語，有其意義上的定點，講假借，亦必徵集相同事例以證成其意義，今人考釋文字，則是以音代義，以爲音同音近即其意義相同；而所謂

音韻關係，清儒是謹嚴的，今人則疏闊不堪。故其相懸，不啻霄壤。

至於唐氏說的「時代不同，音有流變」，此觀念經過唐宋兩代的長期摸索而形成於明，清人研究古韻的豐功偉績，胥賴於此一觀念的樹立。故唐氏此說確乎可以聳人聽聞。但上文已將現有古音韻知識之獲得作了扼要敘述，並言說文諧聲字所顯示的語音系統，與分析韻腳離合二百六韻的古韻分部，及根據異文假借離合三十六字母的古聲類大體相合。韻腳與異文假借皆出於周代文獻，代表的是周代語音；諧聲字卻非盡屬周以後所造，則其所代表的語音，不得盡視爲周代所有，而是其系統大致與周代相同，其理至明。更何況諧聲字所不同於周代文獻的特殊語音現象，如

前文所述及者，已漸被發現，且有種種學說予以學理上的說明。而唐氏所謂古文字，即使盡指盤庚至帝辛的甲骨文而言，距周初遠者不過三百年，語音之不同於周初者宜不甚大，而與諧聲字所顯示的尤應相近；即使有所不同，正宜以現知古音爲基準，觀其遷改化變之迹，一若清儒據唐宋音以推論周秦古音者然，何得一筆抹摋，謂現有古音系統不足以規範古文字的研究，而應暫摒諸思慮之外？以甲骨文言甲骨文，此所謂本證法，自是可取，但必須有相當數量的平行事例，然後可以成立一說，非一偶然現象即足以發爲新奇。而唐氏所以持此主張，不過因見於甲骨文喜字从壴，自覺應以壴爲聲符，而甲骨文壴爲鼓字，現象非周以後語音所能解釋，於是放言高論，別無相同或類似之例可爲奧援，其說

之不售，本是極明顯的事。唐氏蓋自矜爲重要創獲，除著爲專文備論外，又引見「古文字學導論」自序。據其說論之如下，以觀其究竟。

本章第六節曾提到唐氏的象意聲化說。由於唐氏並不瞭解此一現象的究竟，亦不悟其即說文的亦聲說，故而造作新名；在認定何者爲象意聲化字時，應該具備何種先決條件，自然也沒有清晰的概念，只是憑空臆斷。其說喜从壴聲，即是一例。所以唐氏說：「以象意字聲化例推之，喜字當从口壴聲。」今從音義兩方面衡量，喜與鼓既不具孳生語言的關係，喜字从壴(鼓)，自不得屬於其象意聲化的範疇。說文云：「喜，樂也。从壴，从口。」朱駿聲云：「聞樂而樂，故从壴。樂形於談笑，故从口。」說本通

達可取。案許氏朱氏並以壴讀中句切，義爲陳樂立而上見，與讀壴爲鼓字，其說不異。唐氏竟直詆爲「其迂曲可笑，與春秋元命苞兩口銜士爲喜之說僅在伯仲之間」，而謂喜字由象意化爲壴聲。然而依周秦古音，喜鼓二字音遠，喜字不可从鼓聲，於是倡言商周異音，周秦古音不足以範圍甲骨文字的研究；商代喜字則可从鼓聲，非此無以闡釋喜字从壴之故。此外，唐氏又列舉四項理由，甚至可以說是四項證據，以支持其喜从鼓聲的主張：一，卜辭⿰壴堇字籀文作囏；二，卜辭⿱壴火字說文作熹；三，卜辭⿰壴攴字或又作⿰⿱壴口攴；四，沇兒鐘鼓字作鼓。後者唐氏既云喜从鼓聲於周代語音系統無可解，周代金文鼓字一般皆從壴作⿰壴攴，沇兒鐘从喜，自是偏旁中的誤亂，明不得持以爲喜从鼓聲之證。至於前三者，依常理判斷，應顯示壴讀音同喜，甚至壴即喜

字，無以建立其喜从鼓聲之說。則以月夕、帚婦、田周諸字由象形分化爲象意之例例之，壴既爲鼓形，取以表意，自可以別爲喜字。而樂字有音樂與悅樂二義；禮記樂記：樂者，樂也。君子樂得其道，小人樂得其欲。正可以扶助說明。唐氏文中曾引宋保諧聲補逸以存、欶、[illegible]三字明籀文譆字从喜爲聲，王念孫亦有之諄二部相轉說，見讀書雜志荀子致士篇可爲補充。則籀文之譆，小篆之熹，卜辭之[illegible]，固足證明[illegible]、[illegible]、[illegible]三字所从之壴即是喜字。案[illegible]、[illegible]實从豈聲，說詳本章第二節豈字注文。復從甲骨文辭例而言，「某日卜壴」與「某日卜喜」之語互見，更是壴字讀鼓之外，又可讀爲喜字的明驗。總之，喜當爲「壴」字讀「喜」的累增字；唐氏憑其個人對甲骨文喜字的見解，提出研究古文字應將現知古音知識摒諸思慮之外的主張，實毫無道理可言。

音有流變，考釋古文字時，自不可不注意及之。但任何細微的發現，都必須有相當數量的平行現象以爲扶持，決非偶然一事即可以倡言廢舊立新；更何況此偶然一事又不過爲誤解而已。清人離合廣韻二百六韻，爲古韻之若干部，此是何等成就！古無輕脣、舌上之說，又是何等發明！正都是音有流變的具體說明，以視唐氏的「甲骨文喜从鼓聲」之說，直猶滄海蹄涔，小巫大巫，無可比擬。但於彼則然，於此則非，可見學術的眞實虛妄，要以客觀證據爲憑斷，強詞奪理，於事無補。任意講通轉的結果，古音系統對於古文字的研究，已等於約束力全無，更何堪振振有辭的呼籲廢棄！世之不習古音者多，學者樂其便利，唐說蓋不難譁衆取寵，使聞其風而悅之。但古音學自是古音學，其價值不會因

此而有所貶損，可能導致惡劣影響的，還是古文字研究的自身。因此事所關至重，是以不厭其詳提出討論，藉以引起讀者的慎思明辨。

第四章　中國文字學簡史

周禮云保氏教國子以六書，漢儒解六書爲六種製字之本。周禮相傳爲周公所作，此猶言周初已有系統的文字學。但保氏六書應爲六種書體，與製字六書名同實異，已於第二章詳爲論述，學者反覆思維，當見其言之不謬。更從文字學史的觀點看，假令自周初已有系統講解文字的六書學說，遲至東漢中葉始有許愼的說文解字出現，其間千二百年，所知者如史籀篇、倉頡篇、爰歷篇、博學篇，都不過是「四字爲句，二句一韻」的小學課本，劉歆、班固、鄭衆於六書名義並不著一語之詮釋，顯然是悖情違理不

可思議的事。

爾雅一書，相傳周公及孔子等所作，爲小學群書之首。但只是分篇分條解釋字義或詞義，屬於訓詁學範疇，與字形之學全無干係。

漢書藝文志有史籀十五篇，自注：「周宣王太史作大篆十五篇。」又云：「史籀篇者，周時史官教學僮書也。」其書東漢建武時已亡六篇，晉以後全佚。見於說文中籀文二百餘字，應爲許君據當日所存九篇採入，且是與小篆不同寫法的文字，同於小篆的不需更出，並非史籀九篇共才二百餘字。據漢志及說文序所說，史籀大篆文字爲秦小篆所從出，（實際情形詳下）小篆於文字學中地位定於一尊者凡二千年之久，則此書與文字學的關係不可謂不大。但

其體例前文已言，一如後世秦之三倉，只是「四字爲句，二句一韻」的小學教科書，據王國維說不附任何字義字形說解，自亦不得視爲文字學專著。

史籀事蹟無考，因此引起種種議論。漢書古今人表周元王時代有史留，次豫讓之前。周壽昌以爲即史籀，王先謙因云：「周說近之，而表次時代稍後。」自宣王至元王三百餘年，自西周進入東周，春秋之世亦既成爲陳蹟，時代之斷限重重，似非「稍後」二字所能交代。王國維作史籀篇疏證，自序謂史籀爲書名，非人名。以爲籀讀二字同音同義，而古時讀「書」爲史之專職，因設想其書大抵以「太史籀書」爲首句，後人取其中「史籀」二字名篇，遂誤以史籀爲此書之作者，而其官爲太史。此說甚巧，但

一無憑證。唐蘭因王氏以史籀篇爲春秋戰國間秦人所作，即謂：「古今人表把史留放在春秋戰國之際，正是史籀篇的眞確時代。藝文志注的周宣王應該是周元王，元宣音近而誤。後來凡說宣王，都受此誤字影響。只改正這一個字，史留就是史籀，一切問題都可迎刃而解。」史留是否史籀，宣字是否元字之誤，史籀篇時代是否非當春秋戰國之際不可，三者無一能肯定，此種「抽刀斷水」的迎刃而解法，自更無從恭維。至於王國維以史籀篇爲春秋戰國時秦人所作，故「不傳於東方諸國，惟秦人作字書，乃獨取其文字，用其體例。」此說實由班志及許序變化出之，而亦無絕對理由。推考史籀篇之所以不行於齊魯，係因其書完成不久，犬戎之難作，東遷以後，王室衰微，無復號令諸侯的力量，故關東

方面，推行不能深遠。略本章炳麟小學述略關西王畿所在之地則不然，書成固然便當通行。而史籀篇之作，又非爲整理文字，初不過用當時通行文字編定課本，以教學童。詳說下秦處豐鎬故地，李斯等改定文字之前，所通行的爲此等文字；李斯等改定文字，亦即據此等文字「或頗省改」。故小篆與籀文相合者多，不同者少，其勢不得不然，不必取諸史籀篇而後乃有此結果。所以有關史籀篇作者與時代的問題，實是無中生有。

史籀篇文字，從其見於說文二百餘字看來，一般較小篆爲繁，如祺作，逋作，祟作，敗作，流作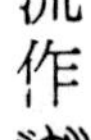，乃作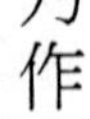，是以有大篆之稱。章炳麟小學略說云：「史籀所以作大篆者，欲收整齊畫一之功也。故爲之釐定結體，增益點畫，以期不致淆亂。今

觀籀文，筆畫繁重，結體方正。本作山旁者，重之而作屾旁，本作水旁者，重之而作沝旁。較鐘鼎所著踦斜不整者爲有別矣。」以爲大篆出於史籀的改作，用意在整齊文字，此說頗有可商。班志與許序但云史籀作教學童書，是古無史籀整齊文字之說；而籀文有或體，如[illegible]又作[illegible]，𤖯又作𤖻，此或因篇中其字出現在兩次以上，或其字下有間列異體的體例，（案牆字出現頻率應不高，故後者可能性最大。）更可見史籀篇文字不排斥異體，不斤斤計較於字形的固定，與小篆以前書寫文字的習慣相同，決無「釐定結體，欲收整齊畫一之功」的意味。且以小篆比較之，小篆有統一文字的要求，同時對若干文字有施以改造的舉措，是以表現於說文者，小篆無或體，更顯示史籀「作大篆十五篇」，與李斯等作三倉意義背景不同。（案：過去

學者認說文重文或體爲小篆，其實此等或體只是許愼將隸書寫成了篆書形式，說詳下。說文無明言兩體並爲篆書者，凡重文注明爲篆文的，其正文當非篆文。籀文筆畫繁重爲一事實，但非僅籀文如此，如鹵、秦、系、𤔔籀文作、、、，四者已見於甲骨文；說文漁下云小篆，其正文字段注疑爲籀文，甲骨文此字有作者，固視籀文爲尤繁；又槀字甲骨文从二木或四木，星字或作，亦較說文繁體之字繁重。、二字亦見於金文。金文又有从二丙的，从二由的，及从二巾的，以小篆相較，都有「籀文」作風。可見籀文的繁重，必是當時文字本來現象，非史籀所改作。至謂籀文之結體方正，說文籀文雖採之史籀篇，但幾經傳鈔翻刻，字形未必便是許君之舊；即令爲許君之舊，許君曾否以方正易其原來的踦斜不整，亦不得而知。案說文中小篆即較今所見秦權文字爲方正

故持此以言史籀嘗整齊文字，未爲篤論。

左傳載楚莊王之言「夫文止戈爲武」，（宣公十二年）晉大夫伯宗之言「故文反正爲乏」，（宣公十五年）及秦醫和之言「於文皿蟲爲蠱」。（昭公元年）韓非子五蠹篇云：「倉頡之作書也，自環者謂之私，背私謂之公。」爲秦以前字說之確然可知者。文公十八年傳云：「作誓命曰：毀則爲賊。」疑亦據賊字之構形爲說。韓非子所記，自只能代表戰國時所有，故較「止戈爲武」、「反正爲乏」等說更成問題。儘管如此，在文字學史上仍屬珍貴資料。

此外，說文頗引孔子對文字的說解，如「推十合一爲士」，「一貫三爲王」，「牛羊之字以形舉」，「視犬之字如畫狗也」，「黍可爲酒，禾入水也」，及「儿在下，故詰詘」，（案：「儿在下」今

作「在人下」，此依段注據玉篇所引改。然殊不足信。因其一，出處不詳，在可信的古籍如論語及孔子以後的經傳中，都無類似話語。其二，「儿在下，故詰詘」一語，只適合於小篆的文字偏旁。兩周金文从人的字未見此形，壁中書偏旁亦未必有此人字。兕字古文作[illegible]，許君說爲从人，疑即奇字人字的張本。但兕字本屬象形，从人爲形變，與小篆虎字从人情形相同。此外，說文又有「粟之爲言續也」，「狗，叩也，叩氣吠以守」，及「貉之言惡也」等聲訓，亦謂孔子所說。聲訓之法雖遠見於春秋之世，論語載孔子言「政者，正也」，亦正用此法自語源上闡發政字語言的「內蘊意義」。案內蘊意義一詞對實際語義而言，見清華學報新九卷一二期合刊拙文「論聲訓」。但宰我以戰栗解周人以栗爲社木之意，孔子表示了其「成事不說」的主張，可見其使用此法

是有原則的，而粟、狗、貉之類的名稱，又顯然屬於「成事不說」的範圍。更考聲訓之法至秦漢後始漸盛行，喜託名孔子之言的緯書多有之，粟續、狗叩、貉惡之說，當出緯書所託。以此例彼，推十合一等字說，蓋亦緯書所有，鄭樵有此說本與「士力於乙爲地」、「八推十爲木」之類同發一源，因託名孔子，其說又非「非常異義可怪之論」，許君亦便信而採之。

秦以前有相當充分的文字說解，不僅上述左傳及韓非子等事而已，可於文字演變中觀察知之。本書第三章第一節曾云，字形的遷化情形有二：一爲自然譌變，一爲人爲造作，譌變是漸進的，無意識的；造作是突發的，有意義的。換言之，如一字於某一階段發生突變，在其突變之前，不易知其究竟，或無從知其究竟

；而突變之後，適可以配合一個說解。則此變異必出於人為造作，而其所以有此造作，正為其字形必如此然後可得而說，如第三章所言釁、皇、周、榮等字，即其例之彰明較著者。此等字因古說失傳，字形又或演變過甚，無由推求其本形本義，於是附會遷就，出現了新的字形，新的字說亦即伴之而生。於此更舉數例。

據說文云：

章　樂竟為一章。從音十。十，數之終也。

卑　賤也，執事者。从𠂇甲。段注：古者尊右而卑左，故从左在甲下。甲象人頭。

朝　旦也。从倝，說文：倝，日始出光倝倝也。从旦，㫃聲。舟聲。

熏　火煙上出也。从屮，从黑。屮黑，熏象。

陳　宛丘也。舜後嬀滿之所封。从𨸏，从木，申聲。𨻰，

古文陳。

字形與說解配合貼切，並無可疑之處。但持此等字說，以與古文字相結合，便如方枘圓鑿，扞格難入。金文章字作□、□、□、□諸形，既不从音，復不从十，本形本義無可究詰。卑字金文作□或□，上必不从甲，下亦不必从左。朱駿聲據小篆以為卑即椑字象形，與尊字本同為酒器，引申為貴賤之稱，說文通訓定聲卑下云：凡酉酒，必資乎尊；禮器，故為貴。椑便於提攜，常用之器，故為賤。其說可從。朝字金文作□、□、□、□諸形，□字見甲骨文，論者以為莫字；疑為朝旦字，从□以別於莫字之从茻。□則本从水□聲，即說文□字。說文云：□，水朝宗於海，从水朝省。朝省之說不足信。熏字金文作□、□、□諸形，本形本義不詳。然其非从屮黑會意，應無可疑。陳字作□、□、□、□，宛丘之本

義大抵可信，字形則从阜从土之外，不可強解。案：从土者，猶从田，爲齊田之田本字，詳拙著「荀卿後案」附與陳槃庵師書。說文云李斯等取史籀篇文字「或頗省改」以爲小篆，段注云「改者改其怪奇」，史籀篇文字即周時通行文字，兩周金文亦用當時通行文字，則如此等字，小篆與金文不合而有可說，其字當出李斯等所改，其說亦當爲李斯等所創。以此言之，李斯等整理文字時，有相當充分的文字說解，應該是可以想見的。

有意改變文字使有可說，又非自李斯等開始。依據說文說解，求古文字的印證；如與最早字形不合，隨時注意其可以相合的時代，即可知說文說解最晚不得逾於何時。如說文云：

 具也。从用，苟省。

□　男子之美稱也。从用父，父亦聲。

□　蜥易、蝘蜓，守宮也。象形。

甲骨文葡字作□、□或□，甫字作□，易字作□，並與說文之說不合。□字本形本義不詳。□為箙字初文，□為圃字初文，都是不爭之事。金文葡字作□、□與□，前者與甲骨文同，後者近於小篆。（齊侯壺備字作□，與小篆尤近。）甫字作□、□、□三形，前後二形分別與甲骨文小篆相同，中一形上端與父字略近。疑此先強改□之形作□以別義，與改□為□、改荼為茶相同；（詳第二章第五節）更改□字為□，使其形有可說，□與□並是□字經由假借而形成的轉注字。易字作□、□者，近於甲骨文，亦不詳其本意；又有□、□、□、□諸形，較小篆尤似蜥易。（蔡侯盤惕字作□，偏旁易字尤近蜥蜴形。）可見「葡義為具

，从用甸」、「甫爲男子美稱，从用父」、「易爲蜥易象形」之說，不始於秦相李斯，實起於周代。故秦以前之文字說解，倘於此等處求之，較諸載籍所記，所知可以更廣。

秦初兼天下，因群雄割據日久，東西方之間出現部分不同的文字。於是秦相李斯奏請「罷其不與秦文合者」，時有三倉，即李斯之倉頡篇七章，中車府令趙高之爰歷篇六章，太史令胡毋敬之博學篇七章，其文字即小篆。說文序云，小篆「皆取史籀大篆或頗省改」。後世文字宜多於上世，各時代通用之文字亦儘可彼此不盡相同，說文此蓋就兩者所同有之文字而言，是故漢志但云「多取史籀篇」。然小篆所以與大篆關係獨密，地域相同爲其主因，說已見前，故即使小篆與大篆相同之字，亦未必便是李斯等

「取之史籀篇」的結果。

於此擬更就「或頗省改」一語提出討論。段注云：「省者省其繁重，改者改其怪奇。」又云：「其既出小篆，又云籀文作某者，則所謂或頗省改也。」籀文一般視小篆爲繁，所謂省其繁重，應不難理解。若所謂怪奇，大抵包括：一、全字或部分結構之難明者。前者如詩作𧦝，嗌作𦤻，婚字作𡟘，後者如齋禱祟三字並从夒。二、表義符號之不切者。如駕字从牛，肬字从黑。三、表音符號之不切者，如駕字从各，癃字从夅，艱字从喜，繒字从辛，（據說文云宰省聲，韻母方面仍有陰陽之別。）霚字从矛，（案敄字雖亦从矛聲，但矛與霚音略遠。又案段氏舉民酉革弟四字說文並云「象古文之形」，以爲即李斯等改大篆怪奇之例。四字小篆同於兩周金文，而與壁中書反遠，明其說非是。）唯籀文亦有較小篆爲簡而不奇不怪者，如劒作劎、薇作䉋、臚作

膚、棄作棄、妣作妣、爨作𤑔。此等字，小篆當即籀文或體。李斯等不過取其一式以入三倉；而其取之之際，又顯然不曾以「從簡」爲其一貫標準。𥂀下云篆文作盟，古文作盟，是𥂀爲籀文；然𥂀盟二字並見於金文，更是二字同爲籀文之明證。以此言之，籀文之繁而怪，小篆之簡而易曉者，其小篆未必即出李斯等之省改。故如𪗉之小篆齋、𠄎之小篆乃、𨏥之小篆車、鑪之小篆盧，斅之小篆學，五者並見於周金文。敢字籀文作𠭖，形無可說，小篆作𠭥，說文說爲「从𠬪，古聲」，似李斯等之改作。但說文古文作𣪏，金文亦大體作𣪏，與小篆相近；而古文嚴字作𠪚，所从同小篆，小篆嚴字作嚴，厰字作厰，所从又與籀文不異，可見小篆敢字作𠭥，爲李斯以前所本有，非斯等因籀文之怪奇而改之

。又如小篆[illegible]字作騧，[illegible]字作媧，亦似李斯等之改作，然觀[illegible]、[illegible]仍為小篆，固不作「[illegible]」及「蝸」，則騧媧二字亦不必非成於李斯之前。即前云籀文[illegible]字篆文作誖，以為李斯等改籀文之例，於今看來，說文收[illegible]、[illegible]二字，不云小篆作「[illegible]」「烰」，因疑誖字亦不必為斯等所改。是故究竟何者為小篆省改大篆，當取說文相關之大小篆及古文互驗，更參周金文，作個別的觀察，庶幾可以近之。則如籀文善字从二言作[illegible]，金文同，小篆从一言作[illegible]，偏旁同；又篆文折字从手，偏旁同，籀文作[illegible]，與金文合，金文或作[illegible]，而必不从手，然後可斷為篆文省改籀文之例。若段注一概相量的看法，則殊武斷不合情實。

李斯等希望通過大一統的權力，推行整齊劃一的小篆，當時

一般使用的則是隸書。隸書自許愼說文序、蔡邕聖皇篇以下云秦始皇使程邈所作。案今本說文序於「三曰篆書即小篆」下云「秦始皇帝使下杜人程邈所作也」，清儒以爲語當在「四曰左書即秦隸書」之下。任何書體難言由某人創造，且秦以前實有隸體，疑秦時民間盡是隸書天下，勢不可奪，而人用其私，漫無標準，因令程邈稍整齊之。唯漢志歷言大小篆諸書之作者，至隸書但云「是時始造隸書矣，起於官獄多事，苟趨省易」，不言其作者爲誰，終不知此說之眞實性如何。隸書光字作「光」，不依小篆从「火」；戎字作「戎」，不依小篆从「甲」；朝字作「朝」，不依小篆从倝舟；章字作「章」，不依小篆从音十；于字作「于」，不依小篆作「亏」；邊字作「邊」，不依小篆作「邊」；以及受字或書作「受」，帥字或書作「帥」，並承殷周以來之舊，以知

隸書不必盡出秦後。唐蘭以爲周代文字之草率者，即是隸書的先導，可謂有見。

據說文序，秦自有隸書之後，有八種書體。八種書體名稱爲大篆、小篆、刻符、蟲書、摹印、署書、殳書、隸書。大篆爲當日古文字；說文序云，秦「初有隸書，以趣約易，而古文由此絕矣」，故其時古文字僅有此體。小篆爲官定標準字，其餘皆實用變體。漢初蕭何草律，仍用八體課試學童。

漢景帝武帝間，魯恭王壞孔子宅，得禮、記、尙書、春秋、論語、孝經，文字與當代通行之隸書迥異，又與大篆小篆頗有不同，是以有古文之稱；其意蓋同段玉裁所解，以爲既是孔門書寫經書的文字，必是倉頡所造的古體。王莽時因尊崇古文，改小學

八體爲六體，其名目爲：古文、奇字、篆書、左書、繆篆、鳥蟲書。古文、奇字皆出孔子壁中，篆書許君云即小篆，疑本包括大篆而言，合小篆大篆二書，因謂之篆書。三者於當時並爲「古文字」。左書即隸書，爲通行之標準體。繆篆即摹印，鳥蟲書即蟲書。八體中刻符、署書、殳書三體疑與隸書難別，故統歸之隸書。

孔子壁中書雖較漢代通行的隸書爲古，並不能代表我國文字的最早寫法。王國維以爲周秦間東土文字，與同時期兵器、陶器、璽印、貨幣文字爲一系，故其去殷周古文，反較籀文與自籀文變化而出的小篆爲遠。詳見史籀篇疏證序、戰國時秦用籀文六國用古文、說文所謂古文說，及桐鄉徐氏印譜序。羅振玉亦謂：「以甲骨文、金文較說文，同於篆文者十五六；而合於古文者十無一二。」見殷商貞卜文字考今見於說文中四百餘字，此亦古文

不同於小篆之數如雲字作，侯字作，時字作，邦字作，望字作，旡字作，嶽字作，散字作，雖獨與殷周古文同近；但一字作、二字作、三字作，册字作，戶字作，兵字作，目字作，手字作，白字作，㒸字作，次字作，備字作，及字作，終字作，中字作，比字作，爲字作，字作，長字作或等等，並見其繁飾譌變之迹，必不得爲「倉頡」所造的遠古文字。故如愼字作，合於邾公華鐘之；釁字作，近於陳逆簋之；𠱓字作雖合於甲骨文，亦同於六國韓氏臣驫氏之鐘；手字作，近於井人鐘字偏旁；並見王說信而有徵。說文序言古文「雖叵復見遠流，其詳可得略說」，從其「其詳只可得略說」的話看來，即許君亦已多少表示了懷

疑的態度。

漢初，閭里書師合秦之倉頡、爰歷、博學三篇謂之倉頡篇，斷六十字爲一章，章十五句，句四言，凡五十五章，三千三百字。至宣帝時，百四十年間，倉頡篇小篆已被認爲「多古字」，一般書師不知正確讀法，於是徵召齊人之能正讀者，張敞從其受業，傳至外孫之子杜林，作倉頡故。此外識倉頡古字者，有哀帝時涼州刺史杜業，平帝時沛人爰禮，及新莽時講學大夫秦近。平帝時曾徵集爰禮等百餘人，使記述文字於未央廷中。說文平下云：「語平舒也。从于八。八，分也。爰禮說。」大抵此時期之產物；餘不能詳。揚雄取爰禮等所說文字之有用者，作訓纂篇；又改易倉頡篇中複字，共八十九章，五千三百四十字。前此，有武帝

時司馬相如之凡將篇，元帝時黃門令史游之急就篇，成帝時將作大匠李長之元尙篇，但皆用倉頡篇中文字，只凡將篇略有逸出倉頡篇之外者，亦皆在揚雄訓纂篇之內。和帝時賈魴吸取班固賡續訓纂篇所作之十三章中文字，作滂熹篇三十四章，二千四十字。漢初稱倉頡、爰歷、博學爲三倉，至此，又合漢初之倉頡篇、揚雄之訓纂篇及賈魴之滂熹篇稱爲三倉。計共一百二十三章，七千三百八十字。此秦以後小學書籍及文字陸續增加之概況。

象形、象事、象意、象聲、轉注、假借的六書說，最早見於劉歆七略，此爲文字學史上第一件大事。其來源無可考見，大抵即漢儒分析歸納文字的創獲。前此雖有整理文字或改易字形以遷就字說的事實，未必已立六書之名。此一學說，可以涵攝我國古

今一切文字，說詳於第二章。

漢代學者多以爲，文字乃父子相傳，決無改易之理。（案此據說文序，清人如錢大昕仍有「文字終古不易」的看法，見所爲段氏六書音均表序。）故認隸書爲倉頡所造古字，憑藉隸書說解文字的風氣，一時極爲盛行。如說文序所載「馬頭人爲長」、「人持十爲斗」、「虫者屈中也」、「苛之字止句也」，荒謬殊甚。今所見緯書中亦多有之。許慎爲「解學者之謬誤，曉聖人造字之神旨」（本說文序），於是有說文解字一書之作。

說文解字的出現，於文字學史中爲第二件大事。據許君子沖上安帝表云：「慎博問通人，考之於逵，作說文解字。」許君自序亦云：「博采通人，至於小大。信而有證，稽譔其說。」可見書中所言，囊括了當時已有的說解，非盡一己之見。大抵其說信

而有證，考之於逵亦以爲然，即直書其說，不必一一記所從出；不然則著其名，以示所本；如並聊備一解的通人說亦無，則著一闕字，存而不論。故說文中指明爲通人某之說解不過百十餘條，且多於主說之後，聊貢一說。如東下引官溥，㝵下引杜林，亞下已下引賈逵，爲下引王育，貞下引京房，典下引莊都，並其例。其書約起草於和帝永元八年，至十二年正月完成。共十四篇，收九千三百五十三字。以小篆爲主，自序所謂今敘篆文按字形義類分立五百四十部，自序所謂分別部居，不相雜廁。又根據字形的關係，順次排列，沖表所謂據形系聯自一部起，至於亥部止。同部中字，依義類相從。此據段注，詳見玉部末。每一字下，先釋其義，次解其形，其下或又有引經及讀若諸體例；或更引不同於小篆之古文、籀文、或體及通行俗書等，謂之重

文，自序所謂合以古籀共計一千一百六十三字。案以上所言諸例，皆大體如此，非一成不變。

說文中古文，爲孔子壁中書之專稱，與今人泛言殷周文字者不同；籀文即史籀篇中文字，兩者無出壁中書或史籀篇之外者。小篆則不盡在秦三倉之內，且未必字字皆秦時所有。秦之三倉僅三千三百字，即合揚雄訓纂及賈魴滂熹而計之，亦不過七千三百八十字。而漢世通行的爲隸書，訓纂滂熹中文字應不得作篆體，且未必皆秦時所有。故說文中至少有近二千字的「小篆」來歷不明。從三家詩與毛詩比較看來，漢世原有大量轉注專字產生。更觀說文所收當時俗字，如躳作躬，先作簪、𠨙作抑、函作肣、譀作𧫒、歗作嘯，[illegible]字出漢令，眂字見祕書，法下云今文，並作小篆形式而必不得爲「秦篆」。可知說文中「小篆」，小部分或竟

是大部分，乃許君據其字說，將隸書迻寫為篆書形式。模仿「隸定」的說法，可以稱之為「篆定」。

說文釋義以本義為準，引申假借之義僅偶一及之。案此說六書中假借遇有帶神祕色彩，或日常習見的名稱，往往只用聲訓闡發其語言形成之所由，不更訓釋其語言中通用的意義。如「日，實也」；「月，闕也」；「山，宣也」；「水，準也」；「春，推也」；「東，動也」；「羊，祥也」；「馬，武也、怒也」。有時則聲訓義訓兼施：或先聲訓後義訓，如「帝，諦也，王天下之號也」；「臣，牽也，事君者」；「卿，章也，六卿」；「衣，依也，上曰衣，下曰裳」；「戶，護也，半門曰戶」；「龜，舊也，外骨內肉者也」。或先義訓後聲訓，如「神，天神，引出萬物者也

」；「祇，地祇，提。出萬物者也」；「祠，春祭曰祠，品物少，多文辭。也」；「禾，嘉穀也，以二月始生，八月而孰，得之中和。，故謂之禾」；「黍，禾屬而黏者也，以大暑。而種，故謂之黍」。或聲訓義訓合併，以一語出之，如「祀，祭無已。也」；「柴，燒柴。燎祭天也」；「禷，以事類。祭天神」；「祫，大合。祭先祖親疏遠近也」；「土，地之吐。生萬物者也」；「王，天下所歸往。也」；「鬼，人所歸。爲鬼」；「犬，狗之有縣。蹏者也」。又有以二字爲一字聲訓之例，如「歲，木星也。越。歷二十八宿，宣。徧陰陽，十二月爲一次」；「地，元氣初分，輕清陽爲天，重濁陰爲地，萬物所陳。列。也」；「狄，北狄也，本犬種。狄之爲言淫。辟。也」。

案：凡字旁加。號者，表其字爲聲訓。又案：說文后下云：「后，繼體君也。」段注云：「釋詁、毛傳皆曰『后，君也』，許知爲繼

體君者，后之言後也。開創之君在先，繼體之君在後。」可以稱爲「說文的隱聲訓」。

引經或以證字形，如轡下引詩「六轡如絲」，䕻下引易「百穀草木麗於地」。葬下引易「古者葬厚衣之以薪」，壻下引詩「女也不爽，士貳其行」。或以證字義，如瑑下云「圭璧上起兆瑑」，而引周禮「瑑圭璧」；藼下云「令人忘憂之艸」，而引詩「安得藼艸」；喤下云「小兒聲」，而引詩「其泣喤喤」；訧下云「罪」，而引周書「報以庶訧」。案此即自序所說「厥誼不昭，爰明以諭」。也有引經與本形本義俱無關者，大抵又說明經傳中之假借，如「汽，水涸也，或曰泣下」，而引詩「汽可小康」；「夃，秦以市買多得爲夃」，而引詩「我夃酌彼金罍」；「侗，大皃」，而引詩「神罔時侗」；「洍，洍水也」，而引詩「江有洍」。

讀若一事，全書共八百餘條。反切之法，起於漢末。漢儒作音，類用讀若。故清儒段玉裁等並以說文讀若爲擬音。擬音當由於字之生僻不習見，說文所云，如宋讀若送，默讀若墨，逝讀若誓，雀讀與爵同，範讀與犯同，龢讀與和同等，則並習見字。若以此等爲擬音，則全書九千餘字，應字字皆有讀若，而不得不及十之一。綜合前人所說，此一條例可能有數種不同意義。或爲擬音，如⿺走匠讀若匠，舁讀若余，⿱丰勿讀若樹，⿸疒咸讀若溝洫之洫。或言經傳中假借與通用，如⿺走眞讀若顚，逝讀若誓，⿰臾只讀若謦，⿱癶美讀若頒，⿵門賓讀若繽，⿰齒疋讀若疏，龢讀與和同，雀讀與爵同，叶讀與稽同。案中如⿺走眞、龢二字實因文字假借或語言孳生而形成的轉注字。其他如楈讀若芟，袢讀若普，庳讀若逋之類，二字間聲同韻別，或明方音之異。又如⿱㲋示下云讀

若舂麥爲⿱毳示之⿱毳示，⿱髟爾下云讀若江南謂酢母爲⿱髟爾，戠下云讀若詩戠戠大猷，以本字爲讀若，大抵因其字少見，引經傳及俗語偶見者以明其讀。至如宋讀若送，或又與其後釋名「宋，送也」之意相同。然即使如此分別看待，仍多疑不能明，爲全書最難理解的部分。

總之，說文一書網羅了當日所有的小篆、籀文、古文等古代文字，著眼於本形本義，保存了當時的文字說解，不僅爲第一部文字學巨著，實際上兩千年來的文字學，大體即是說文之學。雖然因爲受到小篆字形的限制，說解不能盡與造字原意相契合；古文字的研究成績，許多地方已經取代其地位，但此書至少仍是研習古文字的基礎，故其歷史地位是首屈一指的。

此後，傳習說文之學者，史不絕書。漢魏之際有邯鄲淳「善許氏字指」。吳有嚴峻「好說文」。晉有呂忱作字林，爲補說文之漏略；又有說文音隱一書，作者失傳。南朝庾儼默有演說文。北朝江式以說文爲主，撰集古來文字，爲古今文字。顏氏家訓作者顏之推，亦對說文推崇備至。（案此節用黃侃論學雜著「論自漢至宋爲說文之學者」一文）而唐陸德明作經典釋文，孔穎達、賈公彥等撰五經正義，李善注文選，甚而至於釋玄應及慧琳之一切經音義等，亦莫不援據說文。（案此用丁福保說文解字詁林自序）

自魏晉迄唐，此時期文字學方面無若何成就。而篆書的寫法，又因時日湮久，及書法家的蓄意改變體勢，譌謬漸生。乾元間，李陽冰以善李斯篆法，刊定說文，號稱中興篆籀，一時學者多

從之。其書已不傳，就其散見於大小徐說文中數十事觀之，其刊定許書者，約有三端，一爲論定筆法，二爲別立新解，三爲刊正形聲。（本周祖謨李陽冰篆書考）但「頗排斥許氏，自爲肊說」（見徐鉉進說文表），二徐書中早有所指責。尤其小徐說文解字繫傳，摘取李氏五十餘事，爲袪妄一篇，力斥其謬，李書遂微絕。

然平情而論，李氏固多荒誕武斷之處，亦非一無足稱。如以木字象木之形，不取許君从屮之說；以龠字从三口象衆竅，解冊爲衆管如冊之形；皆不可易。而改走爲走，改彳爲彳，改復爲復（並見周文），改辵爲辵，改追爲追，改行爲行，改異爲異，改高爲高，（所引）都與今所見兩周金文或同或近。可見其刊正說文，並非止於刊正俗書的違誤，又用古文字改正秦篆之失。其所用材料不可考，

如鼎字或即用說文京房說，（案實際恐是據古文字改）其餘亦必有所據，決不能閉門造車，出而盡與轍合。一般以爲古文字研究始於宋代，於今看來，李氏實已導夫先路，在文字學史上的地位，實應重新予以評價。

南唐徐鉉徐鍇兄弟，是保存說文的大功臣。徐鍇作說文解字繫傳四十卷，世稱小徐本說文。分通釋、部敘、通論、祛妄、類聚、錯綜、疑義、系述等部分，而以通釋三十卷爲主體，（中闕第二十五卷，宋鈔本以大徐本補足。）就許君之說，以疏證古義，詮釋名物。徵引博洽，宋代學者多所獎飾。由於古人引書無檢查原文的習慣，不免有失實之處，入清以後，頗受學者譏彈。但今傳說文，以此書爲最早，故即以存古而論，功亦決不可沒。徐鉉校定說文，爲入宋以後

與句中正、葛湍、王維恭等受太宗詔所作，世稱大徐本說文。此書較繫傳簡要，但刪改說文處多，往往賴繫傳爲之訂正；又不闇音韻，於形聲字多疑之，刪去「聲」字，說爲會意，頗傷穿鑿。讀若亦較繫傳爲少。全書有說文不載之字四百餘，附於相關部之末，謂之新附，爲其特色。

王安石作字說二十四卷，不問篆法如何，一切依會意說解之。如以同田爲富，詩爲寺人之言，坡爲土之皮，波爲水之皮，自全不足道。蘇軾曾以「滑是水之骨」、「以竹鞭犬有何可笑」，譏其波爲水皮，以竹鞭馬爲篤之失。因其地位崇高之故，當時此書頗流行，主司用以取士，學子無不習誦；影響所及，先儒經注至於廢棄不觀，而依字形索解。如王昭禹解周禮太宰「匪頒之式

」云：「散其所藏曰匪，以等級之曰頒。故匪从匚从非，言其分而非藏也；頒从分从自（案「自」字商務四庫珍本周禮詳解作「頁」，諦審原是「自」字經增補筆畫。此據丁福保說文解字詁林自序所引，丁氏所據何本不詳。又案上文「等級」下疑奪「分」字。），言自上而頒之下。」可見流毒之廣。

與王安石同時，王聖美爲右文說，謂形聲字以聲符爲義，聲符同者，其義恆相關。如水之小者曰淺，金之小者爲錢，歹之小者曰殘，貝之小者曰賤，並以戔字爲義。說文有亦聲之說，且有依此關係裒集諸字爲部的，（詳第三章第六節）對右文說當有所啓迪。王安石曾引聖美入條例司，並擢爲監察御史裏行，字說或者又受到右文說的影響。但右文說是就已知事實論諸字間的關係，其說可取。字說則唐突古人，厚誣來學。

南宋初，鄭樵為六書略。依六書分類，歸字頗多可商。如以象形、指事為獨體，會意、形聲為合體，而象形中有燹、區、轟、砳等字，指事中有外、古、公、赤、用、甫、今、業、義、邑等字。既云「象形，形也；指事，事也」，而又以一、二、三、×、七、九、十、千、上、下、轟、彭等隸屬於象形。多見其矛盾自伐。分類方面，如假借有語辭之借、五音之借、三詩之借、十日之借、方言之借等，過於繁瑣而無意義。解釋文字時，往往師心自用。如謂武字从亡聲，氏字「與民同體，象民俯首力作之貌」，並其詬病。但六書的分類探究，肇端於鄭氏，後世如楊桓六書統、朱駿聲六書爻例、王筠文字蒙求等，皆依循其所闢途徑。論轉注云「諧聲轉注一也」，「役他為諧聲，役己為轉注」

，已觸及轉注一名的原意。說字亦不乏卓識，如以「帝」爲蒂字象形，「不」即常棣詩「鄂不韡韡」不字象形，後人多用其說。正下云射侯之正象形，正以受矢，乏以藏矢，（案藏矢當云禦矢）故文反正爲乏，尤爲不刊。在文字學史上，鄭氏實有其應得的地位。鄭氏又有象類書與六書證篇二書，並不傳。據元程端禮家塾讀書分年日程三卷所記：「夾漈作象類書，總三百三十母，爲形之主，八百七十子，爲聲之主。合千二百文，而成無窮之字。故去許氏二百十，而取其三百三十也。」知其對於許氏的分部，頗持異議。

兩宋注意古文字的蒐集與考釋，爲文字學史中第三件大事。說文序云：「郡國亦往往於山川得鼎彝，其銘即前代之古文，皆自相似。」漢書郊祀志載宣帝時張敞所讀美陽出土鼎銘。（銘云：王命尸

臣，官此栒邑，賜爾旂鸞黼黻琱戈，尸臣拜手稽首曰：敢對揚天子丕顯休命。可能因爲當時無拓墨之法，許君目驗者少，字形又大抵與篆籀不異，故說文未收鼎彝文字。張敞讀鼎，也只是偶然機會，非有意研究金文。李陽冰篆書間與傳世銘文相合，應嘗利用此類材料，其詳不可得而說。都不能與兩宋情形相提並論。宋代的古文字研究，是一種學術風氣。先是歐陽修以銅器銘文收入集古錄。同時期認識古文字著名學者有楊南仲、章友直。其後，與歐書性質相同的有趙明誠的金石錄。專門收錄銅器銘文的有：呂大臨的考古圖，徽宗敕王黼等所撰的博古圖錄。始作於大觀初，重修於宣和五年，又稱宣和博古圖。南宋有無名氏的續考古圖，薛尚功的歷代鐘鼎彝器款識，王俅的嘯堂集古錄，王厚之的鐘鼎款識。此外，尚有以韻編次的金文字典，如王楚的鐘鼎篆韻，薛

尙功的廣鐘鼎篆韻。雖然文字考釋每多舛誤，本身成就不大，摹刻去原迹亦遠，有的還用隸定方式，器物眞僞又類不能辨別，都不足據爲典要。但其影響於後世古文字的研究是深遠的，以淸初諸金文書籍言之，其體製即沿襲博古圖與鐘鼎彝器款識。

元代在文字學上無何成就足稱。戴侗作六書故，分數、天文、地理、人、動物、植物、工事、雜、疑等九類，下又分列四百七十九目，各以其字母統字子，文字皆從鐘鼎。楊桓作六書統，效法鄭樵六書略，依六書分類，而子目繁瑣，如會意分天運之意、地理之意、人體之意、人倫之意、人倫事意、人品之意、人品事意等十六類，形聲分天象之聲、天運之聲、地理之聲、人體之聲、人倫之聲、人倫事聲、人品之聲、人品事聲等十八類；殊爲

無謂。釋六書的意見，可取者少。文字則先古文大篆，次鐘鼎文，再次小篆。此二書有一共同傾向，即不以小篆爲文字的標準，而思從更古的文字恢復原始字形。此爲兩宋研究古文字風氣所應有的結果，亦爲此時期唯一可以稱道之點。材料不足，於是增損篆文，以濫竽充數，不足爲訓。

明代更是文字學的衰微期。如吳元滿的六書正義，張自烈的正字通，爲學者所鄙薄。趙宧光作說文長箋，所根據的說文，只是宋末李燾散亂說文又混入大徐新附的「說文五音韻譜」，（李書原名說文解字五音韻譜，以徐鍇說文韻譜爲本，參取集韻卷第，起東終甲，而偏旁各以形相從，悉依類篇。明萬曆中，白狼書社重印此書，截去五音韻譜四字，僞充大徐校定本說文。及至汲古閣毛氏據宋本重刊，學者始見大徐原書。）而疏舛百出。顧炎武早謂其「好行小慧，不學面牆」。但博雅如顧氏，竟亦祇見五音

韻譜，未見徐氏說文，其時小學之不講，可從概見。

清代是文字學的鼎盛期，一方面注意於金文的蒐集考釋，一方面致力於說文的董理發明。而甲骨文亦趁此際會，興起於洹水之濱，爲文字學增添珍貴豐富的資源，深遠的影響此後文字的研究，成爲文字學史上的第四件大事。

金文方面，高宗先後敕編內府藏器，爲西清古鑑、寧壽鑑古、西清續鑑甲編、乙編四書。體制仿宋之博古圖。文字出於臨寫，每每失眞；所收僞器亦不少。嘉慶時錢坫作十六長樂堂古器款識，銘文用鉤摹法，較四鑑爲逼眞。阮元仿薛氏款識作積古齋鐘鼎款識，考釋甚詳；又重刊宋代薛王二款識。阮氏以顯宦及經師之尊，重視古文字的研究，對當代學風，無異爲一種鼓勵。繼之

而起的有：曹載奎的懷米山房吉金圖，劉喜海的清愛堂家藏鐘鼎彝器款識法帖，吳榮光的筠清館金文，劉心源的吉金文述，吳雲的兩罍軒彝器圖釋，潘祖蔭的攀古樓彝器款識，吳大澂的愙齋集古錄及恆軒所見所藏吉金錄，徐同柏的從古堂款識學，吳式芬的攗古錄金文，端方的陶齋吉金錄，朱善旂的敬吾心室彝器款識，鄒安的周金文存，方濬益的綴遺齋彝器款識考釋等。此外，又有璽印封泥貨幣陶文的蒐集，如陳介祺的十鐘山房印舉，吳式芬的雙虞壺齋印譜，陳介祺、吳式芬的封泥考略，高慶齡的齊魯古印攗，郭申堂的續齊魯古印攗，吳大澂的十六金符齋印譜，李佐賢的古泉匯，劉鶚的鐵雲藏印及鐵雲藏匋。

文字考釋最有成績的，當推吳大澂、孫詒讓、方濬益諸人。

吳氏除上列二書外，別有說文古籀補及字說，孫氏著有古籀拾遺、古籀餘論及名原。

說文的研究，在清代蔚成風氣，著述者之多，不勝指屈。民國十七年及二十一年丁福保編說文解字詁林正編及補遺，網羅清人著述百數十家，可以想見其時之盛況。以性質言之，可區分爲五類。一，校勘考訂，期復許書之舊觀。如鈕樹玉的說文解字校錄，姚文田、嚴可均的說文校議，段玉裁的汲古閣說文訂，沈濤的說文古本考，苗夔的說文繫傳校勘記，王筠的說文繫傳校錄。二，以發明許慎之意爲主旨。如段玉裁的說文解字注，桂馥的說文解字義證，王筠的說文句讀，及其餘一切有關說文釋義釋例之作。三，補充訂正當代有關說文之著述。如嚴章福的說文校議議

，王紹蘭的說文段注訂補，鈕樹玉的段氏說文注訂，徐承慶的說文解字注匡謬，徐灝的說文解字注箋，許瀚的某先生校桂注說文條辨。四，據說文之言，探賾索隱，發揮一己之創見。如一切六書說。五，利用說文成一家言。如朱駿聲之說文通訓定聲。其中段玉裁、桂馥、王筠、朱駿聲被視為說文四大家，下文即就四家書作一介紹，而於段注為尤詳。因段注為清代第一部體大思精之作，對於當世說文研究的影響甚大，即以朱氏書而言，實取其一端而蔚為大國。

段書始作於乾隆庚子一七八〇，當時段氏為四十六歲，至嘉慶戊辰一八〇八完成。據其弟子陳奐說文解字注跋云，其先為長編，名說文解字讀，後因卷帙過繁，簡練而為注。陳鴻森學弟有段玉裁說文解字讀考辨一文，於

此多致其疑，即將於中央研究院歷史語言研究所集刊第六十六本刊出。

段氏所以有其絕對崇高地位，一方固由於其爲許君功臣，對說文的貢獻極大。一方則由於其寓作於述，具有一般語文學的特殊成就。前者如：一，校訂傳鈔譌誤。如木部櫑、枹、槅、柹四字下所改說文，並與其後莫友芝所得唐本殘卷相合。二，發明全書通例。如序文及一篆下之注解「今敍篆文，合以古籀」，及半字下注解「某與某同意」。三，闡釋罕見古訓。如選字下引左傳：「秦后子有寵於桓，如二君於景，其母曰：弗去懼選。」以證許君訓選爲「遣」之爲有據；若字下舉晉語：「秦穆公曰：夫晉國之亂，吾誰使先若夫二公子而立之，以爲朝夕之急。」以見許君訓若爲「擇菜」其義不誣。四，疏通特別諧聲。如解元字从兀聲及襱字或體作襩。後者包括：一

，闡發音與義之間的關係。如芋下云：「口部曰吁，驚也。毛傳曰訏，大也。凡于聲字多訓大，芋之爲物，葉大根實，二者皆堪駭人，故謂之芋，其字从艸于聲也。」襛下云：「凡農聲之字皆訓厚。醲，酒厚也。濃，露多也。襛，衣厚皃也。」（沈兼士右文說在訓詁學上之沿革及其推闡一文，輯出此類凡六十八條之多。）二，系聯說文中同部或不同部音義相同之字的關係。如走部「⿺走眞，走頓也」下云：「足部曰蹎，跋也，與此音義同。」又「⿺走咅，僵也」下云：「僵，僨也，此與足部之踣音義同。」王筠說文釋例異部重文說，即導源於此。三，據本義言引申。如「被，寢衣長一身有半」下云：「引申爲橫被四表之被。」「倍，反也」下云：「此倍之本義，中庸爲下不倍，緇衣信以結之則民不倍，論語斯遠鄙倍，皆是也。引申之爲倍文

之倍，大司樂注曰倍文曰諷，不面其文而讀之也。又引申之爲加倍之倍，以反者覆也，覆之則有二面，故二之曰倍。俗人鉟析，乃謂此專爲加倍字，而倍上倍文則皆用背，餘義行而本義廢矣。」四，據本義言假借。如「宵，夜也」下云：「有假宵爲小者，學記之宵雅是也。有假宵爲肖者，漢志人宵天地之貌是也。」「𥙊，衣躳縫」下云：「莊子作督，緣督以爲經。」五，明古今字之不同，如「于，於也」下云：「釋詁毛傳皆曰于，於也。凡詩書用于字，凡論語用於字，蓋于於二字在周時爲古今字。」余下云：「詩書用予不用余，左傳用余不用予。曲禮下篇『朝諸侯分職授政任功，曰予一人』注云：『覲禮曰，伯父寔來，余一人嘉之，余予古今字。』凡言古今字者，主謂同音，而古用彼今用此

異字，若禮經古文用余一人，禮記用予一人。余予本異字異義，非謂予余本即一字也。」六，明古今義之不同，如僅下云：「唐人文字僅多訓庶幾之幾，今人文字皆訓僅爲但。」驟下云：「今字驟爲暴疾之詞，古則爲屢然之詞。」（案本節參周祖謨論段氏說文解字注）這些都遠超出注釋家的成就之上。王念孫以爲此書上接說文，千七百年無此作，信非溢美之言。

偌大一部著作，自不可能盡善盡美而略無缺點。其最受人指摘之處，爲自信太過，勇於改字。如改本末爲本末，說爲从木下、木上會意；改上字古文丄作二，篆文上作丄；改下字古文丅作二，篆文下作丅；改嚳下「从會，从辰，辰亦聲」爲「从會辰，會亦聲」。本末嚳三字之誤改誤說，前人多已言之。即如上下二

字，改古文作二一，因其形與甲骨文金文相合，論者莫不讚其識力驚人。壁中古文變化較大，與甲骨文金文本不可相提並論，以此譬之，或不免失當。但由上部帝旁二字與部首間之關係而言，所改理應可從。小篆上下則必不可改作丄丅，嶧山刻石上字作上，秦權下字作下，是其明證。發明許君意旨方面，亦多有可商。即以所注說文序而言，管窺所及，如其釋五帝為「黃帝、顓頊、帝嚳、帝堯、帝舜」，與原文「黃帝之史，初造書契。迄五帝三王之世，改易殊體」，文意不合。案：黃帝爲首之五帝說，爲今文家言。許君自序云「其稱易孟氏，書孔氏，禮周官，春秋左氏，論語、孝經，皆古文也。」此必不得用今文家說。且依今文家言，以顓頊代黃帝，則堯不得爲火，漢亦不得爲赤。尚書孔序以少昊、顓頊、帝嚳、帝堯、帝舜爲五帝，賈逵亦主從左氏以少昊代黃帝，然後漢承堯後之說乃得圓滿。許君爲賈逵弟子，自序云考之於逵作說文，明其所稱五帝，當同於左氏、孔氏所說。以互訓解轉注，釋「建類一

首」爲「分立其義之類而一其首，如爾雅釋詁第一條說始是也」，與許君首字指部首的原意不相侔。解小篆取史籀大篆或頗省改，以爲「言史籀大篆，則古文在其中」，注新莽六書之古文奇字，以爲「不言大篆者，大篆即包於古文奇字二者中」；與許君云古文爲壁中書，奇字即古文異體，籀文出於史籀篇，與古文或異之說相齟齬。注秦八體中大篆，以爲「不言古文者，古文在大篆中」，與許君云秦自有隸書，而古文遂絕之說扞格不入。至於其寓作於述方面，據本義言引申的意見，時見穿鑿附會之病，如云莫字由「日且冥」之義引申爲有無之無，蓋字由義爲苦引申爲發端語詞，都不可貿然信從。

桂馥說文解字義證，則完全是注釋家態度，大抵抱持「疏不

破注」的原則，以闡明許君的原意爲其職志。如起下云：「巳聲者，玉篇巳，起也；晉樂志：巳，起也；白虎通五行篇：太陽見於巳，巳者物必起；鄭康成別傳，夢孔子告之曰：起起，今年歲在辰，明年歲在巳。」似有改說文形聲爲會意之意。

王筠於釋例自序中讚揚此書說：「桂氏徵引雖富，脈絡貫通。前說未盡，則以後說補苴之；前說有誤，則以後說辨正之。凡所稱引，皆有次弟，取足達許說而止。故專臚古籍，不下己意也。讀者乃視爲類書，不已昧乎？」其實如只是爲「達許說」，並不需窮徵博引，漢以後書籍及辭章，尤應有所裁制。故王氏亦云：「惟是引據之典，時代失於限斷，且泛及藻繢之詞，而未盡加校改，不皆如其初恉，則其蔽也。」但桂氏書除有助於瞭解說文之外，可視爲訓詁材料的淵藪，對於字義之學，是可以有其貢獻的。

王筠所作諸書，以釋例及句讀最爲有名。此外尚有說文新附考校正、說文繫傳校錄及文字蒙求。句讀晚就，大抵取段桂二書之菁華，爲說文作簡注，以便初學。時亦下以己意，凡千一百餘事。釋例一書爲王氏研治文字心得所在，貫通說文，發明條例，成就極大。第三章中屢引其說，讀者嘗其一臠，可知鼎味。四家之中，王氏最富疑古精神，釋例中存疑部分約居三之一。對於許君，多所匡正。如云㫃爲全象形，鷹爲通體象形，皆當爲古文星字，鳥字無緣从匕，午爲杵字象形，申即電字象電光，勝義不一而足。王氏又爲四家中唯一能留意古文字，用古文字說解文字的學者。如云金文旦字作，較小篆尤精；引金文鼎字，以證「古文以貞爲鼎」，創獲亦復不少。

朱駿聲被認爲治說文四大家之一，實際並非十分恰當。其說文通訓定聲一書，原非針對說文而作，而只是如前文所說，利用說文成一家言。說文通訓定聲六字，包含三層意義。「說文」二字代表書中說解文字本形本義的部份，等於許君所稱說文解字四字之意，卻非許君說文解字一書的省稱，恆見有稱此書爲「通訓定聲」者，意若省稱王筠說文釋例爲「釋例」，實與朱氏之意不合。大抵即稱引許書，許書有未安者，則出以己意。如謂卑爲椑字初文，[illegible]象子在包中形。「通訓」包括轉注、假借兩端，爲全書主要部分，亦其特色所在。轉注爲本義引申，假借爲同音代用。卷首謂「通其所可通則爲轉注，通其所不通則爲假借」，是以有通訓之名。「定聲」之意，據其自序爲：「以字之體定一聲，以經之韻定衆聲，以通轉之理定正聲變聲。」書中將說文九千餘

字依一千一百三十七聲符排比，於聲符字下注反語，其他字悉無，大抵以爲同从一聲之字，其始皆同音，即「以字之體定一聲」的體例。以古韻十八部統領一千一百三十七聲符，即「以經之韻定衆聲」的體例。云「古韻」叶某某及「轉音」叶某某，即「以通轉之理定正聲變聲」的體例。可見此書係於形學之外，獨樹一幟，不應附屬於許愼的說文解字之下。段氏注說文，亦時時據本義言引申假借，畢竟爲偶一及之。此書則以全面系統的闡釋字義爲宗旨，爲訓詁學中第一部偉大著作。

朱氏書亦有其根本缺點。其一，完全以文字爲基準，未能樹立起語言觀念，故時或不免以本義或引申義爲假借。如以揉煣同字，而謂崧高詩「揉此萬邦」的揉字爲柔的假借；不知揉字所代

表的，正是「柔」的孳生語，揉是柔的轉注字，詩經用的正是其本義。以荀子解蔽篇「百姓怨非而不用」的非字爲誹的假借，亦不知「誹」是「非」的孳生語，誹正是非的轉注字；荀子的非字謂之用本義亦可，謂之用引申義亦可，以爲誹的借字則不可。以救字訓助爲授的假借，不知授救二字聲母不同，不得假借；何況授字本無助義，救助之義當是救止義的引申，應以此繫屬於其「轉注」之下。其二，不知所謂本字往往即緣借字增改偏旁而產生，故時或不免本末倒置。如以詩衡門篇「可以樂飢」的樂字爲𤻲的假借。不知𤻲字的產生，是因本借樂字兼代，後增益疒旁而形成專字，詩經作者用樂字之時，𤻲字根本無有，只可說樂字假借爲治療之義，不可說樂爲𤻲的假借。又如以「端章甫」的端爲褍

的假借，亦不知說文訓正幅的耑，正是作「正」解的端字的轉注字，乃後人據端字改易偏旁而來，故經傳中鮮有用之者。（案墨子非儒篇用耑字爲偶見）其餘如以顛倒字借爲𧽋，以將率字借爲𧗿，以疏笓字借爲梳，以美好字借爲媄，並坐此失。這兩點在當時爲學者的通病，朱氏自難擺脫傳統思想方式。春秋義法，責備於賢者；揭出此兩端，亦使讀其書者知所斟酌採擇而已。此外，釋某爲某之假借，亦多牽強之病。如詩經中于字傳箋多訓爲往，朱氏以爲如字的假借。但于與如只是韻母相同，于與往則既爲雙聲，韻母又屬陰陽對轉，應以于訓往，即與往爲一語之轉。又如爾雅釋詁：「陽，予也。」朱氏以爲陽借爲姎。說文：「姎，女人自稱我也。」以音義而言，姎與陽語言宜有關；直指陽爲姎之假借，則未必然。

據郭璞云「魯詩云陽如之何，今巴濮之人自呼阿陽」，與說文姎爲女人自稱，便不相合，不若視此爲余或予的語轉。陽與余或予的語音關係，情況和于與往相同。此亦讀朱氏書所應留意者。

概括說來，清之四大家：桂氏只是功在許書，對文字學的貢獻是間接的；段氏除此而外，又有其一般語文學上的成就；朱氏功績在於訓詁；直接在文字學上多所建樹的，應推王氏。

光緒二十五年，河南安陽發現商代自盤庚遷殷至帝辛亡國二百七十三年之間的甲骨刻辭，對於研究文字而言，無疑爲無比珍貴的寶藏。清季不旋踵覆亡，大規模發掘已入民國，故研究成績民國以後始見顯著。羅振玉殷虛書契考釋自序書宣統甲寅，實際已是民國三年。民前所出專書：拓墨方面，僅劉鶚的鐵雲藏龜，

光緒二十九年及羅振玉的殷虛書契；案即前編，印於宣統三年。考釋方面，亦僅有孫詒讓的契文舉例，案光緒三十年完成，民國六年出版。及羅振玉的殷商貞卜文字考宣統二年。

民國以後，一方面由於古文字的大量出土，一方面又承受了清人攻治說文與金文的成果，遂使古文字的研究抵於顛峰，亦爲此一時期的主流。

金文方面，著錄或考釋的重要書籍有：羅振玉的貞松堂吉金圖、貞松堂集古遺文、又補遺及續編、三代吉金文存，王國維的史籀篇疏證，劉體智的善齋吉金錄、小校經閣金文拓本，容庚的寶蘊樓彝器圖錄、頌齋吉金圖錄、海外吉金錄，商承祚的十二家吉金圖錄，陳介祺的簠齋吉金錄，鄧實所輯郭沫若的兩周金文辭大系

考釋、金文叢考、殷周青銅器銘文研究，楊樹達的積微居金文說等。晚近則有嚴一萍的金文總集，及社科院考古所的殷周金文集成等大型著錄書。此外，又有容庚的專門字典金文編，及周法高先生編著的金文詁林、金文詁林補。

璽印、封泥、貨幣、陶文方面有：羅振玉的磬室所藏璽印，劉體智的善齋璽印錄，陳寶琛的澂秋館藏印，澂秋館藏封泥，吳式芬、陳介祺的封泥考略，羅福頤的璽印文字徵、古璽彙編、古璽文編，吳隱的遯庵古泉存、古匋存，山東圖書館的鄒滕古匋文字等。大型資料書有馬飛海等的中國歷代貨幣大系，及丁福保的古錢大辭典。

甲骨文方面，包括十七年以前私人多次發掘，及自十七年至

二十六年中央研究院前後十五次發掘，兩者共得甲骨文約十萬片。案包括成版及碎片文字總數逾三千。數十年來，由摹拓、考釋、證經、證史，已發展爲如火如荼的甲骨學。與文字學有關的著作有：羅振玉的殷虛書契前、後編、續編、菁華、及殷虛書契考釋，王國維的戩壽堂所藏殷墟文字考釋及卜辭中所見殷先公先王考，先師董彥堂先生的殷虛文字甲、乙編，先師屈翼鵬先生有甲編考釋郭沫若的殷契粹編考釋，卜辭通纂考釋及甲骨文字研究，唐蘭的天壤閣甲骨文存考釋及殷虛文字記，楊樹達的積微居甲文說，于省吾的雙劍誃殷絜駢枝、續編、三編等。大型著錄書有社科院歷史所的甲骨文合集。此外，有李孝定先生的甲骨文字集釋，孫海波及金祥恆先生的專門字典甲骨文編及續甲骨文編，資料索引有島邦男的殷墟卜

辭綜類，及吉林大學古籍研究所的殷墟甲骨刻辭類纂。

此時期最負盛名的學者，以羅振玉、王國維爲首。羅氏所釋甲骨文字類多可信，而發凡啓例、篳路藍縷之功，尤不可沒。王氏所釋金文甲骨文，大抵一言九鼎，無可更易；說文古文爲春秋戰國時東方文字之說，證說文古文與兵器、陶器、璽印、貨幣文字爲一系，使傳統由古文而籀文而小篆的觀念丕變，更不是一二字的得失問題。郭沫若時有新奇可喜的見解；唐氏號稱識甲骨文字獨多，（案如識得一[illegible]字，然後可以解析其他从[illegible]之字，此其所以爲識字獨多。）除上述諸書之外，尚有古文字學導論一書，爲世所重。但二人所用方法與持論，多有可商，遠不若王氏之穩健，本書第三章中曾多方面提出檢討。

相率從事古文字研究的結果，說文一書便漸有爲人唾棄的傾

向。人不能無階而升，沒有說文爲其基礎，必不能於古文字上有所造就；而教育制度的興革，價值觀念的改變，影響所及，學者古書上的修養工夫日以減少，雖有各種引得的出現，不能彌縫缺陷而無憾。所以此一時期，文字上可資利用的材料儘多，一般學者文字與書本上的知識卻是不足，而方法上又甚不措意，對於文字的考釋，便予人有平實之說太少的感覺。

在另一方面，有全不理會古文字的發展，一切以說文爲依歸的傳統派。此派可以章炳麟爲其代表。章氏以甲骨文爲僞造，視金文的研究爲詭譎。自己作過文始、小學答問、國故論衡等與文字學有關的專書，在語文學上確有其獨到的造詣與貢獻；而其基礎則是說文。可以說章氏已由說文建立起個人的小學體系，金文

與甲骨文中任何不同於說文的研究成就，都足以牽其一髮而動及全身，此章氏之所以不得不對鐘鼎甲骨採取敵視的態度。任何人如果憑藉說文中的「初文」及「準初文」，豎起了「文始」的間架，於鐘鼎甲骨恐都難免有此譏誚。所以對於章氏，是應知所同情的。但不曾親手豎立「文始」間架的學者，自無必要予甲骨文金文以輕蔑。然而傳統派學者，雖不再以金文的考釋爲詭譎，視甲骨文字爲僞造，卻依然不肯承認其可以尋製字之原，可以正說文之失的價值，而以美術字或榮牌帳冊文字詆賤之。古人視鐘鼎爲重器，甲骨文更是王室記載占卜祀典的文字。時代不同，地域不同，風氣不同，儘可以出現不同的文字形式與風格，卻決容不得如書榮牌帳册之草率輕薄。雖然這不過是無足輕重的論調，尋

見其如雲煙之消散；敍述一個時代的學術概況，亦不容不約略及之。

附錄：字說索引

	33		60
	33	椅	74
薩	33	帚	138
嫩	34	夕	138
皈	34	歸	139
疎	34	有	140
汴	34	辟	142
東	41,210,298,400		142,329
異	41	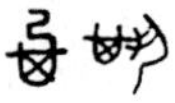	143
拜	42,51,152	豹	143
帥	42,215	貌	144,376
辰	43	網	145,187
辱	44	璧	146,187
祓	50	騂	150
	50,51,152	焯	150
扒	51	祐	152,342

婜	152,343	隹	170
	152		170,240
梳	153,341	田 	170,229,231
壘	154	晶	170,232
螢	154	㫃	170
撤	154	伍	175
旒	154	勼	175
蝢	154	燃	186
蝭	154	懸	186
蟓	154	曝	186
蝹	154	樑	187
裸	155	舞	187
婐	155	箕	187
	155	笠	187
㿺	155	求	187
嘫	155	電	187
䄺	155	餼	188
簍	155	百	189
屮	170	丕	190,236

陣	190	份	194
勾	190	璜	194
刁	190	[illegible]	205,332
佘	190	無	208
茶	190	[illegible] 鬻	210,349
在	190,220	岳	211
遂	191	盉	216
昬	191	或	216
惛	191	淢	217
闇	191	必	218
婚	191	可	218
潴	191	皇	220,386
驝	191	[illegible]	221
傑	191	[illegible]	221
蝶	192	析 析	222
福	192	[illegible]	223
祿	192	沘	223
紅	193	未	228,297
律	193	田	229

	229	尤	237
	229	疣疚	238
	229	舌	239
世	230	舄	239
母毌	231	七	240,242
	231	史	240,352
 升	232	事	240,352,377
月	232	豈	240,374
日	232	讟	241
	232	譱善	241
言	233,238	蠹	242
音	233	菟	242
工	234	五	242
矩巨	234,237	六	242
壬	234	八	242
礿	237	九	242
龖	237	十	243
弜	237	四	245
兟	237	鼉	255

翡翠 255
裹 255
裏 255
是 257
輀 259
 260
 260
 260
 260
 261
而 262
衍 265
砅 265
衛 265
仚 268
羌 268
兑 268
爽 269
充 269
允 270
 270
式 271
凭 271
 274
 275
 277
黑 278
 279
 279
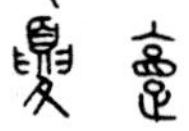 280,333
土 280
且 281
㚔 282
白 282,402
皀 283
斤 284
豈 286
虘 287

犧	289	令	309,356
	291	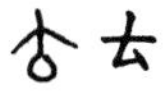	312
	292	棄	312
俞	292		312
	293	流	313
	293	疏	313
告	295	亼	314
	301	龠	314
折	301	合	314
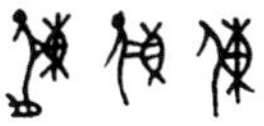	303	會	315
	303	倉	315
休	308	今	315
	309	念	315
步	309	舍	315
陟	309	僉	315
降	309		317
出	309	門	317
各	309		318
食	309		318

	319	莆	324,424
	319	至	324
	319	晉	324
	319	庶	325
	319	魯	325,374
	319	書	326
	319	武	327
豩	319	蠅	328
	319	繩	328
入入	319	黽	328
燕	321	旳的	329
魚	321	朋	330
奔	321	不	330
	322	湆	331
榮	322		332
	322		332,355
	323	祏	349
 中	323	政	349
澀	324	胖	349

⿰甾宁	349	隙	353
笱	349	⿱山京	353
鉤	349	酒	353
衇	349	茻	355
覛	349	糾	355
葬	349	綴	355
⿰月丑	349	派	355
羞	349	祟	355
襘	350	君	355
愷	350	⿲彳可亍	355
莫	350	喬	355
莽	350	癹	356
貧	350	道	356
壹	350	恩	356
拘	350	命	356
甫	352,424	彣	356
吏	352	胞	356
禮	353	騛	356
豊	353	依	356

飤	356	屵	372
	357	労	372
夜	363,366,371	齋	372
羆	364,366,371	度	373
鑾	368	段	373
⿱山夸	368	皮	373
寒	369	哭	373
飆	369	敢	373
蟖	369	戊	374
書	371	閔	374
臨	371	監	374
耋	371	耿	375
耆	371	家	375
僂	371	須	376
童	371	柷	376
西	371	貞	376
省	372	受	376
眔	372	巠	378
逐	372,380	保	378

砍 379
酥 379
蝶 379
矺 380
秃 380
囍 380
義 380
弌弎弎 380
爻 380
[illegible] 380
[illegible] 380
朕 381
豎豎 382
[illegible] 383
[illegible] 384
[illegible] 384
[illegible] 384
[illegible] 384
身 388
傷 388
陳 397,422
且 397
[illegible] 397
[illegible] 398
昌 400
[illegible] 400
吕 401
[illegible] 401
喜 405
鼓 406
儿 419
章 422
卑 422
朝 422
[illegible] 422
淳 422
熏 422
易 424